Giampaolo Simi

CAMORRISTA

Giampaolo Simi

CAMORRISTA

Roman

Aus dem Italienischen
von Ulrich Hartmann

C. Bertelsmann

Die Originalausgabe erschien 2007 unter dem Titel
»Rosa elettrica« bei Einaudi in Turin.

FSC
Mix
Produktgruppe aus vorbildlich
bewirtschafteten Wäldern und
anderen kontrollierten Herkünften

Zert.-Nr. SGS-COC-1940
www.fsc.org
© 1996 Forest Stewardship Council

Verlagsgruppe Random House FSC-DEU-0100
Das für dieses Buch verwendete FSC-zertifizierte Papier *Munken Premium*
liefert Arctic Paper Munkedals AB, Schweden.

2. Auflage

Satz: Uhl + Massopust, Aalen
Druck und Bindung: GGP Media GmbH, Pößneck
Printed in Germany
ISBN: 978-3-570-10005-9

www.cbertelsmann.de

Alle Kreaturen der Abgründe
sind Fleischfresser.

Für Anna Maria

I

Als ich klein war, nannten sie mich das elektrische Mädchen.

Wenn sie uns ins Bett brachten, knipste mein Bruder Diego das Licht aus und wollte, dass ich »Glühwürmchen« machte. Jeder synthetische Pullover knisterte und sprühte Funken, sobald ich ihn über den Kopf zog.

Das gefiel ihm wahnsinnig, kam ihm vor wie Zauberei. Mir gefiel es ein bisschen weniger, wenn ich an der Autotür, am Toaster oder an der Antenne des tragbaren Fernsehers einen Schlag bekam. Diego schloss daraus, ich hätte Superkräfte, und so bat er mich eines Tages, die kleinen Batterien des Walkmans, den er zu Weihnachten bekommen hatte, die ganze Nacht lang fest in meiner Hand zu halten.

Am nächsten Morgen funktionierte sein Walkman wieder. Dann stimmte es also, ich hatte Superkräfte. Ich glaubte daran, ohne mich groß zu wundern. Es erschien mir durchaus wahrscheinlich, dass es Menschen mit Superkräften geben konnte.

Meine Superkräfte mussten ein Geheimnis zwischen Diego und mir bleiben, doch an dem Tag, als ich zum ersten Mal meine Zahnspange trug, musste ich erleben, wie meine Beliebtheit in der Klasse massiv einbrach, und da erzählte ich den anderen davon. Ich prahlte geradezu mit meinen Superkräften, und eine Klassenkameradin gab mir die dicken Batterien einer dieser Puppen, die weinen können, zum Aufladen.

Da es ja größere Batterien waren, verkündete ich mit Kennermiene, dass ich mindestens zwei Nächte brauchen würde. Voller Angst, mein Bruder könnte etwas merken, umklammerte ich die Batterien drei Nächte lang, die letzte davon schlaflos. Doch diese dumme Puppe wollte einfach nicht weinen.

Ich wurde zum Gespött der Klasse. Als ich meinem Bruder alles gestand, war sein Urteil eindeutig: Wer seine Superkräfte offenbart, verliert sie für immer.

Einen Monat danach erklärte mir mein Vater, dass Diego immer die Batterien ausgetauscht hatte, während ich schlief. Und was aufladbare Batterien anging, so würden sie eines Tages überall verbreitet sein, und das wäre dann für die Natur viel besser. Die Natur war mir schnurz, und ich fühlte mich ganz schlecht, hauptsächlich weil niemand Superkräfte hatte.

Ich fragte ein paar Mal bei meinem Vater nach.

»Nein, niemand«, sagte er jedes Mal.

»Du auch nicht, Papa?«

»Aber nein.«

Plötzlich hatte ich das Gefühl, in einer todtraurigen Welt zu leben.

Ein Therapiezentrum ist auch kein besonders fröhlicher Ort.

Aber das hier befindet sich in einer Benediktinerabtei (was will man mehr). Sie heißt Spaccavento, und ich habe sie immer aus der Ferne gesehen. Ich muss sagen, sie hat schon ihre Wirkung, wenn man sich ihr auf dem alten Weg voller Teerkrusten nähert (die vielen Schlaglöcher haben allerdings auch ihre Wirkung auf meine beginnende Blasenentzündung).

Nach der (hoffentlich) letzten Kurve ragt die Einfriedungsmauer vor mir auf, hoch und senkrecht wie ein mit Kletterpflanzen überzogener Deich.

Ich stelle den Motor ab und stütze mich aufs Lenkrad. Der Glockenturm der Kirche, eckig und aus grobem Stein gemauert, erhebt sich über den dunklen Spitzen der Zypressen. Ich hole ein Erfrischungstuch aus der Handtasche, kontrolliere im Rückspiegel mein Aussehen und beschließe, den Lippenstift aufzufrischen (nicht zu wenig, aber auch nicht übertrieben viel).

Ich mache die Wagentür auf. Wenn Gott existiert, wird er sicher wissen, wie sehr ich jetzt, im Alter von dreißig Jahren, eine dieser Superkräfte brauchen könnte. Irgendeine, er kann sich eine aussuchen, egal welche.

Doch das einzig Elektrische, das ich spüre, ist ein Kribbeln im Knie. Ansonsten ist auch das Handy auf null. Kein Saft und kein Netz.

Hier drinnen sind überall Skelette.

Ich bin von langen Knochen umgeben. Von krummen alten Knochen.

Die auf der anderen Seite des Tischs mustern mich eingehend. Sie sind zu dritt.

»Daniele Mastronero, genannt *Cocìss*«, beginnt der Typ in der Mitte, der im blauen Anzug. »Ja, wie der Apachenhäuptling. Man nennt ihn wohl deswegen so, weil er zwei gleiche Narben unter den Augen hat. Wie die Kriegsbemalung der Indianer. Unser Mann war der Gebietsverantwortliche für den Block K, den nördlichen Bereich des Viertels 167, zwei Drogenumschlagplätze, ein Dutzend Soldaten, dazu die Dealer, die Schmieresteher und die Wachtposten. Heroin, Kokain, Crack und *Fläschchen* zu erschwinglichen Preisen. Sieht so aus, als hätte er seit ein paar Monaten direkt mit den Lieferanten verhandelt.«

Der Typ im blauen Anzug hat beinahe weißes Haar und schwarze Augenbrauen. Kleine, misstrauische Augen von einem, der nur jedes Schaltjahr mal lacht. Er schließt die Mappe und räuspert sich.

»Wir haben ihn am frühen Morgen aufgegriffen, in einem verlassenen Zigeunerlager. Mastronero hatte sich in einem Wohnwagen versteckt, den er mit seinen Komplizen benutzte, um, wie er es nannte, bestimmte Probleme bei der Arbeit zu lösen. Hier sind die Fotos der Inaugenscheinnahme und eine unvollständige Liste des sichergestellten Materials.«

Er reicht mir ein Dutzend zusammengehefteter Blätter.

»Wollen Sie einen Blick darauf werfen? Bitte.«

(Ich lege keinen Wert darauf.)

»Danke.«

Sie sehen mich alle drei an, mehr oder weniger aufmerksam. Es ist ein Test. Und aus den Schaukästen, ohne erkennbare Ordnung an den Wänden aufgestellt, starren mich die traurigen Augenhöhlen leerer Schädel an.

Die Fotos hat man von eins bis fünfundzwanzig durchnummeriert. Die Wände und der Boden des Wohnwagens sind übersät mit Spritzern. Weitere Aufnahmen zeigen eine Autobatterie mit Kabeln und Klemmen, eine Nagelzange, weiße Plastikflaschen, einen Schuh. Ich überfliege die Auflistung des sichergestellten Materials: »2 große Zehennägel, ganz; 1 distales Zehenglied, an einem Ende zerquetscht; 5 Knorpelfragmente einer Hörmuschel; 1 Stück Kopfhaut, rechteckig, ungefähr 3,5 cm × 1,2 cm mit ausgefransten Rändern …«

Ich schließe das Dossier. Der Mann in Blau scheint nicht die Absicht zu haben, weitere Ausführungen zu machen, vielleicht erwartet er, dass ich etwas sage, aber ich enttäusche ihn. Ich schaue zuerst ihn an, dann die beiden anderen, die in einer Reihe mir gegenüber an dem langen Tisch mit Marmorplatte sitzen. Dann rücke ich den Ausschnitt meines T-Shirts zurecht und lasse die Glieder meines Quarzarmbands durch die Finger gleiten, als wäre es ein kleiner Rosenkranz. Ich sehe auf die Uhr: Es ist zwei. Über uns brennt die Sonne auf die Dachziegel, und hier drinnen ist die Luft abgestanden.

»Wollen Sie etwas hinzufügen, Dottor Alamanni?«, fragt der Mann in Blau den Typen, der zu seiner Linken sitzt. Rosa Polohemd, um die vierzig, bisher hat er seinen Blick auf den Spalt des angelehnten Fensters gerichtet und dabei auf einem Bügel seiner Brille herumgekaut. Er ist Psychologe, kommt von der Zentrale in Rom. Bevor er etwas sagt, seufzt er und reibt sich die Lider.

»Mastronero ist ein ausgesprochen asozialer Charakter mit

paranoiden Zügen. Er weist eine starke psychische Unausgeglichenheit auf, die wahrscheinlich mit gewohnheitsmäßigem Drogenkonsum in Verbindung steht. Die Abstinenz von Drogen und der Verlust seines – wenn wir so wollen – normalen Bezugsrahmens können bei ihm zu depressiven Spitzen führen, deren Beschaffenheit und Schwere nicht leicht vorherzusehen sind.«

Schlimmer konnte es für mich beim ersten Auftrag nicht kommen. Ich nicke, würde aber am liebsten aufstehen und gehen.

»Wann trifft er hier ein?«, frage ich.

Der andere antwortet mir, der zur Rechten.

»Heute Nacht. Nicht vor eins, glaube ich.«

Hemd mit orangefarbenen Streifen, das er über der Hose trägt, fitnessgestählte Figur und das Gesicht eines Draufgängers (der Netteste von den Dreien, würde ich sagen: jedenfalls hat er mich sofort geduzt). Er heißt Reja, ist Sovrintendente, im Grunde ist er der Verbindungsoffizier zwischen der Zentralen Abteilung Zeugenschutz und der regionalen Polizeieinheit, zu der ich von heute an offiziell gehöre.

»Wird er allein hierher überstellt?«

»Ja.«

»Frau und Kinder stehen nicht unter Schutz?«

Der Psychologe räuspert sich. Der Typ im blauen Anzug antwortet mir, als er schon die Hände auf den Tisch gestützt hat, um aufzustehen. Er trägt einen goldenen Ring, breiter als ein Ehering, und außerdem hat er ihn am Mittelfinger.

»Daniele Mastronero ist vergangenen Monat achtzehn geworden.«

Zwischen den irgendwie ungeordnet zusammengestellten Skeletten sind Reja und ich allein zurückgeblieben. Der Sovrintendente geht von einem der großen Schaukästen zum anderen, um sich die Beine zu vertreten. Er hat dreihundert Kilometer zurückgelegt, die anderen beiden wohl noch mehr. Interessiert schaut er sich den Mammutschädel an, der an zwanzig Zentimeter breiten Ledergurten von der Decke herunterhängt (allein auf dem Stoßzahn könnten bequem ein Dutzend Kinder sitzen).

»Was ist denn ein *Fläschchen*?«, frage ich. (Man ist halt neugierig.)

»Mehr oder weniger Acid aus LSD, Kokainbase und Bikarbonat. Sie stellen es in Halbliter-Plastikflaschen her. Ich glaube, man inhaliert es durch einen Strohhalm.«

»Hat unser Mann sich nach der Festnahme entschlossen zu kooperieren?«

Reja dreht sich ruckartig um, als wäre er bis vor einer Sekunde in Gedanken versunken gewesen, hebt die mächtigen Schultern und öffnet eine schwarze Gürteltasche, die unter seinem weiten Hemd verborgen war.

»Scheint so. Nach Meinung der Staatsanwaltschaft riskiert er eine Menge. Die Kommission muss innerhalb einer Woche über das Schutzprogramm entscheiden. Aber wenn sie es in die Länge ziehen sollten, verlegen wir ihn an einen sichereren Ort.«

Ich sehe aus dem Fenster. Die gelbe Straße unterbricht die akkuraten Rebstockreihen, die so gerade verlaufen wie Rippen im Cord.

»Ist er hier nicht sicher genug?«

»Nein.«

»Es ist aber doch ein ruhiger Ort.«

»Zu ruhig.«

Er gibt mir einen verschlossenen Briefumschlag, weiß und unbeschriftet, erklärt mir, dass ich die ganze Woche damit auskommen muss. Ich stecke ihn in die Handtasche, ohne ihn zu öffnen (von der Dicke her würde ich sagen: tausend Euro in Fünfzigern).

»Wir haben uns gedacht, dass auch der Leiter des Zentrums nicht erfahren sollte, wie der Neuzugang wirklich heißt«, sagt er und kramt wieder in seiner Gürteltasche. Ich weise darauf hin, dass Padre Jacopo darauf besteht zu wissen, wen er aufnimmt, und mir Probleme machen könnte.

»Das kriegst du schon hin. Sein Name ist der, der auf den Tarndokumenten steht, und fertig.«

»Und wo sind sie, die Tarndokumente?«

»Kommen heute Nacht mit ihm an.«

Er setzt sich auf den Tisch, schiebt sich seine Locken aus der schweißnassen Stirn. Zwischen seinen Fingern funkelt ein grün fluoreszierendes Stäbchen. Ich weiß nicht recht, was das ist.

»Und im Zentrum? Weiß da schon jemand, dass du von der Polizei bist?«

»Nein. Nur Padre Jacopo.«

»Perfekt. Für alle anderen, Mitarbeiter eingeschlossen, bist du die ältere Schwester unseres Mannes. Und der muss den Kontakt zu den anderen im Zentrum auf das unvermeidliche Minimum beschränken.«

»Und damit meinst du?«

»Damit meine ich: null.«

»Im Zentrum sind keine anderen Vorbestraften.«

Er mustert mich erstaunt, aber überheblich.

»Das möchte ich sehen, Kollegin. Machen wir weiter: Er weiß, dass du Rosa heißt und von der Polizei bist. Wenn es irgendein Problem gibt, löst du es für ihn. Punkt. Er darf nicht wissen, wo du wohnst, wie du mit Nachnamen heißt, ob du verheiratet bist, nichts. Er darf deine Nummer nicht haben, auch weil es im Augenblick gut ist, wenn er vergisst, wie ein Telefon überhaupt aussieht. Und egal was ist, Padre Jacopo kann dich Tag und Nacht erreichen, haben wir uns verstanden?«

»Wir haben uns verstanden.«

»Noch etwas: Hier in der Gegend fällt ein neues Gesicht allen auf. Also: Große Spaziergänge nur innerhalb des Geländes, und nur wenn du dabei bist. Klar?«

(Es ist klar, dass ich bei einem solchen Typen mehr oder weniger als Strafvollzugsbeamtin fungiere.) Ich möchte ihm sagen, dass ich mich nicht mehr dazu in der Lage fühle. Doch das kann ich jetzt nicht, dies ist mein erster Auftrag, und ich klammere mich an die einzige positive Seite des Ganzen. Es dauert höchstens eine Woche, dann geht »die dringlichen Sonderschutzmaßnahmen unterstellte Person« in eine große Stadt, weit weg von hier, und wird unter Aufbietung weniger dringlicher Schutzmaßnahmen von irgendjemand anderem in Obhut genommen.

Reja kommt mit seiner Liste von Handlungsanweisungen ans Ende. Es ist eine besondere Lage, und dieser Typ muss sich die Regeln fest einprägen, und zwar sofort. Er muss wissen, dass ich der Zentralen Abteilung über alles berichte, selbst darüber, wie viele Zigaretten er raucht. Bei der kleinsten Verfehlung: Ende der Ferien und Rückkehr ins Gefängnis.

»Und dann hat er ein Problem«, sagt Reja schließlich, hebt die Augenbrauen und verzieht die Lippen. Das ist kein Lächeln, nur Haut, die sich auf dem kantigen Draufgängergesicht spannt. Zum Schluss reduziere ich die Möglichkeiten auf zwei, die da wären: Der Typ verbringt im Gefängnis entweder die nächsten drei Jahre in Isolationshaft, oder er lebt höchstens drei Tage, gerade so lange, wie sie brauchen, um eine Gelegenheit zu finden, ihm die Kehle durchzuschneiden.

Reja steht auf und tritt ans Fenster.

»Man kommt hier um vor Hitze.«

»Padre Jacopo hat Anweisung gegeben, nichts anzufassen und die Fenster nicht zu öffnen.«

Diese Räume darf seit einer ganzen Weile niemand mehr betreten. Es heißt, die naturwissenschaftliche Sammlung der Abtei soll in einem Jahr wieder geöffnet werden. Reja sieht sich einen alten Luftfeuchtigkeitsmesser an, ich bleibe vor einem anderthalb Meter hohen Schaukasten mit dem perfekt erhaltenen Skelett eines kleinen Dinosauriers stehen. Es ist einer von diesen zweibeinigen mit kurzen Vorderpfoten. Auf der angelaufenen Tafel steht, dass es sich um eine Rekonstruktion handelt, Geschenk eines argentinischen Museums.

Reja stößt geräuschvoll die Luft aus. Ich sollte keine weiteren Fragen stellen, tue es aber trotzdem.

»Kommt sein Anwalt auch mit?«

»Das weiß man im Augenblick nicht.«

»Wird er in der Zeit hier verhört?«

»Sicher. Doch wo und wann, erfahren wir erst im letzten Moment. Jetzt lass uns überlegen, wo wir ihn unterbringen: nicht im Erdgeschoss, kein Balkon, nur eine Tür und möglichst zwei leere Zimmer daneben. Geh du dir das bitte anschauen. Wenn im Zentrum irgendwelche Transen oder Rumänen sind, erkennen die schon an meinem Gesicht, dass ich ein Bulle bin.«

Am Gesicht vielleicht nicht. Am Gang und an der Art zu reden, das könnte allerdings sein. Er ruft mich zurück, als ich schon an der Tür bin.

»Fast vergessen: Hier ist Material, das du dir besser ansehen solltest.«

Von dem grün fluoreszierenden Stick baumelt ein schwarzes Bändchen.

»Hier sind die Daten seiner Komplizen drauf, Aktenvermerke, vertrauliche Quellen, die alles Mögliche über ihn erzählen. Wenn du dich wirklich amüsieren willst, gibt es auch die Geschichte dieser ganzen Scheiße, die in den letzten Wochen da unten passiert ist. Niederschriften, Berichte, Abhörprotokolle. Auch Fahndungsfotos von Leuten, die sich auf die Suche nach ihm machen könnten. Man weiß nie.«

Ich fummle schon wieder am Kragen meines T-Shirts herum, Reja hebt eine Augenbraue und fügt hinzu:

»Nur die Ruhe, ich habe gesagt: Man weiß nie. Dottor D'Intrò besteht darauf, dass man in solchen Situationen besser einen Gesamtüberblick hat.«

Ich fürchte, jetzt verstehe ich. Dieser Cocíss ist in Gefahr, weil er versprochen hat, über die Aprilfehde, wie die Zeitungen sie genannt haben, auszusagen. Mehr als zwanzig Tote in einem Monat, und letzte Woche ein Blutbad mitten im Zentrum. Sie haben einen Vorbestraften umgebracht und dabei zwei Mädchen getötet, die nichts damit zu tun hatten. Acht Jahre alt, vielleicht neun, nicht mehr. Von Nunzia und Caterina haben alle eine ganze Woche geredet, es sind die einzigen Opfer, die für den Rest Italiens noch ein Gesicht und einen Namen haben. Jetzt habe ich das Gefühl, sie hier zwischen den Fingern zu halten. Alles, was von ihnen bleibt, Bröckchen elektronischer Asche in einer Urne aus grünem Plastik. Ich schließe meine Finger fest darum und stecke den USB-Stick in die Handtasche.

»Du darfst diese Dateien auf keinen Computer laden, auch nicht im Büro. Nicht ausdrucken, und wenn du den Stick mit dem Computer verbindest, kontrollier vorher, dass du nicht online bist, okay? Ach, er wird dich nach einem Passwort fragen. Es ist ›Cocíss‹.«

»Wie geschrieben?«

»Mit C und zwei S hinten.«

Er wiederholt ihn noch einmal, den Kampfnamen von Daniele Mastronero, und die beiden S am Ende kommen mir vor wie das Zischen eines Messers, mit dem man meuchlings zusticht.

Am Ende des Südflügels finde ich eine Unterkunft, die mir alle Anforderungen Rejas zu erfüllen scheint. Das Zimmer ist groß, geht auf einen kleinen Garten mit einem Mandelbaum und einer Bougainvillea hinaus. Padre Jacopo lehnt die Matratze ans Fensterbrett und lässt die Bettlaken wechseln. Er will, dass sie neu sind. Wegen der symbolischen Bedeutung, erklärt er mir (wo sich einer wie Cocíss wohl symbolische Bedeutungen hinsteckt?).

Weil das Waschbecken nicht abfließt, schraubt Padre Jacopo das Abflussrohr auf. Als ich ihm sage, dass der neue Gast nicht vor ein Uhr nachts eintreffen wird, hält er die Zange um die fest sitzende Mutter geschlossen und sieht mich an.

»Nachts wird hier geschlafen.«

»Ich kann da nichts machen.«

»Es scheint ein besonderer Fall zu sein.«

Ich gehe nicht darauf ein.

»Kommt er mit Bewachung?«

»Außer mir noch zwei Kollegen.«

Alles in allem gefällt mir dieser Mann, er hat große, ehrliche Hände und fettige Fransenhaare, ein bisschen siebziger Jahre. Er schraubt die Mutter mit den Fingern fertig ab, zieht das Rohr heraus, und die Schüssel füllt sich mit einem schwarzen Matsch aus Haarknäueln. Er wischt sich die Hände an den Leinenhosen ab und schaut mich durch seine von Fingerabdrücken verschmierten Brillengläser an.

»Wir könnten ihn durch das Tor der Toten hereinbringen.«

Ich reiße die Augen auf, und er bemerkt es.

»Das ist nur das Gittertor hinten am Friedhof. Die Mönche nennen es so. Dann geht ihr durchs Kloster und kommt genau hier heraus, am Ende des Gangs, ohne alle aufzuwecken.«

Er steht auf, stützt sich dabei an die Wand. Ich sage ihm, dass mir das eine ausgezeichnete Lösung zu sein scheint.

»Aber man muss Frate Jacques um die Schlüssel und die Erlaubnis bitten. Und mit mir redet Frate Jacques seit zwei Monaten nicht mehr.«

Er erklärt mir, dass die Mönche die Einrichtung des Zentrums nicht verwunden haben. Sie sind ja nur noch zu fünft oder sechst und schaffen es nicht mehr, sich um alles zu kümmern. Er erklärt mir haarklein, dass die Räume verteilt worden sind, die Abmachungen klar: Die Mönche haben die Kirche behalten, einen Flügel des Klosters, den Kapitelsaal, den botanischen Garten und die Apotheke, während das Zentrum das allgemeine Gästehaus und jenes des Granduca, den Flügel der Laienbrüder, die alten Stallungen, das Land und das Museum bekommen hat.

»Und was für Probleme gibt es dann?«

»Das Problem ist, dass ich die Mädchen nicht daran hindern kann, sich im Badeanzug zu sonnen, zu tanzen und Musik zu hören.«

Frate Jacques ist klein, zäh und Franzose. Aus der Ariège, erklärt er mir. Ich gebe mich interessiert, aber für mich ist Frankreich das Land des Schlafes. Jede Region, jede Stadt erinnert mich nur an eines: die Sommernachmittage, wenn ich nach dem Meer im Arm meines Vaters einschlief, der sich die Tour de France ansah. Er verfolgte alle Etappen, von einem Liegestuhl aus, nachdem er den mächtigen Fernsehapparat zur Glastür Richtung Garten gedreht hatte. Er fischte Obst aus einer Plastikschale, und ich schlummerte ein, während ich seine Brusthärchen kräuselte, die weiß vom Salzwasser waren, noch nicht vom Alter. Ich war fünf Jahre alt.

Dann sechs, dann sieben, dann, mit acht Jahren, wog ich zu viel, und ihm wurde zu warm bei der Sache, und er wollte nicht mehr.

An meinem zehnten Geburtstag, im Juli, hatten wir nicht einmal mehr das Haus am Meer. Es war das Jahr, in dem mein Bruder zum ersten Mal von zu Hause weglief.

»Dies ist ein Ort der Besinnung und des Gebetes«, sagt Frate Jacques zu mir.

Neben dem Computer, auf einem kleinen halb ovalen Schreibtisch am Fenster, sehe ich die Taschenbuchausgabe der *Bekenntnisse* liegen.

»Ich habe an einer Examensarbeit über den heiligen Augustinus geschrieben, wissen Sie.«

»Tatsächlich?«

»Ja, über die antipelagianische Polemik.«

Wir reden eine Viertelstunde darüber, Frate Jacques ist enttäuscht, dass ich die Arbeit nicht abgeschlossen und *also* auch kein Examen habe. Und (noch einmal: *also*) die Studien und Forschungen nicht fortgesetzt habe und (zum letzten Mal: *also*) in die Arbeitswelt eingetreten bin, in einen Bereich, in dem sich allgemein wenig Philosophen finden.

»Und welcher Bereich ist das?«

»Ich bin Polizistin.«

Einen Augenblick lang sieht er mich an, als wäre ich oben

ohne in sein Büro gekommen. Ich gebe ihm nicht die Zeit, sich zu erholen.

»Hören Sie, heute Nacht müssen wir eine Überwachungsmaßnahme durchführen. Das stellt für das Zentrum natürlich eine … sagen wir … ungewöhnliche Situation dar.«

Er würde mir gern sagen, dass er das wusste, dass es klar war, dass er sich das gedacht hat. Doch er bleibt in seiner Rolle, streichelt seine Hände und tut, als bedaure er das.

»Ich möchte Sie freundlich um einige Schlüssel bitten. Ich vertraue darauf, dass die Angelegenheit unter uns bleibt, auch Padre Jacopo darf nichts davon wissen, Sie verstehen mich.«

Er ist hochzufrieden, mich zu verstehen, der kleine Franzose.

»Welche Schlüssel brauchen Sie denn?«

»Die zum Tor der Toten«, antworte ich.

Ich sehe zu, wie die drei in die schwarze Limousine mit den schlammbespritzten Kotflügeln steigen. Der Wagen steht neben dem von Holzbalken getragenen Heuschuppen. Reja am Steuer, der Psychologe hinten, der Mann in Blau ist noch mit Telefonieren beschäftigt und lehnt an der Beifahrertür. Er hat sich das Jackett ausgezogen, und zwischen den Knöpfen seines Hemds schlängelt sich das Kabel des Ohrhörers.

Er hat eine fleischige Nase und die dicken Augenbrauen eines Mannes, der mit Kopfstößen einen Berg aus dem Weg räumen könnte. Und so habe ich gleich bei meinem ersten Auftrag niemand Geringeren als den Hauptkommissar Paolo D'Intrò kennengelernt, den Chefermittler der Operation Antigone. Zweiundsechzig Festnahmen in einer Nacht unter den Clans Scurante und Incantalupo, ich weiß nicht mehr, wie viele Kilo beschlagnahmtes Heroin, das Viertel 167 bis zum Morgengrauen belagert, der Supermarkt der Drogen durch eine Blitzaktion geschlossen. Wenigstens für ein paar Tage.

Zweiundsechzig Festnahmen, darunter Daniele Mastronero, genannt Cocíss, der Typ, um den ich mich kümmern muss. Sie haben sich zu dritt aufgemacht, um mir seine Ankunft anzukündigen und mir zu erzählen, was für eine Bestie er ist. Und ich wollte Nein sagen, Entschuldigung, aber das schaffe ich nicht. So einer, für mich? Ich bin gerade mit dem Lehrgang fertig, und bis vor einem halben Jahr war ich bei der Verkehrspolizei. Was soll das denn? Das ist doch verrückt.

Das Auto fährt zwischen den Reihen der Rebstöcke entlang. Man könnte meinen, dass an einem Ort wie diesem nie irgendwas passiert. Weit gefehlt.

Viertel vor sechs. Was mache ich noch hier? Ich weiß es nicht. Ich weiß nur, dass ich mich lieber zwischen den Wirbelsäulen aus Kalk und den polierten Lackschaukästen einschließen lassen möchte, als meinen ersten Auftrag anzugehen. Scheiße, muss das denn ausgerechnet mir passieren?

Ich betrachte den kleinen rekonstruierten Dinosaurier, sein Skelett im Lauf für immer festgehalten. Ich beuge mich vor, um noch einmal zu lesen, was auf dem Schild steht. Nur so, um mich abzulenken.

Eoraptor. Das heißt Jäger der Morgenröte. Ich lese, dass mit ihm die Dinosaurier auftreten, denn in einem gewissen Sinn ist er eine Art Prototyp. Sein Gebiss ist zum Teil noch das eines Pflanzenfressers. Ein kleines, schnelles, primitives Tier, erschienen und ausgestorben in der Oberen Trias. Das heißt: vor ungefähr 230 Millionen Jahren.

Ich lasse das Halbdunkel, die Stoßzähne und den Staub hinter mir. Schließe die Tür des Raums, und der Jäger der Morgenröte rennt wieder durchs Dunkel (warum nur hat die Natur immer wieder das Bedürfnis, neue Jäger zu schaffen?).

Vor 230 Millionen Jahren.

Ich gehe die Treppe hinunter. Was ist da schon eine Woche.

Ich gehöre zu den Jägern des Abendrots.

Davon existieren verschiedene Subspezies: junge Berufstätige, Karrierefrauen, Singles, Geschiedene und kinderlose

Paare. Wir ziehen erst nach sieben Uhr abends im Supermarkt unsere Kreise. Wir bevorzugen Einkaufswagen. Wir kommen an die Kasse, wenn der Parkplatz sich schon geleert hat.

Wir kommen an die Kasse, und unser Handy klingelt. Immer.

Es ist meine Mutter, und sie legt sofort los. Mein Vater schließt sich jetzt jedes Mal, wenn das Telefon klingelt oder es an der Tür läutet, in den Keller ein. Er hat Angst vor nicht näher bezeichneten Gläubigern. Er sieht ein Dutzend Mal am Vormittag im Briefkasten nach, weil er zu Protest gegangene Wechsel oder bedrohliche Anwaltspost erwartet. Den Nachmittag dagegen verbringt er mit der Kontrolle von Kontoauszügen und Belegen jeder Anschaffung der letzten fünf Jahre, die, nach Monaten abgeheftet, aufs Sorgfältigste in einer Schublade verwahrt werden. Er ist davon überzeugt, dass die Bank ihm Geld abgenommen hat, was nicht stimmt (jedenfalls *nicht in dem Maße*, wie er es behauptet). Meine Mutter wollte alles wegwerfen, doch er hat die Schublade rausgezogen und sich damit in der Abstellkammer eingeschlossen. Dort drinnen ist er eine Stunde geblieben.

Sie sagt, dass sie noch vor ihm im Irrenhaus landet.

Ich weiß nicht, was ich ihr sagen soll, auch weil sich die Kassiererin inzwischen mit meiner EC-Karte herumschlägt. *Zahlung nicht möglich*. Wieso denn das?

Im Hintergrund höre ich meinen Vater schreien. So, wie es klingt, kapiere ich, dass er wirklich im Keller ist. »Du bist eine Lügnerin! Warum erzählen Frauen bloß all diese Lügen?«

Die Leute in der Schlange an der Kasse sehen mich inzwischen alle böse an. Die Jäger des Abendrots sind keine geduldige Spezies.

Das Gehalt müssten sie mir schon überwiesen haben. Doch jeden Monat machen sie das gleiche Spielchen mit der Wertstellung.

»Dann nehmen wir die Kreditkarte, entschuldigen Sie.«

Ich stopfe die Sachen irgendwie kreuz und quer in die Tüte

und sage zu meiner Mutter ganz unschuldig, dass Papa mit den Banken nicht so ganz unrecht hat.

»... Daniele Mastronero fand sich seit mehr als einem Monat fast täglich vor der Schule ein und bot sich an, Loredana Chiarella mit seinem Motorroller nach Hause zu bringen. Auf deren wiederholte Ablehnung reagierte er mit einem jeden Tag heftigeren Drängen ...«

Ich muss etwas essen. Mit einem Kribbeln in den Schenkeln löse ich mich vom Stuhl, mache den Kühlschrank auf und wieder zu. Zuerst will ich diesen Bericht der Carabinieri zu Ende lesen.

»... und ging so weit, dass er auch Mitschülerinnen des Mädchens bedrohte. So ist die Situation am 15. Januar 2002. Einigen getrennt zu Protokoll genommenen Zeugenaussagen zufolge soll Loredana Chiarella Mastronero mit beleidigenden Worten beschimpft haben, unter anderem als ›Drogengeburt‹. Das soll, nach dem aktuellen Kenntnisstand, die gewalttätige Reaktion von Mastronero ausgelöst haben, die nicht spontan erfolgte, sondern zusammen mit Dritten und organisiert, wodurch Vorsätzlichkeit vorliegt.

Laut der Aussage von Loredana Chiarella, die sie nach Überwindung des Schocks machen konnte, konkretisierte sich die besagte Reaktion in einer Entführung, geschehen am selben Nachmittag ...

... es ist nicht klar, ob Mastronero und die anderen den Vorsatz hatten, so weit zu gehen, oder ob der Widerstand des Mädchens sie zum Exzess getrieben hat ...

... Auskugelung des Handgelenks und Bruch zweier Knochen der Mittelhand, Riss einer Lendenrippe, Blutergüsse auf den Armen und Beinen, tiefe Hautabschürfungen im Gesicht und am Hals, verursacht durch Material mit Scheuerwirkung auf der Haut, wahrscheinlich Glaspapier, zumindest nach der Erinnerung des Opfers, das nach einer regulären Behandlung im Krankenhaus den Schulbesuch noch nicht wieder aufgenommen hat. Seit drei Monaten hat das Opfer faktisch das normale Leben sozialer Beziehungen mit Gleichaltrigen aufgegeben und eine Form der Bulimie entwickelt, die eine Einweisung in die Klinik notwendig machte.«

Ich öffne den Safe (mit Glaspapier übers Gesicht, Scheiße, wie kann man das machen?), nehme die Pistole heraus und stecke sie in die Innentasche, die ich mir eigens in meine Lieblingslederjacke habe nähen lassen, die mit dem schrägen roten Reißverschluss.

Viertel nach neun.

Ich mache weiter, und über meinen Bildschirm läuft die Mitschrift des Verhörs von Mario Crippa, genannt Marietto, besser bekannt als »Madonnino«, Capopiazza im Viertel 167, nördlich der Umgehungsstraße, Territorium der Incantalupo. Das Verhör wurde vor ungefähr anderthalb Jahren geführt.

»Es hieß, dass die Pärchen auf den Rastplätzen der Umgehungsstraße Sache von Cocíss und seinen Leuten waren. Man braucht nichts Spezielles dazu. Man wartet, bis der Mann sich die Hosen runterzieht. Dann ist einer in der Klemme, und wenn die Frau ausgezogen ist, denkt sie vor allem daran, sich was vorzuhalten, da besteht keine Gefahr ... Du kannst ihnen alles wegnehmen. Mit ihm zusammen waren Zecchetto, der um einiges älter ist, also ein Mann, und außerdem Medina, den man so nennt, weil er immer, im Sommer wie im Winter, so ein Käppchen trägt wie die Araber ... Aber die wirklichen Namen von denen weiß ich nicht, die habe ich eigentlich nie gewusst.«

Während ich den Salat aus der Tüte in eine Suppenschüssel gebe, höre ich den Summton der Mikrowelle. Ich ziehe die Schale heraus und werfe sie mit einem Schrei ins Spülbecken.

Ich mache Platz zwischen Zeitschriften und Rechnungen und bringe Schüssel, Gläser und Besteck auf dem Schreibtisch unter.

»... hauptsächlich war es wegen den Handys, sie zogen davon fünfzehn, zwanzig in der Woche ab, außerdem Geld und Uhren. Zecchetto machte auch Fotos mit seinem Handy und verkaufte sie an die Jungs im Viertel… das heißt, die ersten Male schickte er sie herum, um anzugeben, später fing er dann an, sich bezahlen zu lassen, weil man vielleicht den Busen der Frau sah oder wie sie ihren Slip in der Hand hatte und ganz panisch war. Das ist der Grund, warum ich sie auf dem Handy habe, Zecchetto hat sie mir geschickt, ich habe die Sache mit den Pärchen nie gemacht, sagen wir mal, es war nicht mein Ding.«

Die Handys. Ich habe zwei, irgendwo vergraben auf dem Schreibtisch. Auf dem einen erwarte ich die Mitteilung, wann und wo genau Daniele Mastronero, genannt Cocíss, ankommt. Mit dem anderen sollte ich meine Mutter anrufen, aber ich muss zugeben, ich bekomme schon Angst, wenn ich dieses Zeug lese.

»Ich weiß nicht, ob Cocíss sich aufgeregt hat, weil Zecchetto diese Sache mit dem Verkaufen der Fotos heimlich machte oder weil es vielleicht gefährlich war. Also ich glaube, er hatte recht, in einem gewissen Sinn. Aber was er mit ihm gemacht hat, das hätte ich nie mit ihm gemacht. Da erinnern sich alle im Viertel dran. Sie haben ihn eines Morgens im Stadtpark gefunden, wie er an einer Schaukel hing, mit dem Kopf nach unten. Er war halb tot, hatte mehr Zähne auf der Erde als im Mund, aber keiner hat sich getraut, ihn da runterzuholen, aus Angst. Es musste ein Krankenwagen kommen, und da war es schon fast elf. Es heißt, er hat eine Woche auf der Intensivstation gelegen. Und dann hat er sich nicht mehr blicken lasen, nicht im Viertel, meine ich. Ich weiß nicht, was aus ihm geworden ist. Aber für ihn war kein Platz mehr. Es ist für keinen mehr Platz, wenn er sich gegen den stellt, gegen Cocíss, meine ich. Der ist wie ein Auto ohne Fahrer, das mit 300 Sachen losrast. Ein Auto, das mit Koks statt mit Benzin fährt. Ich arbeite für ihn, aber ich habe wenig mit ihm zu tun. Ich sehe ihn selten, fast immer nachts, er ist immer nachts unterwegs, tagsüber weniger. Ich sehe ihn ein oder zwei Mal im Monat insgesamt, und je seltener ich ihn sehe, desto besser geht es mir. Wir wechseln ein paar Worte, er fragt mich, ob alles in Ordnung ist, und sagt mir, ich soll meine Arbeit gut machen und nicht mehr fixen, weil ich jetzt Familienvater bin, und zu einem Familienvater passt es nicht, dass er Drogen nimmt. Ich sage ihm, dass er recht hat, und wenn er dann das Geld zählt, halte ich die Luft an, weil ich immer Angst habe, dass was fehlt oder dass er irgendein Problem erfindet, um mich fertigzumachen.«

»Cocíss habe ich nur ein paar Mal in der Spielhalle gesehen. Ich habe nie mit ihm gesprochen, aber ein älterer Freund von mir schon. Cocíss ist einer, den alle respektieren. Er ist gut angezogen und hat immer Geld und ein neues Motorrad. Manche sagen, er hat mit schlimmen Sachen wie Drogen zu tun, aber er zwingt die ja nicht dazu, Drogen zu nehmen. Und wenn es welche gibt, die Drogen kaufen, gibt es immer einen, der sie verkauft. Es heißt, dass einer was nicht bezahlt hatte, und da haben ihm Cocíss und zwei andere eines Nachts in der Bahnunterführung beide Knie kaputtgehauen. Seitdem sitzt er im Rollstuhl, weil er nicht genug Geld hat, um sich operieren zu lassen. Das war nicht schön, ich meine, es gefällt mir nicht, wenn Leute geschlagen oder sogar umgebracht werden. Aber was nehmen und dann nicht bezahlen ist auch nicht richtig. Das ist Stehlen, und auch der Pfarrer in der Kirche sagt, man darf nicht stehlen. Nur dass keiner Angst vor dem Pfarrer hat.«

Dieses Stück aus einem Aufsatz ist mit A. R. unterschrieben. Er wurde innerhalb eines Projekts zur Förderung von Jugendlichen ohne Abschluss geschrieben. Das Thema hieß: »Erzähle von einem Menschen, den du bewunderst«.

Das panierte Medaillon hatte eine klebrige Füllung, die undefinierbar schmeckte. Vielleicht Spinat und Käse. Ich hatte die Packung gekauft, geöffnet und weggeworfen, ohne sie eines Blickes zu würdigen. Das heißt, ich habe nur »Sonderangebot« und »fertig in fünf Minuten« gelesen.

Ich gehe mit den beiden Handys nach draußen auf die Terrasse. Der Abend ist lau, und die von unten, denen auch die Mansarde gehört, in der ich wohne, essen unter der Pergola. Der Mond hat einen gespenstischen Schleier, was für morgen nichts Gutes ahnen lässt.

Ich schalte mein persönliches Handy aus und werde ein unerreichbarer Teilnehmer.

Die Unerreichbare.

So nennt mich Federico alias DJ Fede. Einer meiner aktuellen – sagen wir mal: Verehrer. Aber nicht, weil ich eine bin, die sich ziert. Bin ich nie gewesen, ehrlich nicht. Ich vergeude schon zu viel Zeit damit, mich zu fragen, was ich eigentlich wert bin, wo ich doch keinen Uniabschluss gemacht und einen Teil meiner glänzenden Zukunft schon verspielt habe. Doch was den Rest angeht, bin ich sicher, dass ich keinen Preis auszuhandeln habe. Ich habe mich immer ganz spontan entschieden. Impulsiv, unvorhersehbar, querköpfig: Man hat schon alles Mögliche über mich gesagt (und alles übertrieben, meiner Meinung nach).

Federico hat zwei präzise Gründe dafür, mich *die Unerreichbare* zu nennen: Erstens kennt er meinen Namen nicht. Zweitens sitzt er hinter Gittern, und es ist für ihn objektiv schwierig, mich zu erreichen. Zum Glück. Ich habe ihn nämlich mit sechstausend Pillen Ecstasy im Gepäck erwischt. Seitdem schreibt mir Federico, und er schickt mir CDs mit Techno. Dazu rezitiert er Gedichte. Eigene Gedichte. Schreckliche Gedichte. Doch der Psychologe sagt, das hilft ihm sehr, aus seiner Depression herauszukommen, während er darauf wartet, aus dem Gefängnis herauszukommen. Was in zwei oder drei Jahren passieren könnte.

Hin und wieder schicke ich ihm über einen Kollegen ein paar mit dem Computer ausgedruckte Zeilen. Ich danke ihm, versichere ihm, dass ich die CDs höre, sage ihm aber ehrlich, was ich von seinen Gedichten halte. Dass sie schrecklich sind.

Der Psychologe sagt, dass ich es genau so machen soll, und auch seine Familie ist einverstanden.

»Am Ende hat das Mädchen es nicht geschafft, vor Gericht zu gehen und alles zu erzählen, sondern die Aussagen zurückgenommen und gesagt, sie könnte sich nicht mehr richtig erinnern. Es heißt auch, die Familie Chiarella hätte ein – nennen wir es mal – Schmerzensgeld akzeptiert.«

»Und von wem?«

»Was weiß ich? Auf jeden Fall haben seine Komplizen den größten Teil der Schuld auf sich genommen und sind im Gefängnis gelandet, weil sie schon volljährig und vorbestraft waren. Die Entführung konnte Cocíss nicht nachgewiesen werden, und er hat ein Jahr Jugendstrafe bekommen und ist dann wegen guter Führung nach acht Monaten entlassen worden.«

»Und als er rausgekommen ist, hat der kleine Engel mit Drogen angefangen.«

»Er ist der Verantwortliche für ein Gebiet geworden: Capozona mit gerade mal siebzehn.«

»Mit siebzehn, Scheiße«, wiederholt der Kollege und legt die Hand mit der Zigarette aufs Steuer. Morano kommt mir noch neurotischer vor als sonst. Und auch sein T-Shirt aus Acryl riecht mehr nach Schweiß als sonst. Ich sollte es ihm irgendwann mal sagen (er hat keine Frau mehr, die solche Sachen bemerkt). »Da gibt es überhaupt keine Grenzen mehr. Die sind alle vollkommen verrückt geworden.«

Es ist halb zwei, seit einer Stunde stehen wir an der Stelle, wo die Schotterstraße zum Weinberg abgeht. Auf der Landstraße kommt schon ewig kein Mensch mehr vorbei. Dunstschleier liegen in der windstillen Luft. Nur der Glockenturm der Abtei ist beleuchtet. Er überragt um ein Weniges die Spitzen der Zypressen, auf dieser Anhöhe über zwei engen, steilwandigen Schluchten, in denen Brombeeren wuchern. Der Schlüssel war nicht ohne eine kleine Lektion von Frate Jacques über die Abtei Spaccavento zu haben. Nach der Legende sind die Schluchten durch Klauenschläge eines Dämons entstanden, der die Abtei zerstören wollte. Tatsächlich scheint sie wie eine Festung auf einem Felsausläufer erbaut. Aber so ist es nicht. Die Abtei stand mitten auf einem sanften Hügel, der im siebzehnten Jahrhundert abzurutschen begann, Stück für Stück, bis auch die unbeugsamsten Mönche den Ort verließen. Dann, in der Nachkriegszeit, hat irgendjemand die Geschichte aufgebracht, dass der Erdrutsch aufgehört und die Abtei unversehrt gelassen habe, sei ein Zeichen des Herrn. Die Klauenschläge des Dämons hätten die Festung des Glaubens nicht zerstören können. Die Bomben der Alliierten auch nicht – und so ist Geld für die Restaurierung geflossen.

Ich erzähle die kleine Geschichte, um meinen Kollegen Morano ein bisschen zu zerstreuen. Er tut so, als würde er zuhören, aber sie interessiert ihn überhaupt nicht. Er hat fast ein halbes Päckchen geraucht, ich habe in kleinen Schlucken meine Flasche Wasser ausgetrunken: Zwei Liter an einem Tag sind keine Kleinigkeit. Und in Kürze werde ich bestimmt wahnsinnig dringend müssen, das ist mal sicher.

»Was für ein Dreckskerl, kaum schnappen sie ihn, bereut er schon.« Er nimmt einen letzten Zug, und da der Aschenbecher überquillt, wirft er die Kippe auf die Fußmatte. »Verdammte Scheiße noch mal.«

»Er hat nicht bereut. Er kooperiert.«

»Ah.«

»Das ist was anderes.«

»Anders daran ist, dass er nicht ins Gefängnis muss.«

Morano hat keinen Sinn für Feinheiten, aber was diesen Punkt angeht, habe ich auch nicht recht verstanden, wie die Dinge liegen. Vorläufig müsste Cocíss im Gefängnis bleiben. Mir fällt ein, wie Reja heute Nachmittag über den Punkt hinweggegangen ist.

»Ich versuche noch mal, jemanden zu erreichen«, sage ich, doch als ich gerade die Hand nach dem Funkgerät unter dem Armaturenbrett ausstrecke, packt er mich am Handgelenk. Er hat einen Zangengriff.

»Da ist jemand«, sagt er. Er hebt schwer atmend die Brust und kramt unter seiner Jacke herum.

»Wo denn?«

»Im Weinberg. Da hat sich was bewegt.«

»Bestimmt ein Tier.«

Er schüttelt den Kopf. Seine Augen sind aufgerissen. Er lässt mein Handgelenk los, duckt sich und macht leise die Tür auf.

»Du bleibst hier.«

Er hebt eine Augenbraue, um zu fragen, ob ich eine Pistole habe. Ich stelle die Wasserflasche zurück in den Rucksack, der zwischen meinen Beinen steht, und schiebe zur Antwort meine Hand auf die Tasche.

Morano steigt aus und bleibt hinter der Tür in Deckung, dann huscht er rasch zwischen die Rebstockreihen.

»Ja sieh mal einer an, was wir da haben! Ein Nachtsicht-Fernglas mit dem Zeichen der Roten Armee ... und was ist das hier? Eine digitale Spiegelreflexkamera mit Teleobjektiv und Filter.«

»Sie befinden sich auf Privatbesitz, und daher ...«

Bei dem Versuch zu fliehen hat der Typ die Tasche mit der Ausrüstung auf der Straße verloren. Deshalb ist er zurückgekommen. Er ist dicklich und trägt eine altmodische Schildpattbrille. Mit seiner grünen Armeejacke und den Tarnhosen sieht er aus wie ein ruhiger Studienrat, der es sich in den Kopf gesetzt hat, Krieg zu spielen.

»Und daher?«, fragt Morano.

»Und daher sind Sie auf eigene Gefahr hier.«

Mit einem Blick flehe ich den Kollegen an, nicht den Bullen zu spielen, aber ich weiß, das reicht vielleicht nicht. Sicher, der Typ da sollte einen anderen Ton anschlagen, denn ich kenne Morano gut, und Geduld gehört nicht zu seinen (wenigen) Vorzügen.

»Aber es steht nirgendwo was ... Es gibt kein Tor, keine Schranke.«

»Ja und?«

»Sind Sie denn der Besitzer?«

»Was geht Sie das an? Geben Sie mir meine Sachen zurück, aber schnell, sonst rufe ich die Polizei.«

Ich kann es nicht glauben. Wenn ich er wäre, hätte ich mich schon längst davongemacht. Und mich außerdem entschuldigt.

»Meinen Sie das ernst?«

»Geben Sie mir sofort die Kamera und das Fernglas, oder ich zeige Sie an. Ich habe mir das Kennzeichen gemerkt.«

Ich gehe zu Morano, lege einen Arm um seine Taille und wispere ihm zu, die Sache auf sich beruhen zu lassen. Ich frage mich gerade, ob ich in der Rolle der kleinen Freundin gut bin, da höre ich ein Knacken.

Morano hat das Nachtsicht-Fernglas der Roten Armee in zwei saubere Teile gebrochen.

»Verflixt. Tut mir leid, aber wenn ich Hammer und Sichel sehe, werde ich nervös. So bin ich nun mal.«

»Los, komm, wir gehen«, sage ich nachdrücklich. Morano entwindet sich mir unwillig.

»Sei du mal schön still und brav.«

Er wirft die beiden Stücke des Fernglases weg, richtet dann die Kamera auf den Typ. Zweimal Blitzen aus der Nähe, und der stolpert, hält sich das Gesicht zu und droht weiter, uns anzuzeigen, streckt die Hände Richtung Objektiv aus, kommt aber nicht näher, als wäre zwischen ihm und Morano eine unsichtbare Wand. Der Kollege steht mitten in den Erdschollen, macht noch eine Aufnahme, nimmt dann die Speicherkarte raus, steckt sie ein und wirft die Kamera dem rechtmäßigen Besitzer zu. Der Mann stürzt nach vorn, um sie aufzufangen, bevor sie zu Boden fällt, und ich versuche in der Zwischenzeit Morano aus den Erdschollen herauszubekommen.

»Es reicht«, raune ich ihm zu. Und ich glaube, ich habe ihn überzeugt, weil ich es schaffe, ihn zum Auto zu ziehen.

»Wenigstens spiele ich nicht den Bullen.«

»Du spielst das Arschloch.«

»Der war da und hat gewartet, dass wir vögeln, verstehst du?«

»Und da hätte er ja lange warten können.«

»Findest du mich so abstoßend?«

»Hör auf damit.«

Wir steigen gerade ins Auto, da fängt der Typ wieder an.

»Du Mistkerl, jetzt hast du mir die auch noch kaputtgemacht. Ich habe einen Haufen Geld dafür bezahlt. Aber ich habe dein Kennzeichen, sei vorsichtig, ich schicke ein paar Freunde zu dir nach Hause …« (O Gott, nein).

Morano sagt kein Wort, schlägt nicht mal die Tür zu. Zwei Schritte, und er hat den Typen schon am Arm gepackt. Er dreht ihm den Arm auf den Rücken, bis er in die Knie geht. Die Brille fliegt weg. Während er sie mit der freien Hand sucht, drückt Morano ihn mit dem Gesicht in die trockene Erde.

»Es reicht«, sage ich zu ihm.

Er zieht seinen Kopf nur deshalb hoch, damit der Typ nicht erstickt. Dann lässt er seinen Arm los, steigt mit den Knien auf seine Schultern und durchwühlt seine Taschen. Er macht die Brieftasche auf und zieht den Ausweis heraus, leuchtet mit dem Handy darauf, um ihn zu lesen, klappt dann alles wieder zu.

Der Typ ist auf allen vieren, sabbert und hustet, als hätte er ein Nadelkissen verschluckt. Morano beugt sich über ihn, ohrfeigt ihn mit der Brieftasche.

»Jetzt weiß ich auch, wie ich dich finde. Dann kann ich dir die Fotos schicken, wenn sie fertig sind.«

Zum Glück ist dem Typ die Lust vergangen, Streit zu suchen.

Und zum Glück hat das Funkgerät im Auto mit seinen Pfeiftönen erst begonnen, als wir schon rückwärts fahren. Aus der Einsatzzentrale teilen sie uns mit, dass es eine Programmänderung gegeben hat. Der Treffpunkt ist verlegt worden: auf eine Raststätte an der A1, zwischen Incisa und Valdarno.

»Das sind bestimmt fünfzig Kilometer«, knurrt Morano.

»O nein«, sage ich.

»Oder auch mehr. Wofür haben die uns verdammt noch mal hier eine Stunde rumstehen lassen?«

Er sieht nach, ob ich angeschnallt bin, geht mit Vollgas in die Kurve und deckt dabei die Madonna mit Schimpfwörtern ein, wie es nicht mal mein Großvater getan hat. Meine Mutter versuchte immer, mir die Ohren mit ihren Fingern voller Ringe zuzuhalten (heute trägt sie nur noch den Ehering und einen kleinen Ring mit Brillanten).

Diese fünfzig Kilometer sind wie Rückwärtszählen. Die letzte Stunde in Freiheit vor einer Verurteilung. Und Morano ist ein besessener Kilometerfresser, immer eine brennende Zigarette in der Hand.

Ab und zu brennt Licht im Fenster irgendeines Einfamilienhauses. Wir sind ein rasender Lärm in der nächtlichen Stille. Hin und wieder spüren die Scheinwerfer ein aufblasbares Schwimmbecken oder eine bunte Rutsche im Dunkel auf.

Ich stelle mir einen Augenblick lang vor, ich wäre in einem dieser Häuser, läge unter Laken und auf Kissen, die nicht nur meinen Geruch hätten. Normale Sorgen und rituelle Familienessen. Ein Mann und zwei Kinder, ja, wenigstens zwei, ganz klar. Er schnarcht vielleicht, oder vielleicht verlangt er fast jeden Abend eheliche Pflichterfüllung, und sei es nur als selbstverständliche Belohnung dafür, wie er sich im Leben den Arsch aufreißt. Ich merke, dass sich der Rauch von Moranos Zigaretten auf meine Haare legt wie ein Spinnennetz. Ich schäme mich für den Gedanken, dass ich auch ein solches Leben akzeptieren würde – lieber, als hier zu sein, wo ich bin, mit Morano, in einem Auto, das nach Asche und schmutzigen Fußmatten stinkt und um zwei Uhr nachts zu einer Raststätte an der A1 rast (ich hoffe nur, dass sie dort eine Toilette haben).

Morano zieht den Ärmel seines T-Shirts hoch und kratzt sich über die gotischen Lettern auf seinem Bizeps. Ich habe nie kapiert, was da steht. Vielleicht ist es der Name der Frau, die ihn sitzen gelassen hat, während er im Kosovo war. Aber was gehen mich jetzt Morano und seine Probleme an? Er wirft mitten im Überholen die Zigarette weg, sagt dann zu mir: »Nur um das klarzustellen: Je weniger ich diesen Kerl sehe, desto besser.«

»Und ich, was soll ich dazu sagen? Je früher er auspackt, desto besser.«

»Zu einfach. Und selbst wenn er die Schlampe verpfeifen will, die ihn zur Welt gebracht hat – von mir aus, aber dann bitte im Gefängnis. Ich würde ihn Steine klopfen und die Klos putzen lassen, wie in Amerika.«

Wir sind kurz vor der Mautstelle. Ich habe keine Lust, es ihm zu sagen, aber er hat nicht ganz unrecht. Mich widert so einer wie der auch an, und diese dringlichen Sonderschutzmaßnahmen scheinen mir doch von den Regeln abzuweichen. Aber da ich null Erfahrung habe und ebenso wenig zu sagen, außerdem mein Gehalt verzweifelt brauche, halte ich den Mund.

»Sie sollten ihn in Einzelhaft stecken. In ein Gefängnis im Norden.«

Ich suche nach Einwänden.

»Du kannst ihn nicht in ein Vakuum einschließen. Es gibt den Hofgang, das Duschen, die Mahlzeiten. Wenn sie jemanden im Gefängnis beseitigen wollen, schaffen sie das früher oder später immer.«

Morano nimmt das hin, doch er ist nicht zufrieden, und auch ich spüre, dass dies nicht der wahre Grund ist, da ist noch etwas anderes. Um mir Mut zu machen, denke ich wieder an den Jäger der Morgenröte. 230 Millionen Jahre gegen eine Woche. Inzwischen zieht Morano die Schlussfolgerungen.

»Wenn er sich danebenbenimmt, sagst du es mir, und ich kümmere mich darum, ihn wieder auf Vordermann zu bringen. Aber ansonsten musst du allein damit fertig werden. Ich verlasse mich darauf. Ich habe Wichtigeres zu tun …« (Jetzt aber mal nicht übertreiben, Kollege.)

»Kein Problem.«

Wir fahren mit achtzig auf die Telepass-Passierstelle zu. Ich schließe die Augen. Ich weiß nicht, warum, aber ich habe jedes Mal Angst, dass das *Piep* nicht kommt und die Schranke sich nicht hebt.

Vielleicht habe ich dieses Mal wirklich gehofft, dass wir nicht durchgelassen werden.

»Raststätte 0,5 km.« Sinnlos, früher oder später mussten wir ja ankommen.

Morano fährt langsamer, und mein Puls geht schneller.

»Sie erwarten uns hinten«, sage ich.

Die Tankstelle ist geschlossen (also keine Toilette), nur die Selbstbedienung funktioniert. Ich mache das Fenster auf, höre Radiostimmen, die aus Lautsprechern unter dem beleuchteten Tankstellendach kommen.

Wir parken nahe der Zapfsäule für Autogas. Niemand zu sehen.

Morano steigt als Erster aus. Zwischen den kümmerlichen Bäumchen des Parkplatzes steht nur ein Lieferwagen einer Klimaanlagenfirma. Ich steige ebenfalls aus. Der Wind weht den Geruch eines vor Kurzem erloschenen Schornsteins herüber. Das Vorbeirasen der Autos klingt wie Peitschenknallen. Eine eisige Kälte erfasst mich, ich knöpfe meine Jacke zu und hole die Pistole aus dem Rucksack.

Wir bleiben beide neben dem Auto stehen, im Schatten einer Säule der Autowaschanlage.

»Ja, das sind sie«, flüstere ich.

Carabinieri.

Capitano Cassese und Maresciallo Cordoni. Beide jung, zerknittert wie Handelsvertreter am Ende eines Arbeitstags. Man macht sich im Dunkeln bekannt, gute Fahrt gehabt und so was in der Art. Ich sehe ständig zu dem Lieferwagen hin (wenn ich daran denke, dass er da drin ist, stockt mir der Atem). Morano macht auf netten Kollegen, sagt, dass wir leider noch nicht mal einen Kaffee zusammen trinken können. Ich wünsche mir, dieser Moment wäre nie gekommen. Ich wünsche mir, ich hätte meinen Uni-Abschluss und eine andere Arbeit.

Cordoni, das ist der mit dem Bürstenschnitt und der kleinen Brille, fragt, wohin wir fahren.

»Wir übernehmen den Gefangenen hier«, sagt Morano.

»Wir haben Anweisung, ihn bis zum Bestimmungsort zu bringen.«

»Das hier ist sein Bestimmungsort.«

Cordoni scheint nichts dagegen zu haben. Es ist der andere, der sich querlegt.

»Jetzt sagen Sie mir nicht, dass dies hier der neue Aufenthaltsort des Gefangenen ist, Dottor Morano.«

»Lassen Sie den Titel weg. Von hier an steht der Gefangene unter unserem Schutz.«

»Tut mir leid, wir müssen uns an die Anweisungen halten.«

An diesem Punkt schalte ich mich ein und schlage vor, uns an die Einsatzleitung, sprich: Sovrintendente Reja, zu wenden. Der Vorschlag ist vernünftig – wenn es nicht zwei Uhr nachts wäre. Ich hoffe nur, Reja hat einen leichten Schlaf, und sein Handy ist eingeschaltet.

Er meldet sich nach dem dritten Läuten, ein bisschen genervt, doch er klingt nicht, als wäre er aus dem Schlaf hochgeschreckt. Ich erkläre ihm die Sachlage, und er sagt, er kommt sofort. Er gibt mir keine Zeit, irgendwas hinzuzufügen, und nur wenig später fährt ein Motorrad auf die Raststätte. Eins von denen, deren Auspuff wie ein Maschinengewehr klingt. Es fährt unter dem Vordach der Tankstelle durch und kommt auf uns zu.

Ich sehe, wie Cordoni eine Hand unter die Jacke schiebt. Morano dagegen trägt die Pistole im Gürtel, auf mexikanische Art, wie er es nennt.

Der Motorradfahrer macht seine Maschine aus und stellt sie auf den Asphalt. Er grüßt uns. Er trägt eine sehr eng anliegende Windjacke, mit einem Gummizug, der die Taille zusammenschnürt, und weite Hosen eines Overalls. Als er den Helm abnimmt, habe ich ihn schon an den Schultern und an seinem Macho-Gang mit den zusammengekniffenen Arschbacken erkannt. Reja hat »sofort« gesagt und hat Wort gehalten.

Der Punkt ist ein anderer: Hat er uns nicht getraut?

Ich habe keine Zeit, mich zu ärgern, denn schon schnürt mir ein noch düsterer (und überzeugenderer) Gedanke die Kehle zusammen.

Reja traut niemandem.

Ich sehe ihn zum ersten Mal richtig, als er aus dem Auto steigt. Doch es ist dunkel, der Mond ist hinter den Zypressen verschwunden, und ich habe schon den eisernen Schlüssel in das Totenschädel-Schlüsselloch gesteckt, wo er sich nicht drehen lässt, das Schloss muss zugerostet sein (geh auf, verdammt). Nichts. Ich muss die Kollegen um Hilfe bitten, aber auch bei ihnen rührt sich nichts (Gott sei Dank). Morano muss gleich stänkern.

»Konntest du das nicht heute Nachmittag ausprobieren?«

»Da ist es aufgegangen. Vielleicht hat der Frate mir einen Nachschlüssel gegeben, der nicht richtig passt.«

Morano möchte dagegen treten, Reja versucht es mit ein paar Schulterstößen, fragt mich dann, ob ich Lippenstift oder Lipgloss dabeihabe.

Mir ist irgendwie unbehaglich dabei zumute, in meinem Rucksack zu kramen und zuzugeben, etwas so Frivoles mitgebracht zu haben, etwas, das so sehr zu mir gehört. Ich bin nicht hier, ich bin nur eine Mitarbeiterin der Einheit Zeugenschutz, die den gleichen Namen und das gleiche Gesicht wie ich hat, doch sie hat keinen Nachnamen, keine Adresse, weder Vater noch Mutter. Wie Reja es mir gesagt hat.

Während die Kollegen über das Schloss fluchen, postiere

ich mich ein paar Meter von dem Gefangenen entfernt. Dieser junge Bastard ist nicht viel größer als ich. Er trägt ein Fleece-Shirt mit einer Kapuze, die er über den Kopf gezogen hat, sodass ich ihm nicht ins Gesicht sehen kann, was auch an seiner Pilotensonnenbrille liegt, mit der er erst richtig wie ein Arschloch aussieht. Er zieht die Nase hoch. Ein volles Geräusch, so ähnlich, wie wenn es in der Kupplung kracht oder sich ein Schloss endlich bewegt.

Doch. Das Lipgloss hat funktioniert. Sie geben es mir zurück, ohne irgendwelche Bemerkungen zu machen. Ich gehe als Erste rein, suche mit der Taschenlampe den Weg, den ich heute Nachmittag mit Frate Jacques gegangen bin. Ich höre die Kofferraumtür zuschlagen und sehe, dass Reja sich eine große Sporttasche auf die Schultern lädt. Morano packt den Jungen an einem Arm und lässt ihn durch das Tor eintreten.

Wir gehen zwischen Beeten mit Kreuzen durch, die alle gleich aussehen, ohne einen Namen oder ein Datum, und betreten das Kloster. In einer Ecke steht eine Lambretta ohne Räder, die so alt scheint wie die Gedenksteine für die Wohltäter und die kleinen Durchreichefenster. Die Tür hat nur einen Riegel, doch man muss ihn zurückschieben, ohne allzu viel Lärm zu machen. Ich schaffe es, ohne jemanden um Hilfe bitten zu müssen (Gott sei Dank).

Hinten im Gang brennt die Notbeleuchtung. Die Läden der großen Fenster stehen offen, in der Luft liegt noch der typische weiche Geruch des Refektoriums, eine Mischung aus schmierigen Öfen und gekochter Pasta. Ich suche den kleinsten Schlüssel, den glänzenden, neuen, den mit dem roten Schildchen. Ich drehe mich um, und mir wird klar, dass die Kollegen nur bis hierher mitkommen.

Jetzt ist es wirklich mein Ding. Das erste Aufeinandertreffen ist bei solchen Typen alles. Wenn du einer Bestie in die Augen schaust, musst du sicher sein, dass sie zuerst den Blick senkt. Wenn nicht, ist es besser, dass du den Käfig gleich verlässt. Das erzählte mein Vater jedes Mal, wenn er mit uns in den Zirkus ging. Er erzählte allerdings nicht, dass sie die

Tiger mit Bromid vollstopfen (doch diese Bestie ist mit Koks, Crack und solchem Zeug wie dem aus diesen *Fläschchen* vollgestopft, und das ist nicht das Gleiche).

Morano bleibt am Anfang des Gangs stehen, und Reja gibt unserem Ehrengast die Sporttasche. Doch der packt sie sich nicht etwa auf die Schulter, nein, er schleift sie einfach über den Boden. Ich stoppe ihn mit einem Fuß und mache ihm ein Zeichen: Blöd oder was?

Er muss blöd sein. Ich bin echt gezwungen, es ihm zu sagen.

»Die Tasche hoch, danke. Die Treppe rechts, schnell.«

Als ich die Tür aufmache, sieht er auf seine Füße, bewegungslos, als ginge es ihn nichts an, mitten in der Nacht an einem neuen Ort zu sein. Im Schein des Wandlämpchens haben die quadratischen Fliesen des Fußbodens eine Farbe wie Kotze, und der alte Schrank wirkt wie ein stehender Sarkophag. Bett und Kommode sind das schäbige Mobiliar des Kämmerchens, doch auf dem Tisch stehen ein Feldblumenstrauß und ein Tablett mit Obst. Ich rieche an einer Aprikose, während er die Tasche in eine Ecke wirft (erste Regel: nicht aggressiv sein).

»Die sieht gut aus.«

Ich werfe sie ihm zu, aber der kleine Bastard macht keinerlei Anstalten, sie aufzufangen, sondern lässt sie zwischen seine Schuhe rollen.

Ich schließe die Tür, nehme den geflochtenen Stuhl und stelle ihn mitten ins Zimmer, zwischen ihn und mich.

Der große Capozona schiebt nicht mal die Kapuze aus der Stirn und legt sich quer aufs Bett, den Nacken an die Wand gelehnt und die Hände in den Taschen. Ich setze mich rittlings auf den Stuhl. Wie ein Bulle. Das bin ich, das erwartet er, und das muss ich sein. Breitbeinig, wie ein Mann (ich bin keine Frau, nicht für ihn).

»Ich heiße Rosa.«

(Null Reaktion.)

»Wie du heißt, weiß ich. Aber von jetzt an ist es, als wüsste ich es nicht. Und hier drinnen darf es niemand wissen.«

Ich warte ein paar Sekunden, dann schiebe ich ein zusammengefaltetes Blatt unter das Obsttablett.

»Lies dir das vorm Einschlafen gut durch. Lern es auswendig, wenn du kannst. Jedenfalls will ich es morgen früh um neun unterschrieben zurück. Sonst kannst du gleich wieder nach Hause gehen.«

Unter seiner Kapuze schauen lange und wirre schwarze Locken hervor. Hätte er nicht diese prollige Solariumbräune, würde er fast wie ein englischer Rockstar aussehen. Seine Lippen sind blass. Halb geöffnet beim Atmen. Die Jeans haben breite bunte Nähte an den Oberschenkeln. Die Sohlen der goldenen Sportschuhe sind brandneu, makellos.

»Und noch was: Bis ich wiederkomme, bewegst du dich nicht aus diesem Zimmer. Ausnahme, wenn du ins Bad gehst, das ist hier vorn. Fragen?«

Er dreht sich zur anderen Seite und richtet das Kissen unter seinem Kopf. Das scheint mir ein klares Nein zu sein. Ich stehe auf, ziehe den Schlüssel aus dem Schloss und sage ihm gute Nacht.

Ich schließe leise die Tür und hole tief Luft. Für ein paar Stunden ist Ruhe. Ich kann nach Hause gehen und schlafen. Es ist alles gut gegangen, abgesehen von den Reibereien mit den Carabinieri. Aber darum hat sich ja zum Glück Reja gekümmert.

Ich gehe ins Bad (endlich) und stelle fest, dass Padre Jacopo den Spiegel und die Glaskonsole entfernt hat. Darum hatte ich ihn gebeten. Auch die Duschkabine ist durch einen Duschvorhang mit Blümchen, der recht und schlecht an einer Kordel hängt, ersetzt worden; mir ist nämlich eingefallen, dass zerbrochenes Plexiglas sehr scharfe Ränder haben kann. Die Dusche selbst erscheint mir nicht hoch genug, um sich daran aufzuhängen. Ich will nicht, dass der kleine Scheißkerl diese Welt verlässt, bevor er die einzige gute Sache in seinem Leben getan hat, nämlich uns ein paar andere Scheißkerle seines Schlags auszuliefern. Wenn man bedenkt, wie bevorzugt er behandelt wird, muss er eine Menge auszupacken haben.

Und außerdem, lieber Himmel, würde er mich in einen Haufen Schwierigkeiten bringen, und das beim ersten Auftrag.

Irgendwann sagt Morano im Auto zu mir: »Ich musste Reja vorhin widersprechen.«

»Warum?«

»Meiner Meinung nach solltest du heute Nacht hier bleiben.«

Das hätte mir gerade noch gefehlt. Ich zucke mit den Schultern und atme die Luft ein, die mir durchs Fenster ins Gesicht weht. Sie ist gut. Sie duftet nach frischem Heu und Kamille.

»Bei Bedarf können wir über das Nebenzimmer verfügen.«

»Der hat sich aus dem Gefängnis holen lassen. Ein Satz aus dem Fenster, und er verschwindet auf Nimmerwiedersehen.«

»Aber wo soll er denn hin?«

»So einer weiß immer, wohin.«

»Wenn einer sich entschließt zu kooperieren, schneiden sie ihm den Rückweg ein für alle Mal ab. Und außerdem hat der niemanden. Seine Mutter ist in einer sozialtherapeutischen Einrichtung.«

»Schöne Familie. Und der Vater?«

»Keine Ahnung. Unbekannt.«

»Ein Bastard im wahren Sinne des Wortes.«

Ich habe nicht mal Lust, so zu tun, als sei das lustig. Ich bin todmüde, und meine Laune ist im Moment sogar noch schlechter als die meines Kollegen. Morano hat in Reja den Prototypen des jungen Polizisten, der studiert hat, dynamisch und leistungsfähig ist, ausgemacht. Und das ist genau der Typ, den er hasst, sogar noch mehr als diejenigen, die Karriere machen, »nur weil sie in der Gewerkschaft sind«.

»Reja bestimmt, was in diesem Zentrum passiert, und steht in direktem Kontakt mit D'Intrò und der Staatsanwaltschaft.«

»Ah, der berühmte D'Intrò«, sagt Morano. Doch dann fügt er nichts mehr hinzu. Neid oder Bewunderung, ich könnte es nicht sagen. Er kratzt sich über die gotische Schrift auf seinem Bizeps und schnaubt. Wir kommen an einen geschlossenen Bahnübergang, doch Morano beschließt, zu wenden und ein paar Kilometer Umweg zu fahren, nur um in dieser dunklen Gegend den Motor nicht abstellen zu müssen.

Endlich bin ich zu Hause, doch ich kann keinen Schlaf finden. Der Lärm, der mich stört, ist die Stille des ganzen Dorfs, das um mich herum schläft.

Ich gieße Heidelbeersaft in mich hinein und lege mich auf die Couch, die Füße auf die Lehne. Bewege die freien Zehen. Der Nagellack ist schon abgeplatzt. Kein Wunder, wenn ich immer geschlossene Schuhe trage.

Ich frage mich, wie ich es gemacht habe (nicht schlecht, würde ich sagen). Der kleine Bastard schien völlig zugeballert, oder vielleicht haben sie ihn sediert, wie einen Tiger im Zirkus. Wenn er die ganze Woche im halb komatösen Zustand bleibt, habe ich leichtes Spiel.

Aber ich weiß gut, dass ich es mir zu einfach vorstelle. Das ist kein leichter Job.

Ich schaue auf den Computer. Als ich weggegangen bin, habe ich vergessen, ihn auszuschalten, aber wenigstens habe ich den grün fluoreszierenden kleinen Stift in den Safe eingeschlossen. Wenn ich an das ganze Zeug denke, das ich gelesen habe, während ich darauf wartete, dass es ein Uhr würde, fährt es mir in den Magen. Von morgen an: absolut vermeiden. Hauptkommissar D'Intrò ist ein Mythos, ohne Frage, aber wozu soll es bei mir gut sein, einen Gesamtüberblick zu haben? Die da unten schlachten sich ab wie die Bestien, und sie werden es weiter tun (es ist schon viel, wenn wir den Schaden begrenzen).

Ich brauche einen Schluck Milch, damit sich mein Sodbrennen beruhigt, doch ich bin zu faul, aufzustehen und zum Kühlschrank zu gehen.

Manchmal fällt es mir nicht schwer, allein zu sein. Bei dem Auf und Ab, das es bei mir gibt, ist es fast eine Erleichterung, eine Verantwortung weniger. Auch wenn ich ein Glas Milch haben könnte, ohne von der Couch aufzustehen, und vielleicht auch eine dieser Fußmassagen, die wie eine Vorstufe zum Orgasmus sind. Ich knöpfe mir die Jeans auf. Die Blasenentzündung ist im Abklingen, doch der Stress hat meinen Bauch aufgebläht, gleich unter dem Nabel habe ich violette Abdrücke von den Nähten.

Orgasmus. Ich wünschte, ich wäre jetzt so drauf, mir einen erlauben zu können. Aber es ist drei Uhr, und um acht muss ich in der Abtei sein.

Ich schalte den Fernseher ein, ohne Ton, stehe auf, wühle in der Schublade mit Medikamenten herum und finde die Beruhigungsmittel, die ich vor ein paar Jahren persönlich bei meinem Vater beschlagnahmt habe. Ich nehme mein Antibiotikum (heute Abend noch einmal, morgen ist Schluss), suche nach einem Buch, dann nach einer Zeitung, doch die neueste ist eine Woche alt. Ich schalte den Fernseher aus, gehe zurück auf die Couch. So wie die Dinge liegen, das weiß ich sehr gut, wäre es noch schlimmer, ins Bett zu gehen.

Ich schließe die Augen und bin wieder in der Abtei, sehe den eckigen Glockenturm über den Zypressen. Ich spüre wieder den wilden Atem des Walds bei der Raststätte. Den kalten Atem von Kirchen aus Stein. Wenn dies der Atem Gottes ist, haben wir wirklich einen finsteren und gleichgültigen Vater. Im Schatten des Klosters gehen kapuzenverhüllte Gestalten. Ich folge ihnen, nähere mich, auch wenn ich fühle, dass ich nicht will.

Ich strecke eine Hand aus und erkenne, dass die Gestalt vor mir keine Kutte trägt. Die Kapuze ist die eines Fleece-Shirts. Die Person, die dringlichen Sonderschutzmaßnahmen unterstellt ist, die Bestie, die Nägel ausreißt und über das Gesicht eines Mädchens schmirgelt, versucht sich unter die Mönche zu mischen. Ich muss diesen Typen aufhalten. Ich stammle irgendwas. Packe ihn an der Schulter.

Er dreht sich um. Kleine krumme Zähne. Wie tausende aufs Geratewohl eingeschlagene Nägel. Ich sehe den Schädel des Jägers der Morgenröte.

Ich erwache mit den Händen auf meinem Gesicht. Renne ins Bad, überzeugt, dass jemand mir das Gesicht zerschmirgelt hat.

Vor dem Spiegel habe ich Angst, die Finger wegzunehmen. Scheiße, ich zittere vielleicht.

Schließlich sehe ich mich an. Ich bin nicht entstellt. Doch mein Gesicht macht mir trotzdem Angst.

Es ist nicht einmal vier Uhr.

Ich klopfe ein paar Mal, dann öffne ich die Tür und finde ihn genauso vor, wie ich ihn gestern verlassen habe. Quer auf dem Bett, angezogen und mit Sonnenbrille. Er hat nicht mal das Licht ausgemacht, und die Tasche steht noch auf dem Boden, geschlossen. Sogar die Aprikose ist da liegen geblieben, wo sie letzte Nacht hingefallen ist.

Sein Atem geht rau und zischend, doch regelmäßig. Er schläft. Gut so. Mir genügt es, zwei oder drei Dinge zu regeln, und ich sage mir noch einmal, dass ich ihn sicher nicht stören werde, wenn er die ganze Woche auf diesem Bett verbringen will. Ich lösche wenigstens das Licht, schließe die Tür wieder und gehe nach unten. Ich weiß, dass Padre Jacopo mich erwartet. Und tatsächlich treffe ich ihn am Fuße der Treppe, mit einer Tasse Malzkaffee in der Hand. Neben ihm steht ein Typ undefinierbaren Alters, die gelblichen Wangen scheinen wie von einem Meißel ausgehöhlt. Sein Haar steht wirr vom Kopf, er trägt ein rotes Sweatshirt, und zwischen seinen Fingern mit bleifarbenen Nägeln hält er eine Leine.

Padre Jacopo klopft ihm auf die Schulter, und der Typ geht in den Garten hinaus, wo ein hässlicher gefleckter Hund mit langer Schnauze und kupiertem Schwanz auf ihn wartet.

Der Padre grüßt mich, beobachtet aber weiter die beiden, die zusammen auf der schmalen Allee davongehen. Ich spüre, dass er etwas für sich behält, dann fragt er mich nach den Papieren des Neuankömmlings.

»Wir haben sie noch nicht.«

»Wie das?«

»Sie sind fehlgeleitet worden, aber sie kommen im Laufe des Tages an.«

Er spült es mit einem Schluck hinunter, scheint jedoch nicht überzeugt.

»Was macht er?«

»Er schläft.«

»Und wir, was wollen wir machen?«

»Ihn so ruhig wie möglich halten.«

»Das heißt, er soll den ganzen Tag lang in seinem Zimmer bleiben?«

»Es ist eine schwierige Zeit für ihn. Wahrscheinlich will er selbst gar nichts anderes.«

»Haben Sie mit ihm gesprochen?«

»Sagen wir: Ich habe es versucht.«

»Möchten Sie einen Kaffee?«

So, wie er mich fragt, hat er total verstanden, dass ich dringend einen brauche. Ich folge ihm in eine Küche, so groß wie die eines Hotels. Da sind zwei junge Mädchen mit schlauen Augen, die weiße Hauben tragen, eine stämmige farbige Frau und eine ein Meter neunzig große Kreolin. Sie sehen uns sofort an, alle. Wegen meines Kaffees wendet sich der Padre an die Kreolin. Ihre Nägel sind rubinrot lackiert, in den Haaren hat sie blonde Strähnchen, und sie duftet nach Vanille und Jasmin (schade nur, dass sie diese Möbelpackerschultern hat).

»Na, Joséphine«, sagt Padre Jacopo. »Hast du dich entschieden?«

»Nein«, antwortet sie, verschränkt die Arme und lehnt sich an den Metallic-Kühlschrank, der ein wenig höher ist als sie.

»Lass dir doch eine Spielerlaubnis ausstellen. Auch wenn du nur sechs oder sieben Monate spielst. Das ist alles Geld, das du beiseitelegen kannst.«

»Und wenn dann die Psychologen bei dem Gespräch denken, dass ich es mir anders überlegt habe? Dass ich männliche Sachen mache?«

»Aber nein, auch Frauen spielen Fußball.«

»Und wenn sie wollen, dass ich die Therapie abbreche? Dann lassen sie mich die Operation nicht mehr machen.«

Der Akzent ist brasilianisch, die Stimmlage Bariton. Die Diskussion geht noch eine Weile weiter: Die lange Transe und der Priester reden über die Spielerlaubnis und über Sport-BHs. Joséphine hat Angst, dass hinter ihrem Rücken alle lachen und dass sie außerdem dicke Schenkel bekommt. An diesem Punkt gibt Padre Jacopo es auf.

»Tu, was du für richtig hältst. Aber in der Küche setz bitte eine Haube auf.«

Joséphine zieht eine Grimasse und gehorcht. Padre Jacopo seufzt betrübt und reicht mir die kleine Tasse.

»Mit siebzehn schon Reservespieler bei Botafogo.«

»Wirklich?«, frage ich lächelnd (aber was ist Botafogo?).

Als ich zu meinem Schützling zurückkehre, ist es halb zehn. Cocíss schläft jetzt auf dem Bauch, ein Arm hängt aus dem Bett, seine Finger streifen den Boden.

Ich mache ein paar Schritte auf dem Flur (noch zehn Minuten, was ändert das schon?), trinke meinen ersten halben Liter Wasser des Tages und spähe verstohlen in den botanischen Garten der Mönche. Abgesehen von Lavendel, Eisenkraut und Thymian kann ich keine der anderen Pflanzen benennen. In einem kleineren Garten sitzen jetzt die beiden Mädchen, die ich in der Küche gesehen habe, auf einer Bank, rauchen und unterhalten sich angeregt, ihre bloßen Füße gegen einen großen Terrakotta-Topf mit einem riesigen Rosmarin gestützt. Es ist ein Tag der langsamen, ausgefransten Wolken, man versteht noch nicht recht, was aus ihm wird. Der Typ mit dem roten Sweatshirt kommt durch das Haupttor zurück. Er bückt sich, schwankt auf seinen knochigen Knien und macht die Leine vom Halsband des Hundes ab. Doch der kleine Mischling entfernt sich höchstens einen halben Meter von ihm.

Ich gehe zurück auf den Gang und setze mich in eine Art Holzsessel ohne Lehnen. Betrachte die geschlossene Tür. Wie mag Loredana Chiarella geschrien haben, als Cocíss und seine Komplizen ihr die Wangen und die Lippe abgeschmirgelt haben? Die Akne der Heranwachsenden blutig weggekratzt. Wie eine Unvollkommenheit. Eine Schuld. Ein Luxus. Versuch mit deinem eigenen Kopf zu denken, deine Würde einzufordern, und du wirst bedroht und geschlagen (und ich muss den beschützen).

Das ist meine Spezialität: Vor einer geschlossenen Tür stelle ich mir Sachen vor und fange auch noch an zu philosophieren. Doch die Philosophie hat mir nicht geholfen, eine Arbeit zu finden. Vielleicht ist auch die Philosophie ein Luxus, und das ist der Punkt, wo ich mich geirrt habe.

Ich will mich nicht mehr irren. Daniele Mastronero, genannt Cocíss, muss das Papier mit den Regeln unterschreiben und seine Tarndokumente erhalten. Das will ich bis heute Abend erreicht haben, und dann will ich eine ganze Nacht ruhig schlafen. Mein kleines, ersehntes Ziel.

Um halb elf gehe ich rein, nachdem ich nur ein Mal geklopft habe. Die Luft ist dick, fast beißend. Ich stelle das Tablett mit dem Kaffee und dem Zwieback ab, gehe zum Fenster und reiße es weit auf. Ich mache so viel Lärm wie möglich, schlage die Fensterläden gegen die Wand.

Cocíss gibt ein Brummen von sich und dreht sich um. Seine Brille hat sich auf die Stirn geschoben, das Gesicht ist ins Kissen gedrückt.

»Heute Morgen gibt es Zimmerservice, aber gewöhn dich nicht daran.«

Ich hebe die Aprikose auf und lege sie aufs Tablett, ziehe das doppelt gefaltete Papier hervor und falte es auseinander. In irgendeiner Tasche habe ich bestimmt was zu schreiben. Mit dem Fuß schiebe ich die Tasche neben das Bett.

»Geh dich ein bisschen frisch machen. Eine Viertelstunde, und dann lasse ich dich in Frieden.«

Er öffnet mit der falschen Gleichgültigkeit eines Alligators ein Auge.

»Du musst aufstehen. Hast du das verstanden oder nicht?«, lasse ich nicht locker und versetze dem Bett einen Tritt.

Er kauert sich zusammen und schnaubt. Noch ein kleiner Tritt, und ich merke, dass er langsam nervös wird.

»Es ist halb elf, los.«

Er hebt die Schultern und dreht gerade mal den Kopf langsam um. Bevor er die Sonnenbrille wieder vor die Augen schiebt, sehe ich kurz eine der Narben, für die er berühmt ist, wie ein heller Eidechsenschwanz auf der solariumgebräunten Haut. Er bewegt beim Sprechen nicht mal die Lippen. In einem nasalen Dialekt knurrt er mich an, ruhig zu sein und ihm einen zu blasen.

(Ich darf nicht aggressiv sein), doch diesmal bringe ich den ganzen Sprungrahmen unter der Matratze zum Vibrieren.

Er wendet sich ruckartig um und wirft mit dem Kissen, zielt mitten auf das Tablett, und aus der Tasse spritzt es bis zur Fensterbank.

Mir bleibt keine Zeit, einen Finger zu rühren. Der kleine Bastard steht auf, stürzt sich auf das Fenster, und in null Komma nichts sitze ich in der Scheiße.

Er macht Anstalten, es zu schließen, stoppt dann aber mittendrin, als hätte er es sich anders überlegt. Er bleibt einen Moment am Fenstergriff hängen, dann geht er schlagartig zu Boden und zieht eine der Fensterblenden mit sich. Ich weiche im letzten Augenblick zurück.

Wenn ein Krankenwagen kommt, sehen es alle.

Padre Jacopo war sich sicher, dass es unter den verbliebenen Mönchen einen ehemaligen Arzt gibt, doch der kleine mürrische Franzose hat diesmal gemauert. Und er hat auch den Schlüssel vom Friedhof von mir zurückverlangt (er wird ihn zu gegebener Zeit wiederbekommen, habe ich ihm geantwortet).

Daniele Mastronero hat im Moment keinen Nachweis einer Krankenversicherung, und ich hänge mich ans Telefon mit Reja, während der Arzt bei Cocíss im Zimmer ist. Reja ist stinksauer (ja wie, ist das vielleicht meine Schuld?) und gibt Anweisung, ihn auf gar keinen Fall in ein Krankenhaus bringen zu lassen, dem Arzt irgendeinen falschen Namen anzugeben und mir zu notieren, für welchen Wohlfahrtsverband der Krankenwagen fährt.

Als der Arzt herauskommt, bin ich allein auf dem Gang, weil Padre Jacopo in der Zwischenzeit wegmusste, um einen Streit über den Putzplan für die Gänge und Treppen zu schlichten.

»Sind Sie eine Verwandte?«

»Nein, ich bin die zuständige Sozialarbeiterin.« (Reja wäre nicht einverstanden, aber ich schaffe es nicht, mich als Schwester von dem da auszugeben.) »Sie können mir sagen, was los ist.«

Er lässt sich in dem Holzsessel nieder und fängt an, ein Formular auszufüllen.

»Sie wissen, dass er drogenabhängig ist?«

Mir fällt ein, was der Psychologe und sein Capopiazza Madonnino gesagt haben.

»Ja.«

»Schnupfen, eitriger Ausfluss. Scheint mir Kokain zu sein.«

Ich bestätige das.

»Er hat Entzugserscheinungen.«

Schöner Mist. Und ich muss alles ausbaden.

»Ich habe ihm ein leichtes Antidepressivum gegeben, ein Benzodiazepin. Ich lasse Ihnen ein paar Tabletten da. Eine halbe dürfte ihm für acht Stunden genügen. Und dann diese Beutel hier, das sind Vitamine. Dann noch dieses Aufbaumittel, dafür braucht man kein Rezept.«

Er kritzelt irgendwas auf ein Formular, das ich als »Kollaps wegen Drogensucht« entziffere.

»Achten Sie darauf, dass er isst. Im Moment würde ich

sonst nichts tun, außerdem wissen Sie besser als ich, wie man ihn behandeln muss. Er sollte eingehend untersucht werden, ein paar Tests sind notwendig.«

(Und was soll ich mir jetzt ausdenken?) Ich sage ihm, er sei gerade erst angekommen, dann unterbricht er zum Glück meine Erklärung, bevor sie noch konfuser wird. Er teilt mir mit, dass Cocíss schon drauf und dran ist, einen Backenzahn und einen Schneidezahn zu verlieren, und er mir deshalb noch ein Mundwasser aufschreibt. Dann fragt er mich nach dem Namen des Patienten, um das Formular zu vervollständigen.

»Giovanni Russo«, sage ich einfach.

»Alter?«

»Vor einem Monat achtzehn geworden.«

Schließlich sieht er doch für einen Moment vom Formular hoch, als wollte er mich fragen, ob ich wirklich sicher bin.

Mittags ruft mich Reja an.

Er sagt nicht mal guten Tag, fängt sofort an, über einen Posten des Zivilschutzes zu sprechen, der wenige Kilometer vom Futa-Pass entfernt liegt.

»Und?«

»Ihr müsst morgen früh um acht mit unserem Mann da sein. Es gibt dort ein altes Bahnwärterhaus und gleich dahinter einen Landeplatz. Ein Hubschrauber der Finanzpolizei holt ihn ab.«

Ich frage Reja nicht nach den Gründen für die Verlegung, betone nur noch einmal, dass der Junge sich schlecht gefühlt hat und ich nicht glaube, dass er irgendeiner Anforderung gewachsen ist, jedenfalls nicht morgen. Reja fragt mich nicht mal, was mit ihm passiert sei.

»Es wird nicht anstrengend für ihn. Die Rückkehr ist am selben Tag.«

Er muss morgen einen Richter sehen. Oder gar D'Intrò selbst. Bevor Reja auflegt, schaffe ich es gerade noch, ihn an das Problem mit den Dokumenten zu erinnern.

Wecker um halb fünf und Frühstück runtergeschlungen. Ich sehe scheiße aus, müsste mir die Haare waschen, aber es ist keine Zeit, also binde ich sie fest zusammen, und los geht's.

Das wird ein bekackter Tag, denke ich, als ich das Tor der Toten aufschließe. Doch der erstaunliche junge Mann ist schon wach, steht im Halbdunkel seines Zimmers am Fenster und raucht. Als ich ihm mitteile, dass er mit mir kommen soll, setzt er sich die Sonnenbrille auf, steckt die Schachtel Zigaretten in die Tasche und folgt mir, ohne ein Wort zu sagen.

Wir lassen ihn auf den Rücksitz klettern, zusammen mit Salvo, einem jungen Kollegen, der vor Kurzem aus den Abruzzen hierher versetzt worden ist. Er ist in Ordnung, spricht wenig, aber wenn, dann sehr schnell, sodass ich ihn selten beim ersten Mal verstehe.

Morano hat beschlossen zu fahren, und ich habe darum gebeten, nicht hinten bei unserem dringlichen Sonderschutzmaßnahmen unterstellten Begleiter sitzen zu müssen. Er schläft seit fast vierundzwanzig Stunden in denselben Kleidern und riecht wirklich nicht frisch. Selbst Moranos Acryl-T-Shirts haben im Vergleich dazu ein erträgliches Aroma.

Unser Mann schläft fast augenblicklich ein. Auf der Schnellstraße haben wir es mit wenigen Lastwagen und viel Nebel zu tun. Als wir dann die Staatsstraße hochfahren, beginnt der Capozona zu stöhnen und den Kopf im Schlaf hin und her zu bewegen. Morano beobachtet ihn im Rückspiegel und sagt zu Salvo, er soll das Fenster aufmachen und achtgeben.

»Wenn du merkst, dass er kotzen muss, halte sofort seinen Kopf aus dem Fenster.«

Mir fällt meine erste Festnahme bei meiner dritten Fahrt mit dem Überfallkommando ein. Ein Typ hatte versucht, einen alten Mann, einen Tabakwarenhändler, auszurauben. Unbewaffnet und zugedröhnt, wie er war, hatte er es nur geschafft, Regale umzuwerfen und bei dem Ladenbesitzer einen

Herzanfall auszulösen. Kaum hatten wir ihn im Auto, kotzte er sich auch noch die Seele aus dem Leib, und ich verstand, warum die Rücksitze im Einsatzwagen nicht gepolstert, sondern aus glattem Plastik sind. Ein paarmal sprühen, ein Desinfektionsmittel, und alles war weg.

Nach zwanzig Minuten Kurvenfahren habe ich das Bedürfnis, zur Toilette zu gehen, aber ich will die Kollegen nicht um eine Pause bitten. Die aufgehende Sonne sieht aus wie ein in einem Glas Milch versunkenes Lämpchen. Morano hat im Autoradio einen Sender eingestellt, der ausschließlich italienische Musik spielt und bei mir den Wunsch aufkommen lässt, freiwillig ins Exil zu gehen.

Auch bei der Ankunft ist unser Schutzbefohlener gefügig und folgt, ohne Geschichten zu machen. Kapuze und Sonnenbrille, ich bezweifle, dass er begreift, wer wir sind und was um ihn herum geschieht. (Und wenn ich mich bei der Dosis Benzodiazepin geirrt habe? Aber nein, zweimal am Tag eine halbe Tablette, da bin ich mir sicher.) Er kann sich nur mit Mühe auf den Beinen halten. Salvo und ich müssen ihm beim Aussteigen aus dem Auto helfen. Morano entfernt sich von uns und beobachtet begeistert die Ankunft des Hubschraubers. Für die folgenden Operationen interessiert er sich kein bisschen. Als der durch den Propeller erzeugte Sturm vorbei ist, versinkt der Wald in einer schrecklichen Stille. Die Tiere im Umkreis von ein paar hundert Metern um uns herum sind geflüchtet.

Als wir wieder ins Auto steigen, behauptet Morano, ein Reh gesehen zu haben, und fragt Salvo, ob er je auf die Jagd gegangen sei. Ich ahne, dass dies eines der Themen ist, die geeignet sind, einen Monolog auszulösen, doch das kümmert den Kollegen nicht. Tatsächlich beginnt er zu erzählen, dass sie sich während seiner Mission in Somalia ab und zu eine Safari genehmigt haben. Morano hat eine Vergangenheit bei einer Eingreiftruppe, auf die er sehr stolz ist. Mir ist allerdings nicht klar, warum er dann sofort die Chance wahrgenommen hat, als Inspektor zur Polizei zu gehen. Ich habe mich immer gehütet, ihn danach zu fragen.

Wir holen den kleinen Bastard um Viertel nach sechs wieder ab, in einer Garage im Zentrum von Florenz, die offiziell wegen Bauarbeiten geschlossen ist. Wir schwitzen alle, auch der Asphalt und die Häuser schwitzen, und zum Glück steigen wir im Untergeschoss aus.

Auf der Parkfläche stehen zwei Wagen. Ein schwarz gekleideter Typ, kahlköpfig und korpulent, kommt uns entgegen. Seine Pistolentasche ist nicht zu übersehen. Morano lehnt sich hinaus, um sich auszuweisen, und der Typ deutet mit dem Kopf auf eine Sicherheitstür.

Als der Motor nicht mehr läuft, hören wir gerade noch ein bisschen Geschrei. Ich steige zuerst aus, während die Sicherheitstür geöffnet wird. Reja trägt ein dunkles T-Shirt, auf dem weiße, trockene Schweißflecken zu sehen sind. Die Venen an seinem Hals sind bis zum Platzen angeschwollen. Er muss viel Selbstkontrolle aufbieten, um uns guten Abend zu sagen.

»Alles in Ordnung, Kollege?«, fragt ihn Morano. Er verarscht ihn absichtlich. Aber Reja ist zu wütend, um es zu bemerken.

»Fünf Minuten, und ihr könnt wieder los. Rosa, komm, wir brauchen dich mal kurz.«

Mir gefällt sein Ton nicht.

Noch weniger gefällt mir der kleine Raum mit Eisenbetonwänden, wo er mich bittet, Platz zu nehmen. An der Wand steht ein alter Schreibtisch, und darüber hängt ein blaustichiges Poster von Santa Maria Novella.

Er trägt ein zerknittertes Hemd, Hosen in einem undefinierbaren Grau, weder klassisch noch sportlich. Doch der Mann, der sofort nach mir eintritt, ist Hauptkommissar Paolo D'Intrò. Der Mythos. Mit einem grauen Bartschatten, die Augen blutunterlaufen, wie einer, der eine Wut, die erst wenige Sekunden alt ist, noch verarbeiten muss.

Aus irgendeinem Grund hat unsere Ankunft einen Streit zwischen ihm und Reja unterbrochen.

»Ich habe gehört, unser Mann hat gestern ein paar Probleme gehabt.«

Reja stellt sich an die Tür und betrachtet still den Fußboden. Ich falle aus allen Wolken, fasse jedoch zusammen, was geschehen ist. Bei jedem Wort beobachte ich D'Intròs Augenbrauen.

»Und wenn er den ganzen Tag geschlafen hätte? Er hat es ganz offensichtlich gebraucht.«

Ich vermeide jeglichen Einwand.

»Es bestand keine Eile. Heute hat er alles unterzeichnet, was er unterzeichnen musste, Sovrintendente Reja hat die komplette Akte, doch jetzt müssen wir ihn in das Therapiezentrum integrieren. Und das ist einer, der sich höchstens in eine Herde Hyänen integriert. Jetzt haben wir ein Problem mehr.«

Ich möchte sagen, dass es ein Problem weniger sein könnte, wenn wir die Tarndokumente hätten, doch offensichtlich kann D'Intrò meine Gedanken lesen. Er gibt mir eine kleine Plastikmappe. Darin befinden sich ein Personalausweis und eine Krankenversicherungskarte.

»Diesmal haben wir uns darum gekümmert. Von jetzt an wird Ihnen unser Mann weniger Probleme bereiten. Es gibt Regeln und es gibt Prioritäten, die man verstehen muss. Unverzüglich. Hier darf man keinen Fehler machen.«

(Ich werde nie mehr einen Fehler machen.) Er verabschiedet sich mit einem strengen Blick und geht durch die Tür. Bevor Reja ihm folgt, schüttelt er den Kopf und zieht bedauernd die Augenbrauen hoch.

Ich betrachte den Plastikausweis mit dem Magnetstreifen. Die Nummer ist sicher falsch oder gehört einer »verstorbenen Person«. Ihn damit in ein Krankenhaus einweisen zu lassen ist auch kein Spaziergang, wenn man nicht zuerst mit dem Kollegen der Polizeistation redet. Auf dem winzigen Foto sieht Cocíss so aus, als würde er mehr oder weniger immer noch schlafen. Man erkennt nicht mal seine Narben.

»Gute Arbeit, nicht? Jetzt entfernen wir sie auch noch vom Original, diese beiden Schmarren.«

Bevor ich richtig verstehe, was er meint, starre ich wie gebannt auf den Namen, den ich im Ausweis lese.

»Giovanni Russo.«

Manchmal kann auch die Tüchtigkeit der Kollegen beunruhigend sein.

Auf der Rückfahrt zieht Cocíss die Kapuze seines Fleece-Shirts runter und schaut nach draußen, als ob Florenz ihn plötzlich interessieren würde. Er setzt sich dauernd anders hin, drückt sogar die Knie gegen die Sitzlehne, aber ich nehme es hin, um Streit zu vermeiden. Die Stille im Auto ist wie die heute Morgen im Wald. Eine zeitweilige Einstellung der Aktivitäten, die fürs bloße Überleben nicht unbedingt notwendig sind. Wir fahren an einer Kreuzung falsch und geraten in eine enge Straße, überall nur Schuhgeschäfte, Osterien mit Korbstühlen, eine Zone mit eingeschränktem Verkehr, kameraüberwacht.

»Weißt du was? Das ist mir scheißegal«, lautet Moranos Kommentar.

Ab und zu besehe ich mir im Rückspiegel Salvo, der den kleinen Bastard mustert, als wäre er ein Skorpion, der unter einem Topf hervorgekrabbelt ist. Als ich ein melodiöses Pfeifen höre, kommt es mir komisch vor, dass der Kollege gepfiffen haben soll.

Und tatsächlich. Es war Cocíss (was bedeutet das, fasst er Vertrauen?).

Aus einer Flut von Japanern mit kleinen Sonnenschirmen ist niemand anderes als D'Intrò aufgetaucht. Er überquert vor uns die Straße, nicht mehr als fünf oder sechs Meter entfernt. Er ist in Begleitung einer blonden jungen Frau, größer als er, perfekter Po in engen Jeans, die locker auf ihren Hüften sitzen. Wenn man unbedingt eine Schwachstelle ausmachen wollte, wäre es die, dass ihre Taille kaum schmaler ist als die Hüften. Über dem Nabel zusammengeknotete rote

Bluse, weiße Pantoletten mit hohen, dünnen Absätzen. (Da muss man ja hinterhergucken.)

»Scheiße, was hast du denn zu pfeifen?«, knurrt Morano.

Cocíss lacht in sich hinein. Verglichen mit heute Morgen ist er nicht mehr derselbe. Mit diesem Lachen gibt er meinen Kollegen zu verstehen, dass sie von so einer Frau nur träumen können. Mit einem Blick rate ich Morano, nicht den harten Kerl zu spielen.

»Kriegt man hier mal 'ne Zigarette?«, fragt Cocíss, doch Fragen ist nicht seine Stärke. Er hat eine träge Stimme, kehlig, unangenehm, als kratzte man über Glas.

Morano zieht die Schachtel aus seiner Hemdtasche, sieht nach, wie viele noch drin sind, und wirft sie ihm zu, als würde er sie fortwerfen. Cocíss lässt sie auf seiner Brust landen, die Sache gefällt ihm nicht. Salvo legt ihm eine Hand auf die Schulter und gibt ihm ein Zeichen, ruhig zu bleiben.

»Das Feuerzeug ist drin«, brummt Morano. »Das will ich zurück.«

Ich begleite ihn, als er Moranos letzte Zigarette im Garten mit dem Mandelbaum und der Bougainvillea raucht. Wir haben einen langen Sonnenuntergang, rosa wie denaturierter Alkohol, ohne den kleinsten Windhauch. Die Schwalben kreisen über unseren Köpfen, und Cocíss macht nichts, als stoßweise die Nase hochzuziehen.

Ich setze mich auf ein paar Marmorplatten, die wohl von einem alten Friedhof stammen. Er geht hin und her. Das Feuerzeug hat er natürlich doch behalten.

»Und wie heißt du?«, fragt er mich, sieht aber dabei die Wand an.

»Das habe ich dir schon gesagt.«

Er zuckt mit den Schultern. Das heißt: Er zeigt mir ein absolutes Minimum an Freundlichkeit, und wenn ich meinen Namen nicht nennen will, ist ihm das so was von egal.

»Rosa«, sage ich.

Er sieht immer noch die Wand an.

»Schöner Name«, sagt er und nickt ein paarmal, als müsste er mich überzeugen, dass er es wirklich ernst meint. »Und wie heißt der *Scheißdreckskerl*, der gefahren ist, wie heißt der?«

Ich ziehe seinen neuen Ausweis heraus.

»Das geht dich nichts an. Sieh mal, hier steht, wie *du* von jetzt an heißt.«

Er dreht sich um, macht aber nicht mal im Ansatz Anstalten, als wollte er näher kommen, um den Ausweis zu nehmen. Er lässt mich mit ausgestrecktem Arm stehen, als wäre ich bescheuert. Schließlich reißt er mir den Ausweis aus der Hand, steckt ihn sich in die Tasche und bläst den Rauch in den Himmel.

»Sag mir, wie ich heiße.«

»Das steht da drauf.«

»Man kann hier nichts mehr sehen.«

»Nimm doch mal die Sonnenbrille ab.«

»Sagst du es mir jetzt oder nicht?«, lässt er nicht locker. (Was will der denn? Ich hab schon genug Ärger gehabt seinetwegen.)

»Ein anderer Ton! Aber sofort.«

Er zieht heftig an der Zigarette, gestikuliert, als könnte ihm das beim Nachdenken helfen, kommt dann auf mich zu. Er stößt den Rauch mit einer Art unvermeidlichem Überdruss aus.

»Ich habe Hunger«, sagt er.

»Padre Jacopo bringt dir dein Abendessen aufs Zimmer. Ich lasse dich mit ihm allein, und ihr unterhaltet euch mal ein bisschen. Morgen früh stellt er dich allen anderen vor. Hier bleibst du nicht länger als eine Woche, glaube ich. Doch solange du da bist, respektierst du die Regeln, die alle anderen auch respektieren. Ich will keinen Ärger.«

Er breitet die Arme aus.

»Sieh mal, ich hab mit dem Dottor D'Intrò geredet, du kannst ganz beruhigt sein. Ich mache, was ihr mir sagt. Ich habe ihm mein Wort gegeben. Der Dottor D'Intrò ist in Ordnung, wir verstehen uns.«

Ich denke mir, der entscheidende Beweis, dass der Hauptkommissar ein cooler Typ ist, einer, dem man vertrauen kann, war die supergeile Blondine, mit der wir ihn beim Shopping in Florenz gesehen haben.

»Versuch mal zu verstehen, dass das Schutzprogramm noch nicht genehmigt ist, nicht mal das provisorische. Du hängst an einem seidenen Faden. Wenn du hier irgendeinen Scheiß baust, schreibe ich das in den Bericht, und du bist am Arsch.«

Ich hoffe, dass wenigstens die letzten Worte klar bei ihm ankommen, doch ich merke, dass er abgelenkt ist. Ich will gerade aufstehen, da streckt er ein Bein aus. Ich lege die Hand auf meinen Rucksack. Instinktive Reaktion.

Unter einem seiner goldenen Schuhe lugt ein spitzer, grasfarbener Stein hervor. Nur dass er sich bewegt. Cocíss hockt sich hin und drückt die Zigarette auf dem Kopf der Eidechse aus.

Dann lässt er sie gehen und beobachtet, wie sie qualmt und sich wie von Sinnen zwischen den Steinen und dem Gras krümmt.

»Sieh mal, wie sie springt«, lautet sein Kommentar.

Ich frage ihn, ob er vor dem Abendessen duschen will.

Seine Reaktion ist merkwürdig. Ich hätte erwartet, dass es ihn nervt, aber er scheint mir geradezu alarmiert. Wir gehen in sein Zimmer, und er nimmt gleich die Tasche vom Boden, kippt ihren Inhalt aufs Bett und fängt an, zwischen den bunten Beuteln und Tütchen aus dem Supermarkt herumzuwühlen.

Ich überzeuge mich davon, dass er sich nicht ins Bad einschließen kann, zeige dann auf die offene Tür, und er geht schnell hinein, wobei er sich einen kleinen grauen Leinenbeutel mit einer Kordel vor die Brust hält.

»Stopp«, sage ich. »Den will ich mir mal ansehen.«

Ich lasse ihn den Beutel ins Waschbecken leeren. Shampoo, Haarbalsam, Duschcreme, Kraftspülung, Feuchtigkeitsgel für trockene Haut, Haarwachs. Aber hallo.

Zum ersten Mal nimmt er die Sonnenbrille ab und sieht mich an. Genervt. Um die nadelkopfgroßen Pupillen liegt ein Ring aus leuchtendem Blau, chemisch, wie eine Gasflamme. Unter den Augen haben die beiden Narben seine Haut zu einem unentwirrbaren Nest aus Runzeln zusammengezogen. Durch diese beiden Schnitte sind ihm zusammen mit dem Blut zwanzig Lebensjahre weggetropft. Solche, die er schon gelebt hat, oder solche, die er vielleicht nicht mehr erlebt, wer weiß.

»Kann ich jetzt duschen?«

Ich schließe die Tür, ziehe die Kordel aus dem Beutel und vergewissere mich, dass das Leinen luftdurchlässig ist. Dann gehe ich in sein Zimmer und beseitige alle Plastiktüten (ich darf keinen Fehler mehr machen).

Padre Jacopo trägt ein Tablett mit Käse und Wurst herein. In einer Papiertüte sind Brötchen, ein Glas, Plastikbesteck und Servietten. Ich kontrolliere alles, teile die Pille und löse die Vitamine in einem Glas Wasser auf.

»Wie geht es ihm?«, fragt Padre Jacopo.

»Besser. Wir geben ihm nur Taschen aus Leinen oder Papier, okay?«

Der Padre nickt, dann setzt er sich. Er ist müde, von dieser demütigen Müdigkeit, die man sonst nur bei Müttern kinderreicher Familien sieht. Er nimmt die Brille ab, und ich sage ihm, dass die Papiere angekommen sind.

»Er wird höchstens eine Woche hierbleiben«, füge ich zur Beruhigung hinzu. Für ihn und für mich.

»Er wird die Regeln unseres Zentrums einhalten müssen.«

»Ich habe Klartext mit ihm gesprochen.«

Als Cocíss wieder ins Zimmer kommt, seine Sachen in die schmutzigen Kleider gerollt, trägt er nur die Sonnenbrille und eine blaue Hose, aus der das graue Gummiband seiner Unterhose hervorschaut. Er hat einen flachen Hintern, muskulöse Schultern und einen eingefallenen Brustkorb. Er dreht sich zum Padre um, niest, wirft alles aufs Bett und beklagt sich dann, dass es ohne Plastiktüten ein Chaos ist und er nichts mehr findet. Ich sehe, dass er grüne und gelbliche Blutergüsse auf den Hüften, direkt unter den Rippen und auf der vollständig enthaarten Brust hat. Padre Jacopo und ich schauen uns an, ohne etwas zu sagen.

»Padre Jacopo ist hier der Chef«, sage ich. »Er ist nicht beleidigt, wenn du ihn grüßt.«

Cocíss zieht sich ein enges gelbes T-Shirt mit einer roten Fünf auf der Vorderseite an.

»Guten Abend, Chef«, sagt er mit der mechanischen Freundlichkeit eines Animateurs.

»Ciao. Ich bin Jacopo.«

»Das ist Giovanni«, komme ich ihm zuvor. Er hat sich bestimmt nicht die Mühe gemacht, seinen Namen zu lesen.

Cocíss wendet sich mir zu und lässt für einen Augenblick seine Augen aufblitzen. Padre Jacopo steht auf, schiebt seinen Stuhl unter den Tisch, geht dann auf den kleinen Bastard zu und hält ihm die Hand hin. Seine langen Finger wirken wie Zweige ohne Blätter.

»Was kannst du?«, fragt er ihn.

»Ich?«, sagt er belustigt. »Kommt darauf an.«

Der Padre wartet noch, die Hand ausgestreckt.

»Ich kann, wozu ich Lust habe«, sagt Cocíss schließlich, wendet ihm dann den Rücken zu und fängt an, seine Tasche zu ordnen. Ohne die Tüten, wiederholt er, findet man verdammt noch mal nichts mehr.

Ich bin nicht mehr das elektrische Mädchen. Ich habe keine Superkräfte.

Und zum Glück habe ich mit dreißig die Phase überwunden, in der ich unwiderstehlich von den verzweifeltsten menschlichen Fällen angezogen wurde. Ich bin jetzt eine reife Frau. Und damit in der Phase, in der ich unwiderstehlich die verzweifeltsten menschlichen Fälle anziehe.

Im Augenblick aber kann ich wirklich meine Nächte nicht damit verbringen, die Batterien eines Vierzigjährigen aufzuladen, der sich treiben lässt. Ich dachte, Antonello hätte das verstanden, da er doch ohne Zweifel der intelligenteste meiner aktuellen Verehrer ist.

Und dann schickt er mir diese Nachricht.

»Nie mein Schicksal in die Hand genommen. Möchte das bei deinem tun.«

(Mal ehrlich.) Wir haben uns vor einem Jahr kennengelernt und ein paar Wochenenden fern von allen und allem miteinander verbracht, vor allem fern von unseren Leben. »Frag mich nichts«, hat er zu mir gesagt und mit einem schmalen Ehering aus Weißgold herumgespielt. Er hat den Ring nie abgelegt, und ich habe es so genommen, wie es war. Ich hatte damals noch Nachtschicht bei der Verkehrspolizei von Casale Monferrato, nahm unmögliche Züge, die um fünf Uhr morgens den Nebel durchbrachen und die Krähen von den Schienen aufscheuchten. Um ihm zu gefallen, habe ich wieder angefangen, auf mich zu achten. Ihm zu gefallen hieß, dass ich auch mir selbst wieder zu gefallen begann, und dafür werde ich ihm immer dankbar sein. Es hat mir nichts ausgemacht, dass er verheiratet war. In meiner damaligen Verfassung war das für mich eher eine Garantie begrenzter Verpflichtung: Ich fragte ihn nichts, er war es, der anfing, mir alles zu erzählen. Ich war bereit, einen sehr hohen Preis für unsere wundervollen Wochenenden und seine außergewöhnliche Liebenswürdigkeit zu zahlen. Mich nach einer Schicht im Streifenwagen von ein bis sieben Uhr in einer normalen Samstagnacht des kollektiven Durchdrehens auf die Autobahn zu begeben. Sein verlegenes Gesicht jedes Mal, wenn ihn seine Frau anrief. Und auch die Blasenentzündung aus unseren Flitterwochen, die sich in diesen Tagen wieder gemeldet hat. Doch ich war nicht bereit, seine Klagemauer zu werden. Nein danke, entschuldige vielmals, nein. Ich habe den Eindruck gehabt, dass er, bevor er mit mir ins Bett ging, alles getan hatte, um mich zu verstehen, und nun, da es passiert war, war ich dran, ihn zu verstehen, seine zerstörte Ehe, sein trauriges Umherziehen von einer langweiligen jungen Geliebten zur nächsten. »Glaubst du wirklich, das ist nötig?«, habe ich ihn eines Tages gefragt. »Frag mich nichts«, hat er mir geantwortet.

Seit damals verkehren wir nur noch per SMS miteinander. Ich beschließe, es ins Philosophische zu wenden, ohne beurteilen zu wollen, ob ihn das demoralisiert oder noch mehr anstachelt.

»Und wenn ich kein Schicksal hätte?«

Es ist sieben Uhr, ich habe gerade mal eine Stunde, um mich zurechtzumachen. Also nehme ich das Handy mit ins Bad, auch weil ich neugierig bin, was er mir antwortet.

Und vor allem: wann.

Das Programm für meinen Abend sieht ein Essen mit Freunden vor, auf einem »Biobauernhof« an der Provinzstraße, die von der Küste Richtung Volterra führt. Das Haus meiner Eltern liegt zum Glück auf dem Weg. Meine Mutter öffnet mir, gehüllt in ein rosa Umhängetuch, geschminkt und frisch vom Friseur.

»Gut sehen wir aus«, sage ich.

Sie gibt mir einen Kuss, lächelt aber nicht. Sie sagt nichts, aber ich verstehe sofort, was los ist. Mein Vater schreit von der Kellertreppe her, dass sie nicht gehen soll, ihn nicht allein lassen soll. Dass sie kommen und das Haus abreißen werden.

Sie hebt die Arme, holt sich ein Taschentuch aus ihrer Handtasche. Blaues Krokodillederimitat. Klein, aber absolut auffällig.

An der Kellertür hängt ein Blatt Papier, mit einem Stück Isolierband angeklebt. Die Zeilen sind dicht gedrängt und gehen bis an den Rand. Es ist so etwas wie eine zusammenhanglose Anzeige, gerichtet an einen nicht näher definierten »Euer Ehren«. Mir fällt ein, dass mein Vater früher keine einzige Folge von *Perry Mason* verpasst hat. Er fand es immer schade, dass ich die Serie nicht zusammen mit ihm angeschaut habe, doch mir war sie zu langweilig. Ich ging lieber in die Küche, um mir Trickfilme und Videoclips anzusehen.

Ich lese nur die ersten Worte, dann wird die Tür geöffnet. Mein Vater trägt einen blauen Trainingsanzug und Sandalen mit Socken. Er ist blass, und seine Haare sind wirr. Als er mich umarmt, rieche ich, dass er einen furchtbaren Atem hat.

»Du lässt mich nicht im Stich, stimmt's? Du bist doch bei der Polizei, du wirst sie festnehmen, stimmt's?«

»Die übliche Komödie, jedes Mal, wenn ich ausgehen und mich eine halbe Stunde ablenken will! Den ganzen Tag lang schließt er sich in diesem Loch ein und tut so, als gäbe es mich gar nicht!«

Meine Mutter schreit. Die Hände in die Hüften gestützt, steht sie vor der Garderobe.

»Deine Mutter hat den Verstand verloren«, bemerkt mein Vater.

»Wegen dir verliere ich ihn noch, wegen dir.«

»Hör nicht auf sie, Rosa. Wenn ich nicht hier wäre und nachts Wache hielte, wären sie schon gekommen und hätten das Haus abgerissen.«

Meine Mutter hängt das Umhängetuch zurück in die Garderobe, zieht sich die Schuhe aus und stellt die Handtasche hin. Sie lässt sich auf einen Stuhl fallen und fängt an zu weinen.

»Weine nur, meine Liebe. Wenn wir am Ende sind, ist das auch deine Schuld« – das ist die Art meines Vaters, es noch schlimmer zu machen und mein Programm für den Abend zu ruinieren.

Ich überrede meine Mutter, ihr Make-up aufzufrischen und doch auszugehen. In der Küche decke ich den Tisch für meinen Vater und mich, aber nur unter der Bedingung, dass er sich vorher im Bad ein bisschen frisch macht. Die Situation beruhigt sich, und ich werfe einen Blick in den Kühlschrank. Roastbeef, Püree und Obstsalat. Das Brot ist von gestern, wir werden uns mit Toastbrot behelfen.

Mein Vater kriegt den x-ten Rüffel für die schlechte Angewohnheit, sich die Haare mit speichelfeuchten Fingern glatt zu streichen. Ich schicke ihn mit der Anweisung, den Kamm zu benutzen, zurück ins Bad und helfe inzwischen meiner Mutter bei der schwierigsten Operation: die geschwollenen Füße in die Schuhe zu zwingen.

Sie erzählt mir, dass ein paar Freundinnen angefangen haben, Burraco zu spielen. Ein Blick von mir, von unten nach oben, und sie fügt hinzu: »Es wird nicht um Geld gespielt. Nur so zum Zeitvertreib.«

Sie fragt mich, ob mir ihr Tuch gefällt. Perlgrau und altrosa, ein Markenartikel, ziemlich schlicht für den Geschmack meiner Mutter. Also sage ich mit Überzeugung in der Stimme ja. Ich hätte erwartet, dass sie erzählt, in welchem Geschäft sie es gekauft hat und wie viele sie sich von der Verkäuferin hat zeigen lassen, bevor sie sich entscheiden konnte, doch sie steht auf und vertieft das Thema nicht weiter. Ich schließe daraus, dass das Tuch nicht echt ist und sie es auf dem Markt gekauft hat, und gehe zurück in die Küche, wo mein Vater, in der Erwartung, dass ihm das Essen serviert wird, den Fernseher angemacht hat.

»Gestern wurde der Bankdirektor in den Nachrichten gezeicht. Sie haben ihn interviewt, er saß in einem Bagger. Er hat gesagt, dass er fünf oder sechs Häuser jeden Tag abreißt.«

»Wie viele Scheiben Fleisch willst du?«, frage ich ihn, doch er antwortet mir nicht. Er starrt auf den Bildschirm und drückt so lange auf den Tasten der Fernbedienung herum, bis er eine Nachrichtensendung findet.

Das Elektromesser funktioniert nicht. Ich schneide das Fleisch mit der Hand und sehe, dass es zu lange gebraten wurde und von Fett durchzogen ist.

»Es ist eklig«, meint mein Vater. »Alles ist eklig, was man heutzutage isst. Das ist alles die Schuld der Banken.«

Bei der Mikrowelle ist das Lämpchen kaputt, und die Klingel des Timers geht nicht mehr. Ich suche nach Besteck im Geschirrspüler, doch der ist leer und mit einer Kalkschicht überzogen, sie benutzen ihn seit wer weiß wie langer Zeit nicht mehr. Ich höre, wie meine Mutter mit einer ihrer Freundinnen telefoniert, um zu sagen, dass sie nur zehn Minuten später kommt, dann hantiert mein Vater mit der Fernbedienung herum, bis der Ton irrsinnig laut ist.

»Mach leiser!«, schreit meine Mutter, als sie in der Tür erscheint, um sich zu verabschieden: frisch geschminkt.

Als ich auf dem Biobauernhof ankomme, ist es weit nach Mitternacht, und ich fahre nur deshalb noch hin, weil Maurizio mich eingeladen hat und ich ihm am Telefon versprochen habe, auf jeden Fall zu kommen, auch wenn es spät würde.

Doch jetzt ist es mehr als spät. Nur noch Maurizio und die beiden Eigentümer sind da. Ein seltsames Paar, würde ich sagen. Sie heißt Birgit und ist Belgierin, fast vierzig, hat letztes Jahr bei der Lufthansa nach fünfzehn Jahren als Stewardess gekündigt. Er ist zehn Jahre jünger, kommt aus Brescia, hat aber in Pisa seinen Doktor in Physik gemacht und ist dann dort geblieben. Er arbeitet beim staatlichen Forschungsinstitut CNR an einem Projekt, das ebenso wichtig wie tödlich langweilig für jede Unterhaltung ist, wie er versichert.

»Ein Teilchenbeschleuniger«, erklärt Maurizio, doch er macht ein Gesicht wie einer, der nicht sehr viel mehr darüber weiß. »Ein riesiges Ding, um ein Milliardstel von einem Staubkorn auf Höchstgeschwindigkeit zu beschleunigen.«

»Lass uns über was anderes reden«, sagt Cristiano.

Im Herbst wollen sie ein paar Renovierungsarbeiten angehen und die Biolandwirtschaft erweitern. Während Cristiano über regionale und europäische Finanzierungen redet, rollt Maurizio mit größter Sorgfalt und Geduld einen Joint. Seine Hände erinnern mich an die von Padre Jacopo, doch sie bewegen sich immer, als streichelten sie den Rücken einer Katze.

Der Joint geht einmal ganz im Kreis herum, bis er bei mir ankommt, wodurch ich Zeit genug habe, mich paranoiden Gedanken hinzugeben. (Und wenn sie mich zu einem Test schicken? Aber warum sollten sie mich zu einem Test schicken? Ach scheiß doch drauf, ein Zug entspannt mich.) Ich muss husten, und Maurizio sieht mich amüsiert an. Es mag fast zehn Jahre her sein, dass ich den letzten Joint geraucht habe. Umso weniger sollte ich das jetzt tun, wo ich bei der Polizei bin.

Bevor die Paranoia mich ganz verschlingt, stelle ich meine bloßen Füße in das frische, weiche Gras. Es fehlen nur die Glühwürmchen, aber vielleicht ist es noch zu früh. Als mein Vater auf die Idee mit der biologischen Landwirtschaft kam, die ihn dann in den Ruin getrieben hat, war ich noch davon überzeugt, Superkräfte zu haben, und Glühwürmchen (echte, nicht die falschen von meinen Pullovern) gab es noch sehr viele. Was fehlte, war das Geld aus Europa.

Als ich nach Hause komme, ist es drei.

Antonello hat auf meine Nachricht nicht geantwortet. Vielleicht war er mit seiner Frau beim Abendessen.

Wie üblich hat mein Nachbar, der auch mein Vermieter ist, seinen schwarzen SUV so geparkt, dass ich an der Hecke entlang schleichen muss, um zur Haustür zu kommen. Doch darüber kann ich mich nicht beschweren, er hat mir die renovierte Mansarde ungewöhnlich günstig überlassen. In einem mittelalterlichen Dorf wie diesem könnte er die Zimmer auch an Touristen vermieten und damit Geld scheffeln.

In Wirklichkeit hat er sich gedacht, man kann nie wissen, eine Bekanntschaft bei der Polizei, auch wenn es nur eine Frau ist, kann sich immer als nützlich erweisen.

Schon der Wecker? Das ist nicht möglich.

(Es ist nicht der Wecker.) Also, was ist es?

Das Telefon.

Ich hebe es vom Boden auf, ohne auch nur das Licht anzumachen. Doch es ist nicht das Diensthandy, es ist der Festanschluss.

Um an den Hörer zu kommen, muss ich mich über die andere Seite vom Bett strecken, die immer unbenutzt bleibt, weil ich auf der einen Seite schlafe und mich nicht groß bewege.

Ich versuche, die Nachttischlampe anzuknipsen, doch die Birne ist seit ich weiß nicht wann durchgebrannt.

»Hallo, Polizei?«, wispert eine nervöse Stimme.

»Was?«

»Sie müssen eingreifen! Diesmal haben sie Bagger. Sie haben sich zwar gelbe Helme aufgesetzt, aber ich habe sie erkannt. Es sind der Notar Gambini, der Bankdirektor und der Rechtsanwalt Guerra. Sie sind hier draußen. Sie kommen gleich in den Garten, dann brechen sie mir das Haus ab. Ich habe ein Gewehr, wenn Sie mir die Erlaubnis geben, schieße ich. Was soll ich tun? Schießen?«

Er erwartet auch noch eine Antwort.

»Ich warne Sie, ich will niemanden umbringen, aber die wollen mein Haus niederreißen. Entweder kommen Sie und nehmen die fest oder ich schieße. Hören Sie mich? Hallo, Polizei?«

Ich sehe auf den Wecker. Zehn nach fünf. Ich schließe die Augen und versuche den richtigen Ton anzuschlagen.

»Ich höre dich. Aber hier ist nicht die Polizei.«

»Wieso nicht?«

»Hier ist Rosa.«

Er macht eine Pause, atmet heftig in den Hörer.

»Und wieso, entschuldige, wo arbeitest du denn?«

»Geh wieder ins Bett, Papa. Bitte.«

Ich komme kurz vor sechs in der Abtei Spaccavento an.

In Florenz habe ich an einer Ecke meines Schreibtischs ein Stück Himbeerkuchen zu Mittag gegessen. Wir hatten sechsunddreißig Grad, und ich fühle mich wie ein Lumpen, den man auswringen sollte. Das Deodorant hat in der Toilette der Raststätte seinen Geist ausgehaucht, und ich kann es nicht erwarten, unter die Dusche zu kommen.

Am Telefon hat Padre Jacopo mir erzählt, dass Giovanni

Russo, also die Bestie Daniele Mastronero, genannt Cocíss, heute sogar dabei geholfen hat, Holz zu stapeln. Eine Viertelstunde, nicht länger, dann hat er sich wieder auf seine Lieblingsbank im Garten gesetzt und geraucht. Er schafft es nicht, sich an feste Zeiten zu halten, nicht mal an die Essenszeiten. Es hilft auch nicht, ihn hungern zu lassen, wenn er sich zu spät im Speisesaal einfindet. Cocíss protestiert nicht, er isst, was die anderen übrig gelassen haben, und kümmert sich dann wieder um seine eigenen Angelegenheiten. Ab und zu sieht man ihn Rumpfbeugen und Bauchmuskelübungen machen. Nachts bleibt er oft wach, im Fernsehzimmer, allein, im Dunkeln. Gegenüber den Mitarbeitern ist er wortkarg, mit den anderen Jugendlichen raucht er höchstens mal eine Zigarette. Fernsehen interessiert ihn nicht. Gestern hat er den ganzen Abend den rumänischen Mädchen zugeschaut, die eine Art Volkstanz improvisierten. Niemand im Zentrum wagt es, ihn zu fragen, warum er ständig die Sonnenbrille trägt, und tatsächlich scheint sich niemand mehr besonders darüber zu wundern. Sie glauben, dass er eine Krankheit hat. Oder dass es einfach sein persönlicher Stil ist.

Ich schlage mich mit meinen eigenen *Fläschchen* herum. Bevor ich die Abtei betrete, trinke ich die dritte Flasche aus. Noch eine, und ich habe auch heute die Quote von zwei Litern Wasser erreicht.

Ich warte auf ein Gespräch mit Padre Jacopo in einem Raum, der an das Empfangszimmer einer Gebirgspension in den fünfziger Jahren erinnert. Aus dem Garten ist Lärm zu hören. Ich will nach draußen sehen, schließe aber bei dem Versuch sofort die Augen. Weißes Feuer schlägt mir entgegen und erinnert mich daran, dass ich seit drei Nächten nicht mehr richtig geschlafen habe.

Mit Sonnenbrille erkenne ich, dass ein Fußballspiel im Gange ist. Metalleimer als Pfosten und gemischte Mannschaften. Den Typen mit dem roten Sweatshirt haben sie ins Tor gestellt, zusammen mit dem Hund; Joséphine erregt Aufmerksamkeit, ein anderes Mädchen schlägt sich auch nicht schlecht, und ein Typ mit O-Beinen schafft es, jedem, der bei ihm vorbeikommt, den Ball abzunehmen. Die anderen, alle dahinter, drängen und schreien. Hin und wieder stürzt einer sich verbissen auf den Ball oder berührt ihn mit der Hand, und das Spiel wird unterbrochen.

Ich erkenne ihn nicht sofort, weil er sich das gelbe T-Shirt um den Kopf gebunden hat. Er hat schnelle Reflexe, doch er ist nicht besonders gewandt. Sein Oberkörper ist steif, die Arme hält er weit vom Körper weg wie eine Bulldogge die Pfoten. Wenn er den Ball bekommt, gibt er ihn nie ab, und es endet immer damit, dass er fällt oder ihn zu fest, zu weit schießt.

Cocíss spielt ohne Sonnenbrille. Ich habe den Eindruck, dass sich trotz des allgemeinen Chaos alle hüten, ihn auch nur anzustoßen.

Er wirft sich aufs Bett, Hände in den Taschen.

»Wir müssen reden. Aber trockne dich vorher wenigstens ab.«

Er nimmt die Brille herunter, sieht mich schief an, reibt sich dann das Gesicht und die Haare mit einem weißen T-Shirt ab. In einem Anfall von Paranoia frage ich mich, ob irgendeiner im Zentrum wissen kann, dass der Capozona des Viertels 167 zwei unverwechselbare Merkmale unter den Augen hat. In den Zeitungen gab es kein Foto von ihm. Nur Fedele Scurante, stellvertretender Boss des gleichnamigen Clans – sein Vater wartet darauf, an Prostatakrebs zu sterben –, hatte die Ehre, im Unterhemd abgebildet zu werden, wie sie ihn aus einem Hinterhoflabyrinth durch eine kleine Tür aus kugelsicherem Glas abführen.

»Worüber?«

Ich nehme den Stuhl und setze mich hin, die Arme über der Lehne.

»Diese beiden Zeichen, die du im Gesicht hast.«

Er bewegt kaum das Kinn. Die Strähnen schweißnassen

Haars, die ihm über die Augen fallen, sind schwarz und dünn wie Spinnenfüße.

»Was ist damit?«

»Diese Narben müssen weg.«

»Du bist ja verrückt.«

»Wir lassen dich operieren. Spätestens in einer Woche.«

»Lass du dich doch operieren, das ist besser.«

»Der Punkt ist«, fahre ich fort, »dass man dich daran wiedererkennen kann.«

Er zeigt mir die Tür, ohne vom Bett aufzustehen, mit der Geste von jemandem, der es gewöhnt ist zu befehlen.

»Würdest du bitte gehen?«

»Und das ist eine Gefahr.«

»Da scheiß ich drauf«, brüllt er (nein, so geht das nicht). »Raus!«

Ich stehe auf und schleudere den Stuhl gegen die Wand. Instinktiv erwartet Cocíss einen Angriff, setzt sich blitzartig auf, sagt aber nichts mehr. Ich gewinne zehn Sekunden seiner Aufmerksamkeit. Nicht mehr.

»Ich stelle dir nur eine Frage.«

»Jetzt schreibst du womöglich, dass ich den Stuhl kaputtgemacht habe, was?«

»Vergiss den Stuhl. Hast du dich zufällig mal gefragt, wie viel du wert bist?«

»Was willst du von mir?«

»Rechne mal kurz. Was würde es kosten, dich erschießen zu lassen?«

Er legt sich eine Hand auf den Reißverschluss der Hose.

»Ich schätze mal, dass vielleicht schon 1000 Euro reichen, um einen wie dich umzubringen. Höchstens 1500.«

»Und was zahlen sie dir?«

»Ungefähr das Gleiche. Nur dass sie es mir zahlen, damit du *nicht* umgebracht wirst. Wie du siehst, ist das wohl die Summe, um die es geht.«

Er lässt sich wieder zurückfallen, schiebt seine Hände in die Haare im Nacken.

»Du verdienst 1500 Euro. Im Monat?«

Er lässt einen leisen Pfiff hören und fängt an zu lachen (er provoziert mich nur). Die Brust und der Adamsapfel zucken wirklich genau wie bei einem, der sich nicht zurückhalten kann zu lachen (er provoziert mich nicht, er lacht tatsächlich).

»Wenn du mir einen bläst, gebe ich dir zweitausend. Das würde mir wirklich gefallen, von einer Polizistin einen geblasen zu kriegen.«

Ich drehe mich um, bleibe aber in der Tür stehen. Nein, das kann ich nicht so stehen lassen.

»Danke für das Angebot, aber das wäre das erste Mal, dass ich einer wandelnden Leiche einen blase. Und ehrlich gesagt finde ich diese Vorstellung eklig.«

Padre Jacopo bleibt vor der Tür mit der Nummer vier stehen und gibt mir ein Zeichen einzutreten.

»Dies hier waren die Zellen der Mönche. In denen dort sind immer noch Frate Jacques und die Seinen.«

Wir betreten eine Art Mini-Apartment, das aus drei Zimmern und einem kleinen Garten besteht. Es ist ungefähr doppelt so groß wie die Mansarde, in der ich wohne.

»Wir haben aus den Zellen der Laienbrüder Zimmer gemacht und diese hier alle in Werkstätten verwandelt«, sagt der Padre einigermaßen stolz.

Es stehen ein paar Staffeleien da, und auf den Tischen aus rohem Holz liegen massenweise Federn, Zeichenkohle und Stifte. Der fette Geruch ist der von Temperafarben. Auf großen, quadratischen grünen Blättern sind Abdrücke von blauen Händen und roten Füßen zu sehen, schiefe Sterne, gesäumt von goldenen Glitzersteinchen, Namen und Sätze in Französisch, Portugiesisch, Rumänisch.

Wir gehen in die nächste Zelle, und der Padre zeigt mir ein Mädchen, das mit Faden und Pinzette vor einem großen Setzkasten mit vielen Fächern steht. Jedes Fach ist gefüllt mit bunten Perlen, *rocailles*, vergoldeten und versilberten kleinen Stiften. Padre Jacopo geht weiter in die nächste Zelle und lässt uns allein.

Ich trete näher, doch das Mädchen sieht mich kaum an. Gabriela ist hager und hat extrem lange und dünne Wimpern. Trotz des gekonnten Make-ups sieht man, dass sie noch keine achtzehn ist. Sie hat kupferrotes, glattes, frisch gewaschenes Haar und einen üppigen Busen, um den ich sie einen Augenblick lang beneide, bevor ich mir all die Hände ehrenwerter Männer vorstelle, die ihn schon betatscht haben, vielleicht während sie aus dem Auto raus in die Dunkelheit blickte, das Papiertaschentuch, um sich zu säubern, schon bereit.

»Bist du Giovannis Schwester?«

Mein Ja kommt kein bisschen spontan. Ich hoffe, sie hat es nicht gemerkt.

»Ihr seht euch nicht ähnlich.«

Vielleicht hat sie es gemerkt. Jedenfalls freut es mich, dass ihr das aufgefallen ist.

»Nein, wirklich nicht, das stimmt.«

»Giovanni gefällt meiner Freundin, aber er sagt nie was.«

»Mein Bruder macht eine schwierige Phase durch. Padre Jacopo hat mir gesagt, dass er mir dabei helfen kann, einen Platz für ihn zu finden.«

»Für die Operation?«

»Ja«, sage ich und hoffe, dass der Padre nicht noch mehr verraten hat.

Sie reißt ein Blatt ab und schreibt irgendetwas auf. Sie hat eine Schrift wie eine Grundschülerin, setzt die Spitze des Stifts nach jedem Buchstaben ab. Sie bringt ein unaussprechliches Wort zu Ende, faltet das Blatt zusammen und schiebt es mir zu.

»Es ist nicht in Italien«, sagt sie. »Slowenien, gleich hinter der Grenze.«

Ich sehe das Blatt an. Neben dem Namen des Ortes steht ein italienischer Nachname, vielleicht nicht richtig geschrieben. Corsinni.

»Das ist der Name vom Doktor. Er ist Italiener. Sprich mit ihm.«

»Ist er gut?«, will ich wissen.

Sie kräuselt die Lippen. Sie trägt einen blassvioletten Lippenstift, der besser zu einem dunkleren Teint passen würde.

»Man sieht nachher nichts. Es ist wie vorher. Und außerdem verlangt er nur wenig. Meiner Freundin hat er sogar einen Rabatt gegeben. Verstehst du?«

Sie hebt die Augenbrauen.

»Ich verstehe«, sage ich, aber Geld ist in unserem Fall kein Problem.

»Für uns ist das gut. Manchmal kauft dich einer, und der Verkäufer gibt ihm einen Rabatt, weil du einen Fehler hast, nicht?, vielleicht ein Mal, eine Narbe. Aber wenn er das nicht tut, musst du die Operation selbst bezahlen.«

»Das heißt?«

Sie sieht mich an, als hätte sie ein Kind vor sich, dem man wirklich alles erklären muss.

»Operation, Reise und alles schießt dir der Boss vor, aber du musst es ihm zurückzahlen. Du zahlst mit der Arbeit, die du später machst. Monat für Monat. Und deshalb ist ein Rabatt gut. Das ist besser, nicht?«

Ich stecke das Blatt ein und danke ihr. Ich bleibe noch und sehe mir die Blumen, Blätter und Bonsai-Bäumchen aus Faden und Perlen an.

»Wie schön. Hast du die gemacht?«

»Nein, Joséphine. Ich kann es noch nicht gut«, antwortet sie und scheint fast beleidigt. Mein Kompliment ist danebengegangen, und sie beginnt wieder damit, den Nylonfaden durchzuziehen, noch ehe ich das Zimmer verlassen habe.

Bevor ich zur Arbeit gehe, bringe ich meinem Vermieter den Mietscheck.

Der SUV steht nicht im Garten, und tatsächlich ist nur seine Frau zu Hause. Sie sieht so aus, als wäre sie gerade erst wach geworden oder hätte gar nicht geschlafen. Auch ich bin nicht besonders in Form. Ich habe bis zwei Uhr an dem Bericht über »die dringlichen provisorischen Sonderschutzmaßnahmen unterstellte Person« gearbeitet. Sollte ich je meine Examensarbeit wieder aufnehmen, würde ich für eine Seite einen Monat brauchen.

Die Frau stellt mir eine hingekritzelte Quittung aus. In der Wohnung ist nichts von diesem Morgengeruch wahrzunehmen, dieser typischen Mischung aus zerknitterten Bettlaken, Kaffee und Zahnpasta. Sie trägt einen bonbonrosa Baumwollpulli mit langen Ärmeln, die sie bis zu den Handgelenken hinunterzieht, und kurze schwarze Radlerhosen. Über vierzig Jahre alt, aber sie hält sich sehr gut. Ich wage gar nicht, mir vorzustellen, wie ich in zehn Jahren aussehen werde, wenn ich nicht wieder anfange, mehr auf mich zu achten. Doch bei der Arbeit gibt es harte Phasen, in denen man sich anpassen muss. Und im Grunde hat die Versetzung zur Einsatzgruppe Zeugenschutz es mir ermöglicht, näher nach Hause zu kommen. Noch einen Winter in Casale Monferrato hätte ich nicht überlebt.

»Sie …«

»Duzen wir uns doch«, sage ich. Mir knurrt der Magen, denn ich habe beschlossen, in der Bar zu frühstücken. Als ich aufgestanden bin, hatte ich nicht mal Lust, die Espressokanne aufzumachen. Vielleicht fragt sie mich, ob ich einen Kaffee möchte, doch sie fährt fort: »Ziehst du dich eigentlich nie wie eine Polizistin an?«

»Kommt drauf an.«

»Nein, weil … es ist komisch, ich meine, man sieht dich nie in Uniform.«

»Also, um ehrlich zu sein: Die Uniform ist nicht besonders kleidsam.«

Ich lächle, sie kein bisschen. Sie bückt sich, um eine Baumwolldecke aufzuheben, eine von diesen umhäkelten, und faltet sie sorgfältig zusammen, legt sie dann auf die Couch. Sie bedankt sich für den Scheck, der, zu einem V gefaltet, auf dem leeren Tisch liegt, und scheint sehr besorgt darum, dass die Ärmel ihres Pullis nicht über die Ellbogen rutschen.

(In diesem Flecken herrscht nachts eine erdrückende Stille.)

Den Kaffee trinke ich mit Reja auf der Flughafenterrasse. Er trägt einen hellgrauen Anzug und ein schwarzes Polohemd. Er wartet auf das Boarding für den Flug nach Frankfurt, und sein Handy klingelt ohne Unterbrechung. Ich gebe ihm den Bericht, doch er verzieht nur wie üblich die Lippen und hebt das Kinn, bevor er sich über ein Cremetörtchen hermacht (was heißt: bitte kurz fassen).

»Er gewöhnt sich ein und scheint nicht die Absicht zu haben, Ärger zu machen.«

»Wie lange siehst du ihn täglich?«

»Ein paar Stunden, vormittags und nachmittags.«

»Und wenn wir ihn allein unterbringen, was meinst du?«

Sinnlos zu versuchen, es mit Worten zu beschönigen. Ich habe schon das Gesicht verzogen, und Reja hat es bestimmt im Fenster gesehen, obwohl er so getan hat, als würde er eine DC9 bei der Landung beobachten. Ich leere ein weiteres Tütchen Zucker in den Cappuccino (Reja hat nur ein einziges genommen, und zwar eins mit Süßstoff).

»Entweder schließt er sich ins Haus ein, oder er wird erkannt, sobald er den Mund aufmacht. Er kommt mir vor wie der geborene Boss, er kann nur kommandieren. Aber das Problem besteht darin, dass er trotz allem erst achtzehn Jahre alt ist. Und ich glaube nicht, dass er die Situation in ihrer ganzen Tragweite versteht.«

Reja nickt und tupft sich den Mund ab (was heißt: ist mir scheißegal, was der Typ versteht).

»Für den Augenblick habe ich es nicht in den Bericht geschrieben, aber er will keine Operation.«

»Wie undankbar von ihm. Bei dem, was es uns kostet. Ach, übrigens: Wir haben uns für die Klinik in Slowenien entschieden.«

»Warum? Ist sie billiger?«

»Nein. Weil sie die sicherste ist und wir alles schwarz machen können. Und außerdem arbeitet in der Klinik in Rom eine junge Doktorin, die die Nichte von Sergio Scurante ist, während bei der Nuova Salibel mit 41 Prozent eine Finanzierungsgesellschaft der Iannotto drinhängt. Weißt du, wer die sind?«

Ich gestehe ihm, dass ich es nicht weiß.

»Sie beherrschen den Markt der Ankerplätze unten im Touristenhafen, in Baia Nerva. Sie haben beste Beziehungen zu Saro Incantalupo, der alle Lokale unter sich hat, wo die Sänger, Fußballspieler und Fernsehgrößen hingehen. Seit er unauffindbar ist, kümmern sie sich offenbar um einige Geschäfte in Italien.«

Eine plötzliche Angst bringt mich dazu, eine Art Rechfertigung zu stammeln.

»Nein, das konntest du nicht wissen. Es handelt sich um Ermittlungen, die noch längst nicht abgeschlossen sind, weil die Rechtshilfeersuchen an die Schweiz und die Kaiman-Inseln alle feststecken. Was soll man machen, aber ohne dass man das überprüft hat, riskiert kein Richter seinen Kopf und seine Karriere, um dann nachher vielleicht als übereifriger Idiot dazustehen. Doch die Mafiafahnder der DIA haben gewisse Abläufe rekonstruiert.«

»Und nach Slowenien müssen wir ihn bringen?«

»Das weiß ich nicht. Mit Sicherheit holen wir ihn da aber nicht wieder ab.«

(Endlich eine gute Nachricht.)

»Wohin wird er dann gebracht?«

»Offenbar ins Friaul, weil es da im Moment verfügbares Personal gibt. Ich habe mich aber dagegen ausgesprochen, denn mit der Grenze und dem Spielkasino in der Nähe verfällt er leicht wieder in alte Gewohnheiten. Er kann rein gar nichts, und er ist mutterseelenallein.«

Ruckartig hebt Reja den Kopf zu einem der Monitore über der Bar.

»Gate 6. Ich muss los.«

Er geht zahlen, und die Bedienung schenkt ihm ein strahlendes Lächeln. Reja macht schon Eindruck. Wenn einem der effiziente, anständige, vernünftige Typ gefällt. Ein bisschen vorhersehbar, doch bei der Arbeit, scheint mir, überlässt er nichts dem Zufall.

Wenn er sich jetzt also von mir verabschiedet und mich daran erinnert, mir immer den Gesamtüberblick zu bewahren, wird er einen Grund dafür haben.

Er will eine Playstation und einen Fernseher mit Flachbildschirm. Dann diktiert er mir eine ziemlich präzise Liste: drei schwarze T-Shirts und zwei Tanktops, Baumwolle mit Stretch, zwei Sweatshirts, aber ohne Kapuze, ein rotes und ein weißes, mit Reißverschluss und Schrift vorne, und zwar eine schöne große Schrift, betont er (was da geschrieben steht, ist offensichtlich ein für ihn mehr als irrelevantes Detail). Er fährt fort und zeigt mir die gewünschte Marke an einem Paar Unterhosen, die er aus einem kleinen Haufen in einer Ecke fischt. Die Marke da, erklärt er, auch wenn ich sie an irgendeinem Stand auf dem Markt für ein paar Euro finde, ist das okay, weil sie praktisch genauso wie das Original sind, die Qualität ist immer klasse. Fünf Paar schwarze, mit grauem Gummiband, Größe fünf.

Ich weiß nicht, was ich antworten soll. Ich bin zu sehr darauf konzentriert, Ruhe zu bewahren. Dieser Typ redet mit mir wie mit einer Bediensteten. Er macht das absichtlich, aber auch mit einer entwaffnenden Naivität. Er weiß, dass ich mich um seine Bedürfnisse kümmern muss, jedenfalls für den Moment. Er ist ein Räuber, aber absolut kein primitiver.

Er ist bei den Socken angekommen: Er trägt nur »die, die man nicht sieht« und wechselt sie zweimal am Tag. Wenigstens fünfzehn Paar braucht er. Er sagt, ich solle nicht auf die Schrift achten, sondern die Marke mit den zwei kleinen Dreiecken suchen, die gebe es an fast allen chinesischen Ständen. Zum Schluss: Kraftspülung, Honigshampoo und Rasierschaum mit Aloe Vera.

»Da ist die Pflanze drauf gezeichnet, sieht so aus wie Marihuana.«

»Ich kann lesen«, bemerke ich.

»Ah, du gehörst zu den Bullen, die studiert haben?«

(Um für ein Arschloch wie dich einzukaufen, braucht man bestimmt keinen Uniabschluss.)

»Und als Handy will ich das schwarze flache mit doppeltem Display. Hast du kapiert, ja?«

Ich bin damit fertig, mir Notizen zu machen, und sehe ihn an. Warte vergebens darauf, dass auch er mich ansieht, also lege ich Stift und Blatt hin. Vor einem Augenblick noch war ich sauwütend, jetzt bin ich demoralisiert. Ich zähle bis zehn, schaue einen Moment lang die Wand an, dann beginne ich.

»Erstens: Fernsehen und Playstation gibt es unten im Erdgeschoss.«

»Die gehören aber nicht mir.«

»Die gehören allen. Also auch dir.«

»Das sind immer andere Leute. Und es gibt nur drei Scheißprogramme. Und außerdem spielen da die Drogis, die Marokkaner und die Nutten«, sagt er entrüstet.

»Und?«

»Und ich will mir keine Krankheiten holen, wenn ich die gleichen Sachen anfasse. Ich will meine eigenen Sachen haben, hier, in meinem Zimmer.«

Ich tue so, als hätte ich das nicht gehört, und mache einfach weiter im Programm. Wie er das ja auch tut.

»Zweitens: Erklär mir mal, wen du anrufen musst.«

Er nimmt seine Sonnenbrille ab und fixiert mich. Er versteht nicht. Die Augen blutunterlaufen wie bei einem, der gerade aus einem Sandsturm kommt. Ich glaube, er hat so was wie eine Bindehautentzündung.

»Kann ich jetzt nicht mal ein Handy haben?«

»Sag mir, wen du anrufen musst, und ich finde eine Lösung für dich.«

»Meine Angelegenheit, in Ordnung?«

»Aber nein, nicht in Ordnung. Deine Angelegenheiten gibt es nicht mehr.«

»Also, ich hatte fünf früher, verstanden? Fünf! Und jetzt nicht mal mehr eins?«

»In einem Monat kannst du dir meinetwegen zehn kaufen. Aber im Moment sagst du *mir*, wen du anrufen willst und warum. Wenn du telefonierst, kann man dich aufspüren. Du hast doch das Blatt gelesen, das du unterschrieben hast, oder nicht?«

Er schnauft, kratzt sich im Nacken und sieht aus dem Fenster (was heißt: einen Scheiß hab ich getan).

»Also gut, dann telefoniere ich eben nicht. Bring mir eins ohne Karte. Aber das Modell, das ich dir gesagt habe.«

»Und wozu brauchst du es dann?«

»Du nervst. Alle haben eins, sogar im Gefängnis, und auch in diesem *Scheißdreckszentrum* haben alle eins.«

»Ein anderer Ton!«

(Meine Arbeit ist, ihn zu schützen. Meine Arbeit ist, ihn zu schützen. Ihn zu schützen.)

»Selbst die schwarzen Nutten, Scheiße, und ich darf keins haben?«

»Antwortest du mir oder nicht?« (Noch schlimmer: Ich muss ihm beibringen, sich selbst zu schützen.) »Mit wem musst du sprechen? Antwortest du mir nicht? Dann stelle ich dir eine andere Frage«, fange ich wieder von vorne an, weil das, was ich gestern gesagt habe, offensichtlich zu komplex war.

»Ah, Fragen ... Sie haben mir zehntausend gestellt. Dabei läuft die ganze Sache doch sowieso scheiße. Und das musst du dem sagen, der dir die Befehle gibt, dass ich nicht zufrieden bin. Du schreibst den Bericht, oder? Dann schreib, dass nichts gut läuft.«

Ich verstehe nicht, worauf er sich bezieht, doch ich beschließe augenblicklich, dass seine Meinung von unserer Arbeit mich nicht interessiert.

»Ich stelle dir nur eine Frage, Cocíss«, sage ich und spreche seinen Beinamen zum ersten Mal aus, während ich aufstehe, die Daumen in den Taschen der Jeans. Er streicht sich die Haare aus der Stirn und dreht sich ruckartig um, als hätte ich ein Zauberwort gesagt, das die Luft wie ein Windstoß aufwirbelt.

»Nennt man dich nicht so?«

Er scheint überrascht. Vielleicht fühlt er sich sogar unbehaglich. Egal, ich habe soeben für fünf Sekunden seine Aufmerksamkeit gewonnen, und die muss ich ausnutzen.

»Wie man mich nennt, hat dich nicht zu interessieren.«

»Okay. Aber jetzt stelle ich dir eine Frage. Eine ganz einfache Frage.«

»Ja, aber schnell. Je weniger ich mit euch rede, desto besser geht es mir.«

»Schnell. Sagst du mir die Wahrheit?«

Er fixiert mich und schlägt sich mit der Faust an die Brust. Langsam und heiser skandiert er: »Ich sage immer die Wahrheit.«

»Dann sag sie auch mir.«

Ich lehne mich mit dem Rücken gegen die Tür und höre das Schloss aufschnappen. »Willst du sterben, Cocíss?«

»Oscar wollte nicht sterben. Das hat er mir jeden Tag gesagt. ›Ich weiß, dass ich Aids habe, aber ich will trotzdem nicht sterben‹, hat er gesagt.«

Joséphine weint leise, mit geschlossenen Augen. Ihre langen Finger zerknüllen ein weißes Taschentuch. Heute trägt sie nicht einmal Ohrringe, nur ein Armband aus bunten Perlen.

Vor uns eine Tür, die halb offen steht, und jenseits der Tür zwei gelbliche Füße, glatt und klein, die gar nicht aussehen wie die eines erwachsenen Mannes. Sie schauen unter einem fleckigen dunkelgelben Betttuch heraus. Das rote Sweatshirt liegt am Fußende des Betts. Es erinnert mich an die Haut eines gehäuteten Tiers.

Dann schließt jemand die Tür und jagt den kleinen gefleckten Hund raus, der sich jedoch gleich neben den Türpfosten setzt. Er fängt an zu bellen. Joséphine wirft mit dem Taschentuch nach ihm.

»Du sei brav.«

Um sie abzulenken, frage ich Joséphine, ob sie schon über ihren Eintritt in die Fußballmannschaft entschieden hat.

Sie schüttelt den Kopf.

»Meine Papiere sind noch ein Chaos«, meint sie. »Es muss nur irgendeiner Beschwerde einlegen, weißt du … Und dann haben wir das Spiel verloren. Und das bringt doch sowieso nichts, mit denen zu spielen. In einem halben Jahr lasse ich mich operieren und gehe weg von hier. Weit weg.«

Die laszive Pose ihrer Hand wirkt wie aus einer anderen Zeit; und wo dieser Ort »weit weg« ist, das weiß nicht einmal Joséphine. Hauptsache, dass sie diesen Prozess der »Anpassung«, wie Padre Jacopo ihn neulich genannt hat, bis zum Ende durchführt. Offenbar findet die Kundschaft operierte Transen nicht attraktiv, und das dürfte sie daran hindern, wieder in alte Gewohnheiten zurückzufallen.

»Wie geht es deinem Bruder?«, fragt sie.

Wie immer fühle ich mich für einen Augenblick überrumpelt.

»Besser, danke.«

Joséphine mustert mich eingehend. Gleich wird sie mir sagen, dass wir uns nicht ähnlich sind, ich weiß.

»Er hat viel von dir gesprochen. Er hat mir gesagt, dass er am Arsch wäre, wenn er dich jetzt nicht hätte.«

(Das glaube ich gern.)

»Er übertreibt immer«, antworte ich.

»Er sagt, dass du eine fitte Frau bist. Dass es ihm leid tut, das nicht kapiert zu haben, es tut ihm leid, dass ihr euch so lange Zeit gestritten habt.«

(Was für ein Schauspieler!) Ich sehe Padre Jacopo am Ende des Gangs, er kommt auf uns zu. Er geht wie ein Bär, setzt die Füße weit auseinander, trägt schwere Schuhe ohne Schnürsenkel. Joséphine macht Anstalten aufzustehen. Mir wird klar, dass sie ihm aus irgendeinem Grund nicht über den Weg laufen will.

»Auf jeden Fall ist er süß, dein Bruder, weißt du?«, sagt sie mit einem einverständlichen Blick, der mir nicht gefällt. Ich möchte ihr sagen, dass sie sich von ihm fernhalten soll, und vor allen Dingen, warum. Dann lächelt sie mich ein wenig schief an. »Und du bist auch süß. Warum machst du dir nicht mal eine andere Frisur? Probier's mal mit einem Stufenschnitt und einer knalligeren Farbe.«

Ich muss wirklich verdammt fertig aussehen, wenn eine Transe sich erlaubt, mir Lektionen in Weiblichkeit zu erteilen.

Padre Jacopo steht vor einer Art Anschlagtafel.

»Noch bis vor dreißig Jahren haben die Mönche sie benutzt, um die Aufgaben zu verteilen. Schauen Sie, man schiebt einfach den Namen in das Fach des jeweiligen Dienstes: Küche, Wäscherei, Garten, Werkstatt … praktisch, nicht?«

Der Padre zieht ein paar Holztäfelchen heraus und schiebt andere hinein. Mit bunten Buchstaben stehen die Namen darauf: Monica, Dolores, Lucy, Vassilj, Ibrahim, *Giovanni*.

»Sehen Sie, heute Morgen sollte Giovanni das Frühstück servieren, wir hatten darüber gesprochen, und er hatte mir gesagt, er sei einverstanden. Stattdessen ist er die ganze Nacht im Fernsehzimmer geblieben, um fünf in die Vorratskammer gegangen, hat sich zwei Schachteln Kekse genommen, hat auch noch eine Tür kaputtgemacht und ist dann in sein Zimmer gegangen, um zu schlafen. Vassilj hat alles allein machen müssen und ist ziemlich wütend.«

»Dann passen wir besser auf, dass sie sich nicht begegnen«, sage ich.

»Ja. Aber bei mir ist ein Mitarbeiter in Urlaub und einer krank. Können Sie vielleicht dableiben?«

»Kein Problem.«

(Ist es eigentlich doch. Ich hatte mich gerade zu einem Termin beim Friseur entschlossen.)

Wir gehen gemeinsam nach oben. Auf einer Art Treppenabsatz mit einer Unmenge alter Fotos und Zeichnungen aus einem Botanikbuch an den Wänden stehen zwei mächtige Sofas aus durchlöchertem Leder und ein großer Fernseher, nicht gerade das letzte Modell. Die beiden Mädchen, die ich in der Küche und im Garten immer zusammen gesehen habe, kauern dort nebeneinander.

Eine von ihnen ist Gabriela, die mir den Hinweis auf die Klinik in Slowenien gegeben hat. Sie hat feuchte Augen, und die Haut zwischen Nase und Mund ist gerötet. Die andere, kräftiger und mit vorstehenden Zähnen, lacht heute mal nicht, wie sie es sonst immer tut, sondern tröstet ihre Freundin. Ich glaube, sie heißt Jana. Nur sie würdigt uns eines Blickes, wirkt quasi belästigt, als wären wir dabei, etwas zu beobachten, das uns nicht interessieren sollte. Padre Jacopo beschleunigt den Schritt, und ich frage ihn, ob sie wegen des Jungen im roten Sweatshirt weint.

»In gewisser Weise«, antwortet er lakonisch.

(Was heißt: Ich soll mich um meinen eigenen Scheiß kümmern.)

Cocíss ist gerade erst wach geworden. Er kontrolliert sofort die Socken, Unterhosen und T-Shirts, die ich für ihn gekauft habe (jeder echte Boss ist paranoid). Ich verzichte darauf, ihm eine Strafpredigt zum Thema »Regeln respektieren« zu halten, und nehme mir vor, direkt auf mein Ziel zuzusteuern, nämlich ihn für ein paar Stunden hier rauszubringen. Ich kann es nicht glauben, doch er kommt mir zuvor.

»Ich habe es satt, immer hier zu sein. Ich will raus.«

»Wir können ein bisschen auf dem Gelände der Abtei spazieren gehen, wenn du willst.«

Er will, aber vorher möchte er duschen und sich rasieren. Übliche Kontrolle seiner Sachen und des Bads, dann gehe ich langsam ins Treppenhaus zurück. Jana ist dabei, Gabrielas Zehennägel zu lackieren. Leuchtend violett, wie ein Vamp. Sie scheinen jetzt entspannter.

Ich sehe auf die Uhr: Es ist vier. Ich hoffe, dass zwei Stunden reichen, und rufe beim Friseur an, um den Termin zu verschieben. In diesem Zustand kann ich nicht zu dem Essen heute Abend gehen.

Im Fernsehen läuft eine Nachrichtensendung. Der Geruch nach Nagellackentferner und der leise gestellte Ton des Fernsehers lenken mich von den Bildern ab, die ich sehe. Zuerst suche ich die Fernbedienung, doch dann gehe ich einfach näher ran und stelle den Ton mit der Taste unter dem Bildschirm lauter. Die beiden Mädchen schauen mich böse an, und ich dämpfe ihn wieder ein wenig. Ich setze mich auf eine Lehne und erkenne das weiße Haar und die ausgeprägten Augenbrauen des Mannes wieder, der am Schreibtisch sitzt, während drei Kollegen hinter ihm stehen, alle in den blauen Hemden der Mafiafahnder von der DIA. Wie üblich ist eine Frau dabei, und sie ist hübsch. Nach Hauptkommissar D'Intrò bekommt sie alle Großaufnahmen.

Die Operation Antigone 2 hat zwischen drei und vier Uhr in der Nacht begonnen. Mehr als zweihundert Polizeikräfte waren beteiligt, zwanzig Einsatzfahrzeuge und zwei Hubschrauber. Auf einer verlassenen Baustelle im ehemaligen Industriegebiet der Irca in Navastro im Norden der Stadt hielt der Incantalupo-Clan ein Gipfeltreffen ab. Insgesamt neunundzwanzig Festnahmen, die man zu den zweiundsechzig Verhaftungen hinzurechnen muss, die in der letzten Woche im Viertel 167 erfolgt sind…

Der stellvertretende Polizeipräsident Lozzola kommt ins Bild. Er spricht von einer chirurgischen Operation, teilt mit, dass keiner der Festgenommenen Widerstand geleistet habe, und erklärt, die Blitzaktion sei möglich gewesen, weil sich »die fraglichen Personen« für kurze Zeit aus ihren Festungen in den von ihnen kontrollierten Vierteln, wo sie quasi alle Häuserblocks untereinander aufgeteilt haben, entfernt hätten.

Als Nächstes kommt eine Frau mit lockigem Haar und runden Augen zu Wort, die ein scheußliches flaschengrünes Kostüm trägt. Sie erklärt, dass man nicht von einem veritablen Clan Incantalupo sprechen könne, sondern es sich eher um ein Konglomerat von Micro-Clans handle, die manchmal sogar in Konkurrenz untereinander ständen. Eine zum Teil gewollte, zum Teil durch die Abwesenheit des seit mehr als zehn Jahren flüchtigen Bosses Saro Incantalupo verursachte Zersplitterung. Auch wenn ihr Name und Titel nicht eingeblendet werden, nehme ich an, dass es sich um die zuständige Ermittlungsrichterin handelt.

Ende des Berichts. Ich drehe mich um und sehe Cocíss hinten im Korridor, er kommt auf uns zu. Lässiger Gang, gerade Schultern, kaugummikauend. Jana schaut ihn mit einem alles andere als unschuldigen Blick an. Gabriela hingegen sieht mich an, mir ist nicht klar, ob ein ganz klein wenig komplizenhaft oder sogar bewundernd. Für sie ist die Bestie von 167 ein geiler Typ, und vor allem ist er mein Bruder.

Ich muss an die Stille des Waldes nach dem Abflug des Hubschraubers denken. Sehe wieder die gelben und grünlichen Blutergüsse auf dem enthaarten Oberkörper des Capozona Daniele Mastronero, genannt Cocíss, vor mir. Ich stelle mir Fragen, von denen ich weiß, dass ich sie für mich behalten muss. Mehr noch, ich weiß, dass ich sie mir nicht einmal stellen dürfte.

Wir gehen ins untere Stockwerk, ich eine Stufe hinter ihm, ohne ein Wort zu sagen.

Vor der geschlossenen Tür von Oscars Zimmer bleibt Cocíss plötzlich stehen. Der Hund hat aufgehört zu bellen, aber er ist noch da, fixiert die Türklinke, sein Schwanz unbeweglich. Cocíss kniet sich hin, nimmt seine Schnauze in die Hände, hebt ihn dann hoch. Ohne anzuklopfen, geht er ins Zimmer und kommt zwei Sekunden später wieder heraus, macht die Leine am Halsband fest und lässt den Hund auf den Boden fallen. Jaulend findet er sein Gleichgewicht auf den plumpen Pfoten wieder.

Wenn man hinter der Abtei die Anhöhe hochsteigt, kommt man durch einen Wald mit großen Robinien, ohne Unterholz. Robinien haben starke, tiefe Wurzeln, halten die Erde fest und verhindern einen Erdrutsch. Sie bildeten den natürlichen Schutz gegen die Klauenschläge des Dämons, die alles um die Abtei herum vernichten wollten. Und von hier oben scheint Spaccavento tatsächlich ein sinnloser Vorposten.

Der Weg taucht wieder auf, als wir in einen Kastanienwald kommen. Cocíss und der Hund sind ein paar Meter vor mir. Das Efeu zwischen den Bäumen sieht aus wie zerrissene Schleier. Bis vor Kurzem war noch ferner Traktorenlärm zu hören, jetzt herrscht Stille. Die Sonne liegt flach im Dunst der Ebene, und über uns sind vom Himmel nur kleine Löcher geblieben.

Wir gehen seit einer halben Stunde bergauf, und Cocíss scheint kein bisschen müde. Doch irgendwann macht er halt, setzt sich auf einen Stein und steckt sich eine Zigarette an. Er wirkt genervt.

»Bist du müde? Ich will aber hoch zum Gipfel, weißt du«, brummt er. Der Hund streicht um uns herum, wittert die Spur irgendeines Tiers.

Cocíss mustert mich kurz, als wollte er herausfinden, wie schlimm meine Atemnot ist, und steht wieder auf. Er weiß ja sowieso, dass ich nur hinter ihm hergehen kann. Zum Glück verläuft der Weg wieder eben. Wir springen zwischen Reihen von Pferdemist herum und kommen zu einem Tor, das aus geschälten Baumstämmen besteht. Hier endet der Besitz der Abtei.

»Was bedeutet das da?«

»Es bedeutet, dass wir umkehren.«

Wie er sich dem Tor nähert, kapiere ich, dass er sich anschickt, drüberzuklettern.

»Und warum?«, fragt er, Schultern und Ellbogen gegen das Tor gestützt.

»Weil hier der Besitz aufhört. Und du darfst nicht raus.«

Es steht ihm ins Gesicht geschrieben, dass er mir Ärger machen wird. Tatsächlich nimmt er Anlauf und schwingt sich rittlings auf das Tor (das war zu erwarten).

»Komm runter.«

»Und wenn nicht?«

»Spiel nicht den Clown.«

»Ich bin ja nicht draußen.«

»Okay. Dann bleib da.«

Ich nehme den Rucksack von der Schulter, mache den Reißverschluss auf und stecke eine Hand hinein. Der Hund fängt an zu bellen, er möchte hoch zu Cocíss.

»Mamma mia, willst du mich etwa erschießen?«

»Es heißt, du bist intelligent. Das könntest du aber mal zeigen.«

Ich weiß schon, dass er nicht runterkommen wird. Und er weiß, dass ich nie und nimmer die Pistole benutzen werde. Ich versuche, ruhig zu bleiben, nicht mal die Zehen in den Schuhen zu bewegen.

»Ich habe gesagt, ich gehe bis zum Gipfel. Ich muss mir da was ansehen.«

Er springt auf der anderen Seite herunter (na also), und ich (das wusste ich) kann nur das Gleiche tun.

Zur Hölle mit meinem ersten Auftrag, mit ihm, mit der Drecksstadt, die ihn bis hierher gespuckt hat, und all dem Abschaum, der darin planscht.

Ich kann es auf Padre Jacopo schieben, ich kann sagen, dass ich dachte, der Besitz wäre eingefriedet. Aber sie werden mir sagen, dass ich eben vorher hätte nachschauen müssen.

Ich folge dem Weg, der wieder ansteigt, hangle mich an Büschen und Zweigen nach oben, doch ich sehe ihn nicht mehr, höre nicht mal mehr seine Schritte. Wer sagt mir, dass er überhaupt hierher gegangen ist? Man kann keinen bewachen, der eigentlich im Gefängnis sein sollte, man kann keinen überwachen, der kooperiert, aber sein Leben nicht ändern will. Das kann man nicht. Das hat keinen Sinn (warum ausgerechnet ich?). Reja und all den anderen möchte ich das sagen. Meine Lungen füllen sich mit Luft, und mein Kopf füllt sich mit Rechtfertigungen (sinnlos, wenn der kleine Bastard abhaut, reißen sie mir den Arsch auf).

Auf einem Weg mit spitzen Steinen fange ich an zu laufen. Die Erde ist trocken, die Atemnot und der Staub kratzen mir im Hals.

Ich finde Cocíss auf einem offenen Platz wieder, er kauert im Gras wie ein Pilzsucher. Ich erspare es mir, ihm zu sagen, dass er mich jetzt ernsthaft wütend gemacht hat, dass ich alles in den Bericht schreiben werde. Es ist ihm sowieso egal, und ich bin noch zu sehr außer Atem.

»Es war jemand hier«, sagt er. Seine Sonnenbrille hat er auf die Stirn geschoben. Mit seinen glänzenden, geröteten Wangen erinnert sein Gesicht an das mancher abgehalfterter Schauspieler, die verzweifelt ihre Falten glätten, um noch jung zu erscheinen. Mit dem Unterschied, dass er jung ist.

»Die haben da sogar gepisst, riech mal.«

Ich merke es, als ich wieder durch die Nase atmen kann. Mir fällt der Spanner ein, den Morano und ich ausgerechnet in der Nacht, als Cocíss angekommen ist, entdeckt haben. In Luftlinie sind die Weinreben nicht weit weg. Von hier aus sehe ich auch ein hellgraues Stück der Provinzstraße. Eine Stelle, von der aus man einen Panoramablick hat, vielleicht gar nichts für Spanner. Und um uns herum sind keine freien Plätze, die man mit dem Auto erreichen könnte. Schwer vorstellbar, dass sich Pärchen nach hier oben zurückziehen.

Über uns der runde Gipfel der Anhöhe, kahl und trocken, vielleicht hat es dort kürzlich gebrannt. Cocíss steht auf, tritt ins Gras, und eine Dose springt heraus. Nicht weit davon entdecke ich eine zusammengeknüllte Zigarettenschachtel und ein Taschentuch. Auf einem weißen Stein fallen zwei Kippen und Asche ins Auge.

»Ich habe sie gestern gesehen, als ich auf dem Dach war.«

»Wen?«

»Sie waren zu zweit. Sie hatten Ferngläser.«

»Ja und?«

»Sie haben Ausschau gehalten.«

»Man sieht, dass ihnen das Panorama gefallen hat. Und du, was hast du auf dem Dach gemacht?«

»Die Satellitenschüssel justiert.«

»Was?«

»Ich habe sie gedreht, um den türkischen Kanal zu finden, wo sie die Fußballspiele übertragen.«

»Die Fußballspiele? Aber Fußball interessiert dich doch nicht.«

»Die Transe will die Spiele sehen. Hat mich um den Gefallen gebeten.«

(Na bravo.) Cocíss steht auf und nickt träge.

»Die haben mich gesucht. Schreib das in deinem Bericht.«

»Was ich schreibe, geht dich nichts an.«

»Was soll das heißen? Müsst ihr mich jetzt beschützen oder nicht?«

»Hier bist du sicher, wenn du dich an die Regeln hältst.«

»Du nervst mich total mit deinen Regeln.«

Er knirscht mit den Zähnen, und in seinen Augen sehe ich eine ganze Nacht, in der er sich mit seiner Angst herumgeschlagen hat (*ein ausgesprochen asozialer Charakter mit paranoiden Zügen*).

»Zunächst einmal: Du durftest nicht aufs Dach steigen.«

»Was soll das jetzt? Siehst du dieses Zeug hier oder nicht? Jemand ist bis hierhergekommen. Sie wissen, wo ich bin!«

»Niemand weiß, wo du bist.«

»Sie sind hergekommen! Die wollen mich umbringen. Ich will mit dem Dottore reden.«

»Du hast schon mit ihm geredet.«

»Ich will noch mal mit ihm reden. Ich sollte euch anderen nicht vertrauen. *Scheißdrecksbullen*.«

Er schiebt die Brille wieder runter und geht mir voran, abwärts, mit langsamen Schritten, die Hände in den Taschen.

»Ihr haltet mich da fest zwischen den Nutten, den Negern und den Irren«, beschuldigt er mich, »und wartet, dass sie mich umbringen, verdammte Scheiße.«

Er macht eine ruckartige Kopfbewegung und spuckt in weitem Bogen in die Brombeeren. Dringend ein Strategiewechsel nötig.

»Meinst du, dass dich vielleicht einer aus dem Zentrum erkannt hat?«

»Ach was, da wollen immer alle reden und fragen mich ständig irgendwelche Sachen, aber ich stehe nicht so darauf, dauernd zu reden. Ich habe ihnen gesagt, dass du meine Schwester bist und dass du in Ordnung bist – und damit basta, die sollen mich nicht nerven.«

Ich will ihn überzeugen, dass wir das geringste Risiko eingehen, wenn wir bei unseren Rollen bleiben, genauso wie er mich überzeugt hat, dass die Spuren dieses Beobachtungspostens ein sehr schlechtes Zeichen sind. Ich verspreche ihm, die Sache ernst zu nehmen, wenn er mir keinen Ärger im Zentrum macht. Es ist eine Art Handel. Mich jetzt besorgt zu sehen beruhigt ihn ein bisschen.

»Wenn du mit den anderen redest und irgendwas erfindest, schreib es dir vielleicht auf. Und sag es mir sofort.«

(*Er hat viel von dir gesprochen.*)

»Ich habe erfunden, dass wir keine Eltern mehr haben und dass wir uns viele Jahre lang nicht gesehen haben, weil wir uns schlimm gezofft hatten.«

»Und weshalb?«

»Du wolltest nicht, dass ich Drogen nehme.«

»Okay. Seit wann sind unsere Eltern tot?«

»Das habe ich nicht gesagt.«

»Lass uns das absprechen. Unser Vater seit fünf Jahren.«

»Warum?«

»Du hattest neulich ein T-Shirt an, auf dem eine Fünf war.«

»Unsere Mutter seit letztem Jahr. Das ist einfach.«

»Okay, Vater seit fünf Jahren, Mutter seit einem.«

Er geht langsamer als ich den Weg hinunter, und ich kapiere, dass er die Rückkehr so lange wie möglich hinauszögern will (ich dagegen habe es eigentlich eilig). Während ich mich überholen lasse (besser hinter ihm bleiben, um ihn im Auge zu behalten), fängt er wieder an, über das Zentrum zu reden.

»Sie nerven mich dauernd mit allem Möglichen, Küchendienst, Malen, Töpfern. Was geht mich das denn an? … Gestern wollte eine sogar ficken.«

»Wer?«

»Die Dicke mit den vorstehenden Zähnen.«

»Jana?«

»Ja, die. Und Aids hat sie auch noch.«

»Und woher weißt du das?«

»Das hat mir ihre Freundin gesagt, die andere, die Dünne.«

»Das heißt nicht, dass es wahr ist.«

»Hast du sie denn heute nicht gesehen? Die Dünne hat den ganzen Morgen lang geheult, verdammt.«

Ich erinnere ihn daran, dass im Zentrum jemand gestorben ist (vielleicht ein bisschen zu entrüstet).

»Als hätten die sich was aus Oscar gemacht. Den fanden alle furchtbar. Sein Leben bestand doch nur darin, den Hund da zum Pissen rauszubringen. Die denkt, dass ihre Freundin genauso wie Oscar stirbt, darum geht's.«

Der Hund ist irgendwo im Gebüsch, Cocíss genügt ein Pfiff, und er kommt zurück auf den Weg.

Er baut sich vor mir auf, als ich die Autotür öffne.

Ich hatte ihn Richtung Ställe gehen sehen, wie er auf seinen O-Beinen unter dem Gewicht eines großen, vollen Waschbottichs schwankte. Aber er ist tatsächlich um den Lattenzaun herumgegangen. Eigens um mich zu treffen.

»Bist du die Schwester von Giovanni?«

Tja, das ist so eine Frage. Ich schaue ihn mir genau an und erinnere mich, dass er bei dem Fußballspiel neulich dabei war. Er hat dichtes, kurzes Haar, eine eckige Stirn, und die Muskeln seiner Schultern treten hervor.

»Und wer bist du?«

»Ich bin Vassilj. Und dein Bruder: ein Arschloch.«

Der hat noch gefehlt.

»Mein Bruder hat Probleme. Und du lass ihn zufrieden.«

Ich hoffe, dass er aufhört, aber das tut er nicht. Er wird böse, bleibt hartnäckig.

»Er muss arbeiten. Alle arbeiten hier.«

»Ich weiß, aber im Moment geht es ihm nicht gut.«

»Es geht ihm sehr gut. Er will bloß nicht arbeiten.«

(Er hat recht, aber ich weiß nicht, was ich da machen kann.)

»Er muss sich nur erholen. Dann wird er arbeiten wie alle.«

»Ein Arschloch ist der.«

»Denk, was du willst, aber lass ihn in Ruhe, verstanden?«

Er scheint überrascht. Vielleicht sollte sich eine Frau nicht so an einen Vertreter des männlichen Geschlechts wenden. Oder vielleicht ist bei mir der Bullentonfall durchgebrochen.

Ihm fällt die Klappe runter. Dann sperrt er Mund und Augen auf, zieht eine Grimasse – und plötzlich sehe ich nichts mehr. Ich werde überschwemmt von kaltem Wasser, das nach Spülmittel und faulem Ei riecht. Der Bottich fliegt weg, rutscht über die Haube meines Autos, und ich weiß nicht, was ich tun soll, oder besser: weiß nur, dass ich nichts tun kann. Ich streiche mir die Haare aus dem Gesicht und höre Geschrei aus den nahen Fenstern, vielleicht auch Gelächter, und ich weiß nicht, was tun, sage mir nur immer wieder, dass ich nicht reagieren darf, dass ich nichts tun kann, dass ich es nicht mehr aushalte, dass ich nicht auch das hier noch ertragen kann.

Ich lehne mich an die Wagentür und sehe, wie er sich zurückzieht und mir dabei weiter droht, auch wenn ich nicht verstehe, was er sagt, weil meine Ohren irgendwie verstopft sind. Ich huste vor Ekel, greife nach einem Scheibenwischer und reiße ihn ab. Ich möchte mich aus diesen nassen Kleidern schälen, aus der Uniform, die ich nicht trage, und aus meiner Haut, wie eine Schlange.

Ich spüle und spüle noch einmal, voller Wasserstrahl, fast kochend heiß. Aber es hilft nichts, ich fühle mich immer noch schmutzig. Die Kleider von heute werde ich bestimmt nicht waschen. Weg damit.

Der Geruch nach Fett und faulem Ei geht mir nicht aus der Nase, ich sehe mich im Spiegel an: Ich sehe schrecklich aus, blutunterlaufene Augen und blasse Haut.

Ich möchte nicht sein, wer ich bin. Und ich bin selbst schuld, so geworden zu sein. Ich habe keine Entschuldigung.

Ich mache mir eine Gesichtsmaske zur Entspannung. Dann kann ich zumindest mein Gesicht verstecken und erkenne mich nicht wieder, wenigstens für eine halbe Stunde.

Meine Mutter ruft an, während ich gerade mit der Enthaarung beschäftigt bin. Mein Vater ist gefallen, als er versuchte, die Bettcouch in den Keller zu transportieren, weil er beschlossen hat, in Zukunft dort zu schlafen. Ein paar blaue Flecken, eine Abschürfung, doch zum Glück nichts gebrochen. Ich höre ihn schreien, dass ihn niemand in der Familie verteidigt, dass niemand ihm glaubt und dass die Frauen alle dumme Kühe sind und natürlich lügen. Meine Mutter fragt mich, wann ich sie besuche, und ich verspreche, dass ich in den nächsten Tagen komme. Sie sagt, es ist in Ordnung, ich soll mir keine Sorgen machen und an meine Arbeit denken.

Das Ergebnis der Enthaarung sind zwei juckende Beine, die aussehen, als hätte ich mir überall Stecknadeln mit kleinen roten Köpfchen reingesteckt.

Ich habe nichts mehr, in dem ich einigermaßen passabel aussehe. Die Röcke hängen an mir runter wie Säcke, und mit Raffen in der Taille ist es auch nicht immer getan. Die engen Blusen haben überall schreckliche Falten, abgesehen von einer in Feuerrot. Aber wenn ich die anziehe, hat meine Haut im Ausschnitt eine Farbe, die nur die Aufmerksamkeit eines Nekrophilen auf sich ziehen könnte.

Reja ruft mich an, als ich meinen Kleiderschrank praktisch ausräume und alles aufs Bett werfe. Mein erster Gedanke ist, ihm zu erzählen, was ich mit Cocíss entdeckt habe, doch er lässt mir keine Zeit dazu.

»Wir haben beschlossen, unseren Mann in die Klinik zu verlegen«, setzt er an. »Und zwar übermorgen, am späten Nachmittag.«

»Aber er will sich nicht operieren lassen.«

»Man wird ihn trotzdem operieren. Wir müssen ihn nur an einen bestimmten Ort bringen, dort wird er dann abgeholt, und das Ganze ist nicht mehr unsere Sache.«

»Und wohin?«

»Das wird noch entschieden. Aber ganz in die Nähe. Vielleicht in eine Kaserne der Fallschirmjäger.«

»Und wer kommt ihn abholen?«

»Deine Sache ist nur, bis übermorgen durchzuhalten.«

Ich unterdrücke ein Seufzen (er soll nicht merken, dass ich es kaum erwarten kann).

»Ich muss mir für ihn irgendwas ausdenken. Sonst macht er mir Probleme.«

»Sag ihm, dass wir ihn ...«

»... zu D'Intrò bringen«, denke ich laut. »Er sagt dauernd, dass er mit ihm sprechen will. Er nennt ihn den ›Dottore‹ und ist ganz hin und weg von ihm.«

»Meinst du, er kauft dir das ab?«

»Ja, aber sein Gepäck müssen wir gesondert losschicken, sonst merkt er, dass wir sein Zimmer leer räumen.«

Reja verspricht mir für morgen die Handynummer und den Namen von jemandem, mit dem ich mich abstimmen kann. Was heißt: Ich soll das allein erledigen, ohne dass er weitere Zeit vergeudet. Doch ich halte ihn noch zwanzig Sekunden lang mit dieser Geschichte von dem Beobachtungsposten auf dem Hügel auf.

»Kannst du mir versichern, dass er nicht mit irgendjemandem da unten Kontakt aufgenommen hat?«

»Ich bin ganz sicher. Er ist nicht blöd und weiß besser als wir, was er riskiert.«

»Schlimme Paranoia, typisch. Er fühlt sich schuldig, weil

er kooperiert hat, er denkt, er hätte seine Welt verraten, seine Leute«, spielt Reja es herunter, und ich habe große Lust, ihm zu glauben.

Vom Inhalt des ganzen Kleiderschranks bleibt nur ein weißer Pulli mit einem ovalen Ausschnitt übrig. Ich finde ein Paar dunkle Jeans wieder, die nach ein paarmal Waschen ein bisschen sehr eng geworden waren. Aber jetzt, wo ich auch in den Hüften schmaler geworden bin, sind sie perfekt. Das Problem ist, die richtige Höhe zu finden, in der man sie umschlägt. Ein halber Zentimeter mehr oder weniger, und meine Fesseln sehen aus wie dicke Stampfer. Ich brauche eine halbe Stunde und zweitausend Versuche, bis ich mich entschieden habe.

Den Folkloregürtel habe ich nie getragen. Meine Freundin Stella hat ihn mir geschenkt. Wir haben bei dem sechsmonatigen Lehrgang ein Zimmer geteilt, auch sie ist zur Verkehrspolizei gegangen, aber man hat sie in die Gegend von Savona geschickt (wie lange habe ich nichts von ihr gehört). Wer weiß, ob sie noch die gleiche Handynummer hat, ob sie abgenommen hat, wie sie wollte (vielleicht ist sie verheiratet und hat Kinder).

Es ist ein auffälliger Gürtel, ich hätte ihn nie gekauft, und schon als ich mich bedankt habe, wusste ich, dass ich so etwas nie tragen würde. Aber wenigstens belebt er meine Garderobe einer in die Jahre gekommenen Studentin (Joséphine würde ihn bestimmt gut finden).

Der Gürtel kommt auch aufs Bett, okay. Ich habe keine Lust, alles wieder aufzuräumen, ich habe schon eine halbe Stunde Verspätung, und so werfe ich die Röcke und Blusen auf einen orangefarbenen Hocker, den ich seit meinem fünfzehnten Lebensjahr bei jedem Umzug mitschleppe.

Ich hole die Pistole vom Nachttisch, nehme das Magazin ab und mache den Safe auf, um ein Paar Ohrringe auszusuchen. Da ist er, neben dem Lederetui mit dem Schmuck: der Pappkarton mit den Kornblumen und den beiden gelben Gummibändern. Um mich abzulenken, zähle ich die Patronen und lege die Pistole zurück. Doch dann sehe ich es wieder an, mein großes unvollendetes Werk. Vergraben in seinem fröhlichen Sarg.

Meine Examensarbeit verwahre ich im Safe mit der Pistole und dem Schmuck, eben damit ich sie jeden Tag sehe und sie nicht vergesse (ich werde sie früher oder später zu Ende schreiben und mein Studium abschließen).

Eine Langzeitstudentin. Ach, was soll's. Im Grunde bin ich das doch die ganze Zeit über gewesen.

Bei Tisch löst mein Beinahe-Abschluss in Philosophie die übliche Diskussion aus: Warum gibt es keine weiblichen Philosophen? Irgendein Mann will einen guten Eindruck machen und redet von der kulturellen Unterdrückung der Frau. Aber es gibt immer eine Frau, wenigstens eine, die stolz die Meinung vertritt, dass Frauen praktischer veranlagt sind als Männer, weniger abstrakt. Es endet damit, dass sie mich fragen, was ich denn beruflich mache, mit einem Philosophiestudium.

»Ich habe eine Stelle beim Staat«, sage ich, wenn ich ausweichen will. »Ich arbeite für das Innenministerium.«

Die Antwort ist im Allgemeinen undurchsichtig genug, um dem Gespräch gleich eine andere Richtung zu geben (und ist nicht mal eine Lüge).

Maurizio und seine Freunde haben den ganzen Winter daran gearbeitet, ein kleines Boot wieder flottzumachen. Mir wird klar, dass ich durch meine Anwesenheit bei Tisch automatisch zum Stapellauf eingeladen bin, und die Vorstellung gefällt mir. Der Sommer steht vor der Tür, zum Glück. Ich würde sagen, Maurizio ist der realistischste meiner aktuellen Verehrer und vielleicht auch der mit den meisten Chancen. Er ist kein schöner Mann, da braucht man nicht lange drum herumzureden, er hat nichts von der verdammten Klasse eines Antonello. Doch er hat eine schöne, sanfte Stimme. Obwohl wir sehr oft voneinander hören, schenkt er mir jetzt, wo wir mit anderen zusammen sind, keine besondere Aufmerksamkeit. Vielleicht ist das Schüchternheit, vielleicht hat es damit zu tun, dass er erst vor Kurzem geschieden wurde (oder vielleicht sollte ich wirklich zum Friseur gehen, das ist es).

Eine Viertelstunde lang versuche ich hartnäckig, den Mythos vom »Landwein« zu zerstören. Ich behaupte, dass in solchen Wein vielleicht Mäuse pissen, und ende quasi als Verfechterin der Globalisierung (ich, wo doch mein Vater in den Ruin getrieben wurde, weil er zu früh ins Biobusiness eingestiegen ist).

Ich möchte nicht persönlich werden, die meisten am Tisch habe ich höchstens einmal gesehen, deshalb lasse ich es gut sein und halte mich ein bisschen zurück. Ich wende mich dem Essen zu, und Maurizio fragt mich nach meiner Meinung darüber, wie drei Sorten Honig und Pecorino harmonieren. Ich durchschaue seine Art, so zu tun, als verstände er nichts davon, und äußere mich nur vorsichtig.

Dann sehe ich den Typen an der Registrierkasse sitzen, im rosaroten Schein einer Tischlampe. Sofort klinke ich mich aus der Unterhaltung aus, und Maurizio bemerkt es, vielleicht ist er auch beleidigt. Ich versinke wieder in meiner Arbeit für das Innenministerium. In meiner unsichtbaren Uniform.

Ich entschuldige mich, stehe auf und gehe zur Toilette, um nachzudenken. Es war dunkel, ich könnte mich täuschen (aber nein, er ist es). Das dickliche Gesicht, die langen und glatten rötlichen Haare, die altmodische Brille. Aber sicher ist er es (ich lasse mich von Cocíss' Paranoia anstecken). Ich beschließe herauszufinden, ob er mich wiedererkennt.

Ich verlasse die Toilette und heuchle ein plötzliches Interesse für Töpferwaren in einem Schaukasten. Länger als eine Minute bleibe ich vor dem Typ stehen, aber er ist mit irgendwelchen Abrechnungen beschäftigt. Er trägt ein blaues Hemd mit einem Unterhemd darunter und ein blaues Jackett, auf dem die Kette mit dem silbernen Tastevin nicht zu übersehen ist.

Ich warte und gehe noch einmal an ihm vorbei, als er fertig ist.

Uns genügt ein Blick. Ja, er ist es. Und er hat mich auch erkannt. Ich lächle, er streckt aus Verlegenheit den Hals, ruft den Kellner wegen einer Bestellung, »bei der man rein gar nichts versteht«, sieht mich dann wieder an. Er ist richtig bestürzt.

»Könnte ich Sie einen Augenblick sprechen?«, frage ich ihn ein bisschen süßlich.

Er schiebt die Brille nach unten und fokussiert mich.

»Sehen Sie nicht, dass ich arbeite?«, sagt er eher zahm. Doch er lächelt nicht.

»Wo haben wir uns schon einmal gesehen, Sie und ich?«

Bei diesen Worten rutscht er von seinem Hocker, nimmt einen Schlüssel und öffnet die Tür mit dem Schild »Privat«.

»Genügt es Ihnen nicht, dass Sie mir die Kamera und das Fernglas ruiniert haben?«

Der Typ hat sich hinter dem Schreibtisch verschanzt und ist gleich zum Angriff übergegangen.

»Sie haben auch noch die Stirn, in mein Restaurant zu kommen? Und weshalb? Sie wollen doch nicht etwa Geld? Was meinen Sie dabei herausschlagen zu können, Sie und Ihr ... Was ich sagen will: Seien Sie vorsichtig, denn wenn Sie sich auf dem Land herumgetrieben haben, Sie und Ihr ...«

»Mein Kollege«, helfe ich ihm, den Satz zu beenden.

»Kollege? Kollege bei was?«

(Jetzt fällt er in Ohnmacht.)

»Bei der Polizei.«

Er nuschelt, dass er kein Verbrechen begangen hat, und außerdem waren wir ja auch nicht bei uns zu Hause, er schaut nie bei den Leuten in die Häuser rein. Vor Aufregung kriegt er überall im Gesicht rosa Flecken, so rosa wie das Fleisch von gekochten Garnelen. Ich warte, bis er sich ein bisschen beruhigt hat, und sehe mir in der Zeit sein Büro an. Überall stehen ausgestopfte Tiere herum: eine Eule, ein Dachs, ein Fasan mit kobaltblauem Hals und sogar ein Fuchs. Über einem Rollladenschrank hängt die Vergrößerung eines Nachthimmels mit einem vorbeiziehenden Kometen.

»Hören Sie zu: Sie helfen uns ein wenig, und wir vergessen alles.«

»Helfen?«

Die Vorstellung, der Polizei zu helfen, versetzt ihn in die gleiche Aufregung wie die Angst, Ärger zu bekommen. Ich glaube, ich weiß, was für ein Typ er ist. Mein Vorschlag müsste ihm eigentlich gefallen.

»Ich möchte wissen, ob Ihnen in den letzten Nächten in dieser Gegend irgendwelche ungewöhnlichen Leute oder Vorkommnisse aufgefallen sind. Leute, die Sie nicht kennen.«

Er sieht mich an und wird noch blasser.

»Muss das sein?«

»Warum?«

»Einem Freund von mir haben sie die Kamera mit Teleobjektiv abgenommen. Sie haben ihn auch mit der Pistole bedroht. Aber ich habe sie fotografiert, wissen Sie? Ohne dass sie es gemerkt haben. Ich habe ihm geraten, sie anzuzeigen. Aber er wollte nicht, er hat Angst. Er hat gesagt, er glaubt, es sind gefährliche Leute. Nie zuvor hier gesehen. Schienen aus dem Süden zu kommen. Am besten, man hält sich von denen fern.«

»Haben Sie es hier, das Foto?«

»Hören Sie, ich zeige niemanden an.«

»Brauchen Sie auch nicht.«

»Und ich sage nicht als Zeuge aus.«

»Ich habe Sie nach dem Foto gefragt. Hören Sie mir zu oder nicht?«

»Ich will meine Ruhe haben. Ich habe drei Kinder.«

»Das Foto, und Sie und ich haben uns nie gesehen.«

»Und Ihr Kollege, dieser Bastard?«

»Ich rede mit ihm.«

Als ich das Büro mit den ausgestopften Tieren verlasse, habe ich eine CD in der Handtasche, auf der nur eine einzige Datei ist. Am Ende des Abendessens gibt der Wirt eine Runde hauseigener Schnäpse aus und kürzt die Rechnung um mindestens hundert Euro.

Am Tisch wundern sich alle und fragen ihn, ob er sich nicht geirrt hat. An diesem Punkt hat er das Bedürfnis, mich anzuschauen und zu erklären, dass die Hüter der öffentlichen Ordnung, besonders wenn sie so hübsch sind, in seinem Restaurant immer bevorzugt behandelt werden (Spanner und Idiot).

Maurizio begleitet mich zum Parkplatz und fragt mich, wieso.

»Wieso was?«

Wieso ich ihm nie gesagt habe, dass ich von der Polizei bin.

»Ich bin nicht *von der* Polizei. Ich arbeite *bei der* Polizei.«

Die Unterscheidung begeistert ihn kein bisschen.

»Hast du gedacht, unter meinen Freunden wären Terroristen oder welche vom Schwarzen Block?«

»Es hat nichts mit dir und deinen Freunden zu tun. Und können wir jetzt bitte das Thema wechseln?«

Es gelingt uns nicht. Wir gehen still unter den Resten des Bogens irgendeines Söldnerführers durch. Mir scheint, dass er nicht von Ruhm zeugt, sondern nur von der Grausamkeit der Fehden zwischen Mitmenschen, Nachbarn, Verwandten. Blut mit Blut vergolten.

»Wie lange bist du schon bei der Polizei?«

Das Wort Arbeit zu benutzen schafft er nicht.

»Seit dreieinhalb Jahren.«

Die gleiche Neuigkeit hatte Antonello dazu gebracht, sich vor meinen Augen vierundzwanzig Joints zu drehen und in einer Reihe auf den Tisch zu legen. Er hatte sich dazu herausgefordert gefühlt, und das Ganze wäre nichts weiter als dumm gewesen, wenn es nicht jemand mit seinem (nervigen) Talent zur Selbstironie inszeniert hätte.

Bei Maurizio ist eine Schranke runtergegangen.

Wir kommen bei meinem Auto an, und er fragt mich nach dem Scheibenwischer.

»Die üblichen Idioten«, erfinde ich.

Er bietet sich an, ihn zu reparieren, doch meine Handtasche wird von einem weißlichen Mondlicht erleuchtet. Sie kommt einem vor wie ein Schoß, der es nicht schafft, einen radioaktiven Embryo zu halten. Maurizio räuspert sich und geht ein paar Schritte weg.

Es ist fast eins, sagt die Uhr auf dem Display. Darunter leuchtet der Name »P. Jacopo« auf. Die glänzende Oberfläche der CD reflektiert ihn.

»Ja?«

Nicht einmal eine Frage, wo ich bin und ob er mich geweckt hat.

»Kommen Sie sofort.«

Ich höre die Schreie aus dem Inneren des Krankenwagens auch noch, als sie die Sirene einschalten. Das Erdgeschoss des Nordflügels ist vollständig erleuchtet, mit seinen schwachen Tropfenglühbirnen sieht es aus wie ein Friedhofsgang. Bevor es mir gelingt, irgendetwas zu erkennen, legt sich der Krankenwagen in die abschüssige Kurve und fährt haarscharf zwischen den Steinmäuerchen durch. Ich ziehe mir die Sandalen aus, um schneller laufen zu können, erreiche den Eingang und entdecke in dem großen Kreuzgang sofort Joséphine, die aus einer Gruppe von Leuten herausragt. Sie und Sandra, die älteste und erfahrenste Mitarbeiterin, versuchen das Gewirr schreiender, völlig durchgedrehter Leute in Schlafanzügen zu beruhigen. Einer der Freiwilligen, ein junger Typ, der Zivildienst macht, flitzt an mir vorbei, und ich schaffe es gerade noch, ihn an einem Arm festzuhalten und zu fragen, wo Padre Jacopo ist.

»Oben«, antwortet er mir.

Mit der Handtasche in der einen und den Sandalen in der anderen Hand komme ich beim Padre an. Er ist gerade dabei, ein paar nigerianische Mädchen zu überreden, in ihre Zimmer zurückzugehen. Alles in Ordnung, es war nur ein Unfall. Eine von ihnen murmelt aber noch, bevor sie gehorcht, auf Italienisch, dass es nicht stimmt.

Der Padre rückt seine Brille zurecht, presst sein Gesicht zusammen und stößt einen zischenden Seufzer aus, der sich anhört, als würde Luft aus einem Reifen gelassen.

»Ich wusste es«, sagt er zu mir. Dann erspart er mir die Mühe, eine Frage nach der anderen zu stellen.

»Sie hatten sich in der Küche verabredet, um ein Problem zu regeln. Euer Freund Giovanni hat Vassiljs Kopf in einen Topf mit kochendem Wasser gedrückt. Vassilj hat nur durch ein Wunder überlebt.«

Padre Jacopo schüttelt den Kopf und kramt in seiner Tasche. Dann hält er mir den glänzenden Schlüssel mit dem roten Schildchen hin.

»Er ist in seinem Zimmer und wird von ein paar Mitarbeitern bewacht. Ich dachte, ich überlasse es besser Ihnen, Ihre Kollegen zu rufen. Hier kann er unter diesen Umständen nicht bleiben.«

Ich danke ihm. Padre Jacopo hat Geistesgegenwart und Umsicht bewiesen. Doch er macht keine große Sache daraus. Ich stelle abwechselnd einen Fuß auf den anderen, um der elenden Kälte des Steinfußbodens zu entkommen.

»Für die Anzeige stehe ich zur Verfügung. Sie finden mich unten, in meinem Büro.«

Ich danke ihm noch einmal, dann rufe ich Morano an.

»Und jetzt? Was machst du jetzt? Bringst du mich ins Gefängnis?«

Cocíss sitzt am Kopfende des Betts, kreuzt die Beine und zerknüllt die Decken dabei. Er hat zwei Finger in die Hosenschlaufen gehakt und betrachtet das verwüstete Zimmer, als hätte er in diesem Chaos etwas verlegt. Der Stuhl liegt zertrümmert in einer Ecke, und der Tisch hat ein schiefes Bein.

»Mich haben sie nicht mal zum Doktor gebracht. Sieh mal hier.«

Ein angeschwollener rosa Streifen zieht sich von seinem Handgelenk bis zum Ellbogen.

»Dann rufe ich jetzt den Doktor für dich.«

Er lässt ein paar Flüche los und steckt die Hände in die Taschen.

»Reg dich ab. Das ist besser für alle.«

Er nimmt langsam den Blick von dem Schrank, der wie ein Sarg aussieht, und richtet ihn auf mich. Ich habe das komische Gefühl, dass er mich nur mit Mühe erkennt, wie einen Schatten, der etwas dunkler als die anderen ist.

»Die haben alle hinter deinem Rücken gelacht, die kleinen Schlampen. Ich musste dich verteidigen. Du bist schließlich meine Schwester, oder nicht?«

(Das hat uns gerade noch gefehlt. Was will der denn, was erlaubt er sich?)

»Nein.«

Er steht jetzt aufrecht im Bett. Um Nase und Augen herum hat er eine Art rote Maske, wie eine hoch virulente Entzündung.

»Wieso nicht, für euch ist es eine Komödie, ihr hängt faul in euren Sesseln und schreibt Berichte. Aber mich bringen die hier um.«

»Niemand bringt dich um. Du bist in Sicherheit. Ich weiß, wie ich meine Arbeit mache.«

(Ich habe ihm geraten, sie anzuzeigen. Aber er wollte nicht, er hat Angst. Er hat gesagt, er glaubt, es sind gefährliche Leute.)

Er klettert vom Bett herunter, niest und wischt sich die Augen.

»Und helfe ich dir vielleicht nicht, deine Arbeit zu machen?«

»So jedenfalls nicht, das ist ja wohl klar.«

»Nein? Und diese beiden mit dem Fernglas, wer hat die gesehen?«

»Es war richtig von dir, mir das zu sagen, und ich habe mich informiert: Es waren zwei Wilderer, die Fallen gestellt haben.«

(Frauen lügen alle, würde mein Vater sagen. Das heißt nicht, dass sich alle geschickt dabei anstellen.)

»Jedenfalls glauben jetzt alle, dass du wirklich meine Schwester bist. Und keiner lacht mehr hinter deinem Rücken.«

Ich bemühe mich, sofort darüber hinwegzugehen (da klingt Stolz mit in dem, was er sagt).

»Nur schade, dass du jetzt eine Anzeige kriegst und uns das Leben komplizierst.«

Er sieht mich an, und in seinen Augen blitzt es kurz auf.

»Dann braucht ihr mich ja jetzt nicht mehr.«

Ich hoffe, er glaubt nicht, dass er mich weich machen kann.

»Hör auf damit.«

»Ich will mit dem Dottor D'Intrò sprechen. Hier läuft doch alles schief.«

»Du wirst mit Dottor D'Intrò sprechen. Er erwartet dich übermorgen.«

(Noch eine Lüge, jetzt sieht er dich an und durchschaut dich.) Aber nein, dieses Mal sieht er nicht mal hoch, und die Tür geht auf. Ich fahre herum. Salvo ist in Bomberjacke und schwarzen Jeans, Morano trägt einen blau-grünen Trainingsanzug aus Viskose.

»Alles in Ordnung, Kollegin?«

»Ja, alles in Ordnung«, antworte ich und beobachte Cocíss aus den Augenwinkeln. Er rührt sich nicht, als wären seine Schultern an der Wand festgeklebt.

»Die beiden Flachwichser haben gerade noch gefehlt«, bemerkt er.

»Hörst du jetzt auf oder nicht?«

Morano klettert über die Scherben des Tabletts und baut sich in der Mitte des Zimmers auf. Er lässt seinen Blick schweifen, um das von Cocíss angerichtete Chaos zu erfassen, dann hebt er die Baumwolldecke, das Kissen und die auf dem Boden zusammengeknüllten Betttücher auf. Er seufzt geduldig wie eine Frau vom Reinigungsdienst, die alles in Ordnung bringen muss.

Ein Tritt gegen den Ellbogen mit den Verbrennungen, und Cocíss klappt zusammen wie ein Koffer. Salvo wirft sich mit seinem ganzen Gewicht auf ihn, um ihn auf dem Boden zu halten, und Morano wickelt ihm das Betttuch um Kopf und Hals. Dann bindet er ihm mit der Tagesdecke die Arme auf der Brust zusammen, und zum ersten Mal höre ich Cocíss schreien. Ein paar Tritte in den Magen nehmen ihm den Atem und überzeugen ihn, nicht mehr so unruhig zu sein.

»Seid ihr verrückt geworden?«, rufe ich.

»Gehst du die Anzeige des Padre aufnehmen, Kollegin? Danke.«

»Was soll das denn heißen?«

»Das soll heißen, dass wir uns hier kümmern. Geh du nur, mach du mich nicht auch noch wütend.«

Cocíss sieht aus wie eine Vogelscheuche, als Salvo ihn wieder auf die Beine stellt. Morano besieht ihn sich, als wollte er sich vergewissern, dass er sich allein aufrecht halten kann. Dann, mit einem wütenden Grunzen, packt er ihn an den Schultern, dreht ihn um sich selbst und schleudert ihn gegen den Schrank, dessen Tür zu Bruch geht. Bei der Anstrengung entfährt ihm ein schriller Furz.

»Oh, pardon«, sagt er.

Reja ist schnell dabei zu sagen, das hätte nicht sein müssen, man hätte die Situation besser kontrollieren sollen, dass es schließlich nur noch um einen Tag ging.

»Vielleicht habe ich mich nicht klar ausgedrückt. Cocíss hat einen anderen Jungen aus dem Zentrum fast umgebracht. Verbrennungen zweiten Grades im Gesicht.«

»Wo haben sie ihn jetzt hingebracht?«

»Cocíss?«

»Wen sonst?«

»Aufs Revier.«

Ich falte den Computerausdruck zusammen und verabschiede mich von Padre Jacopo. Er steigt gerade zusammen mit dem Zivi ins Auto. Sie fahren ins Krankenhaus. Vassilj wird seit einer halben Stunde operiert.

»Was sagt der Padre?«

»Er sagt, er will nichts mehr von Cocíss wissen.«

»Hat er die Anzeige unterschrieben?«

»Ja, ich habe sie hier.«

»Welcher Name wird in der Anzeige genannt?«

Ich setze mich ans Steuer und will fast die Anzeige wieder aus der Tasche holen, doch das ist ein dummer Reflex, das brauche ich nicht.

»Giovanni Russo.«

»Selbstverständlich. Gut.«

Ich glaube, Reja gähnt. Auf jeden Fall ist die Antwort nicht nur selbstverständlich, sie scheint ihn auch zufriedenzustellen. Er sagt, er wird mit der Staatsanwaltschaft und mit D'Intrò reden, bevor sie die Festnahme bestätigen, und versichert mir, dass wir morgen in aller Frühe voneinander hören.

»Und warum?«, frage ich ihn.

Eine Sekunde später würde ich mir am liebsten auf die Zunge beißen. Ich darf solche Fragen nicht stellen. Doch Reja reagiert derart kurz angebunden, dass ich das Gefühl habe, dass er irgendwie, ich weiß nicht, warum, schon zu viel gesagt hat.

Ich versuche etwas Positives an der ganzen Sache zu finden: Für ein paar Tage ist eine Zelle im Polizeirevier der einzige Ort, wo Cocíss keinen Mist anstellen kann und selbst keiner Gefahr ausgesetzt ist.

(Er hat gesagt, er glaubt, es sind gefährliche Leute. Nie zuvor hier gesehen.)

Es gibt etwas Schlimmeres als eine schlaflose Nacht, nämlich eine, die noch vor einem liegt, eine dunkle Nacht, die man allein in der Küche zubringen muss, die roboterhafte Anzeige des Radioweckers vor Augen.

Drei Uhr. Ich fülle die Espressomaschine zur Hälfte mit Malzkaffee und zur Hälfte mit richtigem Kaffee, ja, das ist besser. Der Gürtel drückt, nein, es sind die Jeans, die drücken, auch nicht, es ist mein Magen, der sich vor Anspannung aufbläht. Ein Kräutertee wäre besser, aber der hält mich nicht wach.

Ich schiebe die Teller und die Krümel weg, um Platz für das Notebook zu schaffen. Ich fange an, flüssig und aus einem Guss zu schreiben, denke ich jedenfalls, aber es kommen lange, gewundene Sätze heraus. *Gewalttätiges Verhalten, asozial und paranoid.* Nichts dagegen zu sagen, der Psychologe hatte recht. Jetzt bin ich zu den gleichen Schlussfolgerungen gelangt. Ich zitiere die vom Leiter des Zentrums unterschriebene Anzeige zur Unterstützung meiner These: Die fragliche Person ist wieder in kriminelles Verhalten zurückgefallen, damit für ein Schutzprogramm nicht geeignet. Ich zitiere auch mich selbst, meinen vorigen Bericht, um zu unterstreichen, dass Cocíss im Übrigen keinen Prozess der Bewusstwerdung seiner kriminellen Vergangenheit durchlaufen haben kann. Dann wird mir klar, dass dies wie eine Kritik an der Staatsanwaltschaft oder auch an D'Intrò klingen könnte. Und das kann ich mir nicht erlauben. Denn im Grunde geht es doch immer um einzelne Personen. Cocíss will nur mit D'Intrò sprechen, D'Intrò betrachtet Cocíss als eine Art Fundgrube für seine Ermittlungen.

Ich lösche alles. Die Espressokanne spuckt auf die sauberen Herdplatten, ich schaukle auf meinem Stuhl, um den Herd auszumachen, und fange dann an, im Archiv der Operation Antigone nach den Daten der Festnahme von Daniele Mastronero zu suchen, die kann ich dann in meinen Bericht einfügen. Ich scrolle mich durch die Liste, doch in der Mitte unterbreche ich, um mir den Kaffee einzugießen. Der Geruch verbreitet sich unter dem Neonlicht und erinnert mich an die Traurigkeit mancher Wintermorgen, wenn man wach wird und es noch dunkel ist. Aber es ist Mai, und es ist Viertel vor vier. Wenn ich wenigstens in einer großen Stadt wäre, dann könnte ich rausgehen und mir ein Stück Pizza kaufen, eine Runde drehen, den Verkehr beobachten und denken, dass im Grunde doch auch eine ganze Menge anderer Leute nicht schlafen. Aber hier nicht, hier schläft das ganze Dorf. Und in dieser Stille fühle ich mich beobachtet.

Ich schließe die Fensterläden.

Ich verbrenne mir die Lippen und gehe weiter die Liste durch. Warum ist sie nicht in alphabetischer Reihenfolge? Ich bin müde, ich will schnell machen, und so kommt es, dass ich wieder von vorne anfangen muss. Vielleicht haben sie zuerst die Vorbestraften aufgeführt und dann die anderen.

Ich komme wieder bis zur Nummer 62. Der Name Daniele Mastronero ist nicht dabei, und diesmal bin ich mir sicher.

Entweder ist es ein Fehler, oder er ist nie verhaftet worden. Jedenfalls nicht offiziell.

Zehn nach vier. Mein Kaffee ist kalt.

Mir brennen die Augen.

2

Kugeln erzeugen beim Einschuss ein kleines und klar umgrenztes Loch, beim Ausschuss ein größeres, das auseinanderklafft. Wenn sie die Gewebemasse durchdringen, verlieren sie an Geschwindigkeit. Das wusste ich. Aber ich wusste nicht, dass das Loch vom Einschuss manchmal kleiner erscheinen kann als das tatsächliche Kaliber der Waffe, weil die Haut auf den Durchschlag elastisch reagiert.

Am 4. April hat man Gennaro Valente in einer kleinen Querstraße des Corso Due Sicilie fünf Kugeln in den Leib gejagt. Kaliber 9, drei in den Kopf und zwei in den Oberkörper, alle von hinten. Den Gnadenschuss haben sie ihm aus solcher Nähe in den Kopf gegeben, dass die Hitze seine Haare in Brand gesetzt hat. Halb unter Tomaten und Salat vergraben war sein Kopf, als man ihn fand, voller Schaum, als hätte man ihm eine Haarwäsche verpasst. Der Händler hatte zum Feuerlöscher gegriffen, noch bevor er einen Krankenwagen rief.

Im Nacken verdeckten seine Haare die kleinen Einschüsse, und das Blut verschwand unter dem Schaum. Wo die Kugeln ausgetreten sind, haben sie ihm ein Auge und die Zähne so zugerichtet, dass sein Bruder ihn nur anhand des Medaillons der Schmerzensreichen Madonna identifizieren konnte. Er trug es seit seiner Geburt um den Hals.

Das Computerdossier enthält Hunderte von Fotos und Bemerkungen der Spurensicherung. Eine vorzügliche Arbeit. Beteiligt daran sind eine junge Staatsanwältin, Giovanna Massacesi, eine energische Frau, der stellvertretende Polizeipräsident Lozzola von der Antimafiabehörde DIA und Paolo

D'Intrò als Kopf der Operation. Ich lese die Geschichte der Aprilfehde, so hat man sie in den Zeitungen genannt, als wäre dies eine Art, den Frühling zu begrüßen.

Die Fehde verhält sich zur Operation Antigone wie eine Mutter zur Tochter, sie stellt die Voraussetzungen dafür, ich würde sogar sagen, sie konstituiert ihre Grundsätze.

Doch das ist Philosophie. Die Wahrheit ist, dass ich froh bin, nicht in dieser Hölle zu arbeiten, und hoffe, dass ich es nie tun muss.

Zehn vor fünf. Ich spüle die Espressokanne aus und mache sie noch einmal voll. Diesmal nur mit richtigem Kaffee.

Ich gehe rüber zur Couch.

Zwei Tage später wird Stefania Barone, eine Kartenlegerin, die im Fernsehen auftritt und im ganzen Viertel Travagliano dafür bekannt ist, gegen Wucherzinsen Geld zu verleihen, mit sieben Schüssen aus einer 44er-Magnum getötet.

Gegen acht Uhr abends hat man bei ihr geklingelt, und sie fuhr in Umhängetuch und Pantoffeln nach unten. Man hat sie nicht einmal aus dem Aufzug steigen lassen. Eine vollkommen wahnsinnige Aktion, bei der eine Kugel zurückgeprallt ist und den Killer getroffen hat. Im ganzen Hausflur und dreißig Meter weit auf dem Bürgersteig hat man Blutspuren gefunden, die nicht vom Opfer stammten. Am nächsten Morgen wurde in der Toilette einer Bar in der Nähe der Anlegestelle von Porta Sveva ein zwanzigjähriger Albaner gefunden, bewusstlos und ohne Papiere. Er hatte tausend Euro in bar und ein Ticket nach Barcelona in der Tasche, doch in seinem Körper war nur halb so viel Blut wie normal. Das Einschussloch im rechten Oberschenkel war mit Kleenex und Isolierband versorgt worden. Hämatogener Schock. Als die Sieben-Uhr-Fähre nach Barcelona in See stach, lag er schon im Leichenschauhaus.

Ich hebe den Kopf und schaue zur Uhr. Zwanzig nach fünf. Das Gebläse des Computers surrt, und der Kühlschrank brummt vor sich hin. Ich stehe auf und setze mich auf den Teppich, das Notebook auf den gekreuzten Beinen.

Wenn ich Lust hätte, mich bis zum Fenster zu schleppen, würde ich vielleicht sehen, dass der Himmel heller wird.

Sie heißen mantellose Projektile. Sie heißen so, weil sie keine Umhüllung aus Metall haben, sie sind ohne *full metal jacket*, also keine Vollmantelgeschosse. Wenn man ein X in die Geschossspitze einschneidet, können Projektile beim Eindringen ins Ziel die Ummantelung verlieren. Doch das ist eine Arbeit für Experten.

Beim Eindringen in den menschlichen Körper werden mantellose Geschosse aufgesplittert, und jedes Teilchen nimmt seinen eigenen Weg durch Gewebe und Adern.

Die Geschossbahn von mantellosen Projektilen ist zumeist unvorhersehbar, erklären Ballistiker. Der Vorteil ist, dass sie, auch wenn aus der Nähe abgeschossen, schwerlich aus dem Körper austreten und nicht das Risiko eines Rückpralls besteht wie im Fall des Albaners.

Nur selten hat man Glück, wenn einen ein mantelloses Geschoss trifft. Auch weil es leicht ist, einen solchen Schuss aus der Nähe abzugeben.

Marco Sanvitale, zwanzig Jahre und drei Tage alt, hatte kein Glück, auch wenn die beiden Schüsse keine lebenswichtigen Organe getroffen haben. Es waren die vielen Splitter, die bei ihm die tödliche Blutung auslösten. Man fand ihn auf dem Rücken liegend auf einem Tischfußballspiel, die Hände noch an den Griffen. Der Ball war am Rande des Tors in einer dünnen Schicht klebrigen Bluts stecken geblieben. Sanvitale war Auszubildender in einer Firma für Thermo- und Sanitärtechnik. Er war nicht vorbestraft und kam aus einem kleinen Dorf im Hinterland. Selbst so erfahrene Leute wie D'Intrò und die Massacesi haben nicht verstanden, was ein solcher Mann mit der Fehde zwischen den Clans der Scurante und Incantalupo zu tun hatte.

Mit ihm waren es am 13. April seit Beginn des Monats schon elf Mordopfer.

Das zwölfte hat man im Kofferraum eines ausgebrannten

Autos gefunden, bei einem Sportplatz, der sich seit Ewigkeiten im Bau befindet.

Laurino Costagrande war in meinem Alter und Inhaber eines Bekleidungsgeschäfts in der Via Gesualdo da Venosa, mitten im Zentrum, zwischen Gericht und Universität. Ein cooler Typ, ohne Vorstrafen, der für Diskotheken PR machte. Den Laden hatte er im großen Stil eröffnet: DJ mit Go-go-Girls, üppiges Büfett und zwei Schauspieler aus irgendeiner Soap, die das Band durchschnitten und Autogramme gaben. Aus vertraulichen Quellen war allerdings zu hören, er habe das Geld zur Eröffnung des Geschäfts mit Ecstasy gemacht, während andere behaupteten, er habe es vom wirklichen Chef der Discos, in denen er arbeitete, bekommen, nämlich von Saro Incantalupo, dem Boss ohne Gesicht, den man nicht zu fassen bekam. Offenbar kontrolliert er ganz Baia Nerva, lädt in seine Lokale die aktuellen Fernsehstars ein und betreibt über Tochtergesellschaften eine Fotoagentur, die immer auf der Jagd nach einem Scoop ist.

In einem vor Ort abgefassten Kurzbericht heißt es, Costagrande sei in einer kauernden Haltung gefunden worden, an Händen und Füßen gefesselt, mit den Fußsohlen nach oben. Bei der Autopsie wurde kein Eindringen von Geschossen ins Gehirn festgestellt, was die Vermutung nahelegt, dass er noch lebte, als man ihn in den Kofferraum einschloss.

Zwischen den Zeilen eines von D'Intrò unterzeichneten Dienstberichts kann man lesen, dass die Morde eine Form der Kommunikation sind. Primitiv, aber deshalb nicht ohne eine gewisse Komplexität. Ein grausamer Mord ist eine Antwort auf einen gravierenden Mangel an Respekt, der über die reine Fehde um die Aufteilung der Viertel und der Aufträge hinausgeht. Indem er Costagrande bei lebendigem Leib verbrennt, teilt Sergio Scurante den Incantalupo mit, dass er sie nicht mehr als würdige Gesprächspartner betrachtet, dass der Krieg total ist und dass es eines starken Vermittlers, der über den Parteien steht, bedarf, um die Fehde zu beenden.

Nach dem Abschlachten zu urteilen, das zwischen dem

18. und 22. April losbricht, findet sich ein solcher Vermittler nicht an jeder Ecke.

Gegen sechs Uhr dringen ein paar Geräusche aus der Außenwelt herüber, die langsam erwacht. Ein quietschender Fensterladen, ein aufheulendes Moped.

Mir bleiben die Namen und Phantasie-Beinamen im Kopf. Für jeden von ihnen wird die Fehde blutige Realität. Einige sind verzerrte Gesichter von Fahndungsfotos oder aus Ausweisen. Ich sehe sie zum ersten Mal, aber sie existieren schon nicht mehr. Laurino Costagrande jedoch steht hinter einem Mixer mit zwei schönen Mädchen, die etwas Bauchfreies tragen. Er hält sich einen Kopfhörer ans linke Ohr, grinst mit dem gierigen Ausdruck eines dieser Typen, die es geschafft haben, aus dem Dreck rauszukommen, oder vielleicht ist er nur zufrieden und ahnungslos, ich weiß es nicht. Was die Kartenlegerin Stefania Barone angeht, so war sie eine schmuckbehängte Matrone mit Strähnchenfrisur: Sie sieht mich unter zwei grässlichen, aufgemalten Augenbrauen aus einer ihrer zahllosen Anzeigen in wöchentlichen Klatschblättern an.

Nach ihrer Ermordung sind einige Kunden geradewegs zu ihren Töchtern gegangen und haben ihr Geld zurückverlangt. Leute, die im Laufe der Jahre zum Teil viele tausend Euro ausgegeben hatten und jetzt behaupteten, betrogen worden zu sein und den Beweis dafür zu haben. Wenn Stefania Barone wirklich die Zukunft vorhersehen konnte, wie konnte es dann sein, dass sie in Pantoffeln ihren Mördern entgegengegangen ist?

Schwer, etwas dagegen zu sagen.

Nach einem Bericht der Finanzpolizei waren diese Kunden nur verschwindend wenige, verglichen mit jenen, die Stefania Barone mit Krediten zu einem Zinssatz von monatlich zehn Prozent ruiniert hatte. Vielen von ihnen hatte sie selbst dazu geraten und Geld dafür geliehen, ein Restaurant oder eine Wäscherei zu übernehmen, Betriebe, die unter Garantie erfolgreich wären. Wenn allerdings trotz ihrer Hellsicht die Geschäfte nicht so gut liefen, dass man die Zinsen zahlen konnte, kam Stefania Barone diesen armen Familien entgegen und übernahm alles für ein Butterbrot. Und das im Auftrag der Scurante, die Geld in den Markt zurückfließen ließen, indem sie im großen Stil Lizenzen sammelten.

Ich stoße auf Namen, die ich aus den Fernsehnachrichten kenne. Es sind Bilder, die man abends zusammen mit Salat und fettarmem Käse runterschluckt. Bilder, die schon verdaut sind, wenn der fettarme Käse in der Werbung in Zeitlupe auf den Salat gleitet. So schlägt man sich halt durch, sonst schafft es keiner. Weder die an ihrem Platz noch wir an unserem, die wir uns damit zufriedengeben, weit genug entfernt von diesem elenden Mist zu leben.

Doch für mich ist das jetzt anders. Jetzt ist es, als hätte man einen Keim dieser ganzen Infektion entkommen lassen, und Cocíss zu beschützen scheint mir eine Art gefährliches Experiment, von dem ich praktisch nichts weiß, obwohl ich bis zum Hals drinstecke.

Guarneri, mein Philosophieprofessor, war Italoargentinier. Heute weiß ich mit Sicherheit, dass ich in ihn verliebt war, wenigstens ein kurzes akademisches Jahr lang, dass ich mich hartnäckig geweigert habe, es mir einzugestehen, und dass das richtig war. (Ja, ich habe tatsächlich auch mal etwas richtig gemacht. Guarneri hat eine junge Doktorandin geschwängert und sie dann für einen Lehrauftrag in Brüssel sitzen lassen.)

Guarneri hatte seine Haut gerettet, weil er in derselben Nacht in ein Flugzeug nach Montevideo stieg, als vor seinem Haus ein grüner Ford Falcon ohne Nummernschild hielt, in dem drei Polizisten in Zivil saßen. Hin und wieder, sei es bei Tisch oder einem Symposion, zitierte er einen Ausspruch von jemandem, ich glaube, es war der Gouverneur von Buenos Aires. Mehr oder weniger lautete er, dass sie zuerst die Subversiven ausschalten würden, dann ihre Helfer, dann die Sympathisanten, danach die Gleichgültigen und zum Schluss die Ängstlichen.

Ich schätze, dass Laurino Costagrande vielleicht ein Helfer war, mindestens jedoch ein Sympathisant.

Aber Sabina Amatucci, zehn Jahre jünger als ich, war (anderthalb Monate lang) mit dem Bruder des Mannes der (jüngeren) Schwester von Sergio Scurante verlobt. Von Beruf Landvermesser und nicht vorbestraft.

Also, sage ich mir, war die Fehde am 24. April offiziell bei den Gleichgültigen angekommen.

Gut, dass Sabina Papiere bei sich hatte, anhand derer man sie gleich identifizieren konnte.

Ihren Kopf haben sie noch nicht gefunden.

Es ist fast sieben Uhr. Aus der Müdigkeit ist jetzt laue Schlaffheit geworden.

Die letzte Bluttat fand am 28. April statt, und an sie erinnere ich mich gut. Nicht nur weil sie die letzte war. Sondern auch weil bestimmte Dinge trotz allem nicht so schnell zu verwinden sind. Diese Tat geschah vor einem Restaurant mit dem Namen *Happy Fish* (was für ein Scheißname).

Das *Happy Fish* liegt am Corso Due Sicilie, einer der Arterien, durch die sich Tag und Nacht der Verkehr in die Betonburgen der Peripherie ergießt. Wie es scheint, ist dieses *Happy Fish* ein kleines Restaurant mit Fischspezialitäten. Es verfügt über insgesamt vierzig Plätze, sechzig, wenn man den in der schönen Jahreszeit geöffneten Garten auf der Rückseite dazunimmt. Am 28. April jedoch wurden im Garten Arbeiten durchgeführt, und er war unbenutzbar.

So trat Riccardo Capuano, 46 Jahre alt und des Weiteren Inhaber einer Pizzeria und einer hauptsächlich von russischen und südamerikanischen Seeleuten frequentierten Discobar, auf die Straße hinaus, um eine Zigarette zu rauchen. Er stellte sich direkt vor das Schaufenster mit dem großen Aquarium. Zeugenaussagen zufolge zeigte die riesige Uhr am Centro Interphone gegenüber ungefähr acht Uhr fünfunddreißig.

Um acht Uhr fünfunddreißig am Freitag, dem 28. April, schlossen Nunzia Matello und Caterina Di Domenico die Tür von Haus Nr. 182 hinter sich. Das *Happy Fish* hat die Nummer 180. Nunzia hatte gerade eine dieser ziemlich hässlichen Puppen bekommen, keine Barbie, mit der wir früher spielten, sondern eine dieser vollbusigen Puppen, die etwas Bauchfreies tragen und einen herzförmigen Mund und fächerförmige Wimpern haben.

Caterina hatte sich ein buntes Folklore-Armband aufs Handgelenk gemalt. Nach der Aussage von Nunzias Mutter hatten die beiden Mädchen vor, sich in der Bar *La Palma* zwei Häuserblocks weiter ein Hörnchen von deren selbstgemachtem Eis zu holen. Wer weiß, warum, sage ich mir. Kinder lieben Eis am Stiel (ich habe in ihrem Alter nichts anderes gegessen).

Es gilt als sicher, dass sie vor dem Aquarium des *Happy Fish* stehen geblieben sind, um sich den hässlichen Hummer anzuschauen und an die Scheibe zu klopfen, weil sie sehen wollten, ob sich die Goldbrasse zu ihnen hindrehte.

Fleisch. Seit einiger Zeit hatte das *Happy Fish* auch Koteletts und Steaks auf der Speisekarte. Riccardo Capuano kaufte sie bei der *Dicar*, der Firma von Renzo Antoniolo, seinem zukünftigen Schwager.

Fünf oder sechs Jahre zuvor war Renzo Antoniolo der große Sprung nach vorn gelungen. Vorher hatte er Schutzgeld bei den Händlern auf dem Markt von Marchesino kassiert, jetzt ist er Fleischgroßhändler. Dieselben Leute, von denen er früher einen Beitrag für die armen Kinder, deren Vater im Gefängnis sitzt, forderte, sind jetzt seine treuen Kunden, denen er reguläre Rechnungen ausstellt. Im Moment läuft gegen ihn nur ein Verfahren wegen Betrugs zu Lasten der Europäischen Union. Er hat Beihilfen für das Schlachten von Tieren in Anspruch genommen, die es nie gegeben hat. Das nennt man einen Klassiker (einer wie er bekommt natürlich Geld, mein Vater dagegen nicht).

Fleisch.

Asphaltfleisch. Sie wissen es ja eigentlich, solche Typen wie Capuano, dass sie früher oder später Asphaltfleisch werden. Früher oder später erledigt sie jemand, als wären sie Schlachtvieh. Eine Frage der Zeit. Manchmal nicht einmal von *viel* Zeit. Heutzutage ändern sich die Dinge schnell, für alle.

Fisch.

Der Hummer ist ekelhaft hässlich. Der Drachenkopf sieht aus wie ein Monster aus einem Trickfilm.

Nach der Rekonstruktion standen um acht Uhr fünfunddreißig alle drei, Nunzia Martello, Caterina Di Domenico und Riccardo Capuano, vor dem Aquarium im Fenster. Der Tabakhändler von nebenan, der gerade geschlossen hatte, hatte sie scherzen hören.

»Guten Abend, meine Damen, wie hübsch ihr heute seid«, soll Capuano gesagt haben.

Um acht Uhr sechsunddreißig, spätestens siebenunddreißig, waren alle drei Asphaltfleisch.

Der Mann, die Arme nach vorn gestreckt, zwischen dem Poller und einer verwüsteten Telefonzelle. Auf den Fotos sieht man Capuano in einer schlammfarbenen Pfütze liegen, ein Auge offen, während ein rötlicher Brei, vielleicht zerkaute Spaghetti, zusammen mit Blut aus seinem Mund quillt. Ein Kollege aus der Ermittlungsabteilung hat mir erklärt, dass man, um als Schussopfer mit solcher Würde zu sterben wie im Film, einen leeren Darm, eine leere Blase und einen leeren Magen haben muss. Denn wenn all diese Organe gefüllt sind, bringt die Welle der aufprallenden Projektile sie wie Luftballons zum Platzen, mit allem, was daraus folgt.

Caterina sehe ich auf dem Bauch liegen, geklammert an den Poller, als wollte sie sich bei einem Schiffbruch in Sicherheit bringen. Es sieht so aus, als wäre sie auf dem überschwemmten Bürgersteig ausgerutscht. Wenn das Aquarium des *Happy Fish* nicht von den ersten Schüssen zertrümmert worden wäre, hätte sie es geschafft. Nur ein paar Schritte mehr hätten ihr genügt. Doch eine der elf Kugeln, die von irgendwo zurückprallte, hat ihr die Leber zerfetzt.

Sie war nicht sofort tot, und vielleicht hat sie noch gesehen, wie dieser Fisch, so hässlich wie ein Trickfilmmonster, auf sie zuschoss. Ich wünsche mir, sie hat nicht genug Zeit gehabt zu denken, dass dieses Monster sie mitnehmen wollte.

Denn auch das Monster starb auf dem Bürgersteig.

Das Monster war nur ein Fisch.

Fleisch. Fotos von Nunzia, die anderthalb Jahre jünger war als Caterina, gibt es nicht. Man hat Nunzia ins Krankenhaus gebracht, man hat versucht, sie zu retten. Es heißt, Nunzia war ein hübsches Mädchen, groß und für ihr Alter sehr entwickelt. Jedenfalls hat man sie, wie man im Artikel einer Tageszeitung lesen kann, mit dem Firmkleid einer elfjährigen Cousine in den Sarg gelegt. Nunzia wollte sich hinter parkenden Autos in Sicherheit zu bringen. Sie war beherzt, schnell, hat das Richtige getan. Doch Capuano tat das Gleiche.

Warum muss ein achtjähriges Mädchen sterben, obwohl es das Richtige getan hat? Manch einer behauptet, dass Capuano sie als Schutzschild benutzt hat, doch darüber gehen die Zeugenaussagen auseinander.

Die einzige Antwort finde ich im Bericht des Ballistikexperten. Thv-Projektile, wobei Thv für *très haute vitesse* steht, verlassen den Lauf einer Pistole, wie ihr Name schon sagt, mit sehr hoher Geschwindigkeit, nämlich 600 Meter in der Sekunde. Auf den Fotos der Berichte sieht man, dass sie an der geriffelten Spitze mit geschwärztem Teflon überzogen sind. Ihre größere Schnelligkeit bedeutet auch, dass ihre kinetische Energie länger hält und damit auch ihre Geschossbahn länger ist. Der Schütze vom Corso Due Sicilie wusste, dass er sich dem Ziel nicht nähern konnte, dass er nicht vom Motorrad absteigen konnte, dass er in Feindesland war und schnell, sehr schnell machen musste.

Das Thv-Projektil, das unter dem rechten Auge Nunzias eingedrungen ist, war vielleicht schon von der Mauer oder dem Telefonhäuschen zurückgeprallt und hatte an kinetischer Kraft verloren. Da es auch leichter als normale Projektile ist, konnte es in weiches Gewebe eindringen, aber nicht den Schädel durchbohren, um wieder auszutreten. Es war schlimmer. Wie ein kleiner Wurm hat es sich einen Tunnel durchs Hirn gegraben und ist dabei der Krümmung der Schädeldecke gefolgt. Und dann ist es dort stecken geblieben.

Sie haben ihr die Kugel in derselben Nacht nach dreistündiger Operation entfernt. Nunzia lag fast vier Tage im Koma, aber sie hat es nicht geschafft. Überdies waren die durch die Schussverletzung verursachten Schäden äußerst schwerwiegend und irreversibel, höchstwahrscheinlich wäre sie blind und taub geblieben. Daran muss ich mich klammern, um einen Trost zu finden, für den ich mich schäme.

Dieses Mädchen wollte nicht kämpfen, um in einer dunklen und öden Welt zu leben.

Die Gnostiker dachten, dass Gott ein unendlicher, dunkler Abgrund sei, ein kalter und unergründlicher Vater. Doch das ist Philosophie (verzeih mir, Nunzia, verzeih mir auch du, Caterina).

Ich bin einfach todmüde, vielleicht sollte ich weinen, doch dieser ganze brennende Schmerz, diese ganze Nacht, diese ganze Stille um mich herum haben meine Augen trocken werden lassen.

Die Augen, sicher, aber auch anderes, in meinem Inneren.

So weit drinnen, dass ich selbst nicht weiß, wie es erreichen.

Ich merke, dass ich eingeschlafen bin, als mich Geschrei aus dem Stockwerk unter mir weckt.

Es ist Viertel vor acht, und ich habe mich unter einem Tuch zusammengekauert, den Kopf auf der Couchlehne, was bedeutet, dass ich in den nächsten Tagen einen steifen Hals haben werde.

Ich höre mir das Geschrei an, um mir darüber klar zu werden, dass ich wirklich wach bin. Heftiger Krach.

Manchmal leide ich gar nicht darunter, allein zu sein. Im Gegenteil.

Eine Stunde Schlaf auf der Couch ist schlimmer als gar kein Schlaf. Ich stehe auf und wanke Richtung Dusche, lasse T-

Shirt, Hose und Slip unterwegs fallen. Als ich die Dusche abstelle und in den Bademantel schlüpfe, haben sie sich wider Erwarten noch immer nicht beruhigt, sonder schreien sogar noch lauter als vorher. Ich hoffe, sie zerfleischen sich nicht, oder wenigstens nicht heute Morgen.

Ich lasse die Finger über die Tastatur des Notebooks gleiten, und wieder erscheint das grüne Gespenst mit den leuchtenden Augen, dem ich die ganze Nacht lang versucht habe, einen Namen zu geben. Das vom Restaurantbesitzer geschossene Foto ist sehr verwackelt. Und auch sehr dunkel. Ein Brustbild von einem Mann, der einen Arm hebt und auf irgendetwas zeigt. Ich würde sagen, er ist um die dreißig, untersetzt und kräftig, ein eckiges Gesicht, mit einem Grübchen am Kinn. An den Schläfen ist er kahl, hat aber lange Locken bis auf die Schultern. Er trägt eine dicke Jacke mit Schnallen aus Metall und dunklen Aufschlägen, vielleicht aus Cord.

Ich mache weiter damit, das Foto zu vergrößern und Details zusammenzutragen, die mir nicht helfen, denn im Dossier über die Aprilfehde habe ich dieses Gesicht nicht gefunden. Was den zweiten Mann angeht, so sieht man ihn nur von hinten, und er trägt auch noch einen Hut.

Festzuhalten bleibt, dass sie nicht aus der Gegend stammen. Und dass sie auf ihrem Posten dort auf dem Hügel von acht Uhr abends, als es noch hell war und Cocíss sie bemerkt hat, bis wenigstens zehn Uhr geblieben sind, als sie dem voyeuristischen Restaurantbesitzer aufgefallen sind.

Unbekannte Leute, die sich nachts in der Umgebung der Abtei Spaccavento aufhalten: Ich würde sehr gern wissen, was Reja davon hält, doch ich beschließe, die Frage zurückzustellen, denn uns erwartet ein eher heikles Treffen zu dritt. Eine Sache möchte ich allerdings sofort erfahren.

»Wusstest du, dass Cocíss nicht unter den Festgenommenen auftaucht?«, frage ich ihn, sobald wir den Flur des Polizeireviers betreten haben.

»Da ist sicher beim Übertragen der Liste ein Fehler passiert.«

»Die Liste kommt von der Staatsanwaltschaft.«

»Ja und, die Staatsanwaltschaft irrt sich nie?«

Ich finde, Reja ist seltsam nervös.

»Wie kommt es, dass man nie seinen Anwalt zu Gesicht bekommen hat?«

»*Du* hast ihn nicht zu Gesicht bekommen.«

»In Florenz, in der Garage, da habt ihr euch gestritten, du und D'Intrò, oder?«

»Streitest du dich nie?«

»Tendenziell würde ich sagen nein.«

»Stimmt nicht. Du streitest dich gerade mit mir.«

»Dann kann ich dir ja auch sagen, was ich denke.«

»Ich gebe dir zwei Sekunden.«

»Cocíss gehört D'Intrò, stimmt's?«

»Bist du eifersüchtig?«

Reja stößt laut die Luft aus. Dann klopft er an eine angelehnte Tür, und erst in diesem Moment geht mir durch den Kopf, dass ich besser daran getan hätte, nicht gemeinsam mit ihm zu kommen. Morano wird denken, wir hätten uns abgesprochen, und das macht das Treffen noch schwieriger.

Und tatsächlich.

Morano hat alles auf dem Schreibtisch aufgereiht. Meine beiden Berichte, Padre Jacopos Anzeige, das Protokoll der Festnahme von Giovanni Russo.

Reja nimmt ein Schriftstück nach dem anderen, hält die Blätter am unteren Rand fest. Morano fixiert mich mit ein Paar Augen, die grauer als sonst sind.

»War noch jemand anderes da, als es passiert ist?«, fragt Reja, während er die Zeilen überfliegt und dazu winzige, ruckartige Kopfbewegungen macht.

»Es war spät nachts. Nur die beiden waren in der Küche.«

»Also keine Zeugen.«

»Wir haben das hier.«

Morano schiebt ein weiteres Blatt bis an den Rand des Schreibtischs. Wenn ich richtig gesehen habe, trägt es den Briefkopf der lokalen Gesundheitsbehörde. Ich glaube, es ist die Aufnahmebestätigung der Ambulanz. Reja nickt langsam, sieht uns dann beide an.

»Verbrennungen zweiten Grades auf der gesamten linken Gesichtshälfte, dem Hals und der Hand. Das sagt nichts über den Ablauf aus. Der Topf könnte bei dem Streit heruntergefallen sein.«

»Und wer hat um ein Uhr nachts einen Topf mit Wasser auf den Herd gestellt?«, fragt Morano trocken.

»Das weiß ich nicht.«

»Na also.«

»Jedenfalls wissen wir nicht einmal, wer den Topf auf den Herd gesetzt hat. Ist Giovanni Russo von einem Arzt untersucht worden?«

Morano und ich schweigen beide; ein Nein, das es ihm erlaubt fortzufahren.

»Aber mir scheint doch, dass bei ihm Blutergüsse und Abschürfungen vorliegen. Stimmt es, dass er einen geschwollenen Arm hat?«

Reja wirft mir einen fragenden Blick zu, und ich kann nicht anders, als es bestätigen. Damit schwärze ich noch niemanden an, doch Morano kocht im Stillen vor Wut, das weiß ich, als könnte sich hinter jedem meiner Worte eine Art Verrat verbergen.

»Können wir gleich klären, worauf das hinauslaufen soll?«, brummt Morano mürrisch.

»Darauf zu verstehen, ob es eine tätliche Auseinandersetzung gegeben hat oder nicht.«

Morano springt plötzlich auf, geht zum Fenster und öffnet es. Er kommt vor Lust zu rauchen fast um, nimmt eine noch geschlossene Schachtel Zigaretten in die Hand und dreht sie hin und her, ohne auch nur das Zellophan aufzureißen.

»Was meinst du, Rosa?«, fragt Reja mich in einem hinterhältigen Ton.

Ich meine, dass wir in der Klemme stecken. Denn wenn es Handgreiflichkeiten gab, könnte der Topf aus Versehen vom Herd gekippt sein. Wenn nicht, bedeutet es, dass Cocíss sich die blauen Flecken später zugezogen hat. Vielleicht als Morano ihn gegen den Schrank geschleudert hat. Also bin ich still, zögere, und Morano kommt mir zuvor.

»Ich habe verstanden. Wir haben den Auftrag, diesen Dreckskerl zu verteidigen, der in einer Woche nichts als Scheiße gebaut hat. Lesen Sie es nach. Steht alles in den Berichten unserer Kollegin.«

»Und der Albaner?«

»Mir ist nicht bekannt, dass er Vorstrafen hat.«

»Mir ist bekannt, dass er am Nachmittag Rosa angegriffen und bedroht hat.«

Noch ein finsterer Blick von Morano. Er kann nicht verlangen, dass ich diese Sache Reja gegenüber verschweige.

»Er hat mir eine Schüssel mit Spülwasser über den Kopf gegossen.«

»Wir werden das bei den mildernden Umständen geltend machen.«

Auch Reja steht auf. Er trägt ein schwarzes, ziemlich enges Hemd, sieht aus, als wäre er gerade einer dieser Männerzeitschriften entstiegen, die ein Sixpack in zwei Wochen und »einhundertelf Arten, sie im Bett verrückt zu machen« versprechen (schon drei oder vier wären großartig).

»Der Padre ist erst dazugekommen, als alles vorbei war, und andere Zeugen gibt es nicht. Die beiden sind nicht vernommen worden. Für mich ist der Ablauf zu klären, und es liegen keine Gründe vor, unseren Mann weiter festzuhalten. Ist das nachvollziehbar?«

Reja hat jetzt einen formalen und versöhnlichen Ton angeschlagen. Das wird Morano noch wütender machen, also gebe ich meine Zurückhaltung auf.

»Cocíss hat es mir gesagt.«

»Was?«

»Dass er mit Vassilj abrechnen wollte. Für alle im Zentrum

bin ich seine Schwester, Vassilj hatte mich respektlos behandelt, und er konnte die Sache nicht durchgehen lassen.«

»Hat er ausdrücklich gesagt, dass er den Kopf des Jungen in kochendes Wasser gedrückt hat?«

Morano möchte, dass ich Ja sage. (Und was kostet es mich im Grunde?)

»Nein, das nicht.«

»Das bedeutet nur, dass sich beide einig waren, sich nachts in der Küche zu treffen. Vassilj – oder wie zum Teufel der heißt – hätte Padre Jacopo informieren können. Stattdessen hat er es akzeptiert, die Angelegenheit so zu regeln, also wusste er sehr gut, dass es sich nicht um eine Partie Briscola handelte. Sie kamen alle beide in feindlicher Absicht. Habe ich mich deutlich ausgedrückt?«

Reja hat einen Punkt für sich gemacht. Morano geht zurück an den Schreibtisch und wirft die Zigarettenschachtel in einen Ablagekorb. Er neigt den Kopf zur Seite, streckt zum Zeichen seiner Bereitschaft einzulenken die geöffneten Hände aus.

»Sehr gut, Kollege. Dann lassen wir den Albaner im Krankenhaus bewachen. Und wenn er in der Lage ist, den Mund aufzumachen, also frühestens in einem Monat, verhören wir ihn. Aber in der Zwischenzeit geht dieser Scheißkerl hier nur raus, um ins Gefängnis zurückzukehren. Haben wir uns verstanden?«

Reja schüttelt den Kopf. Seelenruhig, würde ich sagen.

»Nein, wir haben uns nicht verstanden. Also gehe ich jetzt frühstücken und lasse Ihnen zehn Minuten zum Nachdenken.«

Fast exakt nach Ablauf der zehn Minuten klingelt das Telefon. Ich melde mich, weil auch Morano rausgegangen ist, um eine Zigarette zu rauchen.

»Guten-Tag-DIA-Antimafiabehörde-Rom«, legt eine Frauenstimme wie ein Maschinengewehr los »Ist dort das Büro von Inspektor Morano?«

»Ja.«

»Mit wem spreche ich?«

Während ich erkläre, wer ich bin, kommen Reja und Morano herein.

»Ich rufe im Auftrag von Dottor D'Intrò an«, fährt die Frau fort. »Bitte bleiben Sie am Apparat.«

Eine Plastikmusik setzt ein, und ich halte die Sprechmuschel zu. Als ich sage, wer am Telefon ist, macht Reja keinerlei Anstalten, überrascht zu tun.

»Inspektor Morano, wie ich schon Gelegenheit hatte, Ihrer Kollegin zu erklären, gibt es Regeln, aber ebenso gibt es auch Prioritäten, die wir geistesgegenwärtig berücksichtigen müssen. Darin besteht unsere Arbeit. Klar ist, die Notwendigkeit des chirurgischen Eingriffs bleibt eine Priorität, sie ist sogar *un-ver-zicht-bar*. Umso mehr, falls das eigentliche Schutzprogramm infolge des Verhaltens des Betreffenden nicht genehmigt werden sollte. Doch das ist ein Problem, um das wir uns später kümmern.«

Keiner wendet etwas ein. Es ist, als hörten wir Gottvater, das lebendige Wort.

»Was ich sagen will: In welchem Gefängnis er auch immer landet, diese Narben sind allzu auffällige Zeichen. Also wird der Betreffende wie beschlossen unter Bewachung in eine Klinik gebracht. Er wird einer gesichtsplastischen Operation unterzogen und nach sieben oder höchstens zehn Tagen an eine Haftanstalt überstellt, wenn der zuständige Richter zu dem Schluss kommt, dass Gründe für eine Untersuchungshaft bestehen. Und egal was passiert, all dies unter dem Namen Giovanni Russo, und dann ohne diese Narben. Irgendwelche Fragen?«

Ich hätte ungefähr hundert, deshalb stelle ich gar keine. Mir würde sowieso nichts klarer. Reja behält mich mit festem und gleichzeitig besorgtem Blick im Auge.

»Wie Sie sehen, Inspektor, werden Sie auf keinen Fall übergangen. Und niemand schätzt Ihre Arbeit gering. Die Situation des Betreffenden ist äußerst delikat. Doch auch dank Ihrer Kooperation geht alles bestens voran.«

(Wenn D'Intrò das sagt, möchte ich es fast glauben.) Morano hebt die Augenbrauen. Ich muss mich zwingen, es nicht zu tun.

Als wir rausgehen, kann ich Reja endlich von den Männern auf dem Hügel und den vom voyeuristischen Restaurantbesitzer mit Infrarot fotografierten Gespenstern erzählen. Er hört zu und nickt, schaut immer finsterer. Irgendwann bleibt er stehen und kratzt sich das spitze Kinn. Er teilt meine Sorge, umso besser. Er denkt darüber nach, mustert mich, ist dann kurz angebunden.

»Er kommt sowieso nicht nach Spaccavento zurück. Noch heute Abend bringen wir ihn weg.«

»Und wohin?«

»Das erfahren wir in zwei oder höchstens drei Stunden. Nutze die Zeit, um dich auszuruhen, denn dann sind wir bis nachts im Einsatz.«

Ich bin erschöpft, und Reja bemerkt es.

»Eine letzte Anstrengung, na los.«

Ich ziehe den Reißverschluss von Cocíss' Sporttasche zu, in die ich bis auf zwei Tütchen Haarspülung all seine Sachen gepackt habe.

Zum letzten Mal schaue ich mir das verwüstete Zimmer an: An der Wand sind zwei blutige Streifen, zwischen dem Schrank und dem Fenster. Ich bin froh, diese Tür hinter mir zumachen zu können, ich schließe sie ab, drehe dreimal um. Schluss.

Ich gehe die Treppe runter und durch zwei Flure bis zum Zimmer von Padre Jacopo, ohne dass mich irgendjemand grüßt. Weder die Mitarbeiterin vom Typ alternative Lehrerin noch Gabriela, noch eine üppige Nigerianerin in einem blauvioletten Kleid. Sie gehen unbeirrt weiter, schlagen einen anderen Weg ein, wenden sich ab. Das ist nicht nur Gleichgültigkeit, es ist eine Art ängstlicher Groll, bei dem ich mich unbehaglich fühle.

Für sie alle bin ich Cocíss' Schwester.

Ich möchte stehen bleiben und irgendjemandem sagen, dass es nicht so ist, dass es nicht stimmt, dass es eine Komödie war. Eine schlechte Komödie mit einem schlimmen Ende. Dann sehe ich Padre Jacopo, und meine Finger fassen den Griff der Tasche fester.

Er versteht sofort, dass ich mit ihm unter vier Augen sprechen muss. Wir gehen in sein Büro, ich stelle die Tasche auf den Boden und werfe ihm die zwei Tütchen Haarspülung auf den Schreibtisch. Sein Tisch ist überhäuft mit Rechnungen, Kostenvoranschlägen, Fliesenprospekten, Elektrokatalogen und Angeboten landwirtschaftlicher Maschinen.

»Es tut mir leid«, fange ich an, »aber ich muss es Ihnen sagen. Hier drinnen funktioniert nicht alles so, wie es sollte.«

Ich weiß nicht, ob er nun mich oder die Tütchen argwöhnischer ansieht. Er nimmt seine Brille ab und untersucht eines davon näher.

»Da ist noch genug für ein paar Linien drin.«

Padre Jacopo schaut seinen weiß gefärbten Finger an, dann lässt er sich auf den Schreibtischsessel mit der von Isolierband gehaltenen Lehne fallen.

»Er hat es schon gehabt, als er herkam. Das ist die einzige Erklärung.«

»Unmöglich. Er kam aus dem Gefängnis.«

»Meinen Sie, das ist eine Garantie?«

»Sie können sicher sein, dass die Kollegen ihn von Kopf bis Fuß gründlich untersucht haben, bevor er hergebracht wurde.«

Er dreht sich zum Fenster.

»In den letzten zehn Jahren ist hier kein einziger Joint in Umlauf gewesen.«

»Ich sage nicht, dass es Ihre Schuld ist.«

Er steht auf, und sein Schreibtischsessel gibt ein stöhnendes Geräusch von sich.

»Aber ich sage, dass es eure Schuld ist. Das hier ist kein Ort für einen wie den, und das wusstet ihr. Ihr habt das Zentrum als Versteck benutzt. Aber so funktioniert das nicht. Ich werde nicht noch einmal darauf hereinfallen, damit ihr das wisst. Ich habe bei dieser Geschichte nur Schaden davongetragen.«

»Ich bin auch deshalb hier. Haben Sie schon eine Ahnung, wie hoch der Schaden ist?«

Der Padre fährt herum und schreit mich an.

»Sehen Sie mir in die Augen. Reden Sie von dem Schrank, von der Tür? Als ob es darum ginge! Schauen Sie sich meinen Tisch an: Ich verbringe meine Tage mit Rechnungen und Kostenvoranschlägen! Aber mir geht es um die Menschen! Verstehen Sie den Unterschied?«

Ich versuche zu sagen, dass ich ihn verstehe und dass es mir leidtut, doch er unterbricht mich.

»Sie haben den Mut, mit Geld und diesen Tütchen zu mir zu kommen? Gehen Sie bitte.«

»Sie übertreiben.«

Egal, was ich sage, er wird immer wütender.

»Ich übertreibe? Und die Blutspuren an der Wand?«

»Was haben die damit zu tun?«

»Sagen Sie mir, was die damit zu tun haben. Sie wissen bestimmt mehr darüber als ich.«

Bin also wieder ich es, die den Dreck, den einer wie Morano hinterlässt, wegmachen muss. Pflichtgetreu verteidige ich den Kollegen.

»Er hat das Zimmer mit Händen und Füßen zertrümmert und sich dabei verletzt.«

»Gehen Sie.«

»Vorher sagen Sie mir bitte eine Zahl, Padre.«

»Ich will keinen Cent.«

»Entweder begleiche ich das sofort, oder es wird Ihnen nichts anerkannt.«

Er nimmt die Tütchen, macht den Reißverschluss auf und steckt sie in die Sporttasche.

»Raus aus meinem Büro. Sofort.«

Ich setze mich auf ein Mäuerchen direkt vor dem Haupteingang und sehe mir die Abtei an. Die Nachmittagssonne wirft warmes Licht auf die Steine. Spaccavento ist tatsächlich ein Ort der Überlebenden zwischen zwei Klauenschlägen des Dämons.

In den alten Ställen arbeiten sie mit Mörtel und Ziegelsteinen. Ich würde jetzt auch lieber so was tun wie echte Scheiße schippen, die wirklich richtig stinkt, als immer im übertragenen Sinne in einer Scheiße zu sitzen, die nicht riecht und bei der man erst dann merkt, dass man drinsteckt, wenn sie einem bis zum Hals steht.

Außerdem hätte ich so gern eine halbe Stunde, um mich hier auszustrecken, mit der Sonne im Gesicht.

Ich schließe die Augen, und ich fühle mich so schwer wie die Tasche von Cocíss, die ich zum Auto und dann ins Revier tragen muss. Ich muss sie getrennt auf die Reise schicken, sonst merkt er, was los ist. Ich möchte nicht dabei sein, wenn ihm aufgeht, dass sie ihn nicht zu D'Intrò bringen.

Ich möchte nicht dabei sein, und ich werde nicht dabei sein (manchmal werden Wünsche wahr). Ich muss die Augen wieder öffnen, aufstehen und den Rest des Tages in Angriff nehmen, die letzten Stunden mit unserem Schutzbefohlenen. Reja hat mich schon im Voraus davon in Kenntnis gesetzt, dass seine Bewertung meiner Arbeit positiv sein wird, trotz allem.

Plötzlich habe ich keine Sonne mehr im Gesicht. Ein Schatten fällt auf mich.

Ich springe auf: Joséphine steht vor mir, gekleidet wie üblich in ihren rosa Trainingsanzug, bauchfrei. Sie ist nicht geschminkt, ihre olivbraune Haut ist mit kleinen dunklen Pickeln gesprenkelt, und das Tageslicht hebt den großen violetten Fleck hervor, den sie unter dem Ohr hat: alles Nachwirkungen unkontrollierter Hormonbehandlungen, die sie selbst gemacht hat, wie sie mir neulich erzählte. Von ihrem kräftigen Hals fallen ihr zwei Halsketten aus Quarzsteinen und Perlen auf die Brust. Sie nimmt eine davon ab, die kleinere, in der schwarze und versilberte Blätter verflochten und mit *rocailles* aufgereiht sind. Eine hübsche Kette.

»Die ist für deinen Bruder.« Sie schließt meine Hände darüber, die beide in einer Hand von ihr verschwinden.

Irgendjemandem muss ich es doch sagen. Also, was soll's.

»Hör zu … Er ist nicht mein Bruder.«

Sie legt sich den Zeigefinger auf die Lippen. Wie eine Mutter, die ihr Kind beruhigt. Ich frage mich, ob Hormone, überdosiert, so etwas bewirken können. Ich bekomme Angst, dass ich sehr bald zu einer so zarten Geste nicht mehr fähig sein werde. Es ist ein Urteil, das ich selbst über mich abgebe, in der Hoffnung, dass es mir weniger wehtut.

»Er ist nicht mein Bruder. Sieh mal, ich bin …«

»Ist nicht wichtig«, sagt sie. »Gib ihm einfach die Kette. Kann ich dir vertrauen?«

»Natürlich kannst du mir vertrauen.«

Sie lächelt, wirft mir eine Kusshand zu und schlurft mit ihren bunten Flip-Flops Größe 43 über den heißen, sandigen Boden davon.

Ich habe zwei knappe Stunden Pause und beschäftige mich mit kleinen banalen Dingen. Etwa damit, zum dritten Mal ein Alpenveilchen einzutopfen, das der Kater der Nachbarn während seiner nächtlichen Streifzüge regelmäßig umwirft. Oder aus dem Speicher des Handys die überflüssigsten und dümmsten Nachrichten von Antonello zu löschen; oder auch, die Kontoauszüge zu kontrollieren oder nachzusehen, wann ich die nächste Schießübung habe.

Als ich aus dem Haus trete, fegt der Wind über die Ebene, zerrt an den Bäumen und beißt mir in den Augen. Vom Meer ziehen dicke rötliche Sturmwolken herüber. Sie kommen von dort, wo ich hinmuss. Fünf Uhr vierzig. Die passende Stimmung für meinen Abschied von Daniele Mastronero, genannt Cocíss.

Beim Polizeirevier lasse ich das Auto irgendwo mitten auf

dem Parkplatz stehen und versuche Reja anzurufen. In dem schwarz umrandeten Schattenrechteck zwischen den roten Ziegeln erkenne ich Morano. Sein Gesicht ist vor schlechter Laune ganz blass, und er kann es nicht abwarten, nach Hause zu gehen. Dann schlägt das Fenster zu, und ein Lichtreflex lässt ihn verschwinden.

»Ich stehe bei Florenz-Süd im Stau«, sind die ersten Worte, die ich von Reja höre, nach fünf oder sechs fehlgeschlagenen Versuchen, ihn zu erreichen.

»Ja wieso? Es ist nur noch eine Stunde Zeit.«

»Du fährst schon mal los.«

»Was?«

»Na komm schon. Wir treffen uns dann unterwegs.«

»Und wer soll mit mir fahren? Salvo ist in Urlaub, und Morano …«

»Morano? Bitte nicht der. Nein, nein, fahr *du* los.«

»Ich? Allein mit diesem Typen?«

»Aber ja. Er kennt dich inzwischen und ist sicher ganz entspannt.«

Nein, das ist mir jetzt wirklich zu viel.

»Sind wir denn verrückt geworden, Kollege?«

»Wir sind nicht verrückt geworden. Es ist nur so, dass ich bei Florenz-Süd feststecke und es im Augenblick keine andere Lösung gibt. Ist das so schwer zu verstehen?«

»Es ist ein unnötiges Risiko.«

»Wir werden dieses Risiko eingehen.«

Ich warte, bevor ich durch die Glastür gehe, weil man im Flur des Erdgeschosses manchmal keinen Empfang hat.

»Ich rühre mich nicht vom Fleck.«

»Im Gegenteil: Du steigst mit unserem Mann ins Auto und setzt dich in Bewegung. Los, es sind nur vierzig Kilometer.«

Ich setze mich in Bewegung. Je eher ich losfahre, desto eher komme ich an (aber es ist nicht okay). Ich bekomme einen schwarzen Alfa, zu neu und deshalb zu auffällig, aber nichts zu machen.

Bestien wie Cocíss wittern Anspannung. Meine, die von Morano und die Spannung, die in der Luft liegt, wenn wir gegen diesen Wind fahren.

Morano wollte nichts hören und hat ihm Handfesseln aus Plastik angelegt. Cocíss hat es geschehen lassen. Er scheint wieder in einer gleichgültigen Phase, verbarrikadiert sich hinter seiner Sonnenbrille.

Er hat sich mit den Händen zwischen den Beinen auf dem Sitz niedergelassen, und ich habe das Sweatshirt darübergelegt. Er riecht nach durchgeschwitzten Kleidern und fettigem Haar, das schwarze T-Shirt ist mit irgendwas besabbert. Auf dem Hals, gleich unter dem Kinn hat er ein paar Schürfwunden, die vielleicht desinfiziert werden müssten.

»Er hat niemanden an sich rangelassen«, hat Morano kurz angebunden gesagt, »Und ich werde nicht dafür bezahlt, den Dompteur zu machen.« (Ich auch nicht, Kollege.)

Als wir auf die Schnellstraße einbiegen, frage ich mich, ob er die Pistole in meiner Lederjacke bemerkt hat und ob ich nicht vielleicht besser daran täte, mit ihm zu reden. Nur um mich zu vergewissern, dass er am Leben ist, denn seit einer halben Stunde bewegt er sich nur, wenn ich in die Kurve gehe. In Wirklichkeit würde ich es nur tun, um mich ein bisschen zu entspannen.

Richtung Küste bleibt der Verkehr in den Engpässen der Baustellen stecken. Vertreter, die mit Freisprecheinrichtung telefonieren, junge Mütter, die ihre Kinder von der Ballettschule zum Fußballplatz kutschieren. Zwei Nordafrikaner mit einem derart überladenen Station Wagon, dass die geschundene Stoßstange beinahe über den Asphalt kratzt. Ich schalte die Radiosender einmal durch. Cocíss lehnt den Kopf ans Fenster, und so kann ich wenigstens am Beschlagen der Scheibe erkennen, dass er atmet.

Auch ich mag in weniger als einer Stunde wie irgendeine Frau aussehen, die am Ende eines Arbeitstages nach Hause oder zum Essen mit ihrem Freund fährt.

»Reja, wo bist du?«

»Lastra a Signa.«

»Wieso das denn?«

»Kolonnenfahren im Schritttempo. Und du?«

»Ich bin hinter Pisa.«

»Dann ist es ja bald geschafft.«

Der Wind pfeift ins Mikrofon des Handys, und ich muss schreien, weil Reja mich nicht gut hört. Über die Notausweichstelle fliegen Äste, Pommestüten und zusammengedrückte Flaschen.

Ich behalte das Fenster auf der Beifahrerseite fest im Blick, doch Cocíss scheint keine Lust zu haben, Scheiße zu bauen, jedenfalls heute Abend nicht. Wir verabschieden uns mit einem Minimum an Anstand.

»Hast du verstanden, wo die Colletti-Werft ist?«

Ich habe das sehr gut verstanden, doch das Programm ist dreimal geändert worden, und ich hoffe, es ist das letzte Mal. Er sagt mir noch einmal das Kennzeichen des Schlauchboots. Cocíss soll mit einem Hubschrauber der Fallschirmjäger nach Slowenien gebracht werden, die Kaserne liegt auf der anderen Seite des Flusses, knapp zwei Kilometer von hier, Richtung Stadt.

Ich steige wieder ein und merke plötzlich, wie verbraucht die Luft ist. Wir fahren ungefähr zehn Kilometer mit geöffnetem Fenster auf meiner Seite, doch nicht einmal das weckt Cocíss auf. Besser so. Ich halte an einer geschlossenen Tankstelle an. Im Auto gibt es ein Funksprechgerät, aber ich kann es nicht benutzen, weil Cocíss nicht hören darf, was ich sage.

Ich steige erneut aus, schließe das Auto mit Zentralverriegelung ab und erkundige mich nach dem Gepäck von Cocíss.

Ein gewisser Carracci versichert mir, es sei abgeholt worden und schon in der Kaserne. Es ist sechs Uhr zweiundfünfzig, und die kleine Schiffswerft am Arno ist weniger als einen Kilometer entfernt (jetzt ist es geschafft, Reja hat recht).

Auf dem baumgesäumten Weg verschwindet das Sonnenlicht schnell, der lehmfarbene Fluss scheint rückwärts zu fließen. Wir sind sehr nah an der Mündung, und die Strömung vom Meer treibt das Gerippe eines Baums zurück, eine alte Plane, Bojen und Schwimmkörper. Cocíss rutscht auf seinem Sitz herum, und weil ich versuche, seine Hände unter dem Sweatshirt im Auge zu behalten, fahre ich fast auf das Auto vor mir drauf.

Man erkennt die Werft an einem Holzschild mit einer kleinen dreieckigen weiß-roten Fahne. Das Schiebegittertor steht offen, doch ich halte kurz davor an, vor einer Platane, an die man einen Blumenstrauß und eine durchsichtige Plastiktüte voller Kärtchen gebunden hat.

Ich mache den Motor aus, und wie jeder, der während der Fahrt geschlafen hat, wird Cocíss sofort wach. Er sieht nach draußen.

»Was hab ich da um die Handgelenke?«, murmelt er.

»Sieh zu, dass du wach wirst, los.«

Auf dem Kai neben dem Kran sind sie zu zweit oder dritt. Gegen den blendenden Horizont sehen ihre schwarzen Gestalten wie Kohlen im lodernden Feuer aus. Da ist noch einer, im Schlauchboot, achtern, neben dem Außenbordmotor. Im Gegenlicht kann ich es nicht lesen, das Kennzeichen (besser warten).

»Wo, verdammt, sind wir?«

»Du wolltest doch mit D'Intrò sprechen.«

»Und wo ist D'Intrò?«

»Sie bringen dich jetzt zu ihm.«

(Und wieso nicht, du wirst schon sehen.) Vor die Sonne schiebt sich eine Wolke, so veilchenfarben wie Cocíss' geschwollener Arm, und endlich kann ich die Zahlen auf der Seitenwand lesen. Sie stimmen.

»Schaffst du es, dich auf den Beinen zu halten, oder nicht?«

»*Scheißdrecksbullen*. Ich sag's dem Dottor D'Intrò, wie ihr mich behandelt habt.«

»Sag es ihm ruhig. Aber jetzt müssen wir aussteigen. Sie warten auf dich. Schaffst du das?«

»Ich will eine Zigarette.«

Die drei Männer pumpen Wasser aus dem Schlauchboot.

»Fragen wir die doch nach einer.«

Aus dem Gummischlauch spritzt es wie eine Fontäne.

»Und was für Typen sind das, verdammt?«

Ich antworte ihm nicht. Ich weiß es nicht, und wenn ich ehrlich sein soll, weiß ich nicht einmal, wie sie es angestellt haben, so viel Wasser ins Boot zu bekommen.

»Mach mir die bekackten Handschellen ab.«

»Sie machen sie dir ab, wenn du im Schlauchboot bist.«

»Nein, das machst du. Sofort. Sonst steige ich nicht aus.«

»Sie machen sie dir ab, habe ich gesagt.«

Er wirft sich mit der Schulter gegen die Tür, lässt dann das Fenster runter und versucht die Plastikbänder mit der Glaskante durchzuschneiden.

Als mein Handy klingelt, melde ich mich, ohne aufs Display zu sehen, denn ich muss Cocíss und auch die Männer im Schlauchboot im Auge behalten.

Die Kollegin vom Revier fragt mich, ob ich etwas über eine Sporttasche weiß, die im Raum mit den Spinden steht.

Ich springe aus dem Auto, und ein Lastwagen rast in einem halben Meter Entfernung an mir vorbei, wirbelt einen Schwung groben Sand auf. Ich schließe die Augen und lasse mir die Tasche beschreiben. Es ist fast unmöglich, noch Zweifel zu haben, aber ich versuche es wenigstens.

»Ja«, sage ich schließlich. »Das heißt … nein.«

»Ja oder nein?«

»Ein gewisser Carracci sollte vorbeikommen und sie mitnehmen. Ich habe eine Nachricht in der Zentrale hinterlassen.«

»Also hier hat sich keiner blicken lassen.«

Der Wind schüttelt die Platanen. Die schwächsten Blätter enden noch grün unter den Autorädern.

Die Kollegin entschuldigt sich und sagt auf Wiederhören.

Ich antworte ihr nicht einmal, sehe mir die Mannschaft an, die endlich das Schlauchboot leer gepumpt hat. Ich stelle mich hinter den Baum mit dem Blumenstrauß. Von der Kaserne bis zu uns hier mögen es knapp zwei Kilometer sein. Die Strömung ist stark, aber auf dem Fluss sind keine Wellen.

Ich steige wieder ins Auto und umklammere sofort das Steuer. Cocíss darf nicht merken, dass mir die Hände zittern.

»Nimmst du mir die Handschellen ab?«, fängt er gleich wieder an. Er hat versucht, sie durchzubeißen, und jetzt blutet ihm irgendwo das Zahnfleisch.

»Pass auf, sonst beißt du dir noch ein paar Zähne aus.«

Einer der Männer kommt auf das Gittertor zu. Er trägt eine rote Windjacke und eine schwarze Kappe mit Schirm, geht breitbeinig in grünen Gummiüberschuhen. Es ist so weit, ich bin dabei, meinen ersten Auftrag zu Ende zu bringen. Noch wenige Minuten. Noch ein paar Schritte, und der Mann sieht uns.

Wie viel Durcheinander. Wie viele Flüchtigkeiten. Die Staatsanwaltschaft, die von zweiundsechzig Festgenommenen ausgerechnet Daniele Mastronero vergisst. Reja, der ihn einer wie mir anvertraut, einer, die ihren ersten Auftrag bekommt.

Doch was ich da denke, macht zu viel Angst.

»Was tun wir hier, hä?«

(Aber wie ist dieses ganze Wasser ins Boot gelangt? Sie kommen doch aus der Kaserne, nicht vom Meer.)

»Steigen wir aus oder nicht?«

Dieser Carracci hat mich angelogen. Cocíss' Tasche steht noch in dem Raum mit den Spinden, abgestellt wie etwas, das niemand mehr braucht (ich muss nur meinen ersten Auftrag zu Ende bringen).

Und die da kommen nicht aus der Kaserne (kann mir doch egal sein, ich muss nur die Anweisungen befolgen). Wer weiß, wem ich ihn da übergebe, mit gefesselten Händen (*Scheißdrecksnutte, blas mir einen*). Egal, was für ein Ende er nimmt, er hat's nicht besser verdient. Und es ist bestimmt nicht meine Schuld.

»Steigen wir jetzt aus oder nicht?«, fragt Cocíss noch einmal.

»Okay, los.«

Der Mann ist jetzt am Gittertor, mit den Füßen auf der Metallschiene. Er hat die Hände in den Taschen, und als ein heftigerer Windstoß kommt, schafft er es nicht rechtzeitig, seine Kappe festzuhalten. Sie fliegt davon, zwischen die Zweige der Platanen. Er dreht sich um, will hinterherrennen, und ich sehe seine langen Locken und die glänzende Stirn.

»Nein, warte.«

(Und das sollen Fallschirmjäger sein? Kein Fallschirmjäger darf die Haare so tragen.)

»Was ist denn jetzt mit dir los?«

»Nichts.«

Was soll mit mir los sein? Ich habe nur gerade ein Gespenst gesehen. (Scheiße, das ist er.) Das grüne Gespenst. Die ganze Nacht habe ich damit verbracht, dieses Infrarotfoto zu vergrößern. Er hat keine leuchtenden Augen, aber er ist es: das Gespenst vom Hügel. Untersetzt, breites Kinn mit Grübchen. Er steckt seine Locken wieder unter die Kappe (*zwei Beobachter mit Ferngläsern, die haben da sogar gepisst*).

Mein erster Auftrag nähert sich dem Ende. Ich habe zwei freie Tage vor mir, ganz für mich. Und ich habe nichts mit denen da zu tun. Sollen sie sich doch weiter zerfleischen, wie sie es immer getan haben.

Ich schaue mir diesen jungen Kriminellen aus der Vorstadt an, mit seiner kleinen Nase und dem arroganten Kinn, und ich will mich fast von ihm verabschieden. Ihm zu verstehen geben, dass wir uns, egal wie es läuft (*hier bringen sie mich um*), nicht mehr sehen werden. Dass ich nichts von dem, was von nun an mit ihm geschieht, entschieden habe. Dass ich nichts dagegen tun kann, es war mein erster Auftrag.

»Dann lass uns gehen.«

(Was denkt der denn, wo er hingeht.)

Der Typ hat uns bemerkt und kommt auf uns zu. Er wirkt

ungeduldig. Er geht am Rand der Straße entlang, während zwei andere über die dichte Reihe der Gitterstäbe lugen.

Ich trete auf die Kupplung.

»Nicht aussteigen.«

»Was ist denn noch?«

»Nicht aussteigen«, wiederhole ich und lege den Gang ein.

Niemand kann jetzt mehr aussteigen. Ich auch nicht.

»Was ist denn los?«

»Weiß ich nicht, sei ruhig und duck dich.«

Ich würde am liebsten immer weiter fahren, nie mehr anhalten.

Ich weiß nicht, was ich tun soll. Ich hätte ihn dalassen und darauf scheißen sollen. Stattdessen blende ich auf, rase mit hundert Stundenkilometern auf die Gegenfahrbahn und halte das Steuer fest umklammert.

»Wo fahren wir hin?«

»Es hat ein Problem gegeben.«

»Was für ein Problem?«

»Sei still.«

»Und mach mir diese *Scheißdrecksfesseln* ab!«

Ich weiß nicht, wohin. Ich lasse mich nur von der Leere, die ich vor mir habe, weiterziehen, angesogen vom Meer, das hinter der Galerie der Platanen schimmert.

Ich sehe nicht einmal in den Rückspiegel.

Vielleicht folgen sie uns. Aber das ist mir egal.

Der Punkt ist, dass ich wirklich nicht zurückblicken kann. Keinesfalls. Und nie mehr.

Ich fahre die ganze Küstenstraße entlang, kehre dann auf die Autobahn zurück.

Cocíss ist plötzlich still geworden und ich bin im Leerlauf zwischen tausend Möglichkeiten und keinem Ausweg.

Ich begreife zu spät, dass die Stille mich hätte misstrauisch machen sollen. Ich begreife es, als ich den Gestank von verbranntem Plastik rieche und ein grauer Rauchfaden am Fenster aufsteigt.

Ich reiße das Steuer herum und fahre rechts ran, sobald es möglich ist, bremse scharf und nehme ihm das Feuerzeug ab. Auch der Ärmel aus Acryl ist angekohlt, während das Plastik der Handfesseln flüssig geworden und ihm auf einen Daumen gelaufen ist. Cocíss stößt einen Schrei aus, schlägt dann den Kopf zweimal gegen das Fenster.

Ich könnte die Pistole ziehen und sie ihm vor die Nase halten, doch das wäre ein Riesenfehler. Nicht vor der Peitsche sollen die Bestien Angst haben, sondern vor dem Dompteur (sonst verlässt er besser den Käfig, schloss mein Vater immer).

Und als ich an meinen Vater denke, kommt mir eine Idee. Jetzt muss ich sie nur noch dem da begreiflich machen.

»Hör mal: Wenn ich nur an das Gehalt denken würde, das ich bekomme, hätten sie dich schon umgebracht. Aber du hast verdammtes Schwein, dass es mir nicht gefällt, wenn Leute umgebracht werden. Egal wer, es gefällt mir nicht, und fertig, verstanden?«

»Was sagst du denn da?«

»Ich sage, dass ich dich jetzt in Sicherheit bringe. Dann muss ich herausfinden, was falsch gelaufen ist und warum, aber so lange hältst du dich bedeckt, ohne irgendeinen Scheiß zu bauen. Kriegst du das ein oder zwei Tage lang hin?«

»Wieso? Habe ich eine Wahl?«

»Nein.«

»Dann los. Fahren wir, wohin du willst. Aber jetzt machst du mir die Handfesseln ab oder ich trete dir dieses *Scheißdrecksauto* zu Schrott, hast du verstanden?«

Professor Guarneri hat mir einmal von dem Satz eines jungen italienischen Diplomaten berichtet, der ihn einen Monat nach dem Putsch in dem mit Zivilpolizisten vollgestopften Konsulat von Buenos Aires empfing. »Ich weiß gut, was die Militärs tun. Doch ich kann nur helfen, wenn ich mir jeden Tag bewusst mache, dass sie nicht nur Mörder sind. Ich muss mir sagen, dass sie auch *intelligent* sind.«

Wo sich der Zubringer der Schnellstraße und der Abflusskanal kreuzen, biege ich nach rechts ab und fahre quer durch das flache Land auf die Hügel zu. Cocíss hat sich auf dem Sitz quasi zusammengekauert, sagt nichts, niest nur ab und zu.

Ich hoffe wirklich, dass der Diplomat recht hat. Denn meine einzige Hoffnung in diesem Moment besteht darin, dass Cocíss zeigt, dass er intelligent ist. Ich muss mich davon überzeugen, auch um den Preis, dass er als krimineller Bandenführer ein bisschen zu sehr glänzen kann.

Die Möbelfabrik liegt einen Kilometer vom nächsten bewohnten Ort entfernt, der außerdem nur aus einer Reihe kleiner Häuser längs der Straße besteht und nicht einmal einen Namen hat. In der Ferne, hinter einer Reihe Linden, ist eine alte Trockenanlage für Tabak, wo es heutzutage samstags Gesellschaftstanz und sonntags lateinamerikanischen Tanz gibt. Bis vor ein paar Jahren ist meine Mutter immer dorthin gegangen.

Es gibt noch Hinweisschilder und sogar ein Schild mit dem Firmennamen. *Casarredo* war der letzte Versuch meines Onkels, meinem Vater wieder auf die Beine zu helfen. Eher psychisch als ökonomisch. Es hat nicht funktioniert.

Ich fahre dort hinein, wo früher die Lieferantenzufahrt war, und halte neben einer veritablen Mauer aus Fernsehern und Computerbildschirmen. Irgendjemand ist auf den Gedanken gekommen, das heruntergekommene Gelände auf der Rückseite als Elektroschrottfriedhof zu benutzen.

Cocíss sieht sich das Ganze interessiert an.

»Warte hier auf mich. Ich gehe etwas suchen, womit wir die Handfesseln abkriegen. Dann sehen wir, wie wir reinkommen.«

»Ich bin nie in Häuser eingestiegen«, antwortet er mir bockig.

Wir treten die Tür des Kabuffs mit den elektrischen Anlagen ein. Dort drinnen ist das Fenster zu einer Toilette. Cocíss steigt auf einen alten Generator und schlägt mit einem großen Schraubenzieher vorsichtig die Scheibe ein. Er zieht sich hoch, allein mit der Kraft seiner Arme, ohne mich um Hilfe zu bitten. Er hält sich an irgendwas fest, vielleicht an einer Stromleitung, dann höre ich, wie er mit einem lauten Krachen auf der Klobrille landet.

Eine Minute später macht er mir die Tür des Büros auf, leckt sich dabei Blut vom Handrücken.

»Was soll das hier sein, verdammt?«

Eine Art Depot nie begonnener Leben, möchte ich sagen, doch ich behalte es für mich.

»Das hier? Eine Möbelfabrik.«

Kühlschränke und Waschmaschinen haben sie weggebracht, ein paar Schränke sind zerlegt worden, in vielen Räumen hat sich der Teppichboden in Streifen gehoben. Doch eine Menge anderer Dinge sind noch da. Die rustikalen Tische, die geflochtenen Stühle, die Ecksofas, die Regale mit den Büchern aus Styropor. Wir gehen im Dunkeln weiter, zwischen Koffern im Kolonialstil und Kartons, die bei der Feuchtigkeit durchgeweicht sind, laufen über Schilder, die einen »sensationellen« Preisnachlass verkünden, doch niemals Scharen von Kunden angelockt haben.

»Ist sie geschlossen?«

»Seit ein paar Jahren.«

Ich erinnere mich gut daran, wie ich neben einem Elektroofen hier meine Tage verbringen musste. In den letzten zwei Monaten kam ganze Nachmittage lang keine Menschenseele mehr (niemand betrat die Küchen und Wohnzimmer auch nur für wenige Minuten, um sich dort ein Leben vorzustellen).

»Du wirst ein paar Tage hierbleiben.«

»Hier?«

»Hast du eine bessere Idee? Hier findet dich mit Sicherheit keiner.«

»Das ist eine Bruchbude hier.«

(Was für ein Ohrfeigengesicht.)

»In einer der Toiletten gibt es noch Wasser, aber es ist nicht zum Trinken, okay?«

»Und Strom?«

»Das glaube ich nicht. Ich zeige dir, wo du schlafen kannst, dann fahre ich los und hole dir was zu essen und Taschenlampen.«

Ich mache, so schnell ich kann, doch für die Taschenlampen muss ich ins Einkaufszentrum, das um halb neun schließt. Von dort fahre ich Richtung Revier, um den schwarzen Alfa zurückzubringen. Das Herz klopft mir bis zum Hals. Ich lasse die Schlüssel bei der Kollegin in der Telefonzentrale, und sie erinnert mich sofort an das Problem mit der Sporttasche.

»Alles in Ordnung«, sage sich, gehe dann in den Umkleideraum, um sie zu holen, ohne dass mich jemand sieht.

Um Viertel nach neun verstaue ich Cocíss' Tasche im Kofferraum. Um halb zehn bin ich wieder bei der Möbelfabrik und trete mit dem Fuß an die Hintertür des Büros, weil ich beladen wie ein Maulesel bin.

Cocíss macht mir auf, aber es kommt ihm nicht in den Sinn, mir zu helfen.

Im Hintergrund höre ich Geräusche, und ich sehe, dass sein Sweatshirt schmutzig ist.

»Was hast du gemacht?«

»Ich habe mich nur ein bisschen eingerichtet.«

»Nimm mir dieses Zeug ab, los.«

Er hat irgendwo einen Benzingenerator ausgegraben. Ich glaube mich zu erinnern, dass mein Vater wenigstens drei davon gekauft hatte, als wir noch die Landwirtschaft betrieben und die alte Stromleitung uns beinahe bei jedem Gewitter im Stich ließ. Ich erinnere mich auch, dass der rote Tank mit dem verchromten Deckel mir vorkam wie der eines Motorrads, doch natürlich war es mir verboten, mich ihm auch nur zu nähern. Wer weiß, wie es sich das elektrische Mädchen vorstellte, diesen unbeweglichen Motor zwischen seinen Beinen vibrieren zu fühlen. Heute scheint mir das nicht schwer zu verstehen.

»Ich hatte ein paar davon, bei mir zu Hause, aber größere. Man kann ja nie wissen. Gibt's hier in der Nähe eine Tankstelle? Der läuft mit bleifreiem Benzin. Der Tank ist halb leer.«

Er hat auch einen Fernseher aus der Mauer da draußen geholt und ihn in eine der Bauernküchenimitationen gestellt (die hätte er vorher auch ein bisschen abstauben können). Die Antenne wird von einem Klumpen Klebstreifen gehalten, und über den Bildschirm laufen Wellen aus grauem Schnee. Er erzählt mir, dass sie auch da, wo er herkommt, eine Menge Fernseher auf die Straße gestellt haben, aber nicht weil sie kaputt waren, manche waren nicht mal alt.

»Das ist wegen der Weltmeisterschaft, verstehst du, da wollen alle die neuen mit Flachbildschirm«, erklärt er mir und setzt sich an den Tisch. »Da hat ein cleverer Typ einen Lastwagen genommen, ist die ganze Stadt abgefahren, um sie aufzuladen, bevor sie sich die Marokkaner und die Leute da holen. Dann hat er einen gefunden, der sie für fünfzig Euro das Stück nach Rumänien geschafft hat. Zwei- oder dreitausend hat er in einer Woche rübergeschickt. Nicht schlecht, was?«

Ich stelle eine Taschenlampe auf den kleinen Tisch, Kopf nach oben, und setze mich ebenfalls. Die furchtbare Küche füllt sich gleich mit übergroßen Schatten.

Er macht den Karton auf und bricht sich ein Stück Pizza ab. Sieht mich nur einen Augenblick an, klappt es dann zusammen und beißt rein, zieht den Mozzarella in Fäden heraus.

Ich wünschte, ich könnte meine Müdigkeit zulassen, aber ich kann es nicht, beobachte ihn weiter, während er mit offenem Mund kaut. Auf dem Diensthandy habe ich keine Anrufe, es hat auch niemand eine Nachricht hinterlassen. Reja schweigt: Ich kann es mir nicht erklären, aber im Augenblick rufe *ich* ganz gewiss nicht an. Denn im Augenblick habe ich keinen Plan und versuche mich abzulenken.

Mit dem Fernseher lassen sich drei oder vier Kanäle, darunter ein lokaler, ganz ordentlich empfangen. Ich bleibe bei einer abendlichen Nachrichtensendung hängen, lenke mich ein paar Minuten mit dem Krieg im Irak und dem verrückt gewordenen Klima ab. Cocíss scheint davon kein bisschen betroffen. Dann tauchen aus dem Bildschirmschnee vertraute Bilder auf. Ein Mädchen in rosa Tüll bei seiner ersten Tanzvorführung. Ein anderes, das eine getigerte Katze auf dem Arm hat.

»Schau mal, sie reden über die beiden Mädchen. Wie stellt man lauter?«

»War keine Fernbedienung dabei.«

Er reißt die Bierdose mit einer Hand auf, ohne deshalb aufzuhören, die Pizza in sich reinzustopfen.

»Hast du verstanden, über wen sie reden?«, frage ich ihn (und frage ich mich).

»Na klar, über Nunzia und Caterina, die beiden kleinen Mädchen vom Corso Due Sicilie. Ich wollte sogar zur Beerdigung, wollte ich echt, aber dann konnte ich nicht, war nicht angesagt.«

Ich finde den Lautstärkeregler an der Seite, es fängt an, heftig zu rauschen, doch man kann die Worte verstehen.

»Aber ich sag dir, wir haben alle zusammen einen Kranz gemacht, in unserem Block, riesig, aus weißen Blumen.«

»Sei mal still …«

Endlich hat er einen Namen, der Mörder von Nunzia Matello und Caterina Di Domenico, die vor zwei Wochen bei dem Anschlag auf Riccardo Capuano, einem führenden Mitglied des Clans der Scurante, getötet wurden …

Zum x-ten Mal werden die Bilder der Beerdigung gezeigt. Die beiden Mütter, die über den weißen Särgen zusammenbrechen. Die Kirche, in der die Schreie widerhallen. Der Hagel aus Steinen, Flaschen und Müll, der auf die Kollegen, die Carabinieri, den Bürgermeister und einen Staatssekretär niedergeht. Gegen jeden, der versucht, an einer Trauer teilzuhaben, die nicht teilbar ist; es ist keine Last, die man teilen kann, es ist eine Seuche, die sich verbreitet und immer schlimmer wird. Ein Schmerz, der sich selbst rechtfertigt und noch mehr Schmerz hervorbringt. Mehr Tote. Mehr Resignation. Mehr Worte, die sich im langen Dröhnen in Kirchenschiffen verlieren.

Mörderische Waffen in den Händen unerfahrener Jugendlicher, losgeschickt, um zu töten, oft unter dem Einfluss von Drogen: Dorthin führt der skrupellose Zynismus der Clans, der ungezügelte und absurde Gewalttaten wie das Blutbad vom Corso Due Sicilie zur Folge hat. Die Ermittler haben keinen Zweifel: Es ist ein sehr junger Mann, der am 28. April geschossen hat…

Ich schaue ihn an, dann drehe ich mich um und sehe erneut sein Gesicht.

Auf dem Bildschirm.

Die Augen von der Farbe einer Gasflamme, die Wangenknochen vorspringend und abgerundet wie Schwellungen ohne blaue Flecken.

Und jetzt beginnt die Jagd auf ihn: Daniele Mastronero, gerade volljährig geworden, in seinen Kreisen als Cocìss bekannt, wird durch einige übereinstimmende Zeugenaussagen schwer belastet. Seine Festnahme könnte eine Frage von Stunden sein. Natürlich werden die Mädchen dadurch nicht wieder lebendig, aber es ist doch ein Signal unverzichtbarer Hoffnung für diese gemarterte Stadt.

Ich sehe Nunzias Vater, der weint und Gerechtigkeit fordert. Er hat ein rundes Gesicht, so narbig und rot wie eine überreife Orange. Auf der Straße rückt der eine oder andere, teils auch mit einer gewissen Unbefangenheit, damit heraus, dass am Ende vielleicht die Todesstrafe… *Er ist achtzehn Jahre alt? Ja und? Mit fünfzehn bringen sie einen hier schon für ein Handy um.* Die Journalistin gibt zu bedenken, dass es in

Italien die Todesstrafe nicht gibt. *Dann wollen wir hoffen, dass so einer von jemand anderem erledigt wird*, lautet die Antwort. Und von wem?, fragt die Journalistin. *Von denen, die Bescheid wissen und wissen, wie man es macht*, äußert ein Glatzkopf mit Rayban, bevor er der Fernsehkamera den Rücken zuwendet und davongeht.

»Hoffen wir, dass sie dich und deine ganze Familie umbringen, du *Scheißdreckskerl*!«

Cocíss springt auf und reißt das Verbindungskabel zum Generator heraus. Er lässt mir nicht die Zeit, den Mund aufzumachen, und ich bewege mich keinen Millimeter, schiebe nur meine Hand näher an die Innentasche, in der die Beretta steckt.

»Und du glaubst das? Das ist nicht wahr! Die wollen mich ficken, die alle zusammen! Weil ich dem Dottor D'Intrò geholfen habe. Sie haben mich nicht umgebracht, und das ist alles Rache! Die haben ein Gemetzel angerichtet, verstehst du, mit den ganzen Toten, den Leuten, die verbrannt sind und erschossen wurden und die nicht mal was damit zu tun hatten …«

»Sag mir die Wahrheit, Cocíss. Jetzt musst du das.«

»Ich sage sie dir, die Wahrheit! Die Scurante wollen den, der Capuano umgebracht hat, die Incantalupo wollen den, der die beiden Mädchen umgebracht hat, weil das ganze Viertel in Aufruhr ist. Die ficken mich. Die lassen mich so dafür zahlen, dass ich dem Dottor D'Intrò geholfen hab. Aber er muss das verstehen, das ist alles Rache, es stimmt nicht! Ich hab mein Gebiet immer nach vorn gebracht, und damit basta, und ich habe nie auf irgendeinen geschossen, das schwöre ich bei meiner Mutter, hast du verstanden, bei meiner Mutter!« Er gießt sich einen Schluck Bier in die Kehle, nimmt dann die andere Dose und trinkt weiter. Er senkt den Kopf, lässt einen Rülpser raus und lehnt sich gegen die Wand. An der Gipspappe hängen ein Ähren- und Mohnstrauß aus Papier und eine Uhr, die nicht geht. Ich werfe einen Blick darauf: Das Zifferblatt ist aus Pappe.

»Ich war das nicht. Ich will nur die ganzen Fehler, die ich gemacht habe, gutmachen, der Dottor D'Intrò weiß das, wir waren uns einig und haben viel gesprochen. Wenn ich was sage, dann stimmt das auch. Nicht wie bei den elenden Arschlöchern da. Du musst mir glauben, die wollen mich jetzt alle fertigmachen. Weil, so geht das, verstehst du? Wenn du eines Tages dein Leben ändern willst, lassen die das nicht zu. Für die bist du als schlechter Mensch geboren, und deshalb musst du auch als schlechter Mensch sterben.«

Als er sich über den Tisch legt und zu weinen anfängt, hofft irgendetwas in mir sogar, dass alles eine Inszenierung ist. Irgendetwas in mir zieht sich zurück, wird *unerreichbar*.

Ich flüchte mich in den Gedanken, dass in dieser furchtbaren Küche heute Abend eine Familie versammelt sein könnte. Doch *Casarredo* wurde geschlossen, als mein Onkel nach einer Anlaufzeit nicht mehr für meinen Vater garantieren konnte. Nach Ansicht der Banken rechtfertigte das Geschäftsvolumen nicht länger ein ausreichendes Vertrauen in eine Weiterführung. Das war für meinen Vater der Zusammenbruch. Die endgültige Demütigung. Mein Onkel hat die Firma übernommen und nach ein paar Monaten geschlossen. Inzwischen, nehme ich an, hat er jede Hoffnung verloren, sie noch loszuwerden (keine Familie hier, ganze Nachmittage lang niemand, nur ich und der Ofen).

Und heute Abend bin ich wieder in dieser furchtbaren falschen Bauernküche. Ich und Cocíss, ein Alphatier, das soeben in Ungnade gefallen und dazu bestimmt ist, zerfleischt zu werden. Von seinem Rudel oder einem anderen, in einer Zelle oder auf einer Straße in der Vorstadt, das mag einen gewissen Unterschied für jemanden machen, der sich das Ganze von außen betrachtet, aber gewiss nicht für ihn.

Wenigstens in diesem Punkt bin ich mir sicher, dass er nichts vorspielt.

»Ich habe sie nicht umgebracht, diese Mädchen. Ich hab vielleicht in meinem Leben alles falsch gemacht, das streite ich ja gar nicht ab, aber ich war es nicht, der sie umgebracht hat, Nunzia und Caterina. Ich vertraue dir, du hast dafür gesorgt, dass sie mich nicht umbringen«, fährt er fort, »aber du hast doch auch gesehen, dass es stimmt, was ich dir gesagt habe. Die haben rausgekriegt, wo ich war. Und deshalb musst du mir auch vertrauen.«

Ich beschließe, es nicht zu lange hinzuziehen.

»Okay, und wenn ich dir vertraue?«

»Wenn du mir vertraust, schließen wir ein Abkommen, du und ich.«

»Ein Abkommen?«

Er nickt, seine Lippen kleben an der Dose. In einem plötzlichen Anfall von Höflichkeit gibt er mir auch eine. Ich vermute, er muss mich, koste es, was es wolle, von seinen guten Absichten überzeugen. Er hat schon so etwas wie Ausstrahlung, das kann man nicht bestreiten. Es wundert mich nicht, dass er so schnell der Boss einer Bande von Jungs geworden ist, die von *Fläschchen* abhängig sind.

»Und was für ein Abkommen möchtest du schließen? Lass hören.«

»Es gibt einen, den ihr fassen wollt. Aber ihr wisst nicht mal, wo der ist.«

»Da gibt es mehr als einen.«

»Nein, ich spreche von einem großen Namen. Wirklich groß. Verstehst du?«

»Red mal Klartext.«

Dunkelheit umgibt uns, und es scheint, dass das bloße Aussprechen eines Namens (jenes Namens) unberechenbare Dämonen heraufbeschwören könnte. Auch für Cocíss.

»Einer, von dem ihr nicht mal wisst, was für ein Gesicht er hat. Hast du jetzt verstanden?«

Verstanden habe ich schon, aber ob ich es glauben soll, weiß ich nicht. Er hat den Mund wirklich voll genommen, sage ich mir. Ein achtzehnjähriger Capozona, der von dem Mann ohne Gesicht spricht, der nicht zu fassen ist. Von Saro Incantalupo. Ich habe keinen Grund, ihm zu glauben, doch auch ich vermeide es, diesen Namen auszusprechen, weil es wie ein Fluch in der Kirche wäre, ein Mangel an Respekt. Es würde bedeuten, den Mythos nicht mit dem ernormen Tabu zu belegen, wie er es tut.

Saro Incantalupo, das ist ein Reich. Das Reich des Eises nennt D'Intrò es in manchen Ermittlungsberichten. Denn es ist ein riesiges Reich, still und immer in Bewegung, wie ein Eisberg. Und wie bei einem Eisberg gelingt es uns immer nur, einen winzigen Teil davon zu sehen. Wie ein Eisberg löst es sich nach Süden hin auf und verflüssigt sich. Dann verdunstet es und verflüchtigt sich, um sich sehr viel weiter im Norden makellos zu rematerialisieren. Ein Denker, dieser D'Intrò.

»Ich rede mit dir, hast du verstanden?«

»Und wie kommt es, dass du weißt …«

Er unterbricht mich.

»Willst du ihn finden? Ich bringe dich auf die richtige Spur.«

»Ich bin nicht in der Fahndungsabteilung.«

Er unterbricht mich noch einmal, hebt einen Finger. Seine Augenbrauen ziehen sich ruckartig zusammen und die Narben unter seinen Augen werden runzlig.

»Interessiert es dich oder nicht? *Dich* frage ich, verstehst du?«

»Es interessiert mich, aber mit mir kannst du es nicht machen.«

»Was soll das heißen?«

»Das heißt, dass ich nicht nach meinem eigenen Kopf entscheiden kann. Ich habe Kollegen, Vorgesetzte. Denk nur mal an Dottor D'Intrò. Mit ihm hast du geredet, hast dich gut dabei gefühlt, er ist in Ordnung, hast du mir selbst gesagt.«

»Aber der Dottor D'Intrò darf denen nicht glauben, diesen elenden Arschlöchern. Sonst hat er nichts verstanden.«

»Und du, du hattest doch auch einen Boss oder nicht?«

»Ich? Nein. Ich stand unter den Incantalupo, aber ich musste nur das Geld aus den Geschäften abliefern, und ansonsten habe ich gemacht, was ich wollte. Mir hat nie einer Befehle gegeben.«

Vielleicht ist auch das nur eine weitere Lüge, vielleicht Ausdruck seines Größenwahns. Er hat beinahe ein paar Zähne verloren, spuckt dauernd Blut und kann nichts mehr riechen, aber dieser Typ hält sich weiter für unbesiegbar. Meint, dass er Abmachungen vorschlagen und auch noch Konditionen diktieren kann. Ich beschließe, dass es sich auf jeden Fall für mich lohnt, ihn anzuhören. Für den Moment.

»Wenn du eine Abmachung schließen willst, musst du mit D'Intrò sprechen.«

»Ich will nicht mit ihm sprechen. Ich will nicht, dass irgendjemand weiß, wo ich bin, verstehst du? Du und sonst keiner. Du gehst zu ihm und sagst ihm nur, dass wir diese Abmachung haben und dass er sich ruhig verhalten soll, bis alles vorbei ist.«

»Was meinst du mit ›alles vorbei‹?«

»Ich meine damit, dass ich dich zu dieser gewissen Person bringe, du weißt schon, welche. Dass ihr mir Geld gebt und ich dann verschwinde. Ich gehe nach Amerika, und keiner sieht mich je wieder.«

»Ist es nicht einfacher, wenn du uns die Informationen einfach gibst?«

Er setzt ein Lächeln auf, das wie die leichte, giftige Berührung einer Qualle ist.

»Ich sage nichts mehr! Du hast ja gesehen, wie sie es mir gedankt haben! Ein *Scheißdrecksschutz*, und dann glauben sie gleich dem erstbesten elenden Arschloch. Und außerdem weiß ich nicht, wo er ist, er hält sich nicht an einem festen Ort auf. Aber ich kann es rauskriegen. Ihr aber nicht, nie, verstanden, nie ... Der stirbt mit hundert Jahren, und ihr erfahrt es nicht mal. Den kriegt ihr ohne mich nicht. Das garantiere ich euch. Aber diesmal muss ich wirklich in Sicherheit sein. Die Abmachung schließen du und ich, oder es gibt keine Abmachung. Du sprichst mit deinem Chef und sagst ihm, dass er ruhig bleiben muss, auf seinem Posten.«

Meine Minute Nachdenken ist für ihn ein geologisches

Zeitalter. Er sieht mich an, und ich verstehe, dass die Zeit langsam abläuft.

»Gib mir einen Tag Zeit, um mit D'Intrò zu reden«, antworte ich.

Ich fahre nach Hause und nehme die größten und hellsten Straßen.

Immer noch warte ich auf einen Anruf von Reja, aber nichts passiert (und wenn er anruft, was sage ich ihm dann?).

Ich will mich nur in die Wohnung einschließen, in Sicherheit sein, so bald wie möglich.

Eine Abmachung will er treffen. Der junge Rudelführer erhöht den Einsatz, weil er gut weiß, dass jedes andere Angebot angesichts zweier ermordeter Mädchen unangemessen wäre. Also legt er nun sogar Saro Incantalupo auf die gleiche Waage wie Nunzia und Caterina. Mit dem Tod als Gewicht und Maß weiß er gut zu kalkulieren. Außerdem denken Typen wie er, dass es für alles eine Gegenleistung gibt. Alles hat einen Preis, aber nichts einen Wert.

Und ich soll glauben, dass einer wie er uns zu Saro Incantalupo bringt? Saro Incantalupo in Handschellen würde Antigone wie eine Schulrazzia aussehen lassen. Der Eisberg, der an der »Titanic« zerschellt, ein einziges Mal. Es ist nur Angeberei, eine verzweifelte Allmachtsphantasie.

Ich parke auf einem beleuchteten Platz, der gut einsehbar und ohne Büsche ist; gehe dann durch das mittelalterliche Tor, als erwartete ich, dass jemand es im Angesicht der feindlichen Horden hinter mir schließt.

In der Fußgängerzone sind noch Leute unterwegs, doch ich verlangsame meinen Schritt nicht.

Ich starte mit einem meiner Filme und versuche, nicht zu philosophieren. Film Nummer eins: D'Intrò weiß von Anfang an, dass Cocíss Capuano, Nunzia und Caterina umgebracht hat. Doch er entscheidet sich dafür, die Sache zu vertuschen, ihn nicht zu verhaften, ihn zu schützen und kooperieren zu lassen. Und der kleine Bastard? Er hat keine Wahl, bei dem, was er auf dem Gewissen hat.

Cocíss gibt seine Hinweise auf das Treffen der Capozona und löst Antigone 2 aus. Nachdem auch die zweite Blitzaktion abgeschlossen ist, macht D'Intrò heute öffentlich, dass Cocíss der Verantwortliche für das Massaker vom Corso Due Sicilie ist. Er muss ihn nur offiziell verhaften und hat in einer Woche zwei Fahndungserfolge erzielt. Brillanter Stratege.

Im Film Nummer eins bin ich eine dumme Kuh, die nichts verstanden und sich soeben die Karriere versaut hat.

Doch da kommen die Gespenster vom Hügel, die Unbekannten, die nachts Posten beziehen und Spaccavento überwachen. Da ist Cocíss, der in einer Zelle im Polizeirevier sitzt: Es würde reichen, ihn offiziell zu verhaften, doch stattdessen lässt man ihn von mir wegbringen, ans Ufer des Arno, von mir allein, gegen jede Regel des gesunden Menschverstands und der Sicherheit. Da sind die Männer mit dem Schlauchboot, das von der Kaserne kommen sollte, aber vom Meer kommt. Männer, die keine Kollegen sind und erst recht keine Fallschirmjäger.

Es sind die Gespenster vom Hügel.

Und hier hört der Film Nummer eins auf, weil er nicht mehr funktioniert.

Mit den Gespenstern kommt immer das Dunkel zurück.

Film Nummer zwei: Niemand weiß, dass Cocíss am 28. April auf dem Corso Due Sicilie geschossen hat. Und Cocíss hat nichts über zwanzig Jahre anhaltende Fehden zu erzählen, er ist kein Zeuge, er kann keinen neuen und bedeutenden Beitrag zu irgendeinem laufenden großen Prozess leisten. Er weiß nur, dass in zwei Tagen die Spitzen der Incantalupo einen Dringlichkeitsgipfel über die Aprilfehde abhalten wollen. Er weiß es, weil er auch dabei sein sollte. Die Nachricht von seiner Festnahme würde ausreichen, den Gipfel abzusagen, und sei es nur aus Vorsicht. Doch niemand erfährt davon, und die Capozona werden von den Hubschraubern über ihren Köpfen überrascht.

Nach Antigone 2 verdächtigt irgendjemand Cocíss, den Einzigen, der nicht da war. Der Clan Incantalupo schwört ihm Rache, und es gelingt ihm, unseren Schutz zu durchlöchern. Sie kommen bis Spaccavento, und das in zwei Tagen (sie sind mächtig und verfügen auch über Mittel zur Gegenspionage, verdammt). Ich schließe die beiden Carabinieri aus, die ihn zu der Tankstelle gebracht haben, und stelle eine Liste auf: Reja, Morano, Salvo und ich. Dann D'Intrò und die Staatsanwältin Massacesi. Ich nehme noch den Psychologen dazu, Alamanni. Der Maulwurf (dieses elende Arschloch, will ich fast sagen) ist unter den Genannten, leider.

Deshalb rufe ich niemanden an. Mehr noch, ich schalte mein Handy aus.

Dass Cocíss der Mörder der beiden Mädchen und Capuanos ist, kommt plötzlich heute Abend heraus, nachdem ich seine Übergabe an die Männer mit dem Schlauchboot torpediert habe.

Es ist ihnen nicht gelungen, ihn umzubringen, also brandmarken sie ihn als Aussätzigen, verurteilen ihn dazu, beim ersten Hofgang abgestochen zu werden. Nur aus Rache? Das ist ihnen zuzutrauen – das und noch mehr. Und wenn nun aber der kleine Bastard dem Clan Incantalupo im Ernst noch schaden könnte? Wenn sein Abkommen kein verzweifelter Wahn wäre?

Ich klimpere mit den Schlüsseln in meiner Tasche, mache das Treppenlicht an, bevor ich die Tür öffne.

Im Film Nummer zwei bin ich keine dumme Kuh und riskiere auch nicht meine Karriere.

Im Film Nummer zwei glaube ich fest an einen wie Cocíss und riskiere es, umgebracht zu werden.

Saro Incantalupo in Handschellen. Nicht etwa in zwanzig Jahren, nicht, wenn er es entscheidet. In Handschellen in drei Monaten, sechs Monaten, höchstens einem Jahr. In Handschellen, weil wir ihn fassen. Und die Geschichte wird umgeschrieben. Das Reich des Eises schmilzt.

Und ich wünschte, sie wären im Inneren des Eises.

Nunzia und Caterina. Nicht tot, nur schlafend. Ich möchte dabei sein, wenn der letzte Klumpen Eis zerbröckelt. Möchte sehen, wie sie aufwachen und schwimmen, sich nass spritzen und kreischen. Als hätten sie nur geschlafen, kaum länger und tiefer als normal. (Ein großer Eisberg, vielleicht ganz aus Speiseeis! Eis, Mädchen!)

Ich möchte mit Nunzia und Caterina im Wasser des geschmolzenen Eisbergs schwimmen. Wasser so warm wie Fruchtwasser. Doch nicht süß.

Ich möchte noch geboren werden, und ich möchte, dass sie nie gestorben wären.

Ich werfe mich auf die Couch und sehe nichts mehr, als würde mich der Widerschein des Eisbergs blenden. Die Tränen fließen nicht. Sie schießen mir in die Augen.

Letzten Endes sind Psychopharmaka oder Handys Hexerei.

Ich will gar nicht wissen, wie sie funktionieren. Ich erwarte nur, *dass* sie funktionieren.

Mein Handy ist ausgeschaltet, ich weiß nicht einmal mehr, seit wann. Das Diensthandy schalte ich jetzt aus und lasse es im Rucksack. Es hat den ganzen Abend nicht geklingelt, besser, es klingelt auch jetzt nicht mehr (wem soll ich glauben?).

Von der Anspannung habe ich einen sauren Magen. In der Wohnung esse ich gleich ein wenig Brot und gieße mir ein Glas Milch ein (wem will ich glauben?). Der Himbeersaft ist alle, und irgendwo im Kühlschrank vergammelt ein Stück Käse, wie fast alle frischen Sachen, mit denen meine Mutter mich immer wieder versorgt in der Hoffnung (oder der Illusion), dass ich für mich selbst fantastische Soßen koche.

Bevor ich das Glas Milch austrinke, gehe ich ins Schlafzimmer. In der untersten Schublade des Nachttischs habe ich eine Menge Anxiolytika, die ich vor einiger Zeit bei meinem Vater beschlagnahmt habe.

Ich mache die Schachteln auf gut Glück auf, lese ein wenig herum: Indikationen und Kontraindikationen, unerwünschte Wirkungen und vor allen Dingen erwünschte.

Wirkung eins: schlafen. Wirkung zwei: vergessen, dass ich morgen mit Paolo D'Intrò reden und ihm gegenüber den Namen Saro Incantalupo erwähnen muss. Ich. Sogar Cocíss hat Angst, ihn auszusprechen.

Mir fällt ein, wie sehr ich meinen Vater wegen seines verzweifelten Glaubens an Beruhigungsmittel verachtet habe.

Die winzige orangefarbene Pille geht mit der Milch runter, das Handy informiert mich darüber, dass ich sieben Anrufe erhalten habe, während ich nicht erreichbar war. Vier von meiner Mutter, zwei von Maurizio, einen von Antonello. Noch zwanzig Minuten bis Mitternacht, ich habe keine Lust, mit irgendjemandem zu reden. Es ist jetzt mein Leben, das mir unerreichbar scheint.

Ich ziehe den Rollwagen mit dem Fernseher ins Schlafzimmer, lege meine beiden Kissen aufeinander und strecke mich auf dem Bett aus, ohne es auch nur aufzudecken.

Ich suche eine Nachrichtensendung. Stoße auf einen Gewerkschafter, der mehr Arbeit und Entwicklung im Süden fordert, und einen Staatssekretär, der sie ihm verspricht. Stoße auf Nunzias Vater, der vielleicht nicht mal so alt ist wie ich und sich mehr als alles andere dafür zu schämen scheint, dass ihm das passiert, dass seine achtjährige Tochter ermordet worden ist. Caterinas Mutter hat ein verquollenes Gesicht, eine rosa Klammer aus Plastik in den Haaren mit Strähnchen, ein Taschentuch, das ihr aus dem Ärmel schaut. Sie spricht das Wort »Krieg« aus, der Rest ist ein unverständliches Gemurmel, auf das man überflüssigerweise weiter die Kamera hält.

Die Aprilfehde fordert auch im Mai weitere Tote. Jetzt sind wir bei einunddreißig. Trotz der Operation Antigone hat es zwischen den Scurante und den Incantalupo nur einen kurzen Waffenstillstand gegeben.

Auch ich hier, auf meinem noch immer faltenlosen Bettlaken, warte auf meinen Waffenstillstand.

Ich werde wach und liege immer noch auf dem Bett. Es ist still. Ich kann mich nicht erinnern, den Fernseher ausgemacht zu haben, doch auch das kleine rote Auge des Standby ist verschwunden. Ich drehe mich zum Nachttisch, taste und drücke, aber der Radiowecker reagiert ebenso wenig.

Ich nehme meine Uhr und trete ans Fenster.

Die ganze Gegend ist in einem Blackout versunken. Ein bisschen wie ich, zumindest in den wenigen Stunden meines Eintauchens in einen tiefen Schlaf, aus dem ich fröstelnd erwacht bin.

Über den Dächern kann ich das erste Morgenlicht jenseits der niedrigen Hügel erkennen. Es ist kurz nach fünf, und ich weiß, dass ich nicht wieder einschlafen werde.

Ich gehe ins Wohnzimmer, um nach Kerzen zu suchen, und finde vier in Zellophan verpackte, die einen perfekten Chillout garantieren. Federico hat sie mir zu Weihnachten geschickt, zusammen mit einer seiner CDs. Im Licht des Streichholzes lese ich noch einmal sein Kärtchen mit guten Wünschen: »Zünde sie an und brenne mit mir.«

Ich brenne nicht mit ihm, doch er wird sich freuen zu erfahren, dass sie zu etwas gut waren.

Ich zünde zwei davon an und bemerke, dass ich vergessen habe, die Pistole in den Safe zurückzulegen. Ich spritze mir kaltes Wasser ins Gesicht, werfe mir eine Decke über, nehme das Magazin heraus, zähle die Kugeln, auch die im Reservemagazin, und mache den Safe auf.

Die Pappschachtel mit den blauen Kornblumen ist da, wie immer.

Während ich darauf warte, dass der Strom zurückkommt, um zu duschen und mir einen Kaffee zu machen, zünde ich auch die anderen Kerzen an, kauere mich auf die Couch und öffne den Knoten der Schnur (warum gerade heute Nacht, nach so vielen Jahren?).

Ich beginne die letzten Seiten meiner Arbeit durchzublättern, sie sind mir noch am nächsten, jedenfalls zeitlich gesehen. Es gibt noch viel Rohmaterial. Notizen, wütende Streichungen, Entwürfe und Zusammenfassungen, die mir heute nebulös vorkommen. Das Wort »Gnade« ist in ein Oval eingeschlossen und von Pfeilen umgeben. Da ich mich mit der Widerlegung der Häresie der Pelagianer beschäftigt habe, habe ich auf einer Seite die andere große Polemik des Augustinus, die gegen die Manichäer, zusammengefasst. Ich erinnere mich, dass Augustinus nicht der Auffassung war, Gut und Böse seien zwei verschiedene Wesenheiten, doch ich weiß den Grund dafür nicht mehr. Eigentlich sieht nichts davon nach mir aus, außer der Handschrift: meine Angewohnheit, Schreibschrift und Blockschrift zu mischen.

Also: Alles, was wir tun, ist für unser Seelenheil notwendig, doch nicht ausreichend. Unser freier Wille kann den Willen Gottes nicht konditionieren. Alles, was wir tun können, ist, dem Willen Gottes zu entsprechen, und das heißt, in uns die Wahrheit zu entdecken, die natürliche Neigung zum Guten. Alles sehr schön, sicher, aber jetzt möchte ich wirklich gern wissen, warum man nicht das Gute vom Bösen unterscheiden kann. Ich möchte wirklich wissen, ob eine Bestie sich ändern und ob ich es in ihren Augen lesen kann, jetzt, wo sie endlich den Blick gesenkt hat, um mich zu bitten, ihr zu glauben. Stattdessen lese ich Namen, die mir nichts mehr sagen, Definitionen, die blasse Schatten hinter sich herziehen.

Ich werde meine Arbeit niemals zu Ende schreiben. Und Philosophie bringt gar nichts. Dagegen bringt es etwas, dass ich morgen mit D'Intrò spreche und ihn überzeuge. Es bringt etwas, dass wir Saro Incantalupo fassen, oder ich werde für das, was ich heute Abend getan habe, teuer bezahlen.

Ich halte den Stapel Papier näher an die Kerze. Die Flamme zieht sich zurück wie eine unwillige Katze, doch dann greift sie an der Ecke an und verschlingt meine ferngesteuerten Sätze mit einer schwarzen Diagonalen, so schnell, als würde man auf einer Landkarte die Invasion der Barbaren ins Römische Imperium zeigen. Ich stehe auf, gehe zum Spülbecken und drehe den Hahn auf.

Die schwarzen Stückchen zischen im Wasser. Die ganze Philosophie verlangsamt das Feuer und die Zerstörung nicht. Ich warte, bis die Flamme mir fast die Finger verbrennt, lasse dann los, die letzten Fetzen flattern davon und landen auf dem nassen Aluminium, ohne ganz zu Asche zu werden.

Das Wasser wird dunkel. Der zuckrige Geruch von verbranntem Papier reizt mich in der Kehle. Ich schließe die Augen und verweile ein wenig an einem Ort, den ich nicht beschreiben könnte, der jedoch auf jeden Fall weit weg von allem ist, von Bedauern ebenso wie von Hoffen.

Als ich die Augen wieder öffne, bemerke ich, dass ein Blatt davongekommen ist. Es ist beinahe auf die Mitte des Teppichs geflogen. Glatt, kein bisschen zerknittert.

Vor ein paar Jahren hatte ich mitten auf dieses Blatt einen einzigen Satz geschrieben. Vielleicht war es ein wolkenverhangener Vormittag, in der Bibliothek, und ich hatte keine Lust zu lernen. Ich habe es mit Filzstift geschrieben, schön groß.

»Das Böse existiert nicht.«

Deshalb ist es nicht möglich, das Gute und das Böse klar voneinander zu trennen.

Denn *das Böse existiert nicht.*

Ganz einfach.

Das Böse existiert nicht.

Ich hebe das Blatt vom Boden auf, halte es an einer Ecke.

Ein Schlag gegen die Tür, und mein Herz, ganz voll und blutgefüllt, klopft mir bis zum Hals.

Auf der Terrasse fällt irgendwas um. Wie üblich der Kater, wie üblich der Topf mit Alpenveilchen. Dann klopft es erneut (o Gott).

Heftiger, zweimal. Ich stehe aufrecht auf der Couch. Ein ungewöhnlicher Schatten hinter den Blumentöpfen. Die Balkontür geht auf. Ein Windstoß bläst alle Kerzen aus. (Was ist, verdammt noch mal, hier los?) Ich klettere über die Couch (die Pistole), laufe los, um mich ins Schlafzimmer einzuschließen. Doch ich lande auf dem Boden, weiß nicht, warum, mache die Augen zu. Die Wange plattgedrückt (o Gott, sie zerren an meinen Armen). Ein kalter Stein, hundert Kilo hängen an meinem Hals (nein, nicht die Hände auf den Rücken, nein). Ich beiße in den Staub des Teppichs. Sie sind es, die Gespenster vom Hügel, sie sind auch zu mir gekommen.

»Ins Schlafzimmer, ins Schlafzimmer!«, rufen sie. Akzent aus dem Süden (ich muss den Kopf heben). Hier ist sonst keiner, sagen sie noch. Ich trete um mich (warum schaffe ich es nicht zu schreien?). Die ganze Luft ist unten in den Lungen gefangen. Eine Hand, die nach Plastik riecht, hält mir den Mund zu. Ein Mund, der nach Menthol riecht, keucht mir ins Ohr.

»Beruhigen wir uns, Kollegin.«

»Pack ein paar Sachen zusammen, und lass uns gehen.«

»Ihr seid keine Kollegen.«

Zwei Augen sind auf mich gerichtet. Das eine blendet mich, das andere ist schwarz und blind.

»Vertrau uns.«

»Die Ausweise.«

»Das ist nicht möglich.«

Einer der drei ist aufs Dach gestiegen. Der andere sieht aus dem Fenster, er wirkt nervös, mit zwei Fingern zieht er den Sehschlitz seiner Kapuzenmütze nach unten. Vielleicht hat sich in den Häusern nebenan jemand gezeigt.

»Was wollt ihr?«

»Du musst nur mitkommen. Das ist alles«, antworten sie mir.

Der Typ, der aufs Dach geklettert ist, kommt durchs Dachfenster ins Zimmer gesprungen. Bei seiner Landung wirft er einen kleinen Tisch um, die Kristallvase zerbricht in tausend Stücke.

»Pass doch auf!«, sagt der vorwurfsvoll, der mir immer noch Taschenlampe und Pistole vors Gesicht hält. Er ist der Einzige, der spricht. Der Chef. Der andere entschuldigt sich und schüttelt den Kopf. Mir kommt das wie eine surreale Geste vor, und einen Moment lang hoffe ich ernsthaft aufzuwachen.

»Gehen wir.«

»Wohin?«

»Ganz ruhig.«

(Ich bin wach.) Ich beiße mir auf die Lippen, damit sie nicht zittern, spreche, aber erkenne meine Stimme nicht.

»Ihr brecht um fünf Uhr morgens in meine Wohnung ein, und ich soll mich ganz ruhig verhalten?«

»Wir waren uns nicht sicher, ob du allein bist.«

»Wer sollte denn da sein?«

»Das weißt du genau. Und jetzt setzen wir uns in Bewegung.«

»Wer hat euch geschickt?«, lasse ich nicht locker.

»Jetzt reicht es, okay?«, sagt der Chef, kommt auf mich zu, und ich ziehe die Decke über mich, kauere mich zusammen und schließe die Augen.

(Ich will nicht sterben.) Vielleicht sage ich es. Ich weiß es nicht.

Vielleicht sage ich irgendetwas anderes. Dann ziehen sie mich an einem Arm hoch.

»Ich will wissen, wohin wir gehen«, stammle ich.

»Du willst es wissen? Sehr gut. Es geht ganz in die Nähe, zum Flughafen San Giusto.«

Sie nehmen meine Handys und lassen mich ins Schlafzimmer gehen.

Ich ziehe Jeans und zwei T-Shirts übereinander, irgendwelche, schlucke ohne Wasser noch eine orangefarbene Pille und stecke den Rest der Packung in die Tasche.

3

Ich zittere vor Kälte.

In alten Kirchen wird es niemals richtig warm. Immer mehr bin ich davon überzeugt: Wenn Gott ein Abgrund ist, dann ist dies gewiss der Atem des gleichgültigen Vaters.

Es gibt nur ein Schiff, dessen Boden ganz aus Grabplatten besteht, die durch jahrhundertelanges Begehen glänzend geworden sind. Durch die Kirchenfenster dringt kein Licht. Die kleine Kirche ist ganz in einer Metastase aus Nischen, unverputzten Mauern und verrosteten Geländern verschwunden. Der Wald aus Kerzen erzittert ein wenig, auch wenn ich sachte vorbeigehe.

Zwei Kollegen sind im Vestibül geblieben. Der Chef des Trios hat mir gesagt, ich solle mich in die erste Bank auf der linken Seite setzen, und ist dann hinter dem Altar verschwunden. Ich nehme an, dass er den einzigen anderen möglichen Ausgang bewacht.

Ich höre es im Holz eines Beichtstuhls knarren und sehe jemanden vorbeigehen, dort oben, an der Brüstung der Empore. Der Schatten taucht noch einmal vor den metallischen Orgelpfeifen auf.

Ich gehe nahe an einem Weihwasserbecken vorbei, will schon die Hand hineinstecken, doch es ist trocken. Die Augen des Totenkopfes sind dunkle Ringe im blassblauen Stein. Ich verzichte darauf, mich zu bekreuzigen, und setze mich hin. In meinen Ohren klingt noch das Dröhnen des Hubschraubermotors nach, doch auch in Kirchen gibt es keine Stille, keine wahre Stille. Da ist immer etwas wie der Nachhall eines

Flüsterns. Noch von den fernsten Seufzern bleibt etwas zurück.

Irgendwann jedoch höre ich eine Stimme. Wirklich eine Stimme, die zu mir spricht. Doch als ich mich umschaue, ist außer mir niemand da.

»Hierher kamen die Bosse des Viertels, bevor sie sich daran machten, ein Problem zu regeln, wegen einer Verfehlung einzuschreiten.«

Ich erstarre und zittere noch mehr, sodass die Bank unter meinen Füßen knarrt.

»Vor Jahren kamen sie hierher, um das Messer in Weihwasser zu reinigen. Dann, um die Hand einzutauchen, die schießen sollte. Denn wenn das Messer oder die Hand gesegnet waren und die Tat gelang, bedeutete dies, dass Gott verstanden und vergeben hatte. Bei der Rückkehr küssten sie den Totenkopf. Sie dankten dem Tod, dass er sie nicht geholt hatte. Haben Sie gefühlt, wie glatt er ist? Er ist glatter als die Haut eines Unschuldigen, sagt man hier.«

Ich schaue zur Decke hoch. Das hölzerne Hängewerk scheint mir unerreichbar, im Halbdunkel verliere ich das Gefühl für die Perspektive.

»Ich habe Don Anselmo noch gekannt. Eines Tages beschloss er, das Weihwasserbecken nicht wieder zu füllen. Zuerst protestierten die frommen Mitglieder der Pfarrgemeinde. Dann legten sie Feuer an die Tür zur Sakristei, und zum Schluss wurde er vom Bischof versetzt. Aber in der Zwischenzeit hatte sich die Sache herumgesprochen, und sie mussten damit aufhören.«

Ich sitze, aber ich habe das Gefühl zu schwanken.

»Bis in die sechziger Jahren waren die Schlachthöfe direkt hinter der Kirche. Und die Klageschreie der Tiere störten die Gottesdienste. Vor allem die Schweine spüren sofort, wenn sie sterben müssen. Das störte die Sammlung der Gläubigen. Also ließ der Prior eine Studie zur Akustik anfertigen und veränderte die Apsis, restaurierte die Orgel und richtete eine Musikschule ein. Beinahe zu jeder Stunde übertönte das Lob des Herrn die Schreie der Tiere, die zum Schlachten geführt wurden. Auch ich habe hier Gesangsunterricht gehabt, als kleiner Junge, es war das letzte Jahr der Schlachthöfe. Danach hat man sie außerhalb der Stadt angesiedelt, und den Großhandel mit Fleisch haben sie ganz in die Hand genommen, zuerst die Molino, dann die Capoferro, heute Renzo Antoniolo. Und die Gesangsschule haben sie geschlossen. Sie war zu nichts mehr nütze.«

Da taucht jemand auf, unter einem violetten Brokatbaldachin, der schon für eine Prozession geschmückt ist. Christus ist der einzige Tote im April, dem es gelingen wird, wiederaufzuerstehen, im Duft der Schnittblumen zu seinen Füßen gärt schon die Verwesung.

»Wenn niemand stirbt, singt niemand.«

Der Mann bekreuzigt sich und kommt auf mich zu. Der Nachhall in der Apsis hat seine Stimme verfälscht. Im Grunde habe ich ihn bisher auch nur zweimal reden hören.

Er setzt sich neben mich und fängt wieder an zu sprechen, doch ohne mich anzusehen.

»Die seltenen Male, die Saro Incantalupo in den letzten fünfzehn Jahren persönlich herkommen musste, hat er hier seine Versammlungen abgehalten. In dieser Bank die Mitglieder seines Clans und ihre Frauen, kniend im Gebet. Und er dort, hinter dem Altar, unter der Apsis. Er musste nur flüstern. Seit dem Umbau ist die Akustik dieser Kirche unglaublich. Er wollte sich nicht zeigen, auch nicht vor Edoardo Campanara oder Corrado Vitale, die doch seine treuesten Statthalter waren. Ich erinnere mich, dass Carmine Contrera mir das erzählt hat, bevor er die tolle Idee hatte, sich unserem Schutz zu entziehen. Es hieß, er sei nach Südamerika entkommen, doch eines schönes Tages erhielt seine Familie ein Eilpäckchen mit der Post.«

Er zupft sich flüchtig die Hose über den Knien zurecht, lehnt sich zurück und massiert sich das Gesicht. »Im Päckchen war eine menschliche Zunge, eingewickelt in einen Abschiedsbrief von Contrera an seine Frau und seine Kinder.«

Als ich ihn frage, was das alles zu bedeuten hat, wendet sich mir Hauptkommissar Paolo D'Intrò endlich zu.

»Es bedeutet, dass es keine Grenze und keinen Waffenstillstand gibt. Dass ich niemals aufhöre zu kämpfen und dass ich keine Verräter in meinen Reihen will. Das bedeutet es.«

Ich hole tief Luft, presse die Knie zusammen und umfasse sie mit den Händen.

»Wie dem auch sei, es interessiert mich wenig zu erfahren, wie und warum Sie die Übergabe vereitelt haben. Jetzt will ich nur wissen, wo Daniele Mastronero ist.«

Ich lasse die Sekunden wie Tropfen fallen. Sinnlos. Sich zu verstecken hat keinen Sinn mehr, und das weiß ich gut. Ich werde niemals für einen solchen Moment bereit sein. Die Kerzen flackern auf wie ein einziges Feuer, und ich muss die Augen schließen, wenigstens für einen Moment.

»Das kann ich Ihnen nicht sagen.«

»Nein?«

»Nein.«

»Ich nehme das als ein Schuldeingeständnis.«

»Nehmen Sie es, wie Sie wollen. Ich habe eine Abmachung mit ihm getroffen.«

Er wendet sich zur anderen Seite, verzieht die Lippen wie einer, der einen üblen Geruch wahrgenommen hat.

»Eine Abmachung. Eine Abmachung mit einem, der drei Menschen niedergemäht hat.«

»Sind Sie sicher, dass er es war?«

Er antwortet mir mit einem langsamen Luftholen. Durch die Nase.

»Und Sie sind sicher, dass Sie sich eine solche Frage erlauben können? Nach anderthalb Jahren beim Überfallkommando und einem bei der Verkehrspolizei? Erzählen Sie mir von dieser Abmachung, los. Ich bin wirklich neugierig. Ich habe Sie eigens hierherbringen lassen.«

»Daniele Mastronero weiß, welches Gesicht die Person, von der auch Sie vorhin gesprochen haben, hat und welchen Namen sie benutzt.«

Ich drehe mich zu ihm hin, weil ich sehen will, was für ein Gesicht er macht. Es ist gleichgültig (er glaubt mir kein Wort).

»Und er spürt wohl ganz plötzlich das Bedürfnis, es uns zu sagen.«

»Er hat sich angeboten, mich zu ihm zu bringen.«

»Ich nehme an, er will eine Gegenleistung.«

»Er will Geld, um wegzugehen, zu verschwinden.«

D'Intrò nickt, betrachtet den Fußboden, als wäre da eine heruntergefallene Münze oder ein Insekt, das sich schnell verkriecht.

»Hören Sie mir gut zu: Sie wissen, dass Sie in grober Weise gegen die Dienstvorschriften verstoßen haben?«

»Ich habe es getan, um das Leben der unter Schutz stehenden Person zu retten.«

»Sind Sie davon überzeugt?«

»Ja. Wir haben einen Maulwurf im System, und das bin nicht ich, Dottor D'Intrò.«

»Haben Sie Ihren Vorgesetzten bei der regionalen Polizeieinheit darüber informiert?«

»Nein.«

»Gut. Und was gibt Ihnen das Recht, Abmachungen mit einer unter Schutz stehenden Person zu schließen?«

»Ich weiß es nicht.«

»Haben Sie jemanden um die Erlaubnis gefragt, diese Abmachung zu treffen?«

»Niemanden.«

»Und wer sagt Ihnen, dass eine Bestie wie Mastronero eine Abmachung einhält?«

»Ich glaube nicht, dass er andere Möglichkeiten hat.«

D'Intrò steckt einen Finger in seinen Hemdkragen, seufzt, lässt sich dann von den Kerzen vor dem Altar hypnotisieren. Sein Mund ist ein schmaler Strich über einem Kinn, das runzlig wird, weil er so wütend ist.

»Also nehmen wir einmal an, er hält sich an die Abmachung. Welche Garantien haben wir hinsichtlich der Informationen, die er uns gibt? Woher wissen wir, dass er uns zu dem echten Saro Incantalupo führt?«

Ich warte, bis er sich mir zuwendet, und schaue ihm gerade in die Augen. Ich biete das letzte bisschen Mut auf, das ich noch habe. Wenn ich mich irre, bin ich geliefert.

»Sie, Dottor D'Intrò, haben Mastronero wie einen Vertrauten behandelt und ihm die Privilegien eines Mitarbeiters gegeben. Sie haben ihm das Gefängnis erspart, mehr noch, Sie haben ihn nicht einmal offiziell verhaftet und ihn vor dieser Hölle beschützt. Soll ich Ihnen sagen, was ich darüber denke? Ich denke, dass Sie von Anfang an begriffen haben, dass Mastronero singen würde und ein großes Risiko einging. Aber er musste sofort singen. Und die Nachricht, dass wir ihn gefasst haben, hätte genügt, all die anderen Capozona entkommen zu lassen. So hingegen haben Sie durch Cocíss zwei Dutzend erwischt, alle in einer Nacht.«

D'Intrò verschränkt die Arme und scheint sich in aller Ruhe auf eine lange Provokation einzustellen. Ich schlucke trocken und ziehe die Sache bis zu Ende durch.

»Cocíss hat Ihnen also schon einen guten und verlässlichen Tipp gegeben. Ob es noch andere Motive gibt, kann ich Ihnen nicht sagen. Ansonsten war ich bei der Verkehrspolizei, da haben Sie Recht. Aber ich spüre, dass Mastronero nicht blufft, und auch Sie wissen sehr gut, dass es so ist, Dottor D'Intrò. Machen Sie sich nicht über mich lustig.«

Er bindet sich einen Schnürsenkel und zieht eine Socke hoch. Dann nimmt er mich beim Arm, knapp oberhalb des Ellbogens.

»Kommen Sie mit.«

Die anderen drei haben sich aufgelöst wie Weihrauchwolken. Wir gehen durch das Pfarrhaus hinaus, es riecht nach Minestrone und Mottenpulver. Im Gang erinnert eine auf Hochglanz polierte Messingtafel an die großzügige Spende der Familie Incantalupo für die Restaurierung des Kirchengeräts.

Wir kommen in einem Canyon von Häusern heraus. Auf

manchen Terrassen sprießen Petunien und Geranien, auf anderen büschelweise Unkraut, das aus den Löchern wächst, die heruntergefallene Ziegel hinterlassen haben. Die aufgehängte Wäsche teilt den engen Himmel in Streifen, die Tauben haben ihre Nester zwischen die Altäre schmerzensreicher Madonnen und die alten gelben Schilder öffentlicher Telefone gebaut. Wir schieben uns zwischen den Autos durch, um zwei Motorroller mit heulendem Auspuff durchzulassen. Die beiden jungen Typen sind ohne Helm und mustern uns eindringlich, ohne es besonders zu verbergen. D'Intrò tut so, als wäre nichts, und sagt mir, ich solle ihn unterhaken. Wir kommen in einer ansteigenden Straße heraus. Mit einer Vespa oder einem Moped transportieren sie hier alles, Kisten mit Erdbeeren, Rahmen, Öfen und Gasflaschen.

Ich schiele in einen Friseursalon, in dem nichts darauf hinweist, dass seit der Landung der Alliierten sechzig Jahre vergangen sind. Nach einer Firma für preisgekrönte orthopädische Korsetts folgt eine lange und traurige Reihe geschlossener Rollgitter. Hin und wieder ein schmaler Eingang ohne Tür, schwarz wie ein fehlender Zahn, und wie bei einem Mund mit schlechten Zähnen ist ein Geruch von Fäulnis wahrzunehmen.

Der Lieferwagen eines Kuriers steckt auf einer Kreuzung fest. Doch der Stau setzt sich fort, es stehen Leute rum, das Problem ist weiter vorn. Auf der Piazza ist der Verkehr blockiert, das Hupen erinnert an den resignierten Chor einer Herde. Ich lese das verblasste Schild »Largo dei Normanni«. Ein Stadtpolizist auf einem Motorroller fährt auf dem Bürgersteig vorbei, um vorne zum Brunnen zu gelangen. D'Intrò geht schneller, ich weiß gut, woran er denkt in diesen Zeiten. Doch man hört keine Sirenen, man hört keine Schreie, da ist nicht diese stille Welle der Erschütterung, die einem rät, die Hände von der Hupe zu lassen. Es gibt kein Mordopfer.

Wir schlüpfen zwischen den im Sonnenlicht glühenden Motorhauben durch, gehen an der Ansammlung Neugieriger vorbei, und D'Intrò verlangsamt seinen Schritt ein wenig, sieht nur kurz hin, als ahnte er schon, worum es sich handelt.

Ein Loch. In Form einer Sieben, wie es manchmal Risse in einem Stoff gibt. Es ist ziemlich groß, wenigstens drei oder vier Meter sind eingebrochen. Die Straßendecke hat nachgegeben, und alle schauen in das Dunkel darunter. Die Leere. Der Asphalt wirkt plötzlich nur noch wie ein dünnes Tuch über dem Nichts.

Die Leute scheinen sich zu fragen, warum sie alle oben bleiben. Mit den Füßen, mit den Rädern und mit den Häusern.

Wir entfernen uns vom Stau und gehen Richtung Fußgängerzone. Unter einer barocken Sonnenuhr, direkt am Eingang zu einem Platz, der voller Touristen, Kellner und Tauben ist, steht ein Smart geparkt. Er sieht aus wie das einzige Auto im Umkreis von fünf Kilometern, und dann ist er auch noch gelb.

Wir gehen näher heran, und ich sehe sie aussteigen. Sie fällt genauso ins Auge wie das Auto. Cowboystiefel in Schlangenlederoptik, der weiße Streifen des Slips auf der gebräunten Haut, die aus den mit Pailletten besetzten Pumphosen herausschaut. Die blonde, blutjunge, total schlanke Klassefrau. Ich weiß, dass sie mich durch ihre Wraparound-Sunglasses erbarmungslos mustert. Ich bin verwirrt, unfrisiert und totenblass. Es ist nicht der richtige Moment für Vorstellungen, ich lächle höflich, und sie gibt D'Intrò die Schlüssel.

»Um zwei«, sagt sie.

»Um drei«, antwortet D'Intrò.

Sie nimmt es mit einem Lippenkräuseln hin.

»Um vier habe ich ein Casting.«

Der Hauptkommissar erwidert nichts, gibt mir ein Zeichen einzusteigen, wiederholt nur »drei« und setzt sich ans Steuer. Doch bevor er losfährt, macht er noch ein paar Anrufe, redet so stark Dialekt, dass ich fast nichts mehr verstehe, nur ahne, dass er schnell hintereinander Verabredungen trifft.

Wir fahren los, quer durch die Fußgängerzone, während

aus den benachbarten Straßen das Dröhnen des Staus, der sich wie ein Virus ausbreitet, immer lauter wird.

»Sehen Sie diese Häuser? Wissen Sie, womit man sie gebaut hat?«

Ich glaube nicht, dass im Drehbuch etwas anderes als mein »Nein« vorgesehen ist.

»Sie haben sie untergraben. Das war das Einfachste. Jedes Haus, alt oder neu, hat eine Unterkellerung.«

Er fährt langsamer und lässt mit einer Fernbedienung zwei kleine gusseiserne Pfeiler versinken, die die Zufahrt zu einer breiten Straße versperren.

»Wir befinden uns hier über dem Nichts.«

Wir fahren weiter, die Pfeiler kommen wieder hoch, ich sehe ihn an.

»Das alles da unten war bis vor zwanzig Jahren das Reich der Schmuggler. Sie gruben Stollen zwischen den Kellern und legten dort ihre Lager an. Doch es war auch eine Garantie. Sie hielten das Tunnelsystem in Ordnung, kümmerten sich darum, dass es keine Einstürze gab. Ich war erst kurz im Dienst, als mein Chef klipp und klar sagte: Festnahmen machen wir auf dem Meer oder auf der Straße. Aber dort unten setzt niemand einen Fuß hinein. Es besteht das Risiko, nicht wieder nach oben zu kommen, und solange sie dort unten bleiben, ist es besser für alle.«

D'Intrò fährt mit einem gewissen Schwung auf die Straße: Der Corso Due Sicilie ist gedrängt voll von Menschen, baufällige Häuser scheinen mit Mühe die Last riesiger Schilder zu tragen, die in der Sonne glänzen. Ein altes Kino zeigt noch den Schatten der Buchstaben »Metropolitan«, doch die provisorischen Reklametafeln sind die eines Megadiscounts für Kleider.

»Jetzt ist der Untergrund ein Problem, weil die Schmuggler keine Lagerhaltung mehr betreiben.«

»*Just in time*«, sage ich. Ich staune, dass mindestens jeder zweite Laden festliche Kleidung, Brautkleider, Bonbonnieren und Konfekt verkauft.

»Bitte?«, fragt D'Intrò

»Man nennt das *just in time*. Die richtige Warenmenge nur dazuhaben, wenn man sie braucht, um sie gleich zu verteilen, ohne Lagerkosten.«

»So ist es. Haben Sie Ermittlungen über illegalen Handel verfolgt?«

»Nein, aber mein Bruder hat eine leitende Stellung im Großhandel.«

Man stellt sich Orte immer anders vor, als sie sind. Es gibt keinen Grund, warum ein Ort, an dem zwei Mädchen ermordet wurden, etwas Besonderes haben sollte, etwas, das im Gedächtnis bleibt. Im Gegenteil. Die Fassade des *Happy Fish* weist alles auf, was nötig ist, um vergessen zu werden. Die Farbe des Hauses ist ein perfektes Gebäudegrau, die rosa Neonreklame ist furchtbar, am bläulichen Rollgitter hängt noch die mit Isolierband befestigte Todesanzeige mit Trauerrand.

Dann sehe ich das Gerippe der Telefonzelle, in Stücke gerissen wie von einer Ladung Trotyl, und ich sehe auch den Eingang von Nummer 182, wo überall Karten, Blumen, Puppen und Zeichnungen liegen. Ein paar Passanten, insbesondere Frauen, werfen eine Kusshand hin oder bekreuzigen sich, doch viele gehen auch vorbei, ohne hinzuschauen. Man kann nicht mit seinem Leben innehalten, nur weil irgendwo jemand umgebracht wurde. Der Asphalt säuft Blut, die Spuren verschwinden.

»Elf Schüsse, Kaliber 38. Hochgeschwindigkeitsprojektile. Das Motorrad war ungefähr hier, wo wir jetzt stehen. Cocíss ist nicht abgestiegen, das wäre zu riskant für ihn gewesen. Er hat nicht einmal richtig angehalten, soweit wir aus dem Bericht der Ballistik wissen. Er hat wie rasend aus der Bewegung heraus geschossen. Im Restaurant befanden sich ein paar einsatzbereite Männer Capuanos. Doch sie waren nicht auf den Angriff gefasst. Erst recht nicht auf ihrem Territorium.«

»Und wer ist gefahren?«

»Cocíss war allein, auf einer gelben Suzuki SV 650. Er ist auf der Piazza della Guarnigione in Stellung gegangen, da, wo diese Parkanlagen sind, um den Eingang des Restaurants im Auge zu behalten. Offensichtlich war er sich sicher, dass Capuano herauskommen würde. Bis dahin war er ohne Helm gefahren, wie alle, um keinen Verdacht zu erregen. Er hat mindestens eine Viertelstunde gewartet, ein paar Straßenhändler und ein Geschäftsmann haben ihn wiedererkannt.«

»Seltsam.«

»Überhaupt nicht. Hier zahlt niemand mehr Schutzgeld, weil alles den Scurante gehört. Jedes Feuerzeug, das verkauft wird, kommt von den Scurante. Jeder albanische oder marokkanische Maurer arbeitet, wenn die Scurante es entscheiden. Und die beiden Callshops weiter vorn, von denen aus man auch Geld ins Ausland überweisen kann, wissen Sie, wem die gehören?«

»Den Scurante.«

Ich schaue hoch und sehe, dass aus einigen Fenstern Bettlaken hängen, die der Smog geschwärzt hat.

»Sie sagen, dass sie die Laken nicht wegnehmen, solange wir Mastronero nicht verhaftet haben«, erklärt mir D'Intrò, der sofort weiß, was mir durch den Kopf geht. »Doch vielleicht will man damit auch nur Druck ausüben, und es gehört zum Spiel«, fügt er hinzu.

»Zu was für einem Spiel?«

»Dem Spiel der Allianzen. Ich habe Ihnen ja schon gesagt: Es ist mehr als nur ein einziger Krieg im Gange.«

»Der zwischen den Scurante und den Incantalupo hätte enden können, noch vor dem Massaker. Erstens, weil der alte Sergio Scurante im Sterben liegt und seine Söhne neue Ideen haben. Zweitens, weil Capuano die Schwester von Renzo Antoniolo heiraten wird und die Scurante so einen neuen Clan als Verbündeten bekommen. Um sich ökonomisch zu erneuern und ihre Schlagkraft zu erhöhen.«

Er blickt mich erstaunt an, trommelt dabei aufs Lenkrad.

Dann beobachtet er einen dicken Geländewagen, der uns mit verdächtiger Langsamkeit überholt.

»Exakt. Eine gute Zusammenfassung, Kompliment. Haben Sie vielleicht auch einen Bruder in einem der beiden Clans?«

»Nein, ich habe nur Ihre Abschlussberichte gelesen. Etwa den, in dem Sie den Vergleich mit dem Reich des Eises machen.«

»Wirklich?«

Jetzt scheint er fast geschmeichelt, doch nicht deshalb werden seine unruhigen und argwöhnischen Augen größer.

»Wissen Sie auch, wo der Grund für diese Fehde liegt?«

»Nein.«

»Der Grund liegt darin, dass Saro Incantalupo und die Seinen es nicht mehr für nötig halten, den Drogenhandel persönlich zu leiten. Auch sein rechter Arm, Ezio Curto, hat sich aus dem Viertel entfernt, in jeder Hinsicht. Die interessieren nur noch die regelmäßigen Erträge in liquiden Mitteln, und in den letzten Jahren haben sie sich damit begnügt, einen Teil des Umsatzes von jeder Piazza einzubehalten. Jeder Capozona hatte also Manövrierfreiheit. Deshalb hat auch ein aufgeweckter Typ wie Cocíss in zwei oder drei Jahren so weit hochkommen können. Doch nach einiger Zeit herrschte in ihrem Teil von 167 das Chaos. Unabhängige Capozona, die sich gegenseitig jeden Meter Bürgersteig streitig machten, Qualität außer Kontrolle, Preisverfall. Die Scurante dagegen sind vom alten Schlag. Sie verhandeln, importieren, bezahlen Gehälter, kontrollieren bis auf den Cent genau, und diese Liberalisierung hat sie auf die Dauer, sagen wir mal, geärgert. Doch Saro Incantalupo hat sich sogar geweigert, das Problem auch nur zu diskutieren. Und so hat das Abschlachten begonnen. Aber wir sind allmählich spät dran. Das Blaulicht liegt vorn auf dem Armaturenbrett«, sagt er zu mir und legt den ersten Gang ein.

Der Zubringer teilt das Viertel 167 in zwei Teile, und man hat das Gefühl, wenn er könnte, würde er es überfliegen.

Die nächste Ausfahrt ist zwei Kilometer weiter Richtung Norden. Danach muss man auf einer verlassenen Landstraße zurückfahren, durch flaches Land voller Gestrüpp, Bidets und Heizkessel, Pyramiden rauchenden Mülls. Auf einem Feld mit dürrem Gras ist ein streunender alter Hund dabei, eine Doppelmatratze auszuweiden. Viele Häuser sind Gerippe aus Ziegelsteinen und Beton, und irgendwann sieht man sogar ein halb zusammengefallenes dreistöckiges Wohnhaus, durch das ein vertikaler Schnitt geht. Es wirkt wie ein hässliches Puppenhaus: Da sind noch die Küchenfliesen, die Tapete und ein paar Waschbecken, die ins Leere ragen.

Bei der ersten Überführung macht D'Intrò mich mit einem Blick auf ein paar Schmieresteher aufmerksam. Jungen, denen der Schritt der Hosen in den Knien hängt, sie tragen breite Gürtel aus beigefarbenem Segeltuch und dicke Ketten, die aus den Taschen baumeln. Im Kreisverkehr drehen Motorroller eine Runde nach der anderen, wie Fliegen, die in einem Glas gefangen sind. Dann plötzlich taucht vor uns eine Art Ozeandampfer auf, gestrandet im Nichts. Mit Recht nennt man sie so, die Blöcke des Viertels 167, *Transatlantico*, denn von hier aus sehen sie wirklich genauso aus wie ein Ozeandampfer. Gestrandet und korrodiert, das schon, doch nicht verlassen. Im Gegenteil: Voller Leute, die in der Erwartung an Bord gegangen sind, in ein neues Leben aufzubrechen. Nur dass es für Amerika schon seit einer Weile zu spät ist. Und während sie warten, haben sie sich damit abgefunden, Wäsche aufzuhängen und Satellitenantennen zu montieren.

»Hier wohnen mindestens einhunderttausend Menschen«, erzählt mir D'Intrò. »Aber wissen Sie, warum ich mich jedes Mal unwohl fühle?«

So langsam habe ich von diesem Ritual falscher Fragen, von dieser väterlichen Zurschaustellung von Weisheit genug.

»Nein.«

»Weil man sich umschaut und sich fragt, wo sie sind.«

Wir begegnen auch zwei schnellen Einsatzfahrzeugen der

Carabinieri. D'Intrò deutet einen Gruß an, sagt mir, ich solle das Blaulicht nicht herunternehmen.

Block K überragt einen kleinen würfelförmigen Bau, der eine Zeit lang den Kindergarten beherbergt hat, erklärt mir D'Intrò. Doch jetzt hat man Kindergarten, Grund- und Mittelschule auf der anderen Seite des Zubringers in einem neuen Gebäude mit Gittern vor den Fenstern und Videoüberwachung zusammengelegt. In den Blöcken im Süden, die mit den Buchstaben A bis H, sind die Häuser besser, es gibt quasi keine rechtswidrigen Besetzungen mehr, niemand wohnt mehr in den Kellergeschossen. Hier im Norden sind an den Wänden des alten Kindergartens die Gespenster von Donald Duck, Willy Coyote und den Pokémon im Putz zurückgeblieben.

Am Gittertor zu Block K stehen zwei Einsatzwagen der Polizei. Alles scheint ruhig oder vielleicht nur im Schwebezustand der Erwartung, dass irgendetwas passiert. D'Intrò sagt mir, dass das nachmittägliche Kommen und Gehen der Drogenabhängigen stark nachgelassen hat, doch dass nach acht Uhr abends nicht genug Männer da sind, um den Schutz aufrechtzuerhalten. Jede Nacht entstehen seltsame Palisaden aus Wellblech und Gipspappe, die von den verlassenen Baustellen der Gegend stammen. Wie bewegliche Zäune, die sich einen Straßenabschnitt entlangziehen.

»Wir entdecken sie am Morgen und bauen sie ab, aber am Abend bauen sie sie irgendwo anders wieder auf. Und so geht das weiter.«

Wir machen auf einem Hof halt, der einen an einen Haufen Fußball spielender Jungs denken lässt, die der gesamten Nachbarschaft auf die Nerven gehen. Doch da sind nur zwei kleine Jungen, die lustlos mit dem Ball üben.

Ich folge D'Intrò in den Block K hinein. Er ist auch tagsüber dunkel, hohl wie ein entfleischtes Gerippe. Die Wirbel aus Stahl halten Treppenkreuzungen mit von Bränden geschwärzten Geländern, die Treppenabsätze sind mit Pappe und Drahtnetzen geflickt. Ich höre das Echo eines weinenden

Kindes, stelle mir vor, dass sich zum metallischen Brummen eines Transistorradios jemand rasiert oder eine Soße kocht. Dieser graue Nachmittag ist nur ein verlängerter Vormittag, der langsam und sinnlos vergeht, bis es dunkel wird.

Unsere Kollegen stehen alle um eine einzige Garage herum. Drei oder vier sind in Zivil, zwei weitere haben kugelsichere Westen an und eine M12 umhängen.

Die Blicke, die sie mit D'Intrò wechseln, scheinen mir nichts Gutes zu verheißen.

Es ist ein warmer Gestank wie in einer Höhle.

Doch ich muss ihn einatmen, um mich davon zu überzeugen, dass alles wahr ist.

Das Raubtier ist tot, auch wenn es zu hässlich und plump scheint, um je wirklich lebendig gewesen zu sein. Sie haben es an eine Wand geschleudert, neben eine umgekippte Couch, die von tiefschwarzem Blut und gelbem Geifer durchweicht ist.

»Passt auf, dass ihr euch keine Infektionen holt«, mahnt D'Intrò.

»Er ist bestimmt fast zwei Meter groß«, sagt ein Kollege.

»Vielleicht nicht ganz. Er war noch nicht ausgewachsen«, bemerkt der Hauptkommissar und sieht sich den unter einem Haufen Kartons verborgenen dicken Schwanz an, wie um sich zu vergewissern, dass er sich wirklich nicht mehr bewegt.

Es ist eine durch und durch hässliche Bestie. Die gebogenen Krallen sind dick wie Finger, dunkel, glänzend wie polierter Marmor. Der Körper hat die Farbe von Vulkangestein, und die Projektile haben die runzlige Haut am Hals durchlöchert. Das halb geschlossene Auge bringt einen auf die Idee, dass er in unsere Richtung gesehen haben könnte, als er gestorben ist, als hätte er gewusst, dass wir durch diese Tür kommen würden.

»Ich war auf einem Kontrollgang«, erzählt der Kollege. Hinter einem Drahtzaun erstreckt sich ein Kellergeschoss, das sich in der Unendlichkeit der weiten Fundamente dieses

Ozeandampfers zu verlieren scheint. Im Neonlicht sehe ich auch Wasserpfützen, Äste und Reste kleiner Knochen. »Ich habe dieses Gitter geöffnet, und da hat er sich auf mich gestürzt. Aber am schlimmsten ist der Schwanz, Dottore. Eine Peitsche. So etwas habe ich noch nie gesehen.«

»Was ist das?«, frage ich.

»Ein Komodowaran. Eine geschützte Art, natürlich. Man sollte es nicht meinen, aber man kann ihn als Haustier halten, und er erkennt seinen Herrn«, sagt D'Intrò. »Diese Tiere sind bei den Bossen der Clans in Mode gekommen. Vor ein paar Jahren waren Tiger und Leoparden noch sehr beliebt. Und auch ein Sandtigerhai im Swimmingpool sorgte für ein gewisses Prestige.«

Wenn ich diesen Gestank nicht riechen würde, ich würde es nicht glauben.

Wir klettern über die Kartons und biegen in einen Gang mit starkem Neonlicht ein.

Aus einem langen Raum mit Metalltür schlägt uns ein chemischer Geruch nach Lacken und Lösungsmitteln entgegen. Die rechteckigen Fenster sind undurchsichtig und am Rand schwarz verkrustet. An zwei Seiten läuft eine Werkbank mit Bohrern, Präzisionsdrehmaschinen, Hobelmaschinen entlang. In den Regalen sehe ich Kästchen aus Holz mit unverständlichen Beschriftungen. In slawischen Sprachen. Eine ist sogar in kyrillischer Schrift.

»Hier haben wir fünfundzwanzig Granaten gefunden«, sagt D'Intrò, und ich verstehe, er will nicht, dass ich reingehe. Ich soll ihm folgen, wir haben nicht viel Zeit.

Am Ende des Gangs befindet sich ein großer Raum mit Parkett, Plastikpflanzen und Sesseln, einem ungemachten Bett mit blauen Laken, Wenge-Möbeln und einem tropischen Strand, der eine ganze Wand einnimmt. Auf einem Stapel noch verpackter DVD-Spieler stehen Bierdosen und Plastikschalen mit schmierigen Resten einer im Stehen eingenommenen Mahlzeit. Ein Metallregal ist vollgepackt mit Präzisionswaagen. Ein anderes mit CD-Boxen. Die Plastikhüllen haben unterschiedliche Farben, sind jedoch alle ohne Beschriftung, abgesehen von ein paar wenigen, auf denen Plakate von Filmen abgebildet sind, die meiner Ansicht nach noch nicht im Kino laufen. Dann sind da noch DVDs mit einem Englischkurs, noch in Folie verpackt, und VHS- und Betamax-Videokassetten. Auf einigen Etuis ist das Foto eines Hunds, einer Art Mastiff in drohender Pose, bereit zum Angriff. Die Sonne knallt auf den Zement irgendeines Hofs, eine Hand hält eine Leine fest.

»Das ist das letzte Hauptquartier von Cocíss. Seit Beginn der Fehde hat er es nur noch verlassen, um auf dem Corso Due Sicilie zu schießen und die Flucht zu versuchen.«

Das größte Regal jedoch sieht aus wie eine Uhrenausstellung. Die kitschigsten Uhren, die ich je gesehen habe. Ich gehe näher heran (D'Intrò wird denken, dass mich die blödesten Dinge interessieren). Da ist eine Uhr in Form eines Basketballs, eine mit Spiderman, eine andere aus Keramik mit einem springenden Delfin und eine pyramidenförmige aus Alabaster. Sechs Fächer ohne einen freien Zentimeter. In einer Glaskugel liegen Herrenarmbanduhren. Nachahmungen großer Marken und Chronographen mit robusten Armbändern.

»Sie sind alle stehen geblieben. Und sie zeigen alle zehn Uhr noch was«, sage ich, als ich höre, dass D'Intrò näher kommt. »Zehn Uhr zwanzig, zehn Uhr fünfundvierzig, zehn Uhr zehn. Wer weiß, was das bedeutet.«

»Fragen Sie es ihn. Da Sie ja wissen, wo er ist. Da Mastronero Ihnen ja vertraut. Und Sie ihn sogar für unschuldig halten.«

D'Intrò steckt die Hände in die Hosentaschen. Er wippt auf den Fersen.

»Was wollen Sie damit sagen?«

»Ich will sagen, dass Sie, wenn Sie den Mut gehabt haben, ein Abkommen mit einem wie Mastronero zu schließen, auch eins mit mir schließen können.«

D'Intrò nähert sich der dunkelsten Ecke des Raums. Er schiebt einen langen Kleiderständer auf Rollen weg, der voller Lederjacken und -westen hängt, und öffnet eine kleine, in der Wand verborgene Tür, neben der das Foto eines Hundes in Postergröße hängt. Wieder der Mastiff von den Videokassetten.

Ich höre, wie er Türen öffnet. Das sanfte Geräusch von Gummidichtungen.

»Er hatte noch Vorräte für diverse Monate und ein paar Generatoren mit Benzin für einige Tage«, sagt er, wendet sich dann mit zwei Tiefkühlverpackungen mir zu, streift das Eis ab und öffnet sie auf einem Tisch neben einem Notebook. Aus den »Calamari« zieht er Tütchen mit weißem Pulver hervor, aus den »Fischstäbchen« ein Bündel 500-Euro-Scheine, die in Plastikfolie verpackt sind.

»Es sind 45 000 Euro. Das sind die einzigen Mittel für eine Operation dieser Art, die ich für Sie auftreiben kann. Was übrig bleibt, können Sie ihm am Schluss ruhig geben, und dann soll er so weit wie möglich von hier abhauen und es verpulvern.«

»Und die Abmachung zwischen uns, worin besteht die?«

Die Augenbrauen zucken in einem Anflug von Selbstgefälligkeit nach oben.

»Ich decke Sie und jede Ihrer Aktionen. Wenn Ihr Cocíss uns wirklich auf die Spur dieser gewissen Person bringt …«

Er unterbricht sich, senkt den Blick und geht um mich herum. Reja hat recht, der Hauptkommissar fühlt sich von jemandem verraten, von dem er meinte, dass er ihm gehört und der jetzt mir gehört.

»… können Sie natürlich jeden Posten haben, den Sie wollen und wo Sie wollen. Sie haben doch studiert, meine ich.«

»Mir fehlt die Examensarbeit.«

»Dann schreiben Sie sie. Ich werde dafür sorgen, Ihnen Bedingungen zu schaffen, dass Sie ohne Probleme studieren können, und dann gibt es eine interne Stellenausschreibung. Wollen Sie eine ruhige Bürokarriere … in der Toskana vielleicht, um Ihre Zukunft zu planen, eine Familie? Oder wollen Sie einen Posten im Ministerium? Würden Sie gerne nach

Rom ziehen? Denken Sie darüber nach und sagen Sie es mir. Für eine Operation dieser Art wird die Verwaltung sich Ihnen erkenntlich zeigen. Doch ohne viel Aufsehen, und das ist besser für Sie, wissen Sie. Helden ergeht es nicht gut, Ruhm ist schön, aber die Leute vergessen schnell. Sie dagegen nicht ... auch in zehn Jahren könnten die Incantalupo Sie noch dafür zahlen lassen, ich nehme an, Sie verstehen.«

»Vollkommen. Und wenn die Operation fehlschlägt?«

Auf seiner Stirn kommen noch ein paar Falten dazu. Doch ansonsten bringt er das Folgende mit dem gleichen Ausdruck vor, mit dem er mir eine bequeme Karriere, weit weg von schusssicheren Westen versprochen hat.

»Offiziell sind Sie verantwortlich für die Flucht der Ihrem Schutz anvertrauten Person. Und dann werden Sie strafrechtlich verfolgt werden, wegen Begünstigung eines Flüchtigen.«

Wenn das Leben als Held schon nichts Tolles ist, so ist diese Aussicht noch deutlich schlechter. Ich habe nicht die Kraft, meinen Ärger zu beherrschen, also rede ich, bevor ich es bereuen kann.

»In dem Fall würde ich Sie mit hineinziehen.«

Doch das beunruhigt ihn überhaupt nicht.

»Tun Sie das nur. Das scheint mir aber keine schöne Form der Dankbarkeit angesichts der Hilfe, die Sie von mir bekommen.«

»Und Ihre Dankbarkeit? Wir haben gerade entschieden, dass es der Mühe wert ist, es zu versuchen.«

Er schüttelt den Kopf, ganz langsam. Er sieht mir fest in die Augen, und zum ersten Mal fürchte ich, dass er gleich die Fassung verliert.

»Nein. *Sie* haben beschlossen, dass es der Mühe wert ist, es zu versuchen. *Sie* denken, dass man Mastronero die Sache anhängen will, dem armen Jungen. Ich habe nichts beschlossen, und ich denke, dass die Freilassung eines dreifachen Mörders nur dann der Mühe wert ist, wenn wir Incantalupo wirklich fassen. Wenn weniger als das dabei herauskommt, kann ich mich nur noch für die Uniform schämen, die ich trage. Ist Ihnen der Unterschied klar?«

»Sie wollen, dass ich für Mastronero garantiere?«

Er sieht sich ungeduldig um.

»Das scheint mir das Mindeste. Eure Abmachung als Garantie für unsere«, murmelt er.

D'Intrò breitet die Arme aus, macht dann die Tiefkühlpackungen wieder zu und gibt sie mir. Ich habe das Gefühl, zwei eiskalte Splitter aus dem Reich des Eises in meinen Händen zu halten.

»Ich wünsche Ihnen, dass es kein Fehler war, ihm zu vertrauen.«

Als wir hinausgehen, erteilt D'Intrò den Kollegen die Anweisung, alles zu inventarisieren.

»Einschließlich Waran«, präzisiert er, dann steigen wir in den Smart, und er gibt sofort Gas. Außerhalb des hohlen Bauchs von Block K ist der Himmel grau, dicht wie eine verfilzte Decke.

»Blaulicht?«, frage ich.

»Nein.«

»Wohin fahren wir?«

»Ich habe Sie auf den Flug um zwanzig vor sechs nach Pisa buchen lassen. Aber wir haben noch ein paar Details zu klären.«

»Zum Beispiel?«

»Zum Beispiel: neue Tarndokumente für Sie beide. Und zum Beispiel, wie man Sie durch den Check-in bringt, ohne dass Sie verhaftet werden.«

»War das Kokain wirklich notwendig?«

»Ohne Kokain kann der sich nicht auf den Beinen halten. Wissen Sie noch, wie Sie im Zentrum den Krankenwagen gerufen haben?«

Ich erinnere mich. Und ich weiß auch noch, dass das erste Tarndokument von Cocíss den falschen Namen Giovanni Russo trug. Den ich ihm spontan gegeben hatte, als der Arzt fragte. Innerhalb von vierundzwanzig Stunden hatte D'Intrò ihn über seine Kanäle erfahren. Jetzt verstehe ich auch, woher das Kokain kam, das ich in Cocíss' Sporttasche gefunden habe, und ich weiß, dass ich mich bei Padre Jacopo entschuldigen sollte. Aber nun stecke ich mittendrin, und ich muss diesem Mann in der steifen, unsichtbaren Uniform, die er immer trägt, vertrauen. Also sage ich ihm, dass er recht hat, und nehme mir vor, ihm nicht mehr zu widersprechen.

Wir bringen einen Kreisverkehr mit, gelinde gesagt, provisorischen Verkehrszeichen hinter uns und fahren auf dem jüngsten Teilstück des Corso Due Sicilie zurück in die Stadt. Es beginnt zu regnen, und innerhalb von zwei Minuten geht ein solcher Wolkenbruch nieder, dass man meint, er wolle die Bürgersteige von den aufgerissenen Müllsäcken, von Hundepisse und dem Blut der Mordopfer reinwaschen.

Plötzlich spüre ich jeden Tropfen wie den Splitter eines entmantelten Projektils, das mir das Fleisch aufreißt.

»Wie geht's?«, fragt mich D'Intrò.

»Gut. Mir ist nur ein bisschen kalt.«

Es geht hoch in den neunten Stock, Penthouse mit Blick auf den Handelshafen von Porta Sveva. Gepflegte Pflanzen, weiße Eckcouch und Kokosteppiche auf dem Dielenboden. Auf einer Trennwand sind die Fotos zweier sehr junger Kollegen, eng beieinander, als wäre der Rest des Platzes dafür bestimmt, weitere aufzunehmen.

»Ich mache noch alles nass«, sage ich.

»Keine Sorge«, antwortet D'Intrò und gibt mir zwei Handtücher.

Um Punkt drei Uhr betritt die blöde junge Blondine die Wohnung, gibt D'Intrò einen Kuss auf die Wange und macht sofort ein finsteres Gesicht, als sie kapiert, dass ich ihr Bad benutzt habe (Waschbecken aus grünem Glas, Peeling-Creme für zweihundertfünfzig Euro das Töpfchen, eine wirklich unverschämte Kollektion von Lipgloss). Sie verzieht sich in ihr Zimmer und schlägt die Tür hinter sich zu, doch der Kommissar macht keine große Geschichte daraus. Wir gehen in die Küche, er bietet mir an, mich aus einer Schale voller Früchte zu bedienen, und sieht auf die Uhr. Durch das Fenster sehe ich den leuchtenden Regenbogen über dem Palazzo del Governatore am Ende der steilen Treppe der Scesa di Mare. Ich schäle einen Apfel und rieche an meinen Händen den aufdringlichen Geruch der Seife dieser blöden Blondine. Ich will meine eigene Seife und meine Mandelmilch, ich will mein Zuhause, auch wenn ich nicht mehr so genau weiß, ob ich noch einen sicheren Ort habe, der mir gehört.

D'Intrò fährt mit den Details und den Empfehlungen fort. Nur mit Bargeld zahlen, Hotels im Zentrum und Orte aussuchen, wo viele Menschen sind. Wenn ich ein Auto leihen muss, es besser alle zwei oder drei Tage wechseln. Er empfiehlt mir auch, mir sichere Telefonkarten in irgendeinem chinesischen Laden zu kaufen.

»Auch welche für zehn, fünfzehn Euro sind okay. Man kann sie kaufen, ohne dass man einen Ausweis braucht, sie sind schon auf Fantasienamen eingetragen. Auf Tote oder auf Leute, die nichts davon wissen. Kaufen Sie fünfzig Stück davon und nehmen Sie jedes Mal, wenn Sie mich anrufen, eine neue. Sie rufen mich jeden Tag an, klar? Ich will immer wissen, wo Sie sind.«

(Cocíss denkt da ganz anders.)

»Okay.«

Ich werde von Mal zu Mal entscheiden, wen ich belüge.

»Ich will eingreifen können, wenn Sie in Schwierigkeiten stecken«, versichert er mir. Er steht auf und legt mir eine Hand auf die Schulter. Durch die geschlossene Tür des Zimmers der Blondine dringt in einer grauenhaften Lautstärke Robbie Williams. D'Intrò kräuselt kaum die Lippen. »Jetzt müssen wir los. Das Wichtigste besprechen wir unterwegs.«

Achtundvierzig Jahre, ein Meter dreiundsiebzig groß, normale Figur, keine besonderen Kennzeichen. Das letzte Bild, ein schlechtes Passfoto, zeigt ihn im Alter von fünfundzwanzig. Er hat langes Haar, blond gefärbt, Mund und Kinn verschwinden hinter einem dichten Bart. Zwanzig Jahre und ein paar banale Eingriffe könnten ihn vollkommen unkenntlich gemacht haben. Vielleicht hat er sich die Augenbrauen höher setzen, das Kinn verlängern, die Wangenknochen verändern lassen. Die Computer der Antimafiabehörde DIA haben Hunderte von möglichen Bearbeitungen dieses Bildes erzeugt, doch niemand kann wissen, ob er dick oder schlank geworden ist, die Haare verliert oder an Depressionen leidet.

Ansonsten nur Hypothesen und Legenden. Wie die, dass er eine bewaffnete Expedition in der Hochebene von Afghanistan finanziert, organisiert und befehligt haben soll, um nach dem Fall der Taliban den Weg für das Heroin wieder zu öffnen. Andere dagegen behaupten, er habe sich nie aus Baia Nerva fortbewegt, wo man sich von einer uneinsehbaren, fürstlichen Residenz auf einem Felsenriff erzählt, unzugänglich und mit einem natürlichen Schwimmbecken in einer Grotte. Die mit der meisten Fantasie berichten von einer großen Yacht, die immerzu auf dem Mittelmeer kreuzt, doch stets in internationalen Gewässern, und an den Küsten von Libyen, Malta oder dem Libanon anlegt.

Alles Unsinn, findet D'Intrò. Teilweise von Incantalupo selbst in Umlauf gebracht, und zwar nicht nur, um die Fahndungskräfte auf falsche Spuren zu locken.

»Ein virtueller Boss«, erklärt D'Intrò, »der physisch nicht greifbar ist, muss ständig eine Leere füllen. Er verzichtet auf ein Gesicht, aber er kann nicht auf Präsenz verzichten. Und sei sie imaginär. Er muss den Persönlichkeitskult nähren. Und die eigene Megalomanie.«

Apropos Größenwahn: Ziemlich ernst zu nehmen scheint D'Intrò dagegen die Behauptung, der große Boss beschäftige sich leidenschaftlich mit einigen historischen Persönlichkeiten. So ernst, dass er seit einem Jahr zwei seiner Männer dafür abgestellt hat, die wichtigsten Auktionshäuser der Welt zu überwachen.

Ich höre ohne großes Interesse zu. Jeder Verbrecher eines

bestimmten Kalibers denkt sich schließlich in einen großen Führer hinein. Sie lesen Biografien, sammeln Gemälde, doch Julius Cäsar interessiert sie einen Scheiß, sie wollen nur sich selbst wiederfinden, sich in einem Spiegel betrachten, der ihnen ein klein wenig Größe geben kann, etwas Stabiles und Transzendentes. Sie beschäftigen sich einen großen Teil ihres Lebens damit, den Gestank ihrer Macht zu parfümieren.

»Napoleon«, probiere ich.

»Typisch.«

»Nein, banal. Dann Alexander der Große und Dschingis Khan?«

»Falsch. Eines Tages sind wir einem seiner treuen Statthalter in Buchhandlungen gefolgt. Costante Dinuccio heißt er, ein Monster. Ich bin mir sicher, dass er in seinem Leben nichts gelesen hat, nicht mal das Schild an einem Aufzug. Der Typ ist abgehauen, musste aber die Tasche mit den Büchern zurücklassen. Es waren alles historische Schriften. Sechs über Napoleon, zwei über Karl den Großen und gut zehn Bände, erinnere ich mich, über Winston Churchill.«

»Ein tolles Trio«, erlaube ich mir zu bemerken.

Mir kommt der Gedanke, dass D'Intrò mit dieser langen Rede insgeheim darauf abzielt, das Niveau seines großen Feindes und damit auch sein eigenes zu heben. Doch dieses Spielchen fasziniert mich nicht wirklich. Legenden sind nicht nützlich.

Das Reich des Eises ist unermesslich groß, das weiß ich wohl. Schon wenn man nur die Spitze dieses Eisbergs in der Ferne sichtet, hat man ein mulmiges Gefühl.

Ich bin winzig, doch sehr klein ist auch der Schatz, den ich entwenden soll. Darüber würde ich lieber reden, und zum Glück versteht D'Intrò das.

Ein Haar. Ein Zigarettenstummel. Ein Einwegrasierer, ein benutztes Glas, ein Nagel, ein Pflaster. Das Gesicht kann man verändern, die DNA nicht. Während wir einen Parkplatz am Flughafen suchen, lasse ich einen Film vor mir ablaufen mit all den Möglichkeiten, wie ich von dem Mann, den Cocíss mir zeigen wird, eine solche Probe bekommen kann. D'Intrò sagt klipp und klar: Ich persönlich muss die Probe nehmen, um die Gewissheit zu haben, dass das Haar vom Kopf desjenigen stammt, der angeblich Saro Incantalupo ist, der Boss ohne Gesicht. Ich habe nicht die leiseste Ahnung, wie ich das machen soll. Und erst recht nicht, wie ich Cocíss in der Zeit, die notwendig ist, um die Probe nach Italien zu schaffen, ruhig halten und schützen soll. Ich verstehe, dass es um einen DNA-Vergleich geht, aber ich verstehe nicht, wie das möglich ist.

»Vor drei Jahren«, erklärt D'Intrò, während er gegen die Fahrtrichtung in den für das Personal reservierten Parkplatz einbiegt, »habe ich einen unserer Leute in die Pflegemannschaft des Heims eingeschleust, in dem Saro Incantalupos Vater seine letzten Tage verbrachte. Gerade noch früh genug. Einen Monat später ist der alte Ludovico Incantalupo gestorben, aber wir hatten die biologischen Proben, um seine DNA zu ermitteln. Wenn wir tatsächlich seinen Sohn Saro finden, können wir das feststellen. Das läuft wie ein normaler Vaterschaftstest ab.«

Ich versuche nicht an die Proben zu denken, die der als Pfleger eingeschleuste Kollege gesammelt hat.

»Das Boarding ist in zwanzig Minuten«, sage ich, während D'Intrò immer noch in der falschen Richtung auf dem Personalparkplatz unterwegs ist.

»Ich habe die Kollegen schon angerufen, die kümmern sich darum, Sie an Bord zu bringen, und zwar ohne Check-in«, versichert er mir und wirft einen Blick auf meine Tasche.

Im Flugzeug schlafe ich eine halbe Stunde, dann schaue ich unverwandt auf das Gepäckfach, wo ich die Tasche untergebracht habe, und gehe zweimal zur Toilette. Ich spüre wieder ein leichtes Unwohlsein, das noch nicht Sodbrennen ist, aber gut welches werden kann.

In Pisa suche ich die Theken in den Cafébars nach Himbeerkuchen ab. Gibt es nicht. Ich frage nach einem Waldbeerensaft. Gibt es auch nicht. Ich schalte das Handy wieder ein. Eine Nachricht von Antonello. Ich lese sie nicht einmal, habe Angst, dass ich zu viel Lust bekomme, ihn wiederzusehen.

Ich kaufe mir ein Stück Pizza und ein paar Tageszeitungen und halte das erste Taxi an.

Im Taxi lese ich sie schließlich doch, die SMS.

»Liebe mich oder verhafte mich.« Das ist er, der alte Komiker, den ich so mag. Ich lächle, strenge mich an, ihm nicht zu antworten, schreibe dann doch: »Ich kann beides nicht« und schalte das Handy aus.

Ich rufe nach Cocíss, sobald ich da bin.

»Wo bist du? Ich bin's.«

Er antwortet nicht. Auf dem staubigen Glas der Trennwände liegt das Licht der untergehenden Sonne wie eine orangefarbene Raute. Wenige Schritte, und ich tauche in das Dunkel ein. Ich umfasse die Pistole in meiner Tasche, knipse die Taschenlampe an und leuchte auf die Schlafcouch, wo ich ihn gestern Abend zurückgelassen habe. Leer und ungemacht. Kalt.

Ich rufe noch mal nach ihm und gehe mit eiligeren Schritten in die Küchenabteilung.

Auf dem rustikalen Tisch sehe ich die Pappschachteln, in denen unser gestriges Abendessen war. Ich hoffe, ihn in der Wohnzimmerabteilung zu finden, hingeflegelt auf einer Couch wie irgendein Jugendlicher, der darauf wartet, dass das Essen auf dem Tisch steht. Aber er ist nicht irgendein Jugendlicher, ich bin nicht seine Mutter, und diese Wohnzimmer werden verrotten oder vernichtet werden, ohne dass je ein Mensch darin gewohnt hat.

In dem Gang, der zur Treppe führt, werfen die Spiegel das Licht meiner Taschenlampe unzählige Male zurück. Als ich sie nach unten halte und der psychedelische Effekt von der Netzhaut verschwindet, sehe ich, dass eine Sicherheitstür offen steht.

(*Wie kommen Sie darauf, dass er die Abmachung einhalten will?* Verdammt, er ist abgehauen.)

Aber wohin? Wohin kann er gehen? Alle haben sein Gesicht gesehen, er hat überhaupt kein Geld, ist außerhalb seiner gewohnten Umgebung. Wir sind zwanzig Kilometer vom nächsten Bahnhof entfernt. Nicht weit von hier beginnen die Wälder, das stimmt, doch wenn er sich gedacht hat, er könnte in die Wälder fliehen, bin ich sicher, dass er nie mehr herausfindet. Dort kennen sich inzwischen nur noch die Pilzsucher und ein paar sardische Hirten aus, die vor Jahren bei Entführungen geholfen haben. In den Wäldern sind nur noch die Gespenster der Geiseln, die man den Wildschweinen zum Fraß überlassen hat.

Ich laufe nach oben, im Schein der Taschenlampe wanken die Stufen vor meinen Füßen.

Ich rufe noch einmal nach ihm und suche ihn in den Schlafzimmern. Bei den Kinderzimmern ist ein so durchdringender Gestank, dass einem schlecht wird, ein chemischer Geruch wie nach Lack. Da stehen Büchsen ohne Deckel. Schnellbindender Zement und Kleber für Teppichboden. Er hat sie gefunden, er hat sie geöffnet, aber ich verstehe nicht, wieso.

Und schließlich finde ich ihn, er kauert auf einem Gummiteppich in Blumenform, unter einem grün-blauen Hochbett.

»Cocíss, ich bin's. Was zum Teufel hast du gemacht?«

Mit einem Grunzen zieht er sich eine Decke über den Kopf. Ich bleibe einen Meter vor ihm stehen.

»Und du, was zum Teufel hast du denn gemacht?«

Seine Stimme ist nicht wiederzuerkennen, gedämpft, aber nicht nur von der Decke. »Wie spät ist es?«

»Acht.«

Ich lenke das Licht nach oben, und er zieht sich die Decke bis zur Nase runter.

Seine Haut ist bleich, und die Augen haben ein metallisches Grau.

»Hier kriegt man ja keine Luft, riechst du das nicht?«, frage ich ihn.

(Was sage ich denn da für einen Scheiß. Die Nase von dem da riecht gar nichts mehr.)

Er wirft mir vor, mich nicht an die Abmachungen zu halten. Ich begreife, dass er mir damit mitteilen will, dass für ihn die Abmachung nicht gestorben ist, im Gegenteil.

Er steht auf, tritt die Decke weg und streckt die Beine aus.

»Hast du mit deinem Chef gesprochen?«

»Ich habe mit ihm gesprochen.«

Er tut so, als interessierte ihn die Sache nicht, aber ein nervöses Zucken der Augenbrauen kann er nicht verbergen.

»Und? Habt ihr euch schön in aller Ruhe unterhalten, und ich hab in dem beschissenen Bau hier gewartet?«

Ich will keinen Streit und komme gleich auf den Punkt.

»D'Intrò lässt mir freie Hand. Die Abmachung ist für ihn okay, und es gibt auch Geld für dich. Aber wir wollen Garantien.«

»Wie viel Geld?«

»Zwanzigtausend Euro.«

Er kommentiert den Vorschlag mit einem geräuschvollen Schnauben.

»Ja, seid ihr denn verrückt? Der ist viel mehr wert.«

»Das Problem ist nicht, was eine gewisse Person wert ist.«

»Ach nein?«

»Nein. Es geht darum, wie viel du wert bist. Und das habe ich dir schon erklärt, meine ich.«

Ich setze mich auf die Leiter des Hochbetts und lasse die Zeitungen, die ich am Flughafen gekauft habe, auf den Boden fallen. Eine hat sein Foto auf der ersten Seite. Nicht riesig, aber immerhin sehr viel mehr, als viele Mordopfer bekommen.

»Sogar in Farbe, das Foto«, kommentiert er.

»Zufrieden?«

»Die wollen mir die Sache mit den beiden armen Mädchen anhängen. Um mich fertigzumachen, diese elenden Arschlöcher. Wo ich immer regelmäßig gezahlt hab, und in meinem Bezirk, da gab es keine Probleme. Aber ich fick den großen Boss«, er zieht sich mit den Händen an den Ohren, als wollte er sie sich ausreißen. »Die werden noch sehen, was sie davon haben, sich alle gegen mich zu stellen.«

»Wirklich alle. Sogar die Leute, die sonst immer ruhig und brav bleiben und sich um ihre eigenen Angelegenheiten kümmern, sind auf die Straße gegangen. Die Journalisten sind gekommen, das Fernsehen, die Polizei, und um ein Haar wäre auch noch das Militär angerückt.«

»Eine Woche, und alles ist wieder wie vorher.«

»Und du, was hast du so verdient, in einer Woche?«

»Was soll das denn jetzt?«

»Sag es mir, los.«

»Was geht dich das an?«

»Kannst du multiplizieren? Multiplizier mal mit hundert, das ist einfach.«

»Mach du doch, du hast doch studiert. Aber sag mal … hat der Dottor D'Intrò dir nichts für mich mitgegeben?«

Die Frage sollte mich nicht überraschen. (Er ist schon so weit runter, dass er Teppichkleber geschnüffelt hat. Das Gas aus dem Feuerzeug nicht, aber nur weil er es braucht, um sich Zigaretten anzuzünden.)

»Wie viel hat er dir letztes Mal gegeben für den Tipp mit der Versammlung der Capozona?«

»Genug. Aber nicht *so* viel.«

Ich suche in der Tasche nach dem Plastiktütchen, in dem ich ein Paar Ohrringe aus grünem Glas hatte. Ich kann es ertasten, es scheint leer. Doch darin ist ein knappes Gramm vom Paradies, kalt wie Eis, wie das Reich der Incantalupo. Oder vielleicht wie der dunkle Atem Gottes.

Ich werfe es auf die Zeitungen, direkt auf sein Foto.

Cocíss scheint sich zu beherrschen zu müssen, dann legt er beide Hände darauf, als wären um ihn herum hundert Leute, die es ihm wegnehmen wollten.

Nachdem er sich den Koks bis zum letzten Krümel reingezogen hat, fängt er wieder an zu handeln, besteht darauf, dass er mehr Geld will, weil er sich ein neues Leben aufbauen muss, allein, weit weg von allen. Ich möchte ihn fragen, ob der Wert eines neuen Lebens nur eine Frage des Geldes ist. Ob ein neues Leben zu beginnen nicht (vielleicht) heißt, die Perspektive zu wechseln, weil sonst alles keinen Sinn hat. Aber ich bin still, um mich nicht lächerlich zu fühlen. Ich akzeptiere das Verhandeln, außerdem war ich darauf vorbereitet.

»Wir können D'Intrò bitten, ein bisschen was draufzulegen.«

»Und wie viel so?«

»Dreißigtausend. Mehr nicht.«

»Dreißigtausend! In einem Monat hab ich die gemacht.«

»Du kannst also doch rechnen.«

Er zuckt mit den Schultern, fasst sich an die Nasenspitze. Dann atmet er, als wäre er plötzlich im Hochgebirge.

»Jedenfalls verdienst du die in viel weniger als einem Monat.«

Er sieht mich verblüfft an.

»Was meinst du, was wir vielleicht brauchen, um rauszukriegen, wo er ist? Vielleicht ist er im Ausland, in Amerika. Ich muss Anrufe machen, wenn ich überhaupt ein Telefon kriege.«

»Du bekommst eins.«

»Und dann rufe ich also an, und dann müssen wir vielleicht warten.«

»Dann warten wir.«

»Und wo warten wir?«

(Ich habe keine Ahnung, aber ich darf mich nicht unsicher zeigen.)

»Weit weg von hier. Vielleicht im Ausland.«

Scheint so, als würde ihm diese Aussicht nicht missfallen. Er rutscht auf dem Sitz tiefer, presst die Knie gegen das Armaturenbrett, beschaut sich durchs Fenster die blaue Landschaft der Morgendämmerung. Seine Füße bewegen sich ruckartig, erinnern mich an die Flipperfinger in einem alten Spielautomaten.

»Hör mal, ich hab in dem Bau heute Nacht kein bisschen geschlafen.«

»Wieso nicht?«

Er versucht mir zu antworten, fängt aber gleich an zu husten, als hätte er Knallfrösche in der Lunge. Er spuckt Schleim, hält sich mit zwei Fingern die Nasenlöcher zu, schnäuzt sich schließlich.

»Ich hab Geräusche gehört. Manchmal hab ich gedacht, du wärst es. Oder dass da andere Leute wären. Heute Morgen waren da draußen Zigeuner, die haben die Fernseher aufgeladen.«

Nach seiner blassen Gesichtsfarbe zu urteilen glaube ich nicht, dass er mich anlügt. Aber ich weiß genau, worauf er hinauswill.

»Ich bleibe da nicht länger, kein Scheiß, okay? Der Generator läuft nicht mehr, das Wasser ist braun, es ist zum Kotzen. Sieh dir an, wie runtergekommen ich bin. Nicht mal im Gefängnis geht es einem so.«

Ich lasse mich auf die Diskussion ein und sage ihm, dass er nur noch bis morgen durchhalten muss.

»In dem Bau leben nicht mal Mäuse.«

Zehn Minuten später mache ich ihm den Kofferraum auf, und er wirft seine Sporttasche zwischen meine Strandtücher und ein paar alte zusammengerollte Gummimatten.

Ich drossle das Tempo, als ich den Kreisverkehr erreiche, von dem aus man in den unteren Ortsteil gelangt, wo die Postämter, die Schulen, die Autohäuser und die anderen Möbelfabriken liegen, die, die noch im Geschäft sind.

Ich sehe die Wohnzimmer und die Küchen. Sie sind nachts immer schön erleuchtet.

Vielleicht machen sie das, weil dort, wo es ungelebtes Leben gibt, früher oder später Gespenster auftauchen.

Der Ausweis auf den Namen Giovanni Russo ist nicht in der Sporttasche. Er hat ihn verloren, vielleicht ist er in Spaccavento geblieben, vielleicht auf dem Polizeirevier. Ein paar Minuten lang bin ich davon überzeugt, dass ich Leda, eine Zimmervermieterin, die eng mit meiner Mutter befreundet ist, bitten könnte, mir nicht allzu viele Fragen zu stellen, für eine Nacht. Aber sie weiß, dass ich bei der Polizei arbeite, sie könnte mit meiner Mutter darüber reden, und die Vorstellung gefällt mir nicht. Ich denke an die Zimmer auf dem Biobauernhof von Maurizios Freunden. Aber wie stelle ich ihn vor? Als meinen Bruder? Nein, sie wissen, dass ich nur einen älteren Bruder habe. Als einen Cousin aus dem Süden, der hier Urlaub macht? Sie werden denken, dass ich es mit einem Jüngelchen treibe, und Maurizio wird es erfahren.

(Sinnlos, mir zu viele Filme vorzustellen, ich habe hier keine Wahl.)

»Geiles Auto«, sagt Cocíss, als er den Geländewagen meines Nachbarn sieht, der uns schneidet und in den kleinen Garten fährt.

»Wir sind da«, sage ich.

Er streckt die Beine aus und macht ein genervtes Gesicht.

»Und wo?«

»Bei mir zu Hause. Steig aus, los.«

Er nickt, als wollte er sagen, er findet es okay, er hat nichts dagegen. Ich hingegen denke, dass nach heute Nacht die kleine Mansarde nicht mehr mein Zuhause sein wird. Endgültig. Der Fuß im Nacken, die Hände auf dem Rücken, der Schatten auf der Terrasse. Nach der Nacht mit dem Blackout wäre die Wohnung sowieso nie mehr mein Zuhause gewesen. Dann kann ich genauso gut jetzt auch diesen Typ hier mit reinnehmen. Ich empfinde es wie eine Entweihung, eine radioaktive Verseuchung. Sobald all das vorbei ist, suche ich mir sofort etwas anderes.

»Ich will noch ein paar Sachen einkaufen, bevor der Supermarkt zumacht. Du gehst hoch, setzt dich vor den Fernseher, bleibst in der Wohnung, ohne dich draußen irgendwo sehen zu lassen. Auch nicht am Fenster, okay?«

»Du musst mit mir nicht wie mit einem Idioten reden. Wir haben eine Abmachung, wir beide, du sagst mir, was ich machen soll, und ich mach's.«

»Ausgezeichnet. Wir lassen den da reingehen, und dann gehen wir nach oben.«

Cocíss streckt die Hand aus.

»Fünfzigtausend Euro haben wir also gesagt.«

»Nein. Wir haben dreißigtausend gesagt.«

»Das ist doch ein Scheiß, dreißigtausend.«

»Fünfunddreißigtausend.«

»Ich hatte eine Masse Zeug und Geld, und jetzt nehmt ihr euch das alles.«

»Überspann den Bogen nicht, du hast doch keine Wahl.«

»Ich will vierzigtausend.«

Er schiebt die Brille hoch, sieht mir fest in die Augen und streckt die Hand aus. Ich muss seine Hand nehmen, die rechte, denn auch ich habe keine Wahl.

Mit einem festen Griff drückt er meine Finger. Ich hoffe, dass er wenigstens nie wirklich mit dieser Hand geschossen hat. Dass es wahr ist, dass er Capuano und die beiden Mädchen nicht ermordet hat. Doch der Zweifel genügt nicht, um mich von ihm nicht verseucht zu fühlen, von alledem, was er mitbringt. Und in sich hat. Und im Gesicht.

Diesmal muss ich einen Einkaufswagen nehmen. Ich versuche doch tatsächlich, mich an die richtige Rasierwassermarke zu erinnern, sage mir dann selbst: Das ist doch nicht möglich und nicht okay. Ich kaufe zwei Packungen Henna und handle am Ausgang bei einem chinesischen Straßenhändler für drei Fensterglasbrillen einen Preis von fünfzehn Euro aus. Sie haben bunte Fassungen und scheinen mir geschmacklos genug, um ihm zu gefallen. Dann gehe ich auch noch in eine Apotheke, um ihm Vitamine und eine Zahnpasta zu kaufen, die bei entzündetem Zahnfleisch gut ist.

Als ich in meine Wohnung komme, ist da ein ungewohnter Geruch. In der gusseisernen Pfanne, die ich nie benutze, weil es nervig ist, sie richtig zu spülen und einzufetten, brutzeln Zwiebeln und Knoblauch qualmend vor sich hin. Cocíss flegelt sich auf der Couch herum, Fernbedienung in der Hand, zappt bei abgestelltem Ton mit dem Daumen durch die Kanäle.

Ich stelle meine beiden Tüten auf den Boden und gebe ihm zu verstehen, dass er aufstehen soll. Er sieht mich mit einer Art müdem Interesse an.

»Hilf mir, das hier auf den Tisch zu stellen, los.«

»Ich habe einen Kochkurs gemacht, als ich im Jugendgefängnis war. Das war nicht schlecht, die Zeit verging schneller. Wir waren nur ich und noch zwei, und der Typ war stark, der hat uns sogar rauchen lassen, ist einem nicht auf die Eier gegangen.«

Er hat sich über den Teller gebeugt, und um die Nudeln von der Gabel zu ziehen, beißt er rein. Er macht nur eine Pause, wenn ihm das Zahnfleisch wehtut. Ich höre auf zu essen und sehe zu, wie er Blut, Öl und Tomate in die Serviette schmiert.

»Was ist heute Abend über dich gekommen?«

»Ich hatte Lust zu kochen, das ist über mich gekommen. Da habe ich den Kühlschrank aufgemacht und genommen, was drin war.«

Er zuckt mit den Schultern, kaut dann weiter.

»Also«, sagt er, »ist es gut oder nicht? Du sagst gar nichts.«

»Großartig«, bricht es aus mir heraus, aber ich übertreibe nicht.

»Ich frage dich nur, weil du weißt ja, ich kriege nicht viel mit, wie es riecht und schmeckt. Ich hab's einfach so gemacht, aus der Erinnerung.«

»Das hast du sehr gut gemacht.«

»Du hast ein paar Sachen im Kühlschrank gehabt, die schlecht waren. Die habe ich weggeworfen.«

»Kann ich dich etwas fragen?«

Zwischen zwei Gabeln reckt er den Hals, um mir die Erlaubnis zu geben.

»Warum hast du nie in der Küche geholfen, als du im Zentrum warst?«

Er mustert mich, als hätte ich eine unbegreifliche Frage gestellt.

»Meinst du vielleicht, ich mache Essen für die Nutten und die Marokkaner?«

»Sie sprechen wieder von dir, in den Nachrichten«, sage ich und zeige mit dem Kopf auf den stummen Fernsehapparat.

»Mach den Ton an«, sagt er.

Die Ermittler behaupten, sie sind kurz davor, ihn zu fassen, den jungen Mörder. Die Leute aus dem Viertel schreien, sie sollen ihn auf die Piazza bringen und ihnen überlassen, dann bekäme er, was er verdient. Am wütendsten gibt sich ein geschniegelter junger Typ in einem dunklen T-Shirt mit der Aufschrift »Pablo Escobar« und mit kurzem Haar, das vor Gel starrt.

»Jetzt sieh dir diesen elenden Wichser an!«

Cocíss wendet sich dem Bildschirm zu und kratzt dabei mit dem Stuhl über den Boden. Dann sagt er, zu mir gewandt: »Weißt du, wer das ist, dieser Typ? Der war für mich im Haus von Heidi. Der hat tausend Euro am Tag gemacht, und dreitausend samstags und sonntags.«

Er springt vom Stuhl auf, tut so, als würde er auf den Fernseher schießen. Mit drei Schritten schafft er es, überall Wellen in den Teppich zu machen.

»Früher hast du dich nicht beklagt, du Arschgesicht!«

»Schluss jetzt! Man kann dich in der ganzen Nachbarschaft hören.«

Um ihn zu beruhigen, muss ich aufstehen. Er setzt sich wieder hin, und ich bringe den Teppich in Ordnung.

Als ich wieder vor meinem Teller sitze, nehme ich immer nur eine Nudel auf die Gabel. Sie sind wirklich ausgesprochen gut. Cocíss hat die Soße mit Kapern, Oliven, Pinienkernen und Peperoncino gemacht, doch mein Magen reagiert empfindlich. Cocíss kippt sich den Rest der Nudeln und der Soße auf den Teller. Als die üblichen Fotos von Nunzia beim Spielen mit dem Kätzchen und von Caterina beim klassischen Tanz über den Bildschirm flimmern, beugt er sich schon wieder über sein Essen.

Ich drehe die Lautstärke des Fernsehers wieder auf null, und eine Weile sagen wir nichts. Er nimmt die restliche Soße mit Brot auf, stürzt dann zwei Gläser Wasser hinunter, quasi ohne Luft zu holen, und geht sich in der Terrassentür eine Zigarette anstecken.

»Hamburg. Wo ist das?«

»Hamburg ist in Deutschland. Warum?«

»Sie sagen, er könnte da sein.«

»Wer sagt das?«

Er wendet sich mir zu und wischt sich zwei Finger am Tischtuch ab (das macht er nicht extra, muss ich mir sagen).

»Du musst mir vertrauen, ohne Fragen zu stellen. Wie schnell können wir da sein?«

»In zwei Tagen.«

»Ich meine mit dem Flugzeug, hast du verstanden?«

»Ich habe sehr gut verstanden und sage dir noch einmal: zwei Tage. Du musst mir auch vertrauen und mir keine Fragen stellen.«

Er sieht mich schräg an, macht die Zigarette aus und wirft sich auf die Couch.

Ich räume den kleinen Tisch ab und stelle Teller, Gläser und Besteck ins Spülbecken. Offensichtlich hat er entschieden, für heute Abend mehr als genug getan zu haben. Als ich ins Schlafzimmer gehe, um das Notebook zu holen, gebe ich ihm ein Zeichen, sich die Schuhe auszuziehen, wenn er wirklich die Füße auf der Armlehne lassen will.

Er stößt geräuschvoll die Luft aus, aber er gehorcht.

Wir brauchen zwei Tage, weil wir ohne Tarndokumente kein Flugzeug nehmen können. Der erste passende Flug nach Hamburg geht morgen am späten Nachmittag von Rom. Von der kleinen Terrasse vor dem Schlafzimmer aus rufe ich D'Intrò an, ohne Cocíss aus dem Blick zu verlieren. Er zündet sich eine Zigarette nach der anderen an, wälzt sich auf der Couch herum und schaltet in einer irrsinnigen Geschwindigkeit durch die Kanäle. Nur ein Musikvideo mit scharfen Frauen kann ihn für ein paar Sekunden halten, aber nicht länger.

D'Intrò stellt mir keine Fragen. Seine Stimme flößt mir eine Ruhe ein, über die ich mich selbst am meisten wundere. Ich berichte ihm, dass alles vorangeht, unser Mann ziemlich kooperativ ist, aber dass wir Dokumente brauchen. Er ist sich mit mir über diese Priorität einig (halleluja). Ich muss ihm auch sagen, dass Cocíss ihn nicht mehr treffen will, und teile ihm schon einmal mit, dass wir morgen in aller Frühe nach Rom aufbrechen.

»Sie machen eine Pause, um zu frühstücken, wir verständigen uns, und ich schicke Ihnen einen vertrauenswürdigen Kollegen. Er hat die Dokumente für Sie beide. Wäre so gegen halb zehn zu früh?«

»Nein, überhaupt nicht«, sage ich. »Je früher wir uns hier wegbewegen, desto besser.«

»Gut. Sie haben doch eine Digitalkamera oder ein Fotohandy, nicht?«

»Ja.«

»Dann notieren Sie sich diese E-Mail-Adresse. Schicken Sie innerhalb einer Stunde Ihre beiden Passbilder, sonst schaffen wir es nicht mehr bis morgen früh, auch wenn wir die ganze Nacht arbeiten.«

Ich beobachte Cocíss, der sich aufsetzt und die Schuhe anzieht. Also antworte ich knapp und gehe zurück ins Zimmer, weil ich sowieso das Gefühl habe, dass D'Intrò und ich uns alles gesagt haben. Ich notiere die Adresse, und wir verabreden, uns morgen früh wieder zu sprechen.

Als ich die grüne Reisetasche aus dem Schrank hole, erlaube ich mir den Eindruck, dass alles gut läuft. Ein Eindruck, dem ich eigentlich nie traue.

»Was, du kannst Haare schneiden?«

»Frauen können alles. Geh ins Bad und stell dich ans Waschbecken.«

Ich suche das größte Handtuch, das ich habe, und sage ihm, er soll es sich um die Schultern legen. Dann ziehe ich mir Gummihandschuhe an und hole eine Schere aus der Schublade, aber sie kommt mir nicht sehr scharf vor. Zum Glück fällt mir ein, dass ich noch eine andere im Schränkchen habe. Ich nehme sie, um gespaltene Haarspitzen rauszuschneiden, sie ist kleiner, aber bestimmt schneidet sie besser.

»Das Beste wäre, dir eine Glatze zu scheren.«

»Du bist ja verrückt.«

»Dann machen wir sie blond, einen Bürstenschnitt.«

»Wie eine Schwuchtel? Ja, fick dich doch!«

Er will sich schon das Handtuch abnehmen, doch bevor er nur daran denken kann, fuchtle ich ihm mit der Schere direkt vor den Augen herum.

»Schwuchtel … Wenn du doch wie eine Frau aussehen könntest. Das wäre perfekt.«

»Ja, fick dich doch.«

Er schaut die Spitzen der Schere an.

»Du hast blaue Augen. Du wirst sehen, das sieht gut aus.«

Er beugt sich über das Waschbecken und spuckt blutroten Speichel.

»Gib mir das Shampoo«, brummt er.

»Zuerst färben wir.«

»Ich hab gesagt, dass ich mir jetzt die Haare wasche, klar?«

Als ich den Hahn aufdrehe, stößt er einen rauen Seufzer aus, der in dem Porzellanbecken widerhallt.

»Es ist zu heiß.«

Dann, als er den Wasserstrahl in den Nacken richtet, scheint mir, dass er sich entspannt. Während das Wasser nach und nach die Haare glättet, sehe ich Male auftauchen, die nur wenig dunkler sind als seine Kopfhaut, ähnlich wie große trockene Blasen, die eine Kinderkrankheit hinterlassen hat.

»Was ist das?«

»Hast du jetzt verstanden, warum es nicht gut ist, mir eine Glatze zu scheren?«

»Ja, aber was ist das?«

»Ich habe keine Krankheit. Das war Cocíss.«

»Cocíss?«

»Cocíss war der Größte, ein Champion.«

Er kommt mit dem Kopf aus dem Waschbecken hoch und fängt an zu erzählen, birgt sein Gesicht im Handtuch, während ich das Pulver in einer alten Schüssel auflöse.

»Er war ein Bullterrier. Wahnsinnig stark. Eine Bestie. Und ich habe ihn aufgezogen. Ich habe sogar dafür gesorgt, dass er auf die Welt kommt, echt.«

Ich teile die Alufolie in Stücke, um die Farbe aufzutragen, stelle mich dann mit der Schere in der Hand hinter ihn. Dann ziehe ich ihm die Haare ein bisschen hinter die Ohren und in die Stirn und komme zu der Überzeugung, dass ein weniger radikaler Schnitt genügen wird, um ihn wie einen beliebigen jungen Mann aussehen zu lassen.

Es sieht so aus, als würde er mich jetzt machen lassen, weil er ganz darauf konzentriert ist, mir von diesem Hund zu erzählen. Ich fange an, seine Haare büschelweise mit Alufolie zu umwickeln, und er erklärt mir, wie schwierig es ist, bestimmte Hunde dazu zu bringen, sich zu paaren, vor allen Dingen Bulldoggen, die »ausgewählten Rassen«, wie er sie nennt. Die Hündin ermüdet sehr schnell, wenn sie besprungen wird, weil sie von der Konstitution her schmale Hüften hat und beinahe sofort furchtbare Schmerzen empfindet. Deshalb müssen auch zwei oder drei Leute dabei sein, um den Rüden zu stützen, damit er nicht zu schwer auf ihr lastet. Doch der Rüde seinerseits verliert schnell jede Lust, und deshalb muss man auch ihm helfen.

»Dreh dich zu mir um«, sage ich.

Ich mache ihm die Röllchen aus Alu und höre zu. Er drückt sich natürlich nicht mit Fachtermini aus, doch er überzeugt mich langsam, dass mir, sollte ich mich als Bulldogweibchen reinkarnieren, mein jetziges Leben wie ein Märchen vorkommen würde.

Aber er kann sogar feinfühlig werden, wenn er mir in allen Einzelheiten erzählt, dass er es war, der das Ding des Bullterriers gehalten und es der Hündin reingesteckt hat, während ein gewisser Ezio Curto, genannt Japàn, den Tierarzt und die Besitzer der beiden Hunde mit der Pistole bedrohte. Sie probierten schon zum dritten Mal, die Hündin decken zu lassen, und Japàn hatte keine Geduld mehr, er wollte den Champion der Champions.

»Wie alt warst du denn da?«, frage ich.

»Was weiß ich, sieben oder vielleicht acht. Was ist das denn für ein Zeug auf meinem Kopf?«

»Lass mich nur machen und fass es nicht an. Also? Erzähl weiter.«

Er sagt, dass es geklappt hat, und soweit ich verstehe, ist er noch heute sehr stolz auf seine Tat. Dank seines Eingreifens wurde das amerikanische Bulldogweibchen trächtig, bekam ein Junges, war aber zwei Stunden später tot, weil irgendein Pfuscher von einem Tierarzt die Hündin praktisch gevierteilt hatte.

»Bulldogweibchen sind schmal. Sie können nicht werfen, wenn man ihnen da nicht einen Schnitt macht, verstehst du?«

»Ich verstehe sehr gut. Das heißt Kaiserschnitt.«

Er wirft mir einen verwirrten Blick zu. Dann sieht er sich im Spiegel an und sagt, dass er nachher bestimmt scheiße und wie eine Schwuchtel aussieht.

»Wann machst du mir dieses Zeug runter?«

»In fünf Minuten.«

»Und dann?«

»Dann spülen wir die Haare aus und schneiden sie.«

Vor dem Ausspülen schafft er es noch, mir zu erklären, wie er zu all den Narben gekommen ist.

»Wir hielten ihn auf einem Dachboden von Block K, ich und mein Bruder Nino. Man hatte uns eingeschärft, dass er von klein auf bösartig werden musste. Und dann muss man sie auch im Dunkeln lassen, drei oder vier Tage ohne Fressen. Du musst ihnen richtig beibringen, was Schmerz ist, verstehst du, weil sonst sind sie nachher nicht scharf genug, um bis zum Ende zu kämpfen, und dann lassen sie sich verarschen. Manchmal haben wir ihn auch in einen Sack gesteckt und mit Stöcken drauf geprügelt. Einmal ist mein Bruder so ausgerastet, ich weiß nicht, was mit dem los war, vielleicht war er ein bisschen neben der Kappe, jedenfalls hat er auf ihn eingedroschen, als ob er ihn umbringen wollte. Und wenn er den Champion von Ezio Curto umbrachte, würde der uns umbringen. Jedenfalls bin ich dazwischengegangen, habe ihn gestoppt und auch einen Schlag abgekriegt. Ich hab den Sack aufgemacht, und der Hund bewegte sich nicht mehr. Aber dann ist er auf mich losgegangen. Er wollte mich ins Gesicht beißen, aber ich habe mich früh genug umgedreht.«

Ich fange an, ihm die Alufolie aus den Haaren zu machen, und muss ihn hundert Mal ermahnen stillzuhalten.

»Und die Narben unter den Augen, das war auch der Hund?«

Er erstarrt. Augenblicklich.

»Was geht dich das an? Ich hab dir schon genug erzählt.«

»Okay. Spül es aus, los.«

Um die Fotos zu machen, nehme ich ein Bild meiner Freundin Sandra von der Wand, eine große blaue Welle, die in Wirklichkeit eine Collage aus zerrissenen Etiketten und Verpackungen von Dosenthunfisch ist. Cocíss schaut es an und sagt, ihm gefällt die Farbe.

Ich nehme ihn mit dem Handy vor dem neutralen Hintergrund ins Visier. Wir verlieren eine Viertelstunde, weil er lachen muss, herumalbert, sich keine von den Fensterglasbrillen aufsetzen will. Schließlich überzeuge ich ihn, dass es besser ist, und er sucht sich die mit der schwarzen Fassung aus. Er geht ins Bad, um sich im Spiegel anzuschauen, und sagt noch einmal, dass er wirklich wie eine Schwuchtel aussieht. Aber er lacht darüber, vielleicht nur, weil der Koks ihn auf den Beinen hält.

Ich mache ein Dutzend Aufnahmen von ihm, er möchte sie gleich sehen, aber ich gebe ihm das Handy nicht. Das macht ihn wütend, und aus Rache spuckt er ins Waschbecken und legt die Füße auf die Couch, ohne sich die Schuhe auszuziehen.

»Kompliment«, sage ich von meinem Platz vor dem Computerbildschirm aus. »Jetzt komm und such dir aus, welches dir am besten gefällt.«

»Aber nachher mache ich welche von dir.«

»Klar«, antworte ich und nehme meine Karte aus dem Handy.

»Noch eins, lächeln … na los, warum lächelst du nicht?«

Er scheint sich wirklich zu amüsieren. Ich nicht. Ich beobachte jede Bewegung, die er macht. Koks hin oder her, mir ist er mit guter Laune lieber.

»Es sind Passbilder, also bitte.«

»Aber wenigstens eins mit einem Lächeln.«

Er zeigt mir seine grauen Zähne mit dem geröteten Zahnfleisch, und dabei schaut er auf das Display des Handys, neigt es nach rechts und nach links.

»Es reicht, ich mache es selbst.«

»Aber ich kriege dann nachher eins, okay?«

»Nicht im Traum.«

»Aber weißt du, du könntest Model werden«, zieht er mich auf.

»Her damit.«

Er klappt das Handy zu und wirft es in meine Richtung. Ich fange es im Flug auf, bevor es an die Wand knallt. Cocíss steckt sich eine Zigarette an und lässt mich wissen, dass er eine kleine Runde drehen will.

»Kommt gar nicht infrage«, stelle ich sofort klar.

»Wo ist das Problem? Wer soll mich denn erkennen, so als Schwuchtel zurechtgemacht?«

»Hast du die Pistole dabei?«, fragt er. Wir gehen an mit Efeu bewachsenen Mauern entlang. Ich schaue in jeden Hof, zwischen die Schatten in den Lauben.

»Was geht das dich an?«, antworte ich ihm. Ohne es zu wollen, habe ich ihn nachgeahmt. Und er hat es gemerkt (ich bin vielleicht blöd).

»Die funktioniert gut. Die Pistole, die ihr habt. Sie ist einfach. Es ist, als würde man mit dem Finger auf etwas zielen. Wie viel Schuss hat sie?«

»Acht.«

»Und das ist alles?«

»Es ist eine Kompaktwaffe. Mit einem einreihigen Magazin. Man hat noch eins zum Wechseln.«

(Und der soll noch nie geschossen haben?) Wir kommen zum Aussichtspunkt. Auf den Bänken sitzen Gruppen alter Männer mit Stöcken und dösen. Manche spielen Karten. Die Frauen haben sich von zu Hause Klappstühle mitgebracht und kratzen ihre Eisbecher aus.

Cocíss bittet mich um Kleingeld und verschwindet in der Bar des *Circolo Arci*. Ich warte draußen auf ihn, weil der Typ hinter der Bar mich kennt und ich mich lieber nicht sehen lasse. Cocíss kommt mit einer Dose Bier und einem Eis am Stiel heraus.

Wir gehen auf das Geländer zu. Der Mond ist ohne Hof, und der leichte Wind erinnert vage daran, dass der Winter sich zwar irgendwo verkrochen hat, aber zurückkommen wird. Der Winter. Ich kann mir gar nicht vorstellen, wie der nächste Winter sein wird. Wo ich sein werde. Wo Cocíss sein wird, der zwischen zwei Schlucken Bier in sein Eis beißt. Was macht so einer in der Welt? Raus dem Gefängnis und weit weg von seinem Clan.

»Das erste Mal, wenn du eine Pistole hast, meinst du, alle wissen es, auch wenn sie die Pistole nicht sehen. Stimmt's?«

»Stimmt. Und wann hast du zum ersten Mal eine Pistole benutzt? Lass mal hören.«

»Ich bin's nicht gewesen. Ich weiß, worauf du mit dem Gerede hinauswillst, aber ich habe sie nicht umgebracht. Auf Menschen habe ich nie geschossen. Nie.«

»Worauf hast du dann geschossen?«

»Auf Tauben.«

»Auf Tauben?«

»Es gab da einen Hof, wo wahnsinnig viele waren. Die haben alles vollgemacht, ekelhaft. Und da hab ich mich manchmal ans Fenster gestellt und ein paar erschossen. Das ist gar nicht einfach, weißt du. Die können ja fliegen.«

Mir fallen die Engelchen ein, die die Freundinnen von Nunzia und Caterina gezeichnet haben. Nicht immer hilft ein Paar Flügel dabei, sich zu retten. Ich muss das Gespräch sofort auf etwas anderes bringen. Er sorgt schon dafür, indem er mir erzählt, wie er mit anderen Jungen aus dem Viertel den Auftrag bekommen hat, auf streunende Hunde Jagd zu machen. Es gab hunderte, auch Rassehunde darunter; es waren die Hunde, die die Leute am Zubringer ausgesetzt hatten. Sie waren verwildert, zogen in Rudeln durch die Gegend, und nachdem sie sich auf einem alten Lagerplatz niedergelassen hatten, waren sie langsam dem Viertel 167 immer näher gekommen. Eines Abends hatten sie einen Drogensüchtigen zerfleischt. An diesem Punkt hatten die Capozona einvernehmlich beschlossen, das Problem müsse gelöst werden, um die Kundschaft zu schützen.

Cocíss erinnert sich daran wie an ein großes Abenteuer und erzählt mir, mindestens ein Dutzend erschossen zu haben. Er weiß noch, dass er die ganze Nacht lang damit beschäftigt war, die Kadaver aufzusammeln. Sie dachten, sie müssten sie verbrennen, aber im Morgengrauen kam ein Lastwagen, und man befahl ihnen, alle aufzuladen. Das war nicht so lustig wie das Schießen. Lohn für die Nacht: Das Handy wurde für fünfzigtausend Lire aufgeladen.

»Wo wir von Hunden reden: Wieso hatte denn der Hund den gleichen Namen wie du?«

Er antwortet mir nicht, trinkt die Dose Bier aus, drückt sie mit einer Hand zusammen und schleudert sie dann weg, zwischen die Büsche.

»Was geht dich das an?«

»Mich interessiert der Rest der Geschichte.«

Er setzt sich rittlings aufs Geländer.

»Den Namen, den hat ihm Ezio Curto gegeben, den sie Japàn nennen. Ich wusste nicht mal, was er bedeutet.«

»Das war ein Apachenhäuptling. Genau genommen hieß er *Cochise*.«

Er nickt und fängt wieder an, von seinem Champion zu erzählen. Wie sie ihn in eine Decke beißen ließen und ihn dann von der Terrasse runterwarfen und der Hund sich nur mit den Zähnen festhielt, bis er am Ende war. Er erklärt mir, dass man so die Unterkiefermuskeln kräftigt. Dann erinnert er sich daran, wie sie ihm nach drei Tagen im Dunkeln und ohne Fressen eine 100-Watt-Birne vor die Augen hielten und ihm eine Katze vorsetzten. Sie machten eine Woche lang mit Katzen weiter, begannen dann mit streunenden Hunden, die sie aus dem Tierheim holten. Sein Bruder suchte sie persönlich aus, jedes Mal einen, der ein bisschen größer und widerstandsfähiger war als der letzte.

»Ich hatte die Aufgabe«, erklärt er, »darauf zu achten, wie oft sich der Zeiger auf der Stoppuhr drehte, bis er den Kampf beendet hatte.«

(Was heißt: ihn zerfleischt hatte.)

Er erzählt mir, dass als Eröffnungsnummer vor den eigentlichen Kämpfen streunende Hunde in Stücke gerissen wurden. Er schaut finster, als er sich daran erinnert, dass es echt scheiße war, Cocíss beizubringen, den Gegner zu töten. Ein paar Mal hörte Cocíss vorher auf, das Publikum protestierte, und viele wollten ihr Geld zurück. Von dem Tag an hatten sein Bruder und er Haarnadeln dabei. Sie steckten sie ihm knapp über den Schwanz rein, damit er sich noch einmal auf den im Todeskampf liegenden Hund stürzte. Manchmal war es nicht einfach zu entscheiden, ob der andere Hund wirklich tot war, auch wenn er sich nicht mehr bewegte. Näher ranzugehen, um es zu kontrollieren, konnte gefährlich sein, wenigstens wenn Cocíss ihm nicht wirklich die Kehle durchgebissen hatte.

Als er mir vom ersten Kampf erzählt, merke ich, dass sich meine Finger fest um das Geländer schließen und sich die Muskeln in den Beinen anspannen.

»Da war dieser Ben Hur, ein Dogo argentino, der schon drei oder vier Champions massakriert hatte. Als ich ihn gesehen habe, hab ich mir in die Hosen gemacht. Er war ganz schwarz und rot, ein Monster. Alle Wetten standen gegen Cocíss. Da kam Curto zu uns und sagte, er bringt uns beide um, wenn Cocíss nicht gewinnt. Ich hab mich drangemacht, ihn mit Milch zu begießen, das muss man vor einem Kampf immer tun, und mein Bruder gab ihm dieses Zeug zu schlucken, das hilft, auf den Beinen zu bleiben. ›Hitler Speed‹ sagen sie dazu. Weißt du, wovon ich spreche?«

Ich war nie im Rauschgiftdezernat, doch eine Kollegin hat mir von einem Zeug, das so heißt, und auch von anderem erzählt. Ice oder Crystal meth, synthetischer Koks für Arme. Oder für Hunde. Man sagt, es lässt sich zu Hause aus Produkten, die man in jedem Supermarkt oder Hobbycenter kaufen kann, herstellen. In Wirklichkeit ist es nicht ganz so einfach. Aber immer noch einfacher, als nach Kolumbien zu fliegen, um mit den Drogenhändlern zu verhandeln.

Er erklärt mir weiter, dass ein Dogo argentino nicht nur gefärbt wird, um ihn bedrohlicher aussehen zu lassen, sondern auch, weil er von Natur aus weiß ist und man Verletzungen sofort sehen würde. So hatten nicht einmal sie bemerkt, dass Cocíss den Dogo bereits mehrmals verwundet hatte. Das Publikum war wie im Rausch, es war einer der härtesten und längsten Kämpfe, die man je gesehen hatte, einer von denen, die in die Geschichte eingehen. Er hat ihn auch gefilmt, fügt er hinzu. Doch an einem bestimmten Punkt schienen die beiden Hunde aufhören zu wollen. Auch die blutrünstigsten Bestien hören einmal auf. Das kann ich mir einfach nicht erklären, sagt er. Vielleicht aus Müdigkeit und weil sie viel Blut verloren haben, vielleicht weil sie sich fragen, was für einen Sinn es hat, das Duell bis zum Tod fortzusetzen, sage ich. Er sieht mich an und denkt darüber nach. Es ist wie ein Augenblick des Blackout, der Verwirrung. Der großen Klarheit, möchte ich hinzufügen, doch ich behalte es für mich und lasse ihn fortfahren.

Er behauptet, dass Cocíss am Ende gewonnen habe, weil der Herr von Ben Hur, besorgt darüber, dass der Kampf sich so lange hinzog, ihm einen Schuss Koks zu viel gegeben hatte. Er erinnert sich, dass der schwarze Dogo plötzlich zusammenbrach, als hätte er einen Infarkt. Und Cocíss zog ihn durch die Arena wie eine Masse aus Blut und Sägemehl, während er und sein Bruder ihn anschrien, ihn in Stücke zu reißen. Sie brauchten vier oder fünf Leute, um ihn dazu zu zwingen, ihn loszulassen. Ezio Curto machte allein an diesem Abend zwanzigtausend Euro. Und ihnen gab er tausend davon. An diesem Abend haben alle kapiert, dass Cocíss ein Champion war, schließt er mit einem gewissen Stolz und springt vom Geländer.

Wir machen uns auf den Nachhauseweg.

Ich weiß nicht, ob er diese Geschichte je irgendjemandem erzählt hat. Der fahrigen Art nach zu urteilen, mit der er schwadroniert, ohne sich um wirkungsvolle Übergänge zu kümmern, eher nicht. Zu Hause kontrolliere ich, ob die Fotos bei der richtigen Adresse angekommen sind, und er erzählt mir noch einmal, dass Cocíss nach einem Jahr als Kampfhund quasi hunderttausend Euro wert war.

»Du übertreibst«, finde ich.

Er ist beinahe beleidigt.

»Du hast ja keine Ahnung. Was weißt du schon, wer da alles dahintersteckt und Geld macht?«

Dann organisierte Curto einen Kampf mit Attila, einem Rottweiler, dem Kampfhund eines Ausländers, vielleicht eines Slawen, soweit ich den verhunzten Namen verstehe. Ein historisches Ereignis, er erinnert sich daran, dass für mehr als einhundertfünfzigtausend Euro gewettet wurde, und er schwört, dass sie Cocíss entsprechend vorbereitet haben. Rohes Fleisch, zwei Stunden am Tag Laufband und Kokain, echtes, kein Hitler Speed, bevor man ihn gegen Attila antreten ließ.

Doch es lief schlecht. Attila war ein Monster, er war zu stark. Cocíss gab nicht auf, aber er war dabei zu verbluten, an einer Hinterpfote kam der blanke Knochen heraus, und er hielt sich nur mit Mühe auf den Vorderbeinen. Es war nichts mehr zu machen, doch auch Attila schien diesen Moment der Verwirrung zu haben, bevor er bis zum Letzten ging. Je lauter das Publikum brüllte, je mehr Feuerzeuge und Münzen geworfen wurden, desto mehr schien der Rottweiler sagen zu wollen, dass es nicht nötig sei, dass der Gegner von allein sterben werde, eine Frage von Minuten.

In diesen Minuten verbreitete sich das Gerücht, die Polizei sei unterwegs.

Das Chaos im Chaos brach aus. Alle wollten weg, aber vorher noch die Wettgewinne einstecken. Nur dass der Kampf nicht wirklich zu Ende war, denn Cocíss war nicht tot. Während überall Messer und Pistolen auftauchten, nutzten er und sein Bruder die Verwirrung, um den Hund in einen Sack zu stecken und ins Auto zu laden.

Die beiden entkamen mit dem sterbenden Hund, und irgendjemand entkam mit den ganzen Wetteinsätzen. Denn in Wirklichkeit ist die Polizei in jener Nacht nie aufgetaucht. Cocíss meint, es war alles nur eine Finte von Curto und seinen Leuten. Doch für ihn war nur eine Sache wichtig: Sein Champion lebte noch.

Er brachte ihn zu einem Tierarzt, den er kannte, einem von denen, die den Mund halten, wenn man sie bezahlt, schaffte ihn dann auf einen alten Hof. Morgens und abends ging er hin, in manchen Nächten schlief er auch dort. Zum Glück, so erwähnt er mehrmals, fing er in dieser Zeit an, als Wachposten zu arbeiten, er hatte einen Motorroller und Geld. Und was er nicht kaufen konnte, klaute er. Die Apotheke wurde nicht so überwacht wie der Supermarkt.

Innerhalb von sechs oder sieben Monaten erholte sich der Hund. Er sah auf einem Auge nichts mehr, und die von den Bissen zerfetzten Ohren würden natürlich nicht nachwachsen, aber er konnte sich auf allen vier Beinen halten, die Wunden waren vernarbt, er hatte keine Infektionen mehr. Er fraß nur Hackfleisch und Reis, hatte nicht mehr den stählernen Biss des Champions. Er würde nicht mehr kämpfen können.

Sein Bruder sagte es Ezio Curto, und der große Organisator von Hundekämpfen holte Cocíss eines Abends zusammen mit zwei Kumpeln in der Spielhalle ab. Sie ließen sich zu dem Hof bringen, wo er den Hund hielt. Er zeigte ihm voller Stolz den alten Champion, und mir wird aus der Art, wie er es erzählt, klar, dass er vielleicht sogar Dankbarkeit und ein klein wenig Bewunderung erwartet hätte. Er hatte den Hund im Grunde von den Toten erweckt.

Der große Einhunderttausend-Euro-Champion kam auf Ezio Curto zu, ein Auge zermatscht und auf einer Pfote wankend. Der schob eine Hand in seine Wildlederjacke. Cocíss beschreibt mir die Szene mit einer gewissen Genauigkeit; es ist unglaublich, wie er Details betont und berichtet, wie das Tier sich anstrengte, auf allen vier Beinen zu stehen, ihn nicht zu blamieren. Wie ein normaler Hund zu wirken, der seinen Herrn freudig begrüßt.

Er erinnert sich auch gut daran, nicht bedroht worden zu sein. Er sagt es mir sogar ausdrücklich. Die drei Männer standen schweigend um ihn herum.

Curto fragte ihn nur, ob er eine Pistole habe. Eine eigene.

Er sagte Nein.

Da gab Ezio Curto ihm eine Halbautomatikwaffe in die Hand, eine alte Walther 7.65, und sagte, sie gehöre ihm, doch er müsse ihm zeigen, dass er auch damit umgehen könne.

Als mir klar wird, dass er überhaupt nicht müde ist, schlage ich ihm vor, die erste Wache zu übernehmen. Ich bezweifle zwar, dass die Gespenster vom Hügel bis hierhergelangt sein können, doch wir dürfen kein Risiko eingehen. Er zieht einen Sessel zum Eingang, setzt sich auf den Boden, die Füße gegen die Tür gestemmt, den Rücken an die Armlehne des Sessels gestützt. So bezieht man Wache, sagt er, weil man in dieser Haltung nicht einschlafen kann und nicht mannhoch dasteht, falls sie auf der anderen Seite der Tür zu schießen anfangen.

Ich weiß es zu schätzen, wie er mitmacht.

Ich flüchte mich in mein Schlafzimmer. Mit dem Geld, der Pistole und dem Koks. Schließe alles in den Safe ein, in die Schachtel mit den blauen Kornblumen, in der sechs Jahre lang meine Arbeit über den heiligen Augustinus gelegen hat.

Dann gehe ich wieder zu ihm hinaus und schlage vor, dass er mich um drei Uhr weckt, danach kann er bis sieben schlafen.

Er antwortet nur mit einem leichten Kopfnicken und starrt unverwandt zur Tür.

»Ich habe vergessen zu erzählen … dass ich ihn aber nicht denen mit dem Lastwagen gegeben habe.«

»Wen?«

»Cocíss, meinen Champion.«

Ich brauche ein paar Sekunden, bis ich wieder in der Geschichte bin.

»Wie all die anderen Hunde, die streunenden Hunde, die wir auf der Straße getötet haben, verstehst du? Weißt du, was die mit denen gemacht haben? Die haben sie zu Pulver zermahlen, und das verfüttern sie an die Kühe.«

»Die toten Hunde?«

»Ja, und auch Schafe, tote Kühe, alles. Aber Cocíss war ein Champion. Ein Champion darf nicht zum Schluss von Kühen gefressen werden.«

Ich gehe runter auf die Knie, stütze einen Ellbogen auf den Sessel. Er redet, behält dabei die Tür im Blick und erzählt mir, dass er Cocíss vom Lastwagen mit den Kadavern runtergezogen hat. Er hat ihn selbst begraben, an einem Ort, den nur er kennt. Ab und zu ist er dahin zurückgegangen. Auf sein Halsband hat er Steine im Kreis gelegt.

»Und dann habe ich noch etwas gemacht, das glaubst du nicht, wenn ich es dir sage.«

Er wirft mir einen flüchtigen Blick zu, die erloschene Zigarette im Mund. Jetzt hat er etwas Herausforderndes in den Augen.

»Dann lass mal hören.«

»Nein, ich kann es dir nicht sagen.«

Er macht es spannend. Doch ich lasse nicht locker.

»Ich habe ein Stück Fleisch von ihm abgeschnitten und mit nach Hause genommen. Und dann habe ich es gegessen.«

Ich scheine ihm wohl nicht erstaunt genug. Ich bin es tatsächlich nicht. Er nimmt es mir ein bisschen übel und setzt noch eins drauf.

»Da habe ich gedacht, aus Respekt sollten mich alle Cocíss nennen.«

Jetzt setze ich mich schließlich auch auf den Boden.

»Die Sache, die habe ich nie einem erzählt. Kannst du dir die Doktoren vorstellen, da im Jugendgefängnis? Die hätten geschrieben, dass ich voll verrückt bin, und mich zu den kriminellen Irren gesteckt.«

Er richtet den Blick wieder fest auf die Tür.

»Vielleicht bin ich ein bisschen verrückt, hä?«

Ich sage ihm gute Nacht, gehe in mein Schlafzimmer und schließe die Tür ab. Doch ich mache es leise, damit er nicht das Klicken im Schloss hört.

Er klopft, als wollte er die Tür einschlagen.

»Rosa!«

(Es ist das erste Mal, dass er mich bei meinem Namen nennt.)

Ich habe das Gefühl, erst vor Kurzem eingeschlafen zu sein, und vielleicht stimmt das auch. Ich muss mich wer weiß wie lang auf dem Bett herumgewälzt haben. Nicht einmal das Nachttischlämpchen habe ich ausgemacht.

Ich gehe zur Tür, dann ins Bad und dann noch auf die Suche nach irgendwas, das mein Kopfweh lindert. Ich sehe, dass Cocíss eine Packung Toast mit Butter und Honig aufgegessen hat, und höre ihn grummeln, dass er nicht müde ist. Ich gebe ihm mit einem Zeichen zu verstehen, er soll den Sessel nicht über den Fußboden ziehen, und binde meine Haare hinten zusammen.

Bevor er sich auf die Couch fallen lässt, zieht er sich die Schuhe aus. Ich nehme es als eine Geste guten Willens.

»Du hast nicht zufällig was, um schnell einzuschlafen?«

Ich gehe noch mal ins Schlafzimmer, hole eine Schmerztablette für mich und ein Beruhigungsmittel für ihn, noch immer aus der Packung meines Vaters. Die Vitamine gebe ich ihm nicht, doch ich überrede ihn, sich die Zähne mit der medizinischen Zahncreme zu putzen, weil er immer noch Blut spuckt.

Während er im Bad ist, setze ich Kaffee auf. Als er herauskommt, barfuß und ohne T-Shirt, habe ich es mir schon wieder anders überlegt. Ich stelle die Espressokanne ins Waschbecken und richte mich im Sessel vor der Tür ein.

Er zieht sich ein sauberes T-Shirt über, schluckt die Pille, stürzt ein ganzes Glas Wasser runter und wirft sich auf die Couch, dass der Fußboden quietscht.

»Würdest du bitte leise sein?«, flüstere ich stinksauer. »Hier schlafen alle.«

(Alle außer uns.) Ich setze mich hin und sehe zur Tür, wie er es getan hat.

Als ich schon denke, dass er eingeschlafen ist, höre ich ihn murmeln, dass ich eine Menge Sachen aus Plastik in meiner Wohnung habe, und da hat er tatsächlich recht. Ich hasse rustikale Möbel, und Metall lässt mich frösteln. Unsere Epoche wird wegen des Plastiks in die Geschichte eingehen. Im Guten und im Schlechten wird Plastik den künftigen Generationen von uns erzählen.

Schnittblumen stelle ich in orangefarbene, halb transparente Röhrenvasen, davon habe ich zwei oder drei gleiche, hier und dort verstreut. Und auch die einzige Lampe, die jetzt brennt und wie ein unförmiger mineralischer Klumpen aussieht, ist aus Plastik. Als Objekt ist sie grauenhaft, das ist mir jetzt, wo ich sie in der Mitte der Nacht anschaue, vollkommen klar, doch mir gefällt das Licht, das von ihr ausgeht, es ist anheimelnd und schillernd. Alles aus Plastik. Die Schöpfkellen, der Besteckabtropfer in Form eines Kaninchens, der Korkenzieher, die Kleiderhaken, der Zeitungsständer und das Beistelltischchen neben der Couch. Die Couch selbst ist ein tolles Designerteil, aus einem Stück, perfekt geformt und bequem, ein geschmackvolles Geschenk. Nicht umsonst von Antonello. Vielleicht hätte ich auf seine idiotische Nachricht anders antworten sollen.

»Und dann gefallen dir Rot und Orange.«

Ich bestätige das aus reiner Höflichkeit.

»Wieso?«

»Keine Ahnung. Blau ist männlich und Grün deprimiert mich.«

»Mich auch, Grün finde ich zum Kotzen.«

(Sieh mal an, wir haben etwas gemeinsam. Ich hoffe, das reicht ihm.)

»Dann sind hier keine blauen Sachen, weil du keinen Freund hast, keinen Mann?«

»Was hat das damit zu tun?«

»Dann hast du einen.«

»Schlaf lieber.«

Er lässt nicht locker.

»Es sind nirgendwo Fotos von Männern. Nein, vielleicht hast du keinen.«

(Wird der denn nie müde?)

»Hast du je geheiratet?«

»Nein. Und?«

»Nichts.«

»Gute Nacht.«

Endlich schläft er.

Doch für mich ist es schlimmer. Ich könnte irgendwas lesen, aber ich schaffe es nicht. Ich starre auf die Tür, und in meinem Kopf gehen die Gedanken durcheinander.

Ich weiß nicht mehr, wer er ist, dieser Abschaum der Gesellschaft, der da auf meiner Couch schläft. Ich weiß nicht, wie ihn unschädlich machen. Ich weiß nicht, wem er als Nächstes etwas antun wird.

Ich weiß nicht, ob er wirklich auf Riccardo Capuano geschossen hat, ohne sich darum zu kümmern, dass in einem Meter Abstand zwei kleine Mädchen vorbeigingen.

Ich weiß, dass er lügt und naiv ist, ich weiß, dass er seinen Stolz hat und vielleicht einen Plan im Kopf, von dem D'Intrò und ich nichts wissen. Ich weiß, dass er nicht aufhören wird zu kämpfen, auch wenn ihm nicht mehr klar ist, auf welcher Seite. Doch er ist ein Kampfhund, er kann nichts anderes, und für ihn sind Kämpfen und Überleben definitiv dasselbe.

Noch einmal sehe ich den Film mit alledem, was Cocíss mir erzählt hat, vor mir ablaufen, und dann fällt mir Professor Guarneri ein. Er erzählte mir einmal, dass bei der argentinischen Polizei die Rekruten der Spezialeinheiten weggeschickt wurden, um weitab von allem und allen in einer Baracke zu leben. Drei Monate lang hatten sie als einzige Gesellschaft einen Hund, und am Ende der drei Monate mussten sie ihn töten. Wer nicht in der Lage war, das zu tun, wurde ausgemustert.

Du darfst nicht wissen, wer du bist, du darfst dich nicht fragen, wofür du tötest. Du hast kein Recht, am Leben zu bleiben, nur weil du geboren bist. Allein Angst und Schmerz. Angst und Schmerz, die schlimmer sind als der Tod.

Cocíss zieht die Nase hoch, murmelt irgendwas und seufzt (ich habe zu intensiv an ihn gedacht).

Wir erreichen die Aurelia, und es fängt an zu regnen. Cocíss hat eine grauenhafte, rosenförmige Seifendose aus mattem Plastik mit Glitzersteinchen an sich genommen, die bei mir in einem Korb mit irgendwelchem Kram auf der Waschmaschine lag. Er hat mich gefragt, ob ich die Proben behalten wolle.

»Nein, wirf sie ruhig weg.«

»Es ist eine Rose«, hat er gesagt. »Wer hat sie dir geschenkt?«

»Eine Parfümerie.«

Über ein Versteck für das Kokain nachzudenken hat seine ängstliche Unruhe eine halbe Stunde lang besänftigt, doch jetzt muss ich ihm noch einmal sagen, dass D'Intròs Mann über alles Bescheid weiß und uns zusammen mit den Papieren auch etwas für ihn bringen wird. Ich hoffe, er glaubt mir, im Moment ist es mir lieber, wenn er nicht weiß, dass er eine große Menge Stoff in Reichweite hat.

Wir kommen aus einem Tunnel heraus und befinden uns am höchsten Punkt einer bergab führenden Strecke. Eine Ortschaft mit Häusern, die rote Dächer haben und sich in Reihen bis hinunter ans Meer ziehen, während es auf der gegenüberliegenden Seite nur ein winziges Dorf gibt, nicht mehr als eine Verkrustung auf dem Rücken eines schiefen Hügels. Cocíss jedoch scheint ganz hingerissen von den weißen und roten Schornsteinen, die in den blassen Morgen ragen. Der Nebel ist fein und leicht wie Staub. Das Meer glitzert nur, wenn ein Sonnenstrahl die Wolken durchbricht, ansonsten hat es die Farbe meiner Augenschatten.

»Das Meer scheint dort hinten aufzuhören, aber das tut es nicht«, bemerkt er. Er nimmt sich die falsche Brille ab und sieht es sich gut an. Nach kurzer Zeit führt die Straße von der Küste weg, und Cocíss dreht sich um, die Nase am Fenster, bis das Meer hinter den mit niedrigen Pinien dicht bewachsenen Hügeln verschwindet. Weit draußen über dem Meer ist der Himmel noch dunkel und wolkenlos.

Er fragt mich, ob Hamburg am Meer liegt, und ich muss eingestehen, dass ich es nicht weiß. Ich bin sicher, dass es einen wichtigen Hafen hat, doch vielleicht liegt er in der Mündung eines großen Flusses. Als ich Cocíss beobachte, wie er sich über seinen Schnurrbartschatten streicht, habe ich fast das Gefühl, ihn enttäuscht zu haben. Ich habe ihn überredet, das schwarze T-Shirt eines Berliner Clubs anzuziehen, das ein Exfreund aus Uni-Zeiten (ehrlich gesagt, weiß ich nicht mal mehr, welcher) zwischen meinen Sachen vergessen hat. Mit den blondierten Haaren wirkt Cocíss wie ein junger Student von der gemäßigt alternativen Sorte. Die Sorte, der ich irgendwann bewusst aus dem Weg gegangen bin, um nicht mit in schlechte vegetarische Restaurants und Programmkinos mit tödlich langweiligen Filmen zu müssen (so erkennt ihn wirklich niemand).

»Ich hab nicht geglaubt, dass das Meer so schön ist, wenn man es im Ernst sieht.«

»Was meinst du mit ›im Ernst‹?«

»Wenn man es wirklich sieht.«

»Du hast in deinem Leben noch nie das Meer gesehen?«

»Ja, doch. Im Fernsehen.«

»Aber du bist nie da gewesen?«

»Nein. Und?«

»Es war fünf Kilometer von dir entfernt.«

»Ich hatte immer zu tun. Den ganzen Tag. Man kann nicht groß weg, das Geschäft muss kontrolliert werden.«

»Und dieser Ort am Meer mit den ganzen berühmten Lokalen? Wie heißt der noch …«

»Baia Nerva? Bist du verrückt? Dahin kannst du erst gehen, wenn du was erreicht hast. Wenn du das richtige Auto hast, um dir ein paar Frauen einzuladen, dass alle sich umdrehen. Da kannst du nicht hin, wenn du ein Jüngelchen mit einem Roller bist, wenn du noch niemand bist. Die da wissen, wer du bist, es reicht nicht, dass du ein paar gerollte Scheine in der Tasche hast. Ich gehe dahin, wenn ich's mir leisten kann, nicht zu zahlen und das halbe Lokal in Stücke zu schlagen, ohne dass einer was sagt, verstehst du?«

Ich verstehe und muss zugeben, dass er mich hin und wieder in Erstaunen versetzt. Dieses Raubtier weiß auch den Kopf zu erheben, Situationen zu entschlüsseln und ein bisschen weiter nach vorn zu schauen. Auch die schlimmsten

Bastarde können intelligent sein, wie Guarneri sagte. Aber macht sie das verletzbarer oder nur gefährlicher?

Ich schalte herunter und biege in eine schmale Staatsstraße ein. Nach ein paar Kilometern ins Landesinnere müssten wir auf den Laden eines Ferienbauernhofs stoßen, der vormittags auch als Cafébar fungiert und *La Conca Blu* heißt.

Der Mann mit unseren Papieren, hat D'Intrò gesagt, wartet dort auf uns.

Die Bar ist eine hässliche grüne Veranda, die an einen alten, zum Teil renovierten Bauernhof angebaut worden ist. Ich klemme das Auto zwischen einen Lieferwagen und einen Anhänger mit dem nagelneuen, glänzenden Rumpf eines Boots. Cocíss macht mir die Hölle heiß. Es mag ja notwendig sein, einen von D'Intròs Männern zu treffen, aber er besteht auf die Einhaltung der Regeln: Der Hauptkommissar darf nicht wissen, wo wir sind. Konsequenz: Er will sich nicht sehen lassen und im Auto bleiben.

Mir gefällt die Idee nicht, ich schlage mich eine halbe Stunde mit ihm herum und überzeuge ihn schließlich. Wer uns von draußen beobachtet, muss uns für ein heftig streitendes Pärchen halten. Es ist lächerlich, aber es ist besser so.

Drinnen bin ich die einzige Frau, von der Bedienung hinter der Theke abgesehen. Als solche werde ich sofort gemustert. Nicht an allen Tischen wird Italienisch gesprochen. Ich bestelle zwei Cappuccino und halte gleich nach unserem Verbindungsmann Ausschau. In einer Ecke steht ein kräftig gebauter junger Mann auf, er trägt eine Art Matrosenjacke, hat ein sympathisches Gesicht und einen Zopf. Er kommt an die Theke, um zu zahlen, und grüßt mich mit meinem Vornamen. Unter dem Arm hat er ein paar Zeitungen, Sportzeitungen, wie mir scheint; er verhält sich, als würden wir uns schon ein Leben lang kennen, ich spiele mit, und er schiebt mir eine der Zeitungen zu.

Aus den Augenwinkeln beobachte ich Cocíss weiter. Kerzengerade steht er vor der Vitrine mit Brioches. Ich frage ihn, ob er Hunger hat, doch er zuckt mit den Schultern und wendet den Blick einem kleinen Fenster neben alten verrosteten Blechschildern zu.

Der joviale Typ zahlt für uns mit und geht. Cocíss hat sich inzwischen an ein Tischchen gesetzt und eine Zeitung von der Eistruhe genommen. Ich warte auf unseren Cappuccino und gehe zu ihm, bahne mir einen Weg zwischen den Stühlen (und ein paar Blicken zu viel auf meinen Hintern) hindurch. Aber mir ist lieber, sie schauen dahin und nicht weiter hoch. Ich spüre, wie der Stoff an meiner Schulter spannt, dort, wo die Innentasche mit der Pistole ist.

»Alles in Ordnung?«, fragt mich Cocíss.

»Alles in Ordnung«, antworte ich. Zwei Tütchen Zucker (Cocíss drei).

»Er hat dir auch was für mich gegeben, oder?«, fragt er und trommelt mit den Fingern auf den Tisch.

Ich beruhige ihn und führe die Tasse zum Mund. Der Cappuccino ist kochend heiß, er verbrennt mich wie gewisse Blicke, die ich auf mir spüre. Ich sehe mir jeden Tisch an, und mir springt der einzige Typ ins Auge, der keinen Arbeitsanzug oder mit Mörtel bespritzten Pullover anhat. Er trägt ein Jackett, eine quer gestreifte Krawatte und eine Brille mit Kettchen. Mir dringt ein komischer Geruch in die Nase, eine Mischung aus durchgeschwitzten Kleidern, Lack und geröstetem Kaffee (ich möchte sofort hier raus).

»Mir schmeckt der Cappuccino nicht, ich will eine Zigarette rauchen«, lässt Cocíss mich wissen.

»Dann lass uns gehen.«

»Heute Morgen ist kein Foto von mir drin.«

Ich blättere die Zeitung durch, schlage sie zu und stehe auf.

»Was glaubst du denn, wer du bist?«, sage ich zu ihm.

Wir sind noch auf der Provinzstraße, die uns auf die Aurelia zurückbringen soll, als hinter dem Ziegelsteinbau eines kleinen Kraftwerks ein Kollege mit einer Kelle in der Hand auftaucht. Er macht einen Schritt hin zur Mitte der Straße, und ich habe das Gefühl, dass sie es genau auf uns abgesehen haben. Da ist noch einer, ans Auto gelehnt, in der Haltebucht einer Abzweigung, die zu einem ehemaligen Bahnübergang führt. Cocíss wirft mir einen schnellen Blick zu.

»Was ist?«

»Was machst du, hältst du an?«

»Wieso denn nicht?«

»Bist du verrückt? Los, weiter!«

»Ganz ruhig, unsere Papiere sind in Ordnung«, sage ich (aber mussten ausgerechnet wir ausgerechnet jetzt in diese Kontrolle geraten?). Cocíss nimmt seine Brille ab, um sich die beiden genauer anzusehen, und ich weiß, dass ich besser augenblicklich herausbekommen sollte, was in seinem Kopf vorgeht.

»Mach keinen Scheiß.«

Ich halte an und öffne meinen Sicherheitsgurt. Cocíss war nicht angeschnallt, aber ich hoffe, dass sie deshalb keine Geschichten machen. Der Kollege ist jung, schielt ein bisschen und hat einen kleinen Spitzbart. Er grüßt und beugt sich zu uns runter, während ich das Fenster aufmache.

»Führerschein und Fahrzeugpapiere bitte.«

Ich gebe Cocíss ein Zeichen, dass er die Füße vom Armaturenbrett nehmen und das Handschuhfach aufmachen soll, und suche die Taschen meiner Jacke ab. Mit einem Mal wird mir klar, dass ich unsere Papiere in derselben Innentasche habe wie die Beretta (bin ich blöd).

Ich nehme mir Zeit, lächle den Kollegen an und denke darüber nach, wie ich den Reißverschluss öffnen kann, ohne dass man die Pistole sieht. Dann beschließe ich auszusteigen, mich zu legitimieren und direkt mit den Kollegen zu sprechen. Der Fahrzeugschein ist auf mich ausgestellt, doch in den Tarndokumenten habe ich einen anderen Namen, und ich müsste mir irgendetwas ausdenken. Es ist wirklich nicht nötig, Missverständnisse heraufzubeschwören.

Cocíss lehnt sich vor und reicht dem Kollegen an mir vorbei das blaue Plastiketui. Der bedankt sich freundlich. Ich lege einen Finger auf den Türgriff und sehe, dass auch der andere auf uns zukommt.

Dann spüre ich ein Gewicht auf mir, auf der Hüfte, dem Schenkel. Cocíss hat sich ganz über mich gebeugt. Ich kann es fast nicht glauben, aber ich spüre seine Hand auf mir. (Was ist in ihn gefahren, verdammt?)

»Entschuldige mal, geh zurück auf deinen Sitz«, zische ich ihm leise zu. Doch seine Augen sind trübe, wie von Eis überzogene Scheiben.

Ich bekomme seine Handgelenke nicht früh genug zu fassen, als ich die Pistole sehe. Meine Pistole.

Mit einer Hand presst er mich gegen den Sitz, der Abzug macht gerade mal klick (er wird denken, sie ist nicht geladen), doch er drückt fester. Beim zweiten Klicken zerreißt der Knall die Luft, die Scheiben beben dumpf. Die Finger des Kollegen klammern sich an den Rand des Fensters. Ich höre, wie er außen an der Tür wegsackt. Ich weiß nicht, wieso es die Windschutzscheibe nicht rausgedrückt hat und nicht mal das Glas zersplittert ist. Ich rutsche runter, bin hinter dem Steuer eingeklemmt, eine Hand an der Kehle. Vom Fenster tropft dunkelrotes Blut. Jemand schreit wie ein aufgeschrecktes Tier, schließlich lässt Cocíss mich los, macht die Beifahrertür auf und rollt über den Boden.

Der andere Kollege hat die Pistole in der Hand, dann krümmt er sich, als wäre ihm etwas heruntergefallen. Ein Schuss fetzt ihm die Haare über einem Ohr weg. Er dreht sich um sich selbst, stolpert, und seine Tritte enden im Staub.

Ich schaffe es nicht, die Tür aufzumachen, der Kollege lehnt dagegen, röchelt und stößt gurgelnd einen Fluch aus. Ich versuche, mich aus dem Fenster zu lehnen, und da ist er und starrt mich blöde an. Er schnappt nach Luft und schafft es nicht einmal, die Pistolentasche aufzubekommen.

»Lass mich raus!«, schreie ich ihn an, während diese wahnsinnig gewordene Bestie wieder schießt, mindestens zweimal.

Er fährt sich mit den Fingern über die blutige Nase, atmet, und eine große violette Blase kommt aus seinem Mund. Er versucht wegzurücken, bittet nicht um Hilfe, sagt nichts. Das Blut läuft ihm aus dem Kinnbart. Ich schaffe es, die Tür zehn Zentimeter aufzuschieben, und er klammert sich mit den Fingern an den Rand, um sich hochzuziehen.

Mit einem Sprung von der Motorhaube ist Cocíss da, mit einem Tritt schlägt er die Tür zu, quetscht die Finger des Kollegen ein. Ich werde ins Wageninnere zurückgeworfen, es fühlt sich an, als hätte ich ein glühend heißes Bügeleisen ins Gesicht bekommen.

Der Kollege brüllt, er sitzt auf dem Boden, seine Finger zerquetscht.

Lauf nach unten gerichtet, Bein gegen die Tür. Cocíss hält die Pistole mit beiden Händen, neigt den Knauf und schießt. Beim Rückstoß fletscht er die Zähne, und ihm entfährt ein gellender Schrei. Ich sehe einen Klumpen aus Blut und Haaren, ich höre das klackende Geräusch der Patronenhülse an der Karosserie, ein Knochensplitter dringt in die Kopfstütze ein. Dann springt Cocíss ins Auto, ans Steuer, wirft mir die Papiere zu und rast los wie ein Irrer.

Die Tür geht noch mal auf, und ich sehe, wie er aus dem Schloss einen roten Stummel wegmacht, an dem der Nagel noch dranhängt.

»Was hast du getan, verdammt?! Was hast du getan, verdammt?!«

Ich weiß nicht, wie oft ich das wiederhole, aber er hört mir nicht zu. Vielleicht höre ich mir nicht mal selbst zu. Ein paar Kurven, und er legt mir die Pistole in den Schoß.

Der Lauf ist glühend heiß, ich stoße einen Schrei aus, nehme aber trotzdem das leere Magazin heraus. Ich stecke das volle rein, lade durch und fange wieder an zu schreien, aber ich weiß nicht mal, ob ich irgendetwas sage.

Er zieht nach links rüber, wir müssen einem Traktor ausweichen, ich schreie ihn immer noch an, was verdammt er getan hat, schaffe es nicht, still zu sein, und schaffe es nicht, mich ruhig zu halten. Ich ziele mit der Pistole auf ihn, aber ich kann ihm nichts tun, wenn ich nicht mit hundert Stundenkilometern gegen einen Baum rasen will.

»Halt an!«

Ich schreie, doch ich kann meine Stimme nur mit Mühe hören, in meinen Ohren habe ich einen sehr lauten Pfeifton. Ich verliere Blut (mich hat eine zurückprallende Kugel erwischt, Scheiße), doch ich weiß nicht, woher es kommt. Als ich meine Lippen betaste, fühlt es sich unter der Fingerspitze an wie feuchtes Gummi.

»Halt an, hast du verstanden?«

Ich versuche die Pistole auf ihn zu richten. Aber auch wenn ich sie mit beiden Händen festhalte, zittert sie noch.

Er wirft mir nur einen Blick zu und biegt dann in eine Seitenstraße ein. Wir fahren durch dichten Wald, es geht bergan, Zweige schlagen gegen die Windschutzscheibe, die Räder schaben am Rand des Asphalts entlang.

»Wo willst du denn verdammt noch mal jetzt hin?«

Ich verändere die Position meines Fingers, aber die Pistole will nichts davon wissen, ruhig in meiner Hand zu liegen. Das Blut tropft mir auf die Hose.

Wir fahren an zwei Häusern aus grauem Stein vorbei. Das eine ist verfallen, das andere scheint nur verschlossen und unbewohnt. Weiter vorne sind Bänke und eine gusseiserne Pumpe mit einem Schwengel, der Hahn hat die Form eines Pferdekopfs.

»Halt an!«, sage ich noch mal zu ihm. Und diesmal tut er es.

Er fährt zwischen einen Stapel Holz und einen Karren. Das Motorgeräusch hört auf, doch das Pfeifen in meinen Ohren nicht. Ich lasse die Pistole ein Stück sinken, doch meine Finger zittern weiter.

»Was willst du denn verdammt noch mal jetzt tun?«

»Diese Dreckskarre sauber machen«, antwortet er. Und steigt aus.

Ich bleibe im Auto sitzen.

In einer Hand das Handy, in der anderen die Pistole.

Ich beobachte ihn, wie er sich auf einen Baumstumpf setzt und die Hände vors Gesicht schlägt. Ruckartig steht er auf, verpasst dem Holzstapel einen Tritt, geht dann ein paar Schritte im Kreis, die Hände im Nacken, wie ein Kriegsgefangener.

Das Handy findet kein Netz, und ich weiß nicht, was ich tun soll. Ich bin durcheinander, wie gelähmt. Inzwischen hat Cocíss einen Eimer aufgetan, lässt ihn mit Wasser volllaufen und gießt ihn dann über die schmierigen roten Bögen des Scheibenwischers.

Er hat zwei Kollegen getötet und mir die Pistole wiedergegeben. Ich darf nicht überstürzt reagieren, und außerdem habe ich nicht die geringste Ahnung, wie ich aus der Sache rauskommen soll.

Er geht zur Pumpe, kommt zurück und gießt den Eimer wieder aus, diesmal über das Dach.

Er macht das fünf- oder sechsmal, gleiche Gesten, unbewegtes Gesicht, und sieht mich nicht einmal an. Rosa Wasser trieft vom Auto. Ich habe die Pistole, aber das scheint ihn nicht zu kümmern.

Ich hebe das Magazin auf, das auf die Fußmatte gefallen ist. Er hat zwei Kollegen getötet, und er hat sie getötet, während er unter meiner Aufsicht stand, mit meiner Pistole, und das bedeutet Suspendierung vom Dienst, ein Verfahren, das Jahre dauern wird, Karriere im Arsch.

Es bedeutet, dass ich innerhalb eines Tages mit ihm in der Scheiße versunken bin, das bedeutet es.

Er steigt wieder ins Auto, lässt die Tür offen und streckt ein Bein nach draußen ins Gras. Er dreht den Zündschlüssel um und macht sich am Autoradio zu schaffen. Er drückt irgendwo drauf, wird gleich nervös und wendet sich dann mir zu, ohne der Pistole, die ich auf ihn gerichtet habe, auch nur die geringste Aufmerksamkeit zu schenken.

»Ich will Nachrichten hören. Wie geht das?«

»Du bist vollkommen verrückt … vollkommen verrückt.«

»Nachrichten, okay?«

Ich halte mir die Nase zu und zeige mit dem Lauf der Pistole auf die Scan-Taste. Mir tränen die Augen, die kleinen Buchstaben sehen aus wie Häufchen weißer Ameisen.

»Willst du hören, was sie über deine tolle Aktion sagen?«

Er bedenkt mich mit einem mitleidigen schiefen Grinsen (der zieht mich voll in die Scheiße und verarscht mich auch noch).

»Ich hab gedacht, du hättest es kapiert. Aber du hast echt einen Scheiß kapiert.«

Er zieht ein Papiertaschentuch aus der Ablage unter dem Aschenbecher. Hält es mir hin. Hält es mir sogar ans Gesicht.

Die Nachricht von der Schießerei wird zuerst von einer lokalen Station gebracht. Zehn Minuten später taucht sie in der Nachrichtenübersicht eines überregionalen Senders auf. Zwei Tote bei einem Feuergefecht.

Sie trugen Polizeiuniformen, doch den ersten Überprüfungen zufolge gehören sie nicht zu den Ordnungskräften. Ein Beamter bestätigt im Interview, dass das zuständige Revier keinerlei Sperre auf dieser Straße vorgesehen hatte.

Wir springen von einem Sender zum anderen, über den Bäumen öffnet sich ein Spalt sonnigen Himmels, und eine halbe Stunde vergeht. Ich mit der Pistole, er mit seinen Zigaretten, wir sagen kein Wort, und im Wald zwitschert es, als ob nichts wäre.

Die Identität der beiden Toten ist noch nicht bekannt. Zum Schluss mutmaßt man, dass es sich um einen Hinterhalt handelte, dessen Hintergründe mit dem organisierten Verbrechen zu tun haben: der alte Trick mit den falschen Polizisten, der allerdings in der Toskana noch nie vorher angewandt wurde.

»Hast du jetzt kapiert oder nicht?«

Cocíss zündet sich die x-te Zigarette an. Er hält sie zwischen die Lippen geklemmt, ohne auszuatmen. Er raucht wie ein Boss, die Augen halb geschlossen, die Wangen angespannt. Wenn er raucht, sieht er aus, als wäre er fünfzig. Eher noch, als wäre er immer fünfzig gewesen.

»Und du, wie hast du es kapiert?«

»Die Schrift.«

»Was?«

»Die Schrift auf der Tür, die blau-weiße Schrift.«

»Was war komisch daran?«

»Sie war falsch.«

»Wie: falsch? Stand da nicht ›Polizei‹?«

Endlich atmet er aus. Er hustet und spuckt in hohem Bogen ins Gras. Lehnt sich ans Steuer und beißt sich auf die Lippe.

»Ich sage dir, die war nicht so wie die Schrift, die ihr immer habt.«

»Kannst du mir das erklären?«

»Ich weiß nicht, wie erklären … klar stand da ›Polizei‹, das weiß ich auch, was glaubst du denn?«

»Das weißt du auch? Was soll das heißen?«

»Das soll heißen, dass ich nicht lesen kann, Rosa. Hast du noch nicht mal das kapiert?«

Wir säubern das Auto zu Ende, doch auf den Sitzen bleiben ekelhafte dunkle Flecken geronnenen Bluts zurück.

Wir waschen uns am Brunnen das Gesicht, die Hände und dann bis zum Ellbogen, ohne Seife. Das eiskalte Wasser kommt mir hart wie Marmor vor.

Ich muss mir was anderes anziehen, schlüpfe mit meiner Tasche ins Auto und sage ihm, er soll weggehen.

Cocíss findet die Zeit für ein mildes Lächeln, dann platziert er sich an der schmalen Straße, um zu kontrollieren, ob jemand kommt. Ich sehe mich im Rückspiegel an. Meine Lippe ist über den Schneidezähnen aufgesprungen, die Oberlippe bläulich geschwollen. In der Nase sind Äderchen geplatzt, im Papiertaschentuch bleiben noch ein paar Flecken.

Ich muss mit ein bisschen Grundierung und einem kirschfarbenen Lippenstift, der eigentlich zu knallig ist, aber wenigstens gut deckt, Abhilfe schaffen.

Als ich mir gerade das Haar zusammenbinde, klingelt das Handy. Es könnte Reja sein, oder D'Intrò. Ich schaue nicht mal nach, ich will es gar nicht wissen. Wer immer es ist, ich warte, bis er aufgibt. Dann schalte ich das Handy aus und nehme die Karte heraus. Während ich die Tasche wieder im Kofferraum verstaue, kommt Cocíss zurück.

»Scheiße, deine Leute haben dir aber echt Rache geschworen«, sage ich, bevor er etwas sagen kann.

»Kümmere du dich lieber um deine. Zweimal bin ich durch eure Schuld schon gefunden worden.«

Ich sehe ihn an und sage nichts (er hat recht; wo er recht hat, hat er recht). Ich setze mich auf die Bank und presse meine Hände zwischen die Knie.

»Den Typ in der Bar, den hat der Dottor D'Intrò geschickt, stimmt's?«

»Was sollte ich denn machen? Ohne Tarndokumente können wir nirgendwohin.«

Er flucht, spuckt Gift und Galle, sagt mir, dass mein Chef genauso ein Drecksack ist wie alle Bullen. Und er hat ihm auch noch vertraut, schreit er und schlägt mit den Fäusten auf den Tisch. *Scheißdreckskerl, Scheißdreckskerl,* wiederholt er immer und immer wieder.

»Jetzt gib mir ein bisschen Stoff, los«, sagt er schließlich. Seine Brust hebt sich stoßweise. Seine Finger bewegen sich wie die Beine eines Insekts, das auf dem Rücken liegt. »Und ich will darüber nicht diskutieren.«

Es ist nicht der Moment, ihm zu widersprechen. Ich mache den Kofferraum auf und (es reicht jetzt, es ist mir jetzt scheißegal) gebe ihm das ganze in Folie eingeschlagene Päckchen. Das hat Cocíss nicht erwartet. Er reißt die Augen auf: eine Fata Morgana in der Wüste, Stoff im Überfluss, das Ende der ständigen Angst, sich was besorgen zu müssen (ich hoffe, es wird ihn beruhigen). Er nimmt das Päckchen fest in die

Hand (wenn er es sich jetzt reinzieht, zerspringt sein Herz) und steckt es sich in die Tasche.

»Warum hast du nicht auch auf mich geschossen?«

»Du bist am Leben, reicht dir das nicht? Musst du mir noch mit Fragen auf den Sack gehen?«

»Ich bin für dich nützlich, stimmt's?«

»Und ich bin für dich nützlich. *Ich* respektiere Abmachungen. Ich bin kein *Scheißdreckskerl*, Rosa.«

Er geht in die Knie und schlägt sich an die Brust.

»Ich bin kein *Scheißdreckskerl* wie der da, wie dein Chef. Das merkst du dir besser, sonst ...«

»Sonst?«

Ich weiß nicht, wie, doch wir stehen plötzlich Stirn an Stirn, ohne uns zu berühren, aber es sind nur Millimeter, die uns trennen. Entweder ich helfe ihm, oder er bringt mich um, das ist klar. Und außerdem: Wenn er seine Abmachung mit mir nicht einhält, bin ich am Arsch.

»Jetzt sag mir, was wir machen, los«, fordert er von mir. »Du hast doch bestimmt eine Idee, oder nicht?«

In seinem Blick liegen Herausforderung, Angst und Vorwurf. Daniele Mastronero, genannt Cocíss, steht vor mir, ein Typ mit einem starken Nacken, einer kleinen, vollkommenen Nase und Zähnen, die wegen seines entzündeten Zahnfleischs von Blut umrandet sind. Der Kampfhund, der nicht einmal lesen kann, das Alphatier, das vom Rudel gehetzt wird, sagt mir, dass es für uns keinen Ausweg gibt, dass wir keine Verbündeten mehr haben, und fragt mich, was wir tun sollen. Wohin wir gehen können.

Eine Idee habe ich wenigstens.

»Wir nehmen ein Flugzeug.«

»Nach Rom?«

»Nein. Zurück nach Pisa. Oder nach Florenz.«

»Wir müssen nach Deutschland.«

»Da kommen wir auch hin. Aber nicht gleich nach Hamburg. Es könnte sein, dass sie uns jetzt gerade da erwarten.«

Es ist nicht unbedingt die beste Idee.

»Also, wohin jetzt?«

»Wichtig ist, dass wir das erste Flugzeug raus aus Italien nehmen.«

Aber es ist die einzige.

Wir brauchen eine Stunde nach Pisa. Wir sagen kein Wort, warmer Wind weht durch die Fenster, der Blütenstaub über den Feldern bringt uns beide zum Niesen. Mit dem Zeigefinger auf der Sendertaste lässt Cocíss auf der Suche nach Nachrichten die Stationen durchlaufen.

Es heißt, dass es für den Mord an den beiden falschen Polizisten keine Zeugen gibt. Außerdem hatten sie sich eine abgelegene Stelle ausgesucht. Nach dieser guten Nachricht parke ich das Auto in einer wenig befahrenen Straße, und wir machen uns mit dem Gepäck auf dem Rücken auf den Weg zum Flughafen. Wir sehen aus wie zwei Studenten, die zu einer Studienreise aufbrechen (hoffe ich wenigstens).

Auf dem Flughafen spüre ich, dass sich die Spannung endlich ein wenig löst. Mitten in einer Menschenmenge ist es leichter, sich anonym und damit beschützt zu fühlen, doch wenn ich sie wäre, würde ich uns eigentlich gerade hier suchen. In der Maschine nach München, die in drei Stunden geht, sind noch zwei Plätze frei. Ich zögere keinen Moment.

Wir verlieren uns gegenseitig nicht einmal aus den Augen, als wir zur Toilette gehen. Er bleibt länger drin als ich, und als er herauskommt, hat er einen hochroten Kopf, und ich frage ihn, ob alles in Ordnung ist.

»Es ist heiß, und ich habe Hunger«, murmelt er und schiebt sich die Brille von der Stirn auf die Nase. Ich weiß nicht, ob nur mir das so vorkommt, aber man sieht, dass sie nicht echt ist. Oder liegt es an seinem Gesicht eines in Ungnade gefallenen Schauspielers? Es ist jedenfalls wirklich alles andere als ein Brillengesicht.

Er verschlingt zwei Schinkenbrötchen und ein Stück Kuchen. Mit einer großen Cola. Ich habe auch Hunger, doch sobald ich mein Valdostana-Beefsteak in mich hineinstopfe, spüre ich, wie alles zu brennen anfängt, von der Kehle bis zum Magen. Ich sehe mir die Gesichter an den Nachbartischen an: drei japanische Mädchen, ein kräftiger Typ mit einem Känguru auf dem T-Shirt, ein Paar älterer Zwillinge mit einem karierten Rollkoffer. Ich lasse mir ein großes Glas kalte Milch geben, und Cocíss sieht mich komisch an.

»Noch nie geflogen?«, frage ich.

»Nie.«

»Im Ernst nicht?

»Nein. Und du, noch nie auf einen geschossen?«

»Nie. Nur einmal, da war ich nah dran.«

»Also, was willst du?«

»Nichts, ich wollte nur verstehen, wie du dich fühlst.«

»Ich fühle mich wie einer, der tot sein könnte.«

Ich lasse die Hälfte meines Valdostana-Dreiecks liegen, und er schnappt es sich gleich.

»Wenn du lesen könntest, wären wir jetzt tot. Beide.«

Ich erwarte nicht, dass er stolz darauf ist. Und tatsächlich kaut er auf seine unmanierliche Art weiter. Auch ich kenne ihn inzwischen.

»Was meinst du damit?«

Ich erkläre ihm, dass er, statt die Buchstaben zu lesen, das ganze Wort angeschaut hat, wie ein Wappen, als wollte er ein Gesicht erkennen. Und daher hat er gewusst, dass es keine echten Polizisten waren.

»Aber jetzt musst du es mir lernen.«

»Was?«

»Lesen und schreiben.«

Ich möchte ihn fragen, wie es möglich ist, achtzehn Jahre alt zu werden, ohne lesen und schreiben zu können. Aber ich spüre, dass es ein heikles Thema ist, und lasse lieber noch ein wenig Zeit vergehen, trinke mein Glas Milch aus.

»Ich bin nämlich nicht behindert, okay? Ich habe schon gelernt, in der Schule. Es hat mir nur Mühe gemacht, ich war nicht richtig dabei, manchmal bin ich hingegangen, manchmal hatte ich keine Lust, oder ich hab lieber ein bisschen

Chaos veranstaltet. Aber Wörter habe ich gelernt. Und die anderen haben mir bei den Fehlern, die ich gemacht hab, geholfen. Die hatten Angst, dass ich ihnen sonst draußen eine reinhaue. Ich glaube, die Lehrerin hat das vielleicht gemerkt, aber vielleicht war sie schon froh, wenn einer aus dem Block K in der Klasse blieb und nicht allzu viel Scheiße baute. Und zweimal hat sie mich versetzt.«

»Bis zu welchem Alter bist du zur Schule gegangen?«

»Bis zur dritten Klasse. Dann hab ich angefangen zu arbeiten.«

»Wo hast du gearbeitet?«

»In den Häusern. Als Aufpasser. Ich habe zwanzigtausend Lire für eine Schicht von sechs Stunden gekriegt, und mit zehn, das wusste ich, würde ich einen Motorroller bekommen. Einen gebrauchten. Aber mit einem Roller konnte ich in die Stadt fahren, ein paar Leute sehen, meine Touren drehen. Ich hab keine Zigaretten mehr.«

Schließlich landen wir auf der Terrasse der Bar, er mit Zigarette, ich mit Zeitung. Ich habe keinen Kopf, irgendetwas zu lesen. Ich will nur, dass wir normal wirken.

»Wohin fliegen wir?«

»Nach Deutschland. Aber nach München.«

»Warum?«

»Weil wir dann aus Italien raus sind. Und außerdem ist das schon mal die richtige Richtung.«

»Kannst du Deutsch sprechen?«

»Ich schlage mich so durch.«

»Du kannst eine Masse Sachen. Bist du schon mal da gewesen?«

»In Deutschland? Ja, aber in einer anderen Stadt. In Tübingen.«

»Und wieso?«

»Ich war an der Universität.«

»Wofür?«

»Um zu studieren natürlich.«

»Hast du viele Jahre studiert?«

»Ziemlich viele.«

»Und was hast du studiert?«

»Philosophie.«

Er wirft die Zigarette auf den Boden. Bläst nachdenklich den Rauch nach oben.

»Und worum geht's bei Philosophie?«

»Sie beschäftigt sich mit Problemen«, sage ich.

»Die haben wir alle, Probleme.«

»Genau.«

»Und dann löst sie die Probleme?«

»Sagen wir mal, sie findet sie. Manchmal ist das schon viel.«

»Na ja, ich hab einen Bruder, der ist Mechaniker. Er findet raus, was kaputt ist, aber dann repariert er es auch.«

»Die Welt ist kein Vergaser. Sie ist komplizierter.«

»Hast du den Doktor gemacht, in Philosophie?«

»Nein, ich habe vorher aufgehört.«

»Und warum?«

»Probleme«, antworte ich ihm.

»Der Stoff«, sage ich zu ihm, bevor wir zum Check-in gehen.

»Alles in Ordnung«, antwortet er mir.

»Hast du ihn weggeworfen? Und wohin?«

»Ich hab ihn nicht weggeworfen.«

»Hör mal, wir können keinen Ärger gebrauchen.«

Ich beäuge kritisch die Schlange hinter uns. Mir fällt ein untersetzter Typ mit einem langärmligen Baumwollshirt und einer grauenhaften dicken Goldkette ins Auge.

»Nerv mich nicht. Es ist alles in Ordnung, sage ich dir.«

»Wo hast du das Zeug hingetan?«

»Du bist doch Polizistin, oder? Weißt du, wie die Neger das machen?«

Er lächelt, ich nicht. Ich musste ein paar Mal mit der Bürste in der Klosettschüssel herumwühlen, nachdem ich einen von denen, die er *Neger* nennt, zur Toilette begleitet hatte, weil er sich unter Darmkoliken krümmte.

Jetzt verstehe ich, was er eine Viertelstunde auf der Toilette gemacht hat. Ich schüttle den Kopf und sehe über eine kleine Gruppe von Leuten hinweg, die irgendjemanden begrüßt. Ich konzentriere mich auf einen Mann mit aschblonden, langen und ein wenig fransigen Haaren, rotes Baumwellhemd und dunkle Jeans mit weißen Nähten. Mir gefällt nicht, wie er herumschlendert, es kommt mir vor, dass er nur so tut, als wartete er auf jemanden.

Cocíss lassen sie den Gürtel und eine Kette abnehmen. Sie fragen ihn, ob er ein Handy hat, doch er zuckt nur mit den Schultern. Er baut sich vor dem Kontrollpersonal mit der misstrauischen Miene von jemandem auf, der Angst hat, bestohlen zu werden. Ich beobachte ihn, und mein Herz schlägt bis zum Hals, doch alles geht gut. Unser Gepäck passiert die Kontrolle ohne Probleme. Ich denke an meine Beretta, die jetzt auf dem Grund des Arno liegt, und die Parabellum-Projektile, die sie in den Leichen der beiden falschen Polizisten finden werden. Die gebrauchen nur wir. Und welch ein Zufall, ich werde den Verlust meiner Pistole anzeigen und das Fehlen eines ganzen Magazins mit Projektilen erklären müssen.

Wir suchen uns zwei abgelegene Sitze. Das Boarding beginnt in einer Dreiviertelstunde, also gehören wir zu den Ersten. Cocíss schielt sofort auf die Zigarettenstangen im Duty-Free-Shop. Ich gebe ihm ein paar Scheine und ermahne ihn, den Ausweis und die Bordkarte in eine sichere Tasche zu stecken. Er zieht sie heraus, und sie sind schon zerknittert. Ich vergleiche sie mit meinen und frage ihn, ob er sehen kann, dass unsere Nachnamen gleich sind.

»Das schon, aber ich weiß nicht, was unsere Nachnamen sind.«

»Mezzanotte. Ich bin Rosa Mezzanotte und du bist Giovanni Mezzanotte.«

»Dann müssen wir wieder so tun, als wärst du meine Schwester?«

Ich schweige wie eine Idiotin, als müsste ich darüber nachdenken.

»Wir müssen bei der Rolle bleiben. Ohne zu übertreiben«, sage ich.

Beim Start wird er unruhig und macht immer wieder seinen Sicherheitsgurt auf. Der Steward hat ihn sofort im Blick und kommt ein paar Mal zu uns. Cocíss will zur Toilette, er ist bleich und schwitzt.

»Das geht jetzt nicht«, erkläre ich ihm. Ich schnalle ihn wieder an, und er umfasst meine Handgelenke.

»Dieses Flugzeug ist Schrott, siehst du das nicht?«, stößt er aus. »Alles wackelt.«

»Das sind die Motoren.«

»Es ist klein.«

Die Sitznachbarn beginnen uns anzuschauen.

»Lass mich sofort los und beruhige dich.«

Er trampelt mit den Füßen unter dem Sitz seines Vordermanns herum, der sich genervt umdreht.

»Was guckst du?«, fragt er ihn.

Der Steward kommt wieder, und diesmal auch eine Stewardess. Cocíss setzt sich steif hin, ich versuche alle zu beruhigen und entschuldige mich bei seinem Vordermann, auch wenn Cocíss brummt, dass ich »keinen Grund habe, mich zu entschuldigen«.

Das Flugzeug bleibt stehen, wir sind auf der Startbahn, und er presst sich gegen die Rückenlehne.

»Was haben wir vorhin gesagt?«

»Dass du meine Schwester bist«, antwortet er, schließt die Augen und drückt meine Hand. Kalte, feuchte Finger.

Die Stewardess lächelt und ich erwidere das Lächeln.

»Alles in Ordnung, danke.«

Flughäfen sind mehr oder weniger alle wie Dekompressionskammern mit konstanter Temperatur. Neutrale Zonen, die den plötzlichen Sprung einer Reise abschwächen, die im Grunde nur eine Art primitiver Teletransport ist.

»Ich dachte, in Deutschland wäre es kälter«, sagt Cocíss.

Ich gebe ihm ein Zeichen, bei dem gelben Schild mit den Buchstaben EU durchzugehen.

»Eine umgedrehte 3 und dann das U. Zahlen kannst du doch lesen, oder?«

Er bejaht und wiederholt die beiden Buchstaben, zuerst langsam, dann schnell.

Ich hätte erwartet, dass er in die Schaufenster sieht, das riesige Plakat mit dem gerade angesagten Fußballspieler, der so heldenhaft wirkt, doch stattdessen hält er den Blick gesenkt, auf seine Füße, auf den weißen, glänzenden Fußboden. Er sieht aus, als ginge er über einen Milchsee.

Wir durchqueren die Halle, und er schaut sich allzu aufmerksam um. Er hat zwei Polizisten bemerkt und ist gleich auf der Hut. Konditionierter Reflex. Eine dicke Frau in Bermudas läuft an uns vorbei. Dann ein Fünfzigjähriger mit einem narbigen Gesicht, mitgenommen sieht er aus, wie die schwarze Krawatte, die er zu einem grauen Hemd trägt. Wieder in der Menge. Wieder geschützt.

Ich sehe mir die Urlaubs- und die Abschiedsgesichter an, wie sie geprägt sind von kleinen persönlichen Qualen, Schläfrigkeit und Ungeduld.

Cocíss kommt mir angespannter als beim Abflug vor.

»Geh ein bisschen schneller und nicht so verkrampft in den Schultern. Hier musst du vor niemandem Angst haben«, sage ich zu ihm. Wir sind fast am Ausgang unseres Terminals. Vor uns geht ein junger Vater, der einen Gepäckwagen mit drei roten Koffern und zwei blonden Kindern schiebt.

Außerhalb dieser Kathedrale aus Stahl und Glas scheint eine richtige Sonne, der Himmel ist wolkenlos, türkisblau, die Luft ein wenig frisch, doch vielleicht nur im Vergleich zu dem Treibhauseffekt in der Halle.

»Was ist denn hier passiert?«

»Warum?«

»Ist einer gestorben?«

»Wie kommst du denn darauf?«

»Mir kommt alles so still vor.«

Der Abend ist lau, wir essen in einem Biergarten, auf Bänken unter hellblauen Fahnen mit einem Löwen darauf.

Wir haben zwei nebeneinander liegende Einzelzimmer im dritten Stock bekommen. Ein Hotel für Vertreter: blauer Teppichboden und schlichte weiße Vorhänge, kein besonderer Luxus. Doch endlich eine Dusche, vier Stunden Schlaf, ein Anruf zu Hause, der mich in die Nähe von so etwas wie Normalität zurückversetzt. Kostbare zehn Minuten, die in Wirklichkeit etwas Außergewöhnliches geworden sind.

Meiner Mutter habe ich gesagt, dass ich im Ausland bin. Sie hätten mich in die Begleitmannschaft eines Abgeordneten gesteckt, weil es manchen Abgeordneten vom Gesetz her zusteht. Sie hat gereizt geantwortet, dass ein solcher Luxus für die Abgeordneten von uns allen bezahlt wird. Über meinen Vater hat sie nichts weiter erzählt. Aber ich habe schon verstanden, dass es immer schlechter geht, und nicht den Mut gehabt, ihr zu sagen, dass ich nicht weiß, wann ich zurückkomme. In einer Woche, habe ich behauptet, und ich wünschte genau wie sie, es wäre keine Lüge.

Jede Voraussage ist notgedrungen eine Lüge. Ich beobachte, wie Cocíss ein Nürnberger Rostbratwürstchen traktiert, und sehe einen Moment lang das Stück Finger vor mir, das in der Tür hängen geblieben ist. Sauber abgetrennt, bevor der Pistolenschuss das Hirn des falschen Kollegen zerfetzt hat. Er war kaum mehr als ein Junge, vermutlich nicht mal fünfundzwanzig. Ich erinnere mich nicht gut an sein Gesicht. Nur an den Spitzbart voller Blut, die violette Blase vor seinem Mund. Und an seine Augen, als er versuchte, sich von der Tür zu lösen.

An den anderen kann ich mich fast gar nicht erinnern. Nur an seine unbeholfenen Bewegungen, fast so, als würde ihn diese Uniform, die er nicht gewöhnt war, behindern. Als er zu Boden ging, war sein Gesicht schon von einem Netz aus Blut überzogen.

»Sie sind eklig. Sie sind klein und feucht und schmecken nach nichts. Und die Farbe ist auch zum Kotzen. Ich will noch ein Bier. Sag das dem mal, wenn er vorbeikommt.«

»Bitte.«

»Bitte«, fügt er hinzu und wirft die Gabel auf den Teller (nachdem er mich eine halbe Stunde lang damit genervt hat, dass ich ihm die Speisekarte übersetzen soll).

Wir müssen über verschiedene Dinge reden. Ich esse meinen Salat auf, lasse nur die Gurken in einer Soße aus Joghurt und Kräutern schwimmen und erkläre ihm mein Hauptproblem.

»Ich muss Saro Incantalupo nicht nur sehen. Ich muss auch einen Beweis dafür haben, dass er es ist.«

»Und zwar?«

»Eine Zigarette.«

»Ich weiß nicht, ob er raucht.«

»Ein Haar, ein Papiertaschentuch, ein benutztes Glas.«

Ich erklärte ihm nicht die Sache mit der DNA, versuche nur, ihm fest einzuhämmern, dass ich persönlich dieses Objekt in die Hand bekommen muss. Und dass es dann Zeit braucht, um Analysen zu machen und sicher zu sein, dass er uns nicht verarscht und uns wirklich zu Saro Incantalupo gebracht hat. Und dass er, solange wir nicht sicher sind, keinen Cent sieht.

»Und ich, wie komme ich dann zurecht?«

»Du sagst es mir, und ich kümmere mich darum. So, wie wir es gemacht haben, als du im Zentrum warst.«

»Dann bin ich dein Sklave. Scheiße, das gefällt mir nicht.«

»Meinst du vielleicht, mir?«

Er schüttelt den Kopf, bedächtig.

»Nein, so geht das alles nicht.«

Wie ich mir gedacht habe, stellt er sich stur. Ich ziehe das noch eingewickelte Päckchen aus der Tasche. Er wirft einen arroganten Blick darauf.

»Ich hoffe, ich habe mir das richtige Modell gemerkt«, sage ich und versuche die gleiche Arroganz zur Schau zu tragen. Ein Schluck Bier hilft mir dabei.

Er wickelt das Päckchen aus und erlaubt sich ein Heben der Augenbraue. Das muss mir als Dank genügen.

»Krieg ich auch eine Karte dafür? Weil, ein paar Anrufe muss ich schon machen, wenn ihr wollt, dass ich unseren Freund für euch finde.«

Ich schiebe ihm einen Umschlag mit einem Dutzend Telefonkarten über den Tisch zu.

»Die sind alle okay und sicher. Benutz jede nur einmal. Für jeden Anruf nimmst du eine neue.«

Er nickt immer noch, als sein zweites Bier kommt.

Er gießt fast das halbe Glas in sich rein, lächelt und lässt den Daumen über die Tastatur des schwarzen Handys wandern, doppeltes Display, superflach.

Auf dem Rückweg zum Hotel habe ich das Gefühl, es gibt da etwas, womit er nicht recht herausrücken will.

Dann sagt er mir, dass er sich nicht wohl fühlt. Dass diese ekelhaften Würstchen ihm nicht bekommen sind. Er sagt, er braucht was, irgendwas für den Bauch.

Wir machen uns auf die Suche nach einer Apotheke.

Ohne dass er es mir noch näher erklärt, lasse ich ihn draußen warten und gehe rein, um ihm ein Abführmittel zu kaufen.

In zwei Programmen moderieren Oben-ohne-Frauen ein Quiz auf Grundschulniveau. In einem anderen landen gerade die Alliierten in der Normandie und brüllen dabei Befehle auf Deutsch. Ich setze mich auf den Fußboden, ziehe die Schuhe aus und schalte mein Handy ein.

»Und, habt ihr sie identifiziert, die beiden Killer?«, frage ich, sobald sich D'Intrò meldet.

»Natürlich«, antwortet er. »Aber als Erstes sagen Sie mir, wo Sie sind.«

Nach einer Dokumentation über die Hauptstädte des Baltikums finde ich eine Nachrichtensendung der BBC.

»Das ist nicht wichtig. Ich habe Sie nur angerufen, um Ihnen zu sagen, dass die Operation weiterläuft. Und dass ich sie zu Ende bringen will.«

»Mit meiner Deckung?«

»Mit einer Deckung, die funktioniert. Aber die haben immer gewusst, wo sich unser Mann befindet. Sie haben dort unten einen Maulwurf, Dottor D'Intrò.«

»Das schließe ich aus. Es ist offensichtlich, dass es Mastronero gelungen ist, sich mit irgendeinem aus dem Clan in Verbindung zu setzen.«

»Das ist nicht möglich.«

»Doch. Die werden ihm eingeredet haben, dass sie kommen, um ihn aus der Scheiße rauszuholen.«

»Nein, Cocíss hat niemanden kontaktiert. So dumm ist er nicht. Er würde keinen solchen Fehler begehen.«

»Wäre er wirklich intelligent, dann wäre er nicht der, der er ist. Überschätzen Sie ihn nicht.«

»Sie sind doch persönlich gekommen, um mir den Rat zu geben, ihn nicht zu unterschätzen.«

»Wie auch immer. Jetzt gebe ich Ihnen den Rat, ihn aufmerksamer zu überwachen. Und mir sofort zu sagen, wo Sie sind.«

»Tut mir leid, Dottor D'Intrò, aber das halte ich für keine gute Idee.«

»Sie hören noch immer nicht auf meine Ratschläge.«

»Ich mache weiter und rufe Sie wieder an, sobald ich Ergebnisse vorweisen kann.«

»Viel Glück.«

Er macht eine Pause, die mich frösteln lässt. Es ist ein Urteil, auch wenn es nicht ausgesprochen wird. Er legt auf, und ich schalte sofort das Handy aus, nehme die Karte heraus und werfe alles auf den Boden. Verdammte Scheiße.

Sobald ich auf dem Bett liege, kommt es mir einleuchtend vor, dass D'Intrò recht hat. Ich hätte nicht so mit ihm sprechen dürfen. Ich stehe auf, schlüpfe in die Schuhe und gehe raus auf den Gang. Im Frühstücksraum deckt ein Mädchen mit Mandelaugen die Tische für morgen. Sie hat wunderschönes Haar, glatt und schwarz wie der Himmel an einem Frühlingsabend. Wir lächeln uns an, und ich gehe weiter zum Zimmer von Cocíss, aus dem sehr leise ein Rap oder etwas in dieser Art dringt. Ich will schon klopfen, da höre ich das Rauschen der Wasserspülung. Ich glaube, er ist damit beschäftigt, das Kokain zu säubern, das er verschluckt hat, und ich lege keinen Wert darauf, ihn zu stören, während er in der Scheiße wühlt. Es reicht mir zu wissen, dass nicht irgendwas in seinem Magen geplatzt ist.

Ich gehe zurück in mein Zimmer und stecke meine Karte ins Handy. Während ich im Bad bin und mich für die Nacht fertig mache, höre ich einen ganzen Schwung von Nachrichten hereinkommen. Es erinnert mich an mein früheres Leben. Leute, die mich erreichen wollen. Die mich sprechen wollen.

Ich komme aus dem Bad, schalte das Handy aus, ohne irgendetwas zu lesen, und nehme die Karte wieder heraus.

Ich schlüpfe unter das Laken und beschließe einzuschlafen, ohne das Licht zu löschen.

Das letzte Mal, als ich das gemacht habe, war ich nicht mal zehn Jahre alt, glaube ich.

Und dachte vielleicht noch, ich hätte Superkräfte.

Sie haben mich gefunden, als ich schon die Gräber der beiden Mädchen geöffnet hatte. D'Intrò sagt, er hat mich gesehen, als ich versuchte, zwei dicke Batterien in ihre Münder zu stecken. Ich weiß, dass es stimmt, und er zeigt mit dem Finger auf mich. Draußen ist das ganze Viertel auf den Beinen. Ich stehe auf, von der letzten Bank, während ich in die wütenden Gesichter von Leuten sehe, die sich ans Fensterbrett gekrallt haben und mich lynchen wollen.

»Sie sind geladen!«, schreie ich verzweifelt und zeige der ganzen Klasse die beiden dicken Batterien, die ich in der Hand halte.

»Stimmt nicht!«

»Sie sind geladen!«, schreie ich noch einmal. Niemand glaubt mir. »Ich bin das elektrische Mädchen.«

»Das bist du nicht mehr. Du hast keine Superkräfte«, beschuldigt mich D'Intrò. »Die Batterien nützen nichts!«

Eine Fensterscheibe geht zu Bruch, ich werde wach und habe das Geräusch noch in den Ohren.

Es hat wenig Sinn, direkt nach Hamburg zu fahren, bevor wir nicht genau wissen, wohin es gehen soll und wie wir vorgehen wollen. Je näher wir dem Ziel kommen, desto mehr müssen wir planen.

Wie Reja geraten hat, meiden wir kleine, abgelegene Orte, auch weil in diesen Teil Deutschlands sicherlich keine Massen italienischer Touristen kommen. Die größte Stadt in der Nähe von Hamburg ist Bremen, wohin man von München aus einen halben Tag mit dem Zug braucht. Cocíss will nichts davon wissen zu fliegen, und ich will kein Auto mieten, das nur ich fahren könnte. Er platzt damit heraus, dass bei seinen Papieren auch ein Führerschein sein müsste, doch ich versuche ihm zu erklären, dass es so nicht läuft. Er hat nur einen falschen Ausweis, der dazu dient, ihn vorübergehend zu schützen. Der ganze Rest, Führerschein, Arbeitspapiere, wird eines Tages mit dem Wechsel der Personalien kommen, was eine größere Sache ist. Diesen Wechsel wird man am besten durchführen, wenn alles gut gelaufen und vorbei ist. Die ausführliche Erklärung langweilt ihn, und außerdem ist er irgendwie beleidigt, dass er nicht fahren darf.

»Aber entschuldige mal, du hast doch überhaupt keinen Führerschein.«

»Nein«, sagt er treuherzig.

»Ja, und was willst du dann?«

»Was spielt das für eine Rolle? Ich kann doch fahren.«

Im Zug ist er bis mindestens Würzburg schlecht gelaunt. Er sieht aus dem Fenster, döst und spielt mit dem Handy. Von seinem Platz steht er nur auf, um zur Toilette zu gehen.

Eine wellige Landschaft zieht an uns vorbei, hin und wieder drängen sich die Hügel zusammen, werden die Wälder dichter, dunkler, und der Himmel wird blass. Wenn das Panorama sich wieder öffnet, taucht in der Ferne immer ein spitzer Kirchturm auf, verloren inmitten der Felder, und irgendwo weidet eine Herde.

Richtung Norden wird der Horizont weiter und flacher. Die Ziegelhäuser wirken strenger, haben eine Farbe zwischen Braunkohle und dunklem Rost. Jede Garage, jeder Geräteschuppen, jeder unbedeutende Quadratmeter Kies ist mit gelben, violetten und weißen Blumen geschmückt. Aus den steilen Dächern schauen Fenster hervor: bestickte Vorhänge, aber keine Fenster- oder Rollläden. Irgendwann hält Cocíss den Blick auf eine Straße geheftet, die neben den Schienen verläuft. Das einzige Auto, das darauf fährt, scheint auf dem Asphalt festzukleben und in die Ferne gesogen zu werden.

»Wohnt denn hier nirgendwo einer?«, fragt er mich. Es ist das erste Mal seit unserer Abfahrt, dass er das Wort an mich richtet.

»Doch, klar.«

»Und wo sind sie dann alle?«

Ich weiß nicht recht, was antworten. Mir fällt ein, was D'Intrò zu mir gesagt hat.

»Bei euch, in eurem *Transatlantico*, hat man auch das Gefühl, dass keiner da ist. Aber im ganzen Viertel seid ihr fast hunderttausend Leute.«

»Was hat das damit zu tun? Wenn ihr kommt, schließen sich alle ein. Und was weißt du schon vom *Transatlantico*?«

»Ich bin da gewesen.«

»Wann das denn?«

»Als ich bei D'Intrò war, um mit ihm zu sprechen. Er hat mich auch mit in deine Basis genommen.«

Er murmelt irgendwas gegen D'Intrò, das sich wie eine Todesdrohung anhört. Ein paar Sekunden lang verkrampft er sich, als hätte er ein Messer in den Bauch bekommen. Ich stehe kurz auf, nehme ein Taschentuch aus der Jacke, doch in Wirklichkeit kontrolliere ich mit einem Blick den Wagen. Als ich mich wieder hinsetze, wendet er sich mit eiserner Miene an mich.

»Wer hat ihm gesagt, wo meine Basis war?«

»Weiß ich nicht.«

»Er ist wirklich ein *Scheißdreckskerl*, er durfte da nicht hingehen.«

»Wenn du beschließt zu kooperieren, musst du alles übergeben, was …«

»Ich sage dir, er ist ein Scheißkerl.«

»Ja, aber sprich leiser.«

»Er wollte, dass alle wissen, dass ihr mich geschnappt habt. Er braucht mich nicht mehr.«

»Das stimmt nicht«, entgegne ich, doch ohne Überzeugung. Er versteht, zum ersten Mal wechseln wir Blicke, aus denen die gleiche Angst und die gleiche Müdigkeit sprechen. Und ohne eine Silbe zu sagen.

»Dann hast du auch meinen Drachen gesehen.«

»Ja.«

»Im Ernst? Was ist mit ihm passiert? Wo war er?«

»Sie haben ihn in den Zoo gebracht«, beeile ich mich, ihm zu versichern, dann beuge ich mich über den Nachbarsitz und sehe das erste Schild, das den Bahnhof Fulda ankündigt.

»Wann kommen wir an?«

»Wir sind auf halber Strecke. Mehr oder weniger.«

Er stößt geräuschvoll die Luft aus.

»Üben wir ein bisschen. Lies mir mal vor, was auf dem Schild steht, los.«

»Geh mir nicht auf die Eier. Ich habe keine Lust.«

»Los, es ist einfach. Fünf Buchstaben. Der erste ist ein F.«

»Sei ruhig.«

»Los, der zweite?«

»Sie haben ihn getötet, nicht?«

»Nein, sie haben ihn in den Zoo gebracht. Ich war dabei, als sie ihn weggebracht haben.«

»Das ist nicht wahr.«

»Ich schwör's dir.«

»Verarsch mich nicht.«

Bis Kassel haben wir drei Wörter zusammen: seinen Namen, meinen Namen und »ciao«. Schließlich schafft er es, sie alle drei richtig zu schreiben, auch wenn ich merke, dass er sich weiterhin eher an das ganze Wort erinnert, als einen Klang mit einem Buchstaben zu verbinden. Die Wahrheit ist einfach, aber ich glaube nicht, dass ich sie ihm sagen kann. Cocíss ist Legastheniker, daran habe ich inzwischen keinen Zweifel mehr. Er hätte ohne Hilfe niemals lesen und schreiben lernen können wie alle anderen.

In Kassel entdeckt er etwas.

»Was ist das für ein Buchstabe da, der erste?«

»Das ist ein K. Man spricht es wie ein C in ›casa‹ oder ›cuore‹.«

»Was redest du denn da für einen Scheiß …«, sagt er und lacht.

»So ist es aber«, versuche ich ihm gleich den Wind aus den Segeln zu nehmen.

»Wofür sollen denn zwei Buchstaben für einen Laut gut sein?«

Ich habe darauf keine wirkliche Antwort. Er kann auf seine Art eigensinnig sein. Er ist fast paranoid und hat ständig Angst, dass ich ihm, wie er es nennt, »was Falsches lerne«. Er ist gezwungen, mir zu vertrauen, doch er will mir zeigen, dass er immer aufpasst. Ich lasse mir schnell etwas einfallen.

»Das K … ist härter. Ein taffer Buchstabe.«

»Was heißt das? Willst du mich verarschen?«

»Aber nein … schau mal. Das ist ein C, ja? Siehst du, wie rund es ist. Das K dagegen ist …«

»Sieht aus wie eine Spitze, die von irgendwo reinstößt. So wie ein Messer.«

Er kritzelt drei oder vier. Dann fragt er mich, ob er ein K an den Anfang seines Namens setzen kann, an die Stelle vom C.

»Wenn du willst.«

»Dann schreibe ich ihn noch mal mit K.«

Zweimal vergisst er das I, dann das zweite S.

»Warum braucht man zwei?«

»Weil es mit zwei S länger dauert, es ist wie ein Messerstich.«

Ich spiele es ihm sogar vor, er nickt und ist zufrieden. Er schenkt mir ein Lächeln, vielleicht sein erstes echtes, offenes, wehrloses Lächeln eines Achtzehnjährigen. Schade, dass ich es ihm mit der Geste eines Messerstichs entlockt habe.

»Du hast wirklich recht. Du lernst mir die Buchstaben echt gut.«

In Bremen bläst ein schneidender Wind, der von der Nordsee kommt und den schnellen Wolken mit trägen Stößen folgt. Für uns ist es, als würden wir auf Anfang März zurückgeworfen. Und außerdem sind wir müde und hungrig.

»Was für eine Drecksstadt«, beklagt sich Cocíss und wechselt seine Tasche von der einen auf die andere Schulter. Wir lassen den Bahnhofsplatz hinter uns, die Geschäfte sind schon alle geschlossen. Über die Straße fahren nur knallbunte Straßenbahnen und ein paar Radfahrer mit Leuchtbändern. Vor einer Dönerbude und einem asiatischen Schnellimbiss bleibt Cocíss stehen, wirft einen Blick hinein und rümpft die Nase, sodass ich ihm schließlich den freundlichen Rat geben muss, keinen Ärger zu machen.

Wir passieren eine Brücke. Die beiden Ufer des Kanals sind ein perfekter Park, wunderschön, man kann sich vorstellen, dass im Herbst wahrscheinlich alle halbe Stunde ein Angestellter kommt und die welken Blätter wegfegt. Cocíss bleibt stehen und sieht sich die Mühle an, die zwischen den Bäumen auftaucht.

»Da kann man essen.«

»Mag sein. Aber zuerst suchen wir uns eine Unterkunft, wo wir das Gepäck lassen können.«

Er stellt seine Tasche auf den Boden, streckt sich und nimmt das Handy.

»Halb acht. Ich muss einen Anruf machen.«

»Sieh zu, dass du einen präzisen Hinweis bekommst. Ich will mit klaren Vorstellungen nach Hamburg fahren.«

»Ich tue, was ich kann. Und du, rufst du nicht deinen Chef an?«

»Das ist nicht deine Sache.«

»Du traust diesem *Scheißdreckskerl* nicht mehr, was?«

»Ich traue ihm«, antworte ich. »Aber auch ich will unsere Abmachung respektieren.«

Ich lasse ihn in der Mitte der Brücke zurück und stelle mich vor das Schaufenster an der nächsten Ecke. Es ist eine Bank, doch sie hat einen schachbrettartigen Aushang mit Immobilienangeboten. Quadratische Blätter mit Foto, Beschreibung, Preis. Für mich ist das Fenster nützlich, weil ich Cocíss darin sehen und ihn im Auge behalten kann.

Cocíss hat sich übers Geländer gebeugt und tippt mit dem Daumen auf die Tasten. Dafür muss er nicht lesen können, es genügt, dass er ein Handymodell hat, das er gut kennt. Ansonsten ist es für ihn mehr als ausreichend, Zahlen und Symbole zu unterscheiden, um ein solches Gerät zu benutzen.

Die Preise der Häuser sind nicht so übertrieben wie in Italien. Sie haben fast alle zwei Stockwerke und einen kleinen Garten. Ich sehe, dass Cocíss angefangen hat zu sprechen. Ich wünschte, mir würde etwas einfallen, wie ich ihn hereinlegen und an diese Telefonnummer kommen könnte, aber er sagt, er hat sie nur im Kopf, hat sie nie irgendwo hingeschrieben oder gespeichert, und ich glaube, das stimmt (und wenn er es wäre, der mich hereinlegt?). Im Grunde kann er wer weiß wie lange so weitermachen, aber ich nicht. Er hat nichts mehr zu verlieren, ich schon. Ich riskiere alles.

Ich bin nicht wie er. Doch jetzt stehe ich mit dem Rücken zur Wand. Wie er. Und leider mit ihm zusammen.

Cocíss gestikuliert, lehnt sich mit dem Rücken ans Geländer. Zwei alte Leute, die sich untergehakt haben, gehen an ihm vorbei. Sie machen kleine Schritte, in ihren leichten, vom Wind aufgebauschten Regenmänteln.

Dann klappt Cocíss das Handy zu, nimmt den Akku raus und wirft die Karte in den Kanal.

Mir ist verdammt kalt. Und ich fühle mich weit weg, so weit weg wie diese melancholische Sonne. (Scheiße noch mal, wo bin ich bloß gelandet?) Die spitzen Dächer werfen lange Schatten auf die Fassaden ohne Balkone.

Wir finden zwei nebeneinander liegende Zimmer in einem großen Hotel in der Nähe des Flusses. Vier Sterne, Cocíss scheint ziemlich zufrieden. Wir sind in einem oberen Stockwerk mit Blick auf das ganze sattgrüne Ufer gegenüber. Man sieht Anlegestellen, kleine Häfen, ein paar Stege, Boote, die auf dem Trockenen liegen, und schmale Landzungen mit blassem Sand.

Wir gehen nicht in der Windmühle essen, sondern machen einen Spaziergang Richtung Zentrum. Auf den breiten, verlassenen Bürgersteigen ist uns der Wind immer ein kleines Stück voraus, wie eine Meute unsichtbarer Hunde. Wir nehmen den Weg, der unten am Fluss entlang führt, eine Art gepflasterte Promenade, gesäumt von Lokalen. Die Leute sitzen draußen unter Zeltdächern auf Bänken und trinken etwas. Sobald er unter Menschen kommt, scheint Cocíss aufzuleben (und auch ich fühle mich entspannter). Ab und zu schüttelt er sich, streckt sich in den Schultern und zieht die Nase hoch.

Wir gehen in ein Lokal, das er aussucht. Ethno-minimalistischer Stil, im Hintergrund Bächleinrauschen und New-Age-Flöten. Weiße Stühle mit hohen Rückenlehnen, ein bisschen retro, aber nett. Den Tisch suche allerdings ich aus. Blick auf die Tür, nicht zu weit vom Eingang. Die voll verspiegelte Rückwand bietet mir einen ausgezeichneten Überblick über den ganzen Raum. Der größte Teil der Gäste besteht aus Paaren oder höchstens zwei Paaren zusammen. Keine Familien, keine Freundesgruppen.

Die orangefarbenen Wände sind mit Opernplakaten und alten Reklametafeln zugehängt. Ein Mädchen kommt an unseren Tisch, mit Sicherheit keine Deutsche. Vom Aussehen und von ihrer Art zu sprechen nicht. Zum ersten Mal kommt Cocíss mit einem Wort heraus: »*Italiani.*«

Das Mädchen antwortet, dass sie Spanierin ist. Aber es gibt auch einen italienischen Kollegen, und sie zeigt ihn uns.

Das Ganze begeistert mich nicht gerade. Ich gebe Cocíss ein Zeichen, es nicht zu übertreiben, aber es ist schon zu spät. Der Typ kommt gleich an unseren Tisch, er ist mehr oder weniger im gleichen Alter wie der Ex-Capozona und trägt fast peinliche Koteletten. Er stammt aus einem Ort in der Nähe von Campobasso.

Cocíss spielt den netten Kerl, ist redselig, der Kellner erklärt ihm die Speisekarte. Ich lasse es geschehen, bleibe aber weiter auf der Hut. Ich schaue hinter die Theke. Das Lokal ist größer, als es von außen schien. Es gibt einen oberen Stock und auch eine Art Keller.

Inzwischen hat Cocíss mich als seine Schwester vorgestellt, die studiert hat, die in der Welt herumgekommen ist und Sprachen kann, sogar Deutsch.

Aus der Art, wie er lächelt, dabei die Lippen fest an die Zähne zieht, kann ich ihn mir in seinem Zimmer vorstellen, auf Knien, die Nase wie ein Ameisenbär auf dem Nachtschränkchen. Er ist ein bisschen zu angestrengt, aber er hält die Rolle durch, ohne zu übertreiben.

Ich bestelle das Erstbeste, was mir einfällt, ein Filet mit grünem Pfeffer und Röstkartoffeln. Er lässt sich einen großen Salat mit geräucherten Hähnchenstreifen bringen, aber nur weil ich ihn davon überzeugt habe, auf italienische Gerichte besser zu verzichten.

Sobald der Kellner gegangen ist, zieht Cocíss die Ärmel seines Sweatshirts hoch, stützt die Ellbogen auf den Tisch und legt die Hände zusammen.

»Ein Hemd wäre heute Abend passender gewesen.«

Er gibt mir mit einem Grinsen recht.

»Morgen gehen wir eins kaufen. Wir machen eine kleine Runde durch die Geschäfte. Vielleicht hast du ja auch Lust, dir was zu kaufen.«

»Wir haben im Moment andere Sorgen.«

»Hör mal, du hast doch auch wirklich einen Bruder?«

»Warum?«

»Ich bin nur neugierig, das ist alles.«

»Nein.« Diesmal klappt das mit dem Lügen sofort. Er fährt sich mit dem Handrücken unter der Nase entlang, wenigstens ein paar Mal.

»Hättest du gern einen gehabt?«

»Ich glaube, ja.«

»Und ist das jetzt komisch, dass du einen hast? Auch wenn wir es nur vorspielen?«

»Ja, ein bisschen komisch finde ich es«, antworte ich. »Aber jetzt erzähl mir von dem Anruf.«

Er wirft einen Blick zum Tisch links von uns.

»Hier darf man ja rauchen.«

Das versetzt ihn in noch bessere Laune.

»Scheint so. Also? Welche Informationen haben wir?«

»Er ist noch in Barcelona, haben sie gesagt. Und er bleibt da auch noch ein paar Tage.«

Meine Stimmung stürzt ab, falls das überhaupt noch geht.

»Ist Spanien sehr weit?«, fragt er.

»Ja, aber im Flugzeug … höchstens zwei Stunden.«

»Kein Flugzeug. Nein.«

»Also?«

»Also, ich sage, wir warten hier auf ihn. Weil, es ist sicher, dass er kommt.«

»Aber du musst mir sagen, wie und wo wir ihn finden.«

Er senkt die Stimme noch mehr und beugt sich über den Tisch vor.

»Er kommt nächste Woche. Samstag. Zu dem Spiel.«

»Er kommt nach Deutschland, um sich ein Fußballspiel anzusehen?«

»Nein. Er kommt, um einen Typen zu treffen, geschäftlich. Einen Deutschen, dem Lokale gehören, glaube ich. Sie treffen sich bei dem Spiel, weil der ein Fan von Hamburg ist.«

Der Kellner aus Campobasso kommt mit dem Wasser und

einem weißen Frankenwein, den er uns empfohlen hat. Ich breite die Serviette über meine Beine und gebe Cocíss ein Zeichen, das Gleiche zu tun. Mit einem Lächeln.

»Wer hat dir das gesagt?«

»Der für sie die Karten gekauft hat.«

Ich lasse ihn die Zigarette aufrauchen und denke nach. Beim Kauf von Tickets für die Stadien muss man einen Namen angeben, aber es ist klar, dass er sie nicht auf den Namen Incantalupo gekauft hat. Soweit ich weiß, hat man damit das Recht auf einen nummerierten Platz. Und wenn es sich um die teureren Tribünen handelt, wird es kaum möglich sein, dass sich einer auf einen anderen Platz als seinen eigenen setzt. Cocíss' Kontaktmann muss uns nähere Angaben zu den Tickets machen, dann wissen wir, dass derjenige, der dort Platz nimmt, Saro Incantalupo ist.

Es sieht ganz nach einer guten Gelegenheit aus, doch unter diesen Bedingungen macht mir eine Woche des Wartens Angst.

Als unser Landsmann mit dem Essen kommt, fragt Cocíss ihn, ob er irgendein angesagtes Lokal kennt, wo was abgeht.

»Wir haben echt Lust, uns ein bisschen zu amüsieren, stimmt's, Rosa?«.

Ich lächle und zeige ihm, dass auch ich eine Rolle durchhalten kann. Dann hebe ich die Arme ein wenig an, damit er sieht, wie man ein Besteck ordentlich hält.

Bevor er in sein Zimmer geht, rate ich ihm, sich richtig auszuschlafen (was heißt: sich heute Abend nichts mehr reinzuziehen).

Er nickt, durch den engen Spalt zwischen Tür und Rahmen. Seine Nase tropft, er putzt sie sich mit einem Ärmel ab und antwortet mir ziemlich freundlich, dass ich ihn nicht nerven soll, er muss pissen und ist müde.

Ich schließe mich ins Zimmer ein und beginne den Film meiner Ängste vor mir ablaufen zu lassen.

Erstes Problem: Karten auftreiben. Nein, das erste Problem

ist herauszufinden, für welchen Bereich des Stadions ich welche kaufen muss. Es wäre besser, nicht zu nah an ihn ranzugehen. Eine Distanz von vielleicht einem Dutzend Metern wäre perfekt, und ein höher gelegener Platz. Ich nehme das Papier mit dem Briefkopf des Hotels und mache mir Notizen. Drittens: Einen Fotoapparat kaufen. Eine Profikamera wäre zu auffällig, wichtig ist, dass der Apparat ein anständiges Zoom hat.

Ich darf nicht vergessen, dass Incantalupo nicht allein sein wird, er hat seine Eskorte dabei, und es ist nicht gesagt, dass alle direkt um ihn herum sind, eher im Gegenteil. Ich mache die Liste neu und setze an die erste Stelle: Besichtigung des Stadions. Der Tag davor wäre ideal.

Der schwierigste Teil des Plans bleibt, wie ich eine DNA-Probe bekommen soll. In einem Stadion bilden sich Schlangen, doch ich schließe die Möglichkeit aus, mich ihm so weit nähern zu können, dass ich an ein Haar von ihm komme oder es irgendwie schaffe, ihn zu berühren. Unwahrscheinlich und zu riskant.

Ich muss es so anstellen, dass er mir die Spur hinterlässt, die ich brauche. Wird er etwas trinken, einen Kaffee, wird er einen Plastik- oder Pappbecher irgendwo hinwerfen, eine Dose? Das ist wahrscheinlicher, weniger risikoreich, aber auch nicht so einfach.

Ich höre auf zu schreiben, als ich merke, dass ich ein Blatt mit Worten und Pfeilen gefüllt habe, die ich schon jetzt nicht mehr verstehe.

Ich springe vom Bett auf und lege ein Ohr an die Wand. Scheint alles ruhig, auf der anderen Seite.

Man hört nicht mal den Fernseher.

Wir gehen den ganzen Vormittag durch die Modeabteilung eines Einkaufszentrums. Klimatisierte Räume, tausend Spotlights wie im Fernsehstudio und der Geruch nach neuem Mobiliar haben auf mich die Wirkung eines milden Analgetikums.

Nach zermürbenden Verhandlungen überzeuge ich Cocíss, ein rosa Hemd mit Button-Down-Kragen und zwei Brusttaschen, drei Polohemden und Jeans ohne vorgebleichte Stellen und Risse zu kaufen.

»Welchen, die so angezogen sind, habe ich die Unterhosen geklaut, als ich klein war.«

»Jetzt hör mal.«

»Den Studenten aus dem Viertel Forte Santo, na klar. Auch mal zweien oder dreien am Abend. Wir haben so getan, als wollten wir ihnen was zu rauchen verkaufen, und da waren dann nicht mal mehr Messer nötig. Die haben sich gleich vollgepisst und uns alles gegeben. Irgendwann hat es nicht mal mehr Spaß gemacht. Und dann hatten sie auch nicht so viel Geld. Vielleicht ein Handy, einen CD-Spieler, das schon.«

»Jedenfalls musst du trotzdem wie einer von denen aussehen.«

»Und du? Du musst dich auch ein bisschen verändern, oder?«

Er versteift sich darauf, dass ich ein schwarzes Top und eine Hüfthose Modell Capri aus beigefarbenen Leder anprobieren soll. Aber ich sage ihm, dass sie meine Fesseln dicker machen und dass ich keine Fesseln wie ein Model habe.

»Aber nein«, er will nicht nachgeben: »Glaub mir, da siehst du bestimmt klasse drin aus.«

Ich glaube ihm nicht und probiere eine gerade geschnittene weiße Leinenhose und dann eine schwarze aus Baumwolle an. Beide gefallen mir, und auch er gibt zu, dass diese Modelle mir besser stehen.

»Aber wenn du meine Meinung wissen willst, nimm die weiße.«

»Warum?«

»Gesäßtaschen ruinieren dir den Hintern«, meint er und flegelt sich auf eine Couch.

(Und wer hat dich um deine Meinung gebeten?) Ich bedanke mich und ziehe den Vorhang zu.

Wir kaufen ein Fußballtrikot von Hamburg und ein Paar Sportschuhe für jeden, dann zwingt er mich fast, ein Paar schwarze Sandalen mit für meinen Standard übertrieben hohen Absätzen zu nehmen. Zum Schluss gebe ich mich aus Erschöpfung geschlagen. Sie sind sündhaft teuer, aber egal.

Wir essen eine Kleinigkeit im Einkaufszentrum.

Er zieht Blätter mit dem Briefkopf des Hotels aus der Tasche, voller Flecken und irgendwie zusammengefaltet.

»Ich hab heut Nacht geübt. Sieh mal.«

Er hat sechs oder sieben Mal »Cocíss« geschrieben. Die Schrift ist wie von einem Erstklässler, aber er hat keinen einzigen Fehler gemacht.

»Bravo. Alles richtig«, sage ich.

»Und jetzt sieh dir das noch an.«

Auf ein anderes Blatt hat er ein Dutzend Mal »Rosa« geschrieben. Zum ersten Mal sehe ich ihn ungeduldig auf meine Meinung, meine Anerkennung warten.

»Sehr gut. Lass uns zurück ins Hotel gehen und dabei ein paar Übungen mit den Schildern machen.«

»Ich lerne schnell.«

»Das stimmt.«

»Weil, wenn du nicht lesen und schreiben kannst, denken alle, du bist blöd.«

»Das ist nicht das Problem.«

»Und was ist dann das Problem?«

»Es ist eine Störung.«

»Von der Sorte, mit der du geboren wirst?«

Soviel ich weiß, könnte er auch infolge der Verwahrlosung, in der er aufgewachsen ist, Legasthenie haben (ihn nicht bemitleiden, sonst wird er wütend). Oder sie geerbt haben, wenigstens als Prädisposition (da müsste man dringend gegensteuern).

»Ich habe nicht das Gefühl, dass sie dich für blöd gehalten haben.«

»Von den anderen in der Schule schon ein paar. Aber die hatten Angst, das zu sagen.«

Er zuckt mit den Schultern, schaut in seinen Pappbecher.

»Und wie hast du das gemacht, deine ganze .... Arbeit zu erledigen?«

»Ich hatte da so mein System. Und außerdem: Je weniger einer schreibt, desto besser. Die Plätze, wo gedealt wird, weißt du, wie ich die kontrolliert habe? Mit Videohandys. Ich hatte fünf oder sechs, die zu beobachten. Und dann hatte ich die Uhren.«

»Die habe ich gesehen. Mir ist aufgefallen, dass ein Zeiger immer auf zehn stand.«

»Zehn Portionen auf einmal habe ich jedem gegeben, der für mich gearbeitet hat. Sie durften nicht zu viel haben. Mit dem anderen Zeiger habe ich mir gemerkt, wie viele sie bezahlt hatten, und ich habe mich nie vertan.«

»Jede Uhr war ein Dealer?«

»Ja, der Basketball, das war Fortunato, einer, der hundert Kilo wiegt.«

»Und der Delfin?«

»Das war einer, der Delfino hieß, ich weiß nicht, ob mit richtigem Namen oder Spitznamen. Aber der hieß so.«

»Und die Armbanduhren?«

»Die Dealer, die im Gefängnis waren. Das war, um mich zu erinnern ... So was wie Handschellen, verstehst du? Sie hatten die vielleicht verhaftet, als sie mir noch was zahlen mussten. Und wenn sie dann rauskamen, erinnerte ich mich daran, dass sie zahlen mussten.«

»Und wenn sie nicht gezahlt haben?«

Er wiegt den Kopf.

»Wenn du den Stoff nicht bezahlst, ist das wie Klauen.«

»Und du? Hast du die Studenten nicht beklaut?«

»Das war was anderes«, sagt er ohne die geringste Verlegenheit. »Ich habe das Geld genommen, weil ich keins hatte, meine Mutter hatte keine Arbeit, und was hätten wir machen sollen, verhungern? Und die, was hatten die für Probleme? Die hundert oder zweihundert Euro hat ihnen ihr Papa doch am nächsten Tag wiedergegeben.«

»Das ist nicht deine Sache. Jedenfalls hat irgendjemand dieses Geld verdient. Vielleicht sogar mit Arbeit.«

»Hör mir mal gut zu … Sobald ich einen gefunden hatte, der zu mir ›du kannst was verdienen‹ gesagt hat, da hab ich aufgehört zu klauen und bin sofort zur Arbeit gegangen. Ich hab fünf, sechs Stunden auf einer Terrasse gestanden, auch im Winter. Um zu verdienen, hab ich das gemacht. Das gab's zu tun, was soll ich dir sagen, und das habe ich gemacht. Wenn vorher einer gekommen wäre und hätte mir was anderes angeboten, das nicht gegen das Gesetz war, hätte ich das auch gemacht. Und vielleicht wäre ich dann jetzt anders.«

»Du musst gar nicht so weit ausholen. Klauen heißt eine Sache nehmen, die dir nicht gehört. Ende.«

»Du machst es dir vielleicht einfach.«

Mir entschlüpft ein Lächeln, verdammt.

»Manchmal sind die Dinge auch einfach. Langes Herumphilosophieren hilft nicht immer.«

Er macht eine verneinende Geste mit dem Finger, legt dann die Hände auf den Tisch.

»Hör mir zu, ich erklär's dir.«

»Was hast du mir zu erklären?«

»Du kannst nicht einfach sagen, das ist Klauen, und fertig, das kannst du nicht sagen, weil, du musst die Lage der Leute verstehen. Wenn es mir schlecht geht, ist klar, dass ich nicht warte, bis ich verhungere. Aber ich versuche, keine Sachen zu machen, wegen denen ein anderer dann durch meine Schuld Probleme bekommt. Ich nehme Geld von einem, der deswegen keine Probleme kriegt. Aber wenn du Stoff nimmst und ihn mir dann nicht bezahlst, dann bringst du mich in Schwierigkeiten, ich kann sogar sterben, denn ich hab das Geld ja nicht, und ich muss es einem geben, der sich keine Geschichten anhört, klar? Ich kann durch deine Schuld erschossen werden, nur weil ich dir auf Vertrauen den Stoff gegeben habe. Das ist schlecht, das ist Klauen. Das ist falsch, verstehst du?«

»Okay, dann ist es so, wie du sagst. Und wer was Falsches gemacht hat, was passierte mit dem?«

»Wir haben ihm beigebracht, das nicht wieder zu tun.«

»Ich habe sie gesehen, die Fotos aus dem Wohnwagen.«

»Zecchetto hat manchmal übertrieben, weil, der war immer ein Tier. Bei ihm im Kopf funktioniert es nicht richtig. Der war Wächter in so einem Übergangslager, wo sie die Marokkaner und Albaner reinstecken, und sogar da haben sie ihn rausgeworfen. Er hat sich von den Negerinnen kleine Gefälligkeiten erweisen lassen, im Tausch gegen Zigaretten, Telefonieren, oder ihnen auch die Aufenthaltsgenehmigung versprochen. Dem gefiel es, die Leute leiden zu sehen. Das war jedes Mal ein Krieg.«

»Aber dir gefällt es nicht, die Leute leiden zu sehen?«

»Ich möchte nur, dass immer die Abmachungen eingehalten werden. Aber manche Leute machen Probleme. Und bei denen erreichst du mit Worten nichts, Rosa.«

»Und du hast nie Fehler gemacht?«

(Ich will wissen, ob er es gewesen ist. Und ich will, dass er es mir sagt. Das schuldet er mir, verdammt.)

»Ich? Ich habe viele Fehler gemacht. Ich bin voll von Fehlern. Das weiß ich, was glaubst du denn? Aber jetzt ist es halt so gelaufen, mein Leben. Ich bezahle dafür, oder? Ich habe nichts mehr. Bin abgehauen. Sie wollen mich umbringen. Du hast doch gesagt, dass ich eine wandelnde Leiche bin.«

Wir schweigen beide, schauen auf den Tisch.

»Aber ich mache fast keinen Fehler mehr, sieh mal.«

Er legt seine Blätter wieder vor mich hin. Zaubert ein Lächeln von perfekter Arglosigkeit hervor, beinahe satanisch.

Am Nachmittag scheint die Sonne ein bisschen, und wir gehen an den Fluss. Auf einer sandigen Landzunge mieten wir uns große rote Strandkörbe. Die Häuser, die den Fluss säumen, ziehen sich regelmäßig, weiß und geordnet jenseits der Bäume hin. Der Verkehrslärm ist ein leises Rauschen, das träge über die grünen Dämme bis zu uns vordringt.

Irgendwie habe ich das Gefühl, Cocíss kommt sich in dieser ganzen Ruhe ungeschützt und verletzbar vor und hört deshalb keinen Augenblick auf, sich zu beschäftigen, zu lesen und zu schreiben. Nach zwei Stunden bin ich es, die ihm sagen muss, dass es genug ist, dass ich müde bin, und wir gehen auf einem Schiff Eis essen. Er bestellt den größten Becher, den es gibt, mit Baisers, Haselnüssen und kandierten Kirschen.

Inzwischen sind die blassen Schatten der Fahnenstangen länger geworden.

Cocíss gräbt in seinem großen Becher herum und folgt mit dem Blick einem Lastkahn. Das Wasser des Flusses hebt sich mit flachen Wellen wie vergilbtes Seidenpapier.

»Also, ich«, sagt er irgendwann, als hätte er sich vor einer halben Minute unterbrochen, »wirklich, ich denke nicht, dass Polizisten *Scheißdreckskerle* sind. Nicht alle. Sieh mal, ich verstehe, dass ihr eure Arbeit machen müsst. Und dass auch die Polizisten Familie haben. Und dass es auch bei der Polizei Leute gibt, die in Ordnung sind, wie du.«

Ich könnte nicht mal sagen, was mich daran am meisten wütend macht, und außerdem bin ich zu neugierig, worauf er hinauswill.

»Also?«

»Also beurteile ich dich nicht als gut oder schlecht, weil du bei der Polizei bist, verstehst du? Das heißt, du darfst nicht glauben, dass ich darauf gucke, ich versuche die Person zu sehen, die du bist, unabhängig davon. Ich hätte gern, dass es für dich das Gleiche ist. Das, was du über mich denkst, meine ich.«

»Willst du die Wahrheit wissen?«

»Du denkst, dass ich als schlechter Mensch geboren bin.«

»Das ist es nicht. Niemand wird als schlechter Mensch geboren.«

»Genau, siehst du, was du da sagst, das denke ich auch.«

»Augustinus dachte, dass niemand als schlechter Mensch geboren wird, weil das Böse nicht existiert.«

»Im Ernst?«

»Das ist wie mit dem Dunkel. Denk mal nach. Kannst du das Dunkel fühlen, essen, anfassen?«

»Nein.«

»Siehst du: Das Dunkel existiert nicht, es ist nicht wirklich. Dunkel heißt nur, dass es kein Licht gibt. Licht ist etwas Wirkliches. Die Sonne ist wirklich. Los, dreh dich um.«

Ich packe ihn am Arm. Wie in der Nacht seiner Ankunft in Spaccavento, als ich ihn in sein Zimmer gebracht habe.

»Mach die Augen zu. Spürst du die Sonne? Auf dem Gesicht?«

»Sie ist nicht so warm wie bei uns.«

»Stimmt, aber du spürst sie.«

»Ja.«

»Also existiert sie.«

Ich lasse ihn los. Er macht die Augen wieder auf, nimmt seine Studentenbrille ab und sieht mich an.

»Ist dieser Augustinus ein Freund von dir?«

»Er war meine erste große Liebe.«

Er dreht sich zur anderen Seite. Die Vertraulichkeit hat ihn überrumpelt.

»War er einer, der viele solche Sachen gedacht hat?«

»Ziemlich viele.«

»Aber ihr seid nicht mehr zusammen.«

»Sagen wir, es war eine unmögliche Liebe.«

»Und wieso?«

»Er war sehr viel älter als ich.«

»Da gibt es aber heute viele, die eine jüngere Frau haben. Viel jünger. Und wo ist das Problem?«

»Das Problem ist, dass er Bischof war.«

Er schlägt mit der Hand auf den Tisch und lacht laut auf.

»Ein Priester, der eine Frau hat.«

Er setzt noch einen schönen Pfiff drauf.

»Ich habe dir ja gerade gesagt, dass es eine unmögliche Liebe war.«

»War er da Bischof, wo du gelebt hast?«

»Nein. In Algier. In Afrika.«

»Er war Bischof in Aˇka?«

»Ja, übrigens war er Afrikaner.«

Er lacht noch lauter, schwankt auf dem Stuhl nach hinten.

»Was sagst du da für einen Scheiß, Rosa. Weißt du, ich kenne die, die Marokkaner, die können nicht Bischof werden. Denen darfst du nie trauen. Der wollte sich mit dir nicht noch mehr in Schwierigkeiten bringen.«

Ich lache ebenfalls. Und je mehr ich weiß, dass ich es nicht sollte, desto mehr muss ich lachen. Er biegt sich auf dem Stuhl, macht Geräusche mit der Nase, aber schriller als sonst, wie ein Wiehern, kneift sich in die Backe, um wieder ernst zu werden. Er weiß nicht, dass ich auch über ihn lache.

Ich lache so sehr, dass ich eine Gänsehaut bekomme. Vielleicht fröstle ich auch vor Kälte, denn die Sonne verblasst.

Aber das Frösteln ist auch etwas, das ich mir nicht zu erklären weiß.

Es gelingt mir, im Internet sechs Karten für das Spiel Hamburg–Wolfsburg zu bekommen. Jeweils zwei Karten an drei verschiedenen Stellen der Mittel- und Seitentribüne. Wir werden, wenn es soweit ist, entscheiden, wohin wir uns setzen. Der Plan ist, während der ersten Halbzeit in einer gewissen Distanz zu bleiben und die Pause zu nutzen, in der ich mich dann allein der Mitteltribüne nähere, um zu sehen, ob Saro Incantalupo etwas Interessantes zurücklässt. Ein wahnsinniger Gedanke, dass eine so dumme und unbedeutende Sache alles ändern kann.

Cocíss sagt, dass er für Fußball nicht besonders viel übrig hat (da haben wir doch tatsächlich noch etwas gemeinsam). Ich gestehe es ihm nicht, aber vielleicht kapiert er es trotzdem, als er die Zigarette wegwirft, bevor wir ins Büro der Autovermietung gehen.

Wir fahren wieder. Und wir bewegen uns weiter Richtung Norden. In einem flaschengrünen Škoda Station Wagon auf

Autobahnen ohne Zahlstellen, mit einem Navigationsgerät, das Cocíss nachzuahmen liebt. Doch er fragt mich nie, was diese Stimme sagt. Beschränkt sich darauf zu bemerken, dass ich ja zum Glück mit denen hier reden kann.

Wir nähern uns der dänischen Grenze, weil der Boss ohne Gesicht nach Cocíss' letzten Informationen beschließen könnte, am Abend vor dem Fußballspiel nach Kopenhagen zu kommen und dann mit dem Auto nach Hamburg zu fahren. Der Flug aus Barcelona landet um 22.30 Uhr in Kastrup. Ich sehe gleich meinen Film ablaufen: Vielleicht bleibt der Boss über Nacht in dem großen Flughafenhotel. Das wäre perfekt. Ein Zimmer ist ein idealer Ort, um Spuren zu sammeln, man braucht sich nur eine Stunde darin aufzuhalten, um eine Menge zu hinterlassen. Und in einem Hotel mit zweihundert Zimmern fällt man nicht so leicht auf.

Die Wahrheit ist, dass ich erschöpft bin. Ich bin nicht mehr ich, habe mein Leben nicht mehr, meine Wohnung nicht mehr, vielleicht nicht einmal mehr meine Arbeit. Meine Eltern sind auch total orientierungslos, und ich suche dummerweise eine Abkürzung zur Spitze des Eisbergs.

»Sag mal, wer gibt dir denn diese Tipps?«

»Was meinst du damit?«

»Ich könnte wetten, einer aus dem Clan will den großen Boss abservieren.«

»Den serviert keiner ab, auch seine Leute nicht. Der stirbt mit hundert Jahren, das habe ich dir gesagt.«

»Und du willst der Einzige sein, der ihn zu packen kriegen kann. Hast du ihn persönlich getroffen?«

»Und was ist da komisch dran?«

»Er hat sich nicht mal von seinen engsten Vertrauten ins Gesicht sehen lassen, als er zurück in eure Gegend gekommen ist.«

»Nerv mich nicht. Vertrau mir und fertig.«

»Es ist nicht so, dass du nur weißt, wie er sich nennen lässt?«

»Falsche Namen hat er hundert. Aber nur ein Gesicht. Was

willst du? Die Abmachung aufkündigen? An dem Punkt jetzt gibt's kein Zurück mehr.«

Er hat recht.

»Wer hat denn von aufkündigen gesprochen?«

Er nickt und stützt die Füße gegen das Armaturenbrett.

»Wir müssen nur ein paar Tage warten. Hör mal, ich will irgendwo warten, wo das Meer ist.«

Wir müssen drei Tage warten, um genau zu sein. Das Spiel findet am Samstagnachmittag statt, und am Freitag werden wir erfahren, ob es angebracht ist, nach Kopenhagen aufzubrechen oder nach Hamburg zu fahren.

Es herrscht ruhiger Verkehr. Cocíss schaut hinter jedem schnellen Auto her, das uns mit mehr als hundertfünfzig überholt. Ich frage ihn, ob er noch mal aus der Nase geblutet hat. Er schüttelt gleich den Kopf, ohne mich anzusehen (was heißt: ja).

Ich glaube, dass eine jahreszeitlich bedingte Allergie seinen Schnupfen verschlimmert hat. Er fasst sich oft an eine Stelle am Unterkiefer, vielleicht entzündet sich da ein lockerer Zahn, aber er sagt nichts. Und ich bin es leid, ihn an seine Mundspülung zu erinnern. Ich bin nicht seine Schwester und erst recht nicht seine Mutter. Irgendwo hat die Komödie auch eine Grenze.

Er nimmt eine Straßenkarte und verbringt zwanzig Minuten damit, Namen von deutschen Orten zu lesen, die tatsächlich schwer auszusprechen sind, erst recht für ihn. Ab und zu legt er mir die Karte aufs Steuer.

»Ich muss fahren, wenn du erlaubst«, dämpfe ich ihn.

Er faltet die Karte mit Gewalt gegen die Falzrichtung zusammen und fragt mich noch einmal nach dem marokkanischen Bischof (die Sache kann er echt nicht verdauen).

»Algerisch«, verbessere ich ihn.

»Die sind alle gleich«, sagt er. »Sag mal, meinst du, er hatte andere Frauen? Ich meine, hast du das je rausgekriegt?«

»Bevor er Priester wurde, bestimmt«, antworte ich. Dann

zeige ich ihm, wie sich die Farbe des Himmels jenseits eines Wäldchens mit niedrigen, knorrigen Eichen ganz langsam verändert. »Schau mal, wir sind am Meer.«

»Abbiegen, abbiegen«, sagt er.

»Ich biege ja ab, ich biege ja ab. Warte wenigstens, bis eine Ausfahrt kommt.«

Zwei Kilometer später fahre ich ab. Es ist zehn nach sieben, und ich habe furchtbaren Hunger. Ich folge den Schildern zu dem einzigen Ort im Umkreis von dreißig oder vierzig Kilometern, der auf der Karte groß geschrieben ist. Wir sind mehr oder weniger auf halber Strecke zwischen Hamburg und Kopenhagen. Es ist eine in einem Fjord mit Wasser so dunkel wie Eisen versteckte Siedlung. Ich halte vor einer Reihe Häuser, die so winzig sind, dass es aussieht, als könnte man nur mit Mühe durch die Tür eintreten.

»Können wir nicht weiterfahren?«, fragt er.

»Nein.«

Der Platz in der Ortsmitte ist ein grasbewachsener Friedhof, die grauen, eckigen Grabsteine sind unter Iris, Tulpen und Ranunkeln beinahe versunken. Drum herum stehen Bäume im Rund und ein Kreis weißer Häuser mit Dächern so spitz wie Sägezähne. Kleine Fenster zwischen dunklen Fachwerkbalken. Zwischen den Fenstern wachsen Rosen.

»Und was ist das, eine Krippe?«, fragt Cocíss. Ich öffne die Tür, doch er scheint fast Angst zu haben auszusteigen.

»Scheint so.«

»Bleiben wir hier?«

»Wir essen was, ich falle gleich um. Dann sehen wir mal.«

Herrn Fischers Hobby ist Fischen, und sein Klingelschild hängt über einer lächelnden Keramikforelle. Man hat uns gesagt, dass er der Einzige im Dorf ist, der noch ein freies Zimmer für die Nacht haben könnte.

Herr Fischer ist untersetzt, hat einen dunklen Schnurrbart, sieht fast italienisch aus. Er zeigt uns das Gästehaus, schmuck und sauber wie sein eigenes, nur ein bisschen kleiner. Eine

Wohnküche, zwei kleine Zimmer und ein Bad wenige Meter von der Strandlinie entfernt. Cocíss gefällt es. Mir nicht. Ich versuche ihn zu überreden, dass wir in ein Hotel gehen, vielleicht in der Stadt, moderner.

»Mir gefällt es hier. Wo liegt das Problem?«

(*Kleiner Ort, zu isoliert, zu ruhig.*)

Wir fangen an zu diskutieren, und Herr Fischer scheint ungeduldig zu werden.

»Nur für heute Nacht. Was ist los, macht es dir was aus, das Bad mit mir zu teilen?«

»Wo ich dich in meiner Wohnung habe schlafen lassen!«

Ich sage es fast so, als würde ich es mir selbst vorwerfen.

»Ja, und was ist dann?«

Also, keine Ahnung. Herr Fischer kommt mir nicht richtig deutsch vor, dieses Dorf scheint mir nicht echt (ich habe Paranoia), und ich würde lieber in einer großen Stadt untertauchen, in einem anonymen Riesenhotel.

Cocíss macht dem Vermieter mit einer Geste klar, dass wir bleiben. Herr Fischer nimmt die Schlüssel aus der Tür, legt sie auf den Tisch und verabschiedet sich.

»Aber nur für eine Nacht.«

Wir bleiben drei Tage.

»Ich habe das Gefühl, hier passiert nichts«, sagt er ab und zu. »Das ist neu für mich. Im Moment finde ich das okay.«

Vormittags lesen und schreiben wir. Im Zeitschriftenladen am Bahnhof gibt es mit ein paar Tagen Verspätung eine italienische Tageszeitung, doch über ihn steht immer das Gleiche drin: »Die Schlinge zieht sich zu«, oder: »Wir stehen kurz vor der Festnahme.« Blödsinn: Wenn man wirklich kurz davor ist, einen zu schnappen, teilt man das nicht der Presse mit. Sein Foto erscheint nicht mehr in der Zeitung, und darüber scheint Cocíss sogar enttäuscht zu sein. Ich glaube, er ist nicht mehr das tagesfrische Monster.

Normalerweise gehen wir zu Fuß in den moderneren Teil der Siedlung, um uns etwas zu essen zu kaufen. Cocíss will nichts von maghrebinischem oder indischem Essen wissen, er stopft sich mit Pommes frites, Snacks und Eis voll. Den halben Nachmittag döst er vor dem Fernseher, dann setzt er sich an den Tisch in unserer Wohnküche und schreibt. Über die Wiese geht der Wind, dann die Sonne, dann der Hund von Herrn Fischer. Und inzwischen erfindet er Wörter ohne Sinn, denn die Wörter, wie er sie sagt oder denkt, sehen auf seinem Blatt anders aus, als er gedacht hat. Ich verbessere ihn sehr geduldig, auch wenn er zum zehnten Mal »patro« statt »prato« schreibt.

Bevor die Sonne untergeht, machen wir einen Spaziergang zu den Bänken aus grobem Beton. Die Enten fliegen in Formation, wie perfekte Pfeile. Zwischen zwei Windstößen ziehen große krächzende Krähen durch die raue Luft über uns hinweg. Auf einer Baustelle liegt eine riesige Boje, die aussieht wie ein aus den Tiefen des Ozeans geborgenes Raumschiff, das nun im dunklen Schlamm feststeckt. Cocíss wiederholt seine Begriffe, durchwühlt eine Schublade mit Wörtern, die zu klein und immer in Unordnung ist. Er erzählt mir, dass er nachts wenig schläft und es ihm passiert, dass er sich viele Gedanken macht, sich fragt, nach wie vielen Jahren er nach Hause zurückkehren kann, ohne noch Angst haben zu müssen. Da ich ihm nicht antworte, fragt er mich, was ich denn mache, wenn die Geschichte zu Ende ist.

»Meine Arbeit. Das hoffe ich wenigstens.«

»Meinst du nicht, dass du mir helfen könntest?«

»Ich? Nein, ich glaube nicht«, antworte ich ihm. Knapp und ehrlich.

»Und warum nicht?«

»Weil ich glaube, das wäre gefährlich. Auch nur uns wiederzusehen. Für uns beide.«

»Stell dir mal vor, dass ich in zehn Jahren so weit bin, dass ich eine Familie habe, und alles ist geregelt. Und auch Kinder.«

»Ja.«

»Kommst du mich dann nicht besuchen?« Er lächelt.

»In zehn Jahren? Vielleicht ja.«

»Wer weiß, wo ich dann bin. Ich muss jetzt einen Platz finden, wo ich neu anfangen kann, allein, bei null. Ich bin weit weg von allen. Nicht mal meine Mutter kann ich wiedersehen. Nicht mal meinen Bruder.«

Ich bin kurz davor, ihm zu sagen, dass er sich in genau der gleichen Situation befindet wie die Eltern von Nunzia und Caterina. Und weitere dreißig. Oder vierzig. Die Apriltoten, die auf der Straße erschossen wurden und die nicht wiederauferstehen können.

Aber ich behalte alles für mich und lasse einen anderen Film ablaufen. Vielleicht leugnet Cocíss, um zu verdrängen, was er getan hat. Er leugnet, weil er begriffen hat, weil er weiß, dass von diesem Bürgersteig noch mehr Blut fließen kann, eine Blutwelle, die ihn das ganze Leben verfolgen wird, länger als zehn, fünfzehn, zwanzig Jahre. Er leugnet, um nicht bereuen zu müssen, oder weil Bereuen sowieso unmöglich wäre. (Viele wie er leben nicht lange genug, um wirklich zu bereuen, doch das ist, wie immer, Philosophie.)

Drei Abende hintereinander gehen wir zum Essen in *Lauras Kneipe* an der Ecke des Platzes. Der Tisch am Fenster ist inzwischen so gut wie reserviert. Die Wirtin ist eine gutaussehende und hochgewachsene Frau mit dunklem Haar, die, wenn sie die Kerzen anzündet, ehrlich gesagt mehr mich als Cocíss anlächelt. Er schlingt alles schnell in sich hinein und leert mindestens zwei Bier, lässt kaum ein bisschen Schaum auf dem Grund übrig.

Wenn wir ausgehen, ist der Abend blau, doch in den engen Straßen liegt schon ein salziger Nebel, der alles feucht werden lässt. Sein Sweatshirt, meine Haare, die Blumen auf den Balkonen, die Fenster der erleuchteten kleinen Wohnzimmer und die glänzenden Buckel des Kopfsteinpflasters.

Eines Abends bleibt Cocíss vor dem Friedhof auf dem Platz stehen. Eine blonde Frau um die fünfzig schiebt einen Rollstuhl zwischen den Grabsteinen durch. Ein alter Mann sitzt darin, zusammengekrümmt, der schiefe Hals schaut aus einer karierten Decke hervor, der Mund ist nur noch eine runzlige Öffnung, die Luft ansaugt und aus der Speichel tropft.

Cocíss wendet sich zur Seite, zündet sich eine Zigarette an und fragt mich, ob der Apostroph, über den wir zwei Stunden ergebnislos geredet haben, nicht ein bisschen wie ein Grab ist. Zuerst kapiere ich nicht.

»Er steht an der Stelle von einem, den du eliminiert hast, den es nicht mehr gibt«, erklärt er.

Das ist das Beispiel, nach dem ich den ganzen Tag gesucht habe.

»Ganz genau so ist es. Bravo.«

Drei Tage lang tun wir die gleichen Dinge, mit wenigen Änderungen. Wir gehen zum selben Bäcker, grüßen dieselben Nachbarn, Herrn Fischer in seinen Trekkingschuhen und seine Frau mit den Leggings. Wir bestellen das gleiche Abendessen. Fischsuppe für mich und Schweinekotelett mit Kartoffeln für ihn. Eis für ihn, Himbeerkuchen für mich.

»Du stehst aber echt auf Himbeeren, oder?«, bemerkt er.

»Ja, sehr.« (Wenn es nicht wegen der Blasenentzündung wäre, vielleicht weniger.)

Cocíss führt zwei Telefongespräche am Tag, immer gegen eins und ungefähr um sieben. Ohne dass ich ihn irgendwas frage, schüttelt er den Kopf: noch keine Neuigkeit. Unser Mann wird in letzter Sekunde entscheiden, ob er ins Flugzeug nach Kopenhagen oder nach Hamburg steigt. Eines Nachmittags, als Cocíss sich auf der Couch ausruht, setze ich mich auf den Rasen der Fischers und lasse einen Film ablaufen: D'Intrò benachrichtigen, sich von den spanischen Kollegen die Passagierliste dieser beiden Flüge geben lassen. Nehmen wir mal an, das ist kurzfristig möglich, was erreichen wir damit? Wir bekommen eine Namensliste, die man vielleicht auf zwanzig zusammenstreichen kann, wenn wir wirklich Glück haben, auf fünfzehn. Vielleicht alle Bürger anderer Staaten, bestimmt alle ohne Vorstrafen. Ganz schön nervig.

Aber nehmen wir einmal an, wir bekommen tatsächlich die Dokumente mit Fotos von ihnen. Was haben wir davon? Das Gesicht von Saro Incantalupo kennen wir nicht, und wir haben nicht die Leute, um fünfzehn Personen in ganz Europa beschatten zu lassen.

Die Methode ist nicht klar, das Ergebnis unsicher. Ich gebe die Idee auf, als ich schon D'Intròs Nummer gewählt habe. Jenseits des in der Scheibe gespiegelten Himmels sehe ich, wie Cocíss sich im Nacken kratzt und versucht, die Augen zu öffnen (die Abmachung, respektiere ich sie nicht mehr?).

Die Sonne wird schwächer, und ich schaue hoch.

Meiner Mutter würden zehn Namen einfallen, um die Farbe dieses Himmels zu beschreiben. Eine Farbe wie Engelsbauch, zum Beispiel. Oder Zuckerpapier. Sie fand immer neue Bezeichnungen, dachte sich viele nur aus, um Diego und mich zum Lachen zu bringen. Vor Lachen gekrümmt haben wir uns natürlich bei »Hexenkacke«, womit sie das dunkle Gelb bezeichnete, das mein Vater für die Fassade eines kleinen Stalls, der renoviert werden sollte, ausgesucht hatte. Sie stritten sich heftig, und mein Vater schickte uns ins Bett, weil wir immer wieder »Hexenkacke« wiederholten und wie die Blöden lachten.

Ich weiß nicht, was meine Mutter für die Farbe dieses Himmels erfinden würde. Aber man hat das Gefühl, dass hier nichts passiert, wie Cocíss sagt, unter einem derart zarten Himmel. Ein aufgehängter Taucheranzug schaukelt im Wind, und der Nachbarsjunge tritt in die Pedale eines roten Dreirads (schnelles Rot).

Ich suche die Nummer meiner Familie heraus und denke: Nichts, das ist im Moment das Beste, was passieren kann. Auch für mich.

Cocíss nimmt die SIM-Karte aus dem Handy und schnippt sie mit Zeigefinger und Daumen ins Wasser. Zum Telefonieren ist er bis zur letzten Planke des Stegs gegangen, und jetzt kommt er zurück zu mir.

»Es ist bestätigt.«

»Was?«

»Das Spiel. Samstag«, erklärt er mit gedämpfter Stimme. Ich hatte mich mit der Suche nach ein paar schön geformten Kieselsteinen abgelenkt.

»Gut. Dann fahren wir morgen los.«

Ich gehe in die Knie und spüle meine Hände in dem flachen Wasser ab.

»Dann ist es jetzt so weit«, sagt er und fasst sich an die gerötete Nase. Er blickt hinauf zur Straße, die aus einem kleinen Lindenwäldchen herauskommt. Hinter der Lärmschutzwand aus Glas schiebt sich langsam ein Familienvan nach dem anderen vorbei.

Auf jede Scheibe ist der Umriss eines Falken gemalt. Ich habe mir erklären lassen, dies diene dazu, kleinere Vögel fernzuhalten, die niedriger fliegen und gegen das Glas prallen könnten.

(Manchmal kann der Schatten des Räubers die Rettung bedeuten.)

Um das gemeinsame Bad zu teilen, habe ich eine Reihe von Regeln und festen Abfolgen durchgesetzt. Und ehrlich gesagt hält Cocíss sich penibel daran. Er duscht zweimal am Tag, und inzwischen weiß ich auch, warum. Er nimmt keine Gerüche wahr und lebt in dem ständigen Wahn, er könnte schlecht riechen. Und immerhin lässt er keine Haare unten in der Dusche oder Spritzer auf dem Rand der Toilette zurück.

Aber heute Abend ertappe ich ihn dabei, wie er in meinen Kosmetikkoffer schielt. Um mich abzulenken, erzählt er mir von seinem Freund, der sich schminkte, um mit Männern zu gehen. Willy nannte er sich. Er machte kein Geheimnis daraus, schämte sich deswegen nicht. Da haben er, Zecchetto und Medina ihm eines Tages vorgeschlagen, für sie zu arbeiten.

»Aber wir waren nicht seine Zuhälter«, stellt er gleich klar, während ich mir die Wimperntusche zurückgeben lasse und den Reißverschluss zuziehe. »Du bringst die Freier an einen bestimmten Platz, haben wir zu ihm gesagt, sagen wir mal: in eine abgelegene Straße, und irgendwann tauchen wir dann auf. Wir machen einen Überfall, und du spielst den Verängstigten. Das geht ganz cool ab. Und wenn der uns anzeigt? Ach was, wenn es uns in den Kram passt, je nachdem, was das für einer ist, macht Zecchetto noch ein paar Fotos, und dann sehen wir mal, ob nicht noch für uns alle ein schönes Auto rausspringt.«

»Genial«, gebe ich zu. »Und wie viele Autos habt ihr gekriegt?«

»Kein einziges. Du hast nicht zufällig eine Pinzette?«

Ich stehe ein bisschen blöd da, während er näher an den Spiegel tritt und sich mit den Fingerspitzen die runzlige Haut unter den Augen glatt zieht. Dann krame ich herum und gebe ihm die Pinzette. Er beugt sich übers Waschbecken und zupft sich ein paar schwarze Härchen zwischen den Augenbrauen aus. Schließlich schaut er sich im Dreiviertelprofil an.

»Wie kommt's, dass diese tolle Idee nicht funktioniert hat?«, frage ich.

»Weil Willy eines schönen Tages verschwunden ist. Keiner hat je wieder was von ihm gehört. Es hieß, dass unter seinen Freiern ein zu wichtiger Mann war, der sich zur Wahl stellen sollte, und dass die Scurante wollten, dass er hochkam, also dass er gewinnen musste, wegen der Geschäfte, die sie zusammen gemacht haben. Keine Ahnung, ob das wirklich so gelaufen ist. Aber das hat man gehört. Und jedenfalls hatte ich nichts gegen Willy, weil er das gemacht hat, was er gemacht hat. Wir hatten ihm ja sogar vorgeschlagen, das Ganze zusammen zu machen. Er war in Ordnung, wie soll ich sagen …«

»Unabhängig davon.«

»Genau. Auch wenn er gesagt hat, dass er eines Tages zur Frau werden wollte.«

Es ist wie ein plötzliches Schuldgefühl. Er sieht mich komisch an, als ich anfange, in meiner Tasche zu kramen (Achtung, dass er nicht sieht, wo ich das Geld versteckt habe).

Schließlich finde ich in meiner aufs Wesentliche reduzierten Tasche das schwarzsilberne Kettchen.

»Ich hatte es vergessen. Das hat mir Joséphine gegeben.«

Er lässt es durch die Finger gleiten, ohne allzu großes Interesse. Aber irgendwie fühlt er sich unwohl.

»Sie war im Zentrum. Du erinnerst dich doch an sie, oder?«

»Und ob ich mich an sie erinnere.« Er öffnet die Lippen zu einem flüchtigen zufriedenen Lächeln. »Nachdem ich die Satellitenantenne gerichtet hatte, hat sie mir zum Dank sogar einen geblasen.«

Vielleicht sollte ich das als Vertraulichkeit nehmen.

»Es ist nicht so, dass ich sie darum gebeten habe«, meint er klarstellen zu müssen.

»Und ich habe dich auch nicht um Erklärungen gebeten.«

»Ich sage das, weil, wenn du etwa denkst, ich bin schwul, dann irrst du dich. Ich würde nicht *wirklich* mit einer gehen, die keine Frau ist. Sie wollte unbedingt, und manche von meinen Freunden haben immer gesagt, solche sind echt super, sogar besser als Frauen. Und das wollte ich ausprobieren. Das ist alles.«

Ich bin sicher, dass er in seiner grenzenlosen Unverschämtheit von mir erwartet, dass ich ihm beipflichte. Er lächelt selbstzufrieden, legt die kleine Kette auf die Konsole und gibt mir die Pinzette zurück (du bist nur ein angeberisches Jüngelchen, auch wenn du Falten unter den Augen hast).

Er zieht sich das T-Shirt aus. Streicht sich mit den Fingern über die Mitte der Brust, zwischen den Brustmuskeln, wo neben Pickeln vereinzelte Härchen sprießen, die aussehen, als hätte man ein bisschen Pfeffer gestreut. Von den blauen Flecken, die er ein paar Tage vorher abgekriegt hat, sieht man nur noch Ränder. Ich frage ihn, ob D'Intrò die gleichen Methoden wie Morano angewandt hat.

»Der ist ein *Scheißdreckskerl*, aber er ist nicht blöd. Der erreicht mit Schlauheit, was er will. Und dann war ja auch noch diese Frau da, die Richterin …«

»Und die blauen Flecken da?«

»Die? Die kriegt man, wenn man kugelsichere Westen ausprobiert. Der Aufprall kommt ja trotzdem, was glaubst du denn?«

»Ihr schießt gegenseitig auf euch?«

»Das ist auch gut, um Mumm zu kriegen. Du gewöhnst dich dran, nicht den Kopf zu verlieren, auch wenn eine Pistole auf dich gerichtet ist. Du hast nicht zufällig was zum Enthaaren dabei? Solche Streifen?«

»Du enthaarst dich?«

»Haare sind was für Affen.«

(Kein Kommentar.) Ich gebe ihm das Päckchen und gehe in die Wohnküche zurück. Während ich versuche, ein teuflisches Gerät aus blauem Plastik, mit dem man angeblich Kaffee machen kann, irgendwie in Gang zu bringen, erwische ich mich dabei, einen Blick durch die halb offene Tür zu werfen (ich sollte mich schämen).

Auch als er fertig ist, bleibt er vor dem Spiegel stehen, befühlt seine angespannten, nervösen Armmuskeln. Schließlich legt er das Päckchen mit den Pflastern auf die Konsole und zieht sich das T-Shirt wieder an.

Beim Abendessen sagt er mir, dass er seit drei oder vier Monaten nirgendwo war, um sich ein bisschen zu amüsieren. Speziell in einer Diskothek, um zu tanzen.

Ich versuche sofort, das Gespräch unauffällig auf ein anderes Thema zu bringen, erzähle ihm von diesem Typen, den wir festgenommen haben, als ich bei der Verkehrspolizei in Casale Monferrato war. Scheint ihn zu interessieren.

»Sie hatten uns wegen einer Massenkarambolage in einer Autobahnausfahrt gerufen. Fünf Autos, zwei Verletzte, ein schönes Fiasko. Der ganz vorne war ein junger Typ, ein paar Jahre älter als du. In dem allgemeinen Chaos fiel mir auf, dass er sich nicht um die Papiere kümmerte, sondern sich wieder in Bewegung setzen wollte. Er war der Erste in der Reihe, sie hatten ihm den Kofferraum eingefahren, der voller Hartschalenkoffer mit Metallverstärkung war, weißt du, solche, die man für irgendwelche Instrumente braucht. Er hatte einen ganz schönen Schaden davongetragen, und mit Sicherheit war es nicht seine Schuld, aber er schien es nicht abwarten zu können wegzukommen. Während meine Kollegen damit beschäftigt waren, alles aufzunehmen, habe ich unseren Wagen vor sein Auto gestellt. Ich kann nicht vergessen, wie er mich durch die Windschutzscheibe ansah. Wir schafften es, ihn festhalten, bevor er über die Leitplanke klettern und quer durch die Felder entkommen konnte. In einem Koffer hatte er sechstausend Ecstasy-Pillen.«

Cocíss stößt aufgebracht die Luft aus.

»Also, ich hab nie mit Pillen gedealt. Die gab's bei uns im Block nicht. Das war Stoff für Baia Nerva, für die Diskotheken, wie Koks, aber das Geschäft haben andere gemacht. Ein Freund hat mir aber gelernt, wie man Hitler Speed herstellt, davon hab ich dir doch neulich erzählt. Aber ich hab dir ja gesagt, das machten wir hauptsächlich für die Hunde. Für die Kämpfe. Und wie lang hat der gekriegt, der Typ?«

»Vier Jahre, weil er einem Kollegen die Nase gebrochen hat und deshalb auch wegen Körperverletzung und Widerstand gegen die Staatsgewalt dran war. Aber der bleibt zweieinhalb, höchstens drei Jahre drin.«

»Und du bist schuld dran.«

»Auch wir müssen unsere Arbeit tun.«

»Dann bist du Polizistin, um eine Arbeit zu haben. Wie alle.«

»Was soll das heißen? Ich hätte mir auch was anderes aussuchen können.«

(In der Reihenfolge, wie sich mir die Jobs geboten haben: Supermarktkassiererin, drei Monate Sekretärin in einer Fabrik für Profile, Schwarzarbeit als Übersetzerin für technische Handbücher.)

»Hast du keine Angst, dass der Typ vielleicht nach dir sucht, wenn er rauskommt?«

»Nein, das glaube ich nicht. Der ist kein typischer Krimineller …« (Ihm in die Augen zu sehen, würde bedeuten, ›wie du‹ hinzuzufügen.) »Ordentliche Familie, Vater Unternehmer und Mutter Psychologin. Er ist DJ und ziemlich bekannt in seinen Kreisen. Ab und zu schickt er mir aus dem Gefängnis eine CD, die er gemacht hat. Techno, weißt du?«

»Kann ich nicht ab.«

»Ich schon. Hilft mir manchmal. Lässt mich alles vergessen.«

»Was alles?«

»Alles, was ich vergessen will.«

»Zum Beispiel?«

Ich zucke mit den Schultern und streife ihn mit einem Blick. (Was heißt: Was geht dich das an?)

Er lässt das Eis schmelzen und vermischt es mit dem Löffelchen. Hundertmal, in Gedanken versunken, mit gleichbleibender Geschwindigkeit.

»Ich hab wirklich Lust, heute Abend wegzugehen. Frag doch mal, wo ein bisschen was los ist.«

»Hör auf damit.«

»Wo ist das Problem?«

»Das Problem? Dass du hier nicht im Urlaub bist, das ist das Problem.«

»Was soll denn der Scheiß? Ein Bier und ein paar Leute, Musik. Techno geht auch. Seit drei Tagen haben wir einen Friedhof gegenüber. Ich fühle mich elend, verdammt, als wär ich tot.«

(Wem sagst du das?) Vor unserem Fenster kommt die blonde Frau mit dem alten Mann im Rollstuhl vorbei. Sie erkennt uns und grüßt. Es sieht so aus, als schöbe sie nur eine karierte Decke spazieren, auf der ein blauer Hut liegt.

»Sei bitte höflich.«

»Ciao, ciao, Hitler Speed«, murmelt Cocíss und winkt.

»Hitler Speed, genau«, antworte ich.

Die blonde Frau heißt Elke Baumann. Und der hinfällige Körper, den sie durchs Dorf fährt, ist ihr Vater Dieter. Er ist achtzig Jahre alt, und sein Bruder liegt unter einem Grabstein aus Granit, dort auf dem Platz. Sie waren im selben Zug in Stalingrad, beide noch keine achtzehn Jahre alt. Als Elke Baumann mir das gestern Abend erzählte, zeigte sie immer wieder auf Cocíss, um mir zu verstehen zu geben, dass ihr Vater ein Junge wie er war, mehr oder weniger im gleichen Alter. Um sie in die Schlacht gegen die Russen zu schicken, stopften sie die Soldaten so voll mit Methamphetaminen, dass viele von ihnen sich gegenseitig oder selbst erschossen, weil sie sich in Krämpfen wanden und von schrecklichen Wahnvorstellungen überfallen wurden.

Dieter Baumann hat schon als junger Mann seine Sprachfähigkeit verloren. Seit fünfundzwanzig Jahren kann er nicht mehr laufen, seit zehn Jahren erkennt er niemanden mehr, und seine einzige autonome Funktion ist die Atmung. Er ist höchstens in der Lage, mechanisch zu schlucken, wenn er in der Kehle etwas wahrnimmt, das den Durchgang der Luft behindert, auf diese Art kann er sich wenigstens ernähren.

»Und so haben wir entdeckt, woher der Name Hitler Speed kommt.« Mir scheint es richtig, auf den Zufall aufmerksam zu machen.

»So ein Zeug gibt man den Hunden. Ich hab das nie genommen, das hab ich dir gesagt. Ich gebe auf mich acht«, sagt er schließlich, und ich spüre eine Art von Traurigkeit, als hinge mir eine bleierne Kette am Hals.

»Also gut, dann lass uns ausgehen.«

Er rasiert sich, zieht das rosa Hemd über sein schwarzes prolliges Tanktop. Er bleibt eine Ewigkeit im Bad, deodoriert sich und schmiert sich Gel in die Haare.

In der Zwischenzeit probiere ich an, was wir zusammen gekauft haben. Die weiße Hose ohne Gesäßtaschen, die taillierte violette Jacke, die ich statt einer geschmacklosen Jacke mit glänzendem Revers und Rückengürtel, die Cocíss so wahnsinnig gefiel, genommen habe.

Wir nehmen das Auto und ziehen durch ein paar Lokale, eine Bierkneipe mit Großbildschirmen für Fußballspiele und ein Disco-Pub, wo zwei junge Kolumbianer die *revolución del corazón* oder irgendwas Ähnliches rappen. Cocíss »gehen sie auf die Eier«, er will in eine richtige Diskothek, und wir landen in einer, wo die Leute abgezählt reingelassen werden. Die Türsteher sind typische Ex-Ringer oder Ex-Bodyguards, Bulgaren oder Polen, könnte ich wetten. Sie drücken uns einen Stempel auf den Handrücken, und wir schieben uns durch einen Säulengang aus gelben Neonröhren. Die Tanzfläche ist so groß wie ein Tennisplatz und wird von einer Kuppel aus engen Aufbauten, Treppen und blau fluoreszierenden Balustraden überragt. Auf der obersten Plattform tanzt ein halb nacktes Mädchen. Sie trägt einen Cowboyhut und spuckt Feuer, wie diese Gaukler, die man noch bis vor ein paar Jahren auf den Straßen gesehen hat. Cocíss kontrolliert in einem ovalen Spiegel sein Aussehen: Heute Abend trägt er wieder seine dunkle Pilotenbrille. Er stellt sich an, um was zu trinken zu holen, besieht sich die Mädchen, dreht sich aber immer mal wieder zu mir um, wie um sich zu versichern, dass ich noch da bin.

Ich setze mich auf einen Hocker vor eine Bildschirmwand mit einem blauen Wasserfall. Ich finde diese Disco furchtbar und fühle mich scheiße, das lässt sich nicht übersehen.

Ich habe Angst. Übermorgen (*Dann ist es jetzt soweit*, hat Cocíss gesagt) kommt auch mein Stalingrad. Leben oder sterben. Die feindlichen Linien überschreiten und dann zurück in einen sicheren Schützengraben, vielleicht in die Etappe. In ein Büro, auf einen ruhigen Posten. Vielleicht in Rom, warum nicht.

Bleibt die Tatsache, dass ich mich scheiße fühle und Angst habe.

Und ich kann nichts dagegen tun.

Also muss ich irgendetwas tun.

Cocíss kommt mit zwei Margaritas von der Schlange an der Bar zurück. Er setzt sich neben mich, und wir sehen uns ein wenig die Leute an.

Ich trinke schnell, das Eis bleibt mir an den Lippen hängen. Ich gehe noch zwei holen, und bei der Rückkehr unterhält sich Cocíss in Zeichensprache mit zwei Mädchen. Eine trägt eine karottenfarbene Fransenperücke, die andere einen weißen Minirock mit Lederstiefeln bis über die Knie, ich würde sagen: peinlich.

Der DJ legt ein elektronisches Stück auf. Mir kommt es so vor, als hätte ich es Anfang der Achtziger einen ganzen Winter lang aus dem Zimmer meines Bruders gehört. Ich erinnere mich nicht, wie die Gruppe hieß. Aber es gefiel mir. Ich nehme einen guten Schluck, lasse Cocíss die Gläser da und gehe tanzen.

Eine Welle elektrischen Bluts.

Das brauche ich, sonst nichts. Ich schließe die Augen und bin im Zimmer meines Bruders, halte seinen Walkman in den Händen. Glücklich. »Wenn du ihn mir nicht leihst, sage ich Mama, dass du mit Francesca im Haus bist, wenn sie nicht da sind …« Ich kehre zurück in meine Welt der Puppen aus Plastik, Töpfchen aus Plastik, kleinen Halsbändern und Armbändern aus Plastik. Ich tanzte und versuchte mich dabei an die Videos im Fernsehen zu erinnern. Ich tanzte in meinem Zimmer, auf dem Bett, und wollte nicht, dass mich irgendjemand sah. Bevor ich nicht gut war. Aber vielleicht wollte ich auch gar nicht gut werden.

Die Kindheit ist kein Stück der Ewigkeit. Sie ist ein Geisteszustand der Ewigkeit, der nur ein paar Jahre lang dauert. Das ist nicht von Augustinus. Oder vielleicht doch.

Auf der Tanzfläche hängt sich ein Typ an mich dran, dem ich mit großer Dreistigkeit vorlüge, Amerikanerin zu sein. Das bekommt mir schlecht, denn er kennt sich sehr gut in New Jersey aus, wo seine Firma Joint Ventures hat. Er ist nett, hat eine Hakennase und eine vorstehende Lippe. Er stellt sich als Jürgen vor, und wir geben uns gerade in dem Moment die Hand, als Cocíss von seinem Ausflug zu den Toiletten zurückkommt. Dahin zu gelangen, habe ich auch versucht, doch bei den Frauen ist die Schlange wie üblich dreimal so lang.

Er flüstert mir gleich was ins Ohr.

»Wer verdammt ist das?«

»Mach dich locker.«

»Belästigt er dich vielleicht?«

»Nein.

»Warum bist du so vertraulich mit dem?«

»Ich komme allein zurecht, danke.«

»Schick ihn weg.«

»Und du hör auf, ihn so komisch anzusehen. Was hast du verdammt noch mal auf dem Klo gemacht?«

»Nichts. Da ist die Hölle los, siehst du das nicht?«

Ich sehe es, natürlich, dass er sich ein paar fette Lines reingezogen hat, ich sehe es daran, wie er die Nasenlöcher ruckartig zusammenzieht. Er stinkt nach süßlichem Likör, und im fluoreszierenden Licht leuchtet ein kleiner violetter Fleck auf seinem Kragen auf. Ich mache ihn weg und schüttle den Kopf. Jürgen entfernt sich mit einem genervten Lächeln.

»Gib mir zweihundert Euro, los«, verlangt Cocíss.

»Wollen wir mit Champagner anstoßen? Was gibt es zu feiern?«

»Ich will den Mädchen oben einen ausgeben.«

»Das scheint mir wirklich nicht nötig.«

»Was, verdammt, willst du?«

(Ich ertrage ihn nicht mehr, diesen Typen.)

»Rede in einem anderen Ton mit mir und hör auf zu trinken.«

Ich will ihm einen Schubs geben, und er hält mich an den Händen fest.

»Wer soll mich denn hier kennen? Ich gehe mich ein bisschen mit den beiden amüsieren. Ich bin da oben, willst du auch kommen? Für mich ist das kein Problem.«

»Aber mal im Ernst.«

»Du willst mich auch noch beim Ficken kontrollieren, hä? Komm ruhig mit, ist mir doch egal. Dann macht's mir noch mehr Spaß.«

»Hau ab und amüsier dich«, sage ich zu ihm.

Ich halte ihm das Geld unter dem Tisch hin, ziehe meine Hand ruckartig zurück, sobald ich spüre, dass seine Finger näher kommen.

»Mach schnell. Ich habe keine Lust, bis morgen früh hier rumzuhängen«, sage ich, während er einen unverständlichen Moment lang zögert.

Der dritte Margarita.

Oder vielleicht der vierte, ich weiß es nicht. Jedenfalls schmecken sie immer widerlicher. Die Musik in meinen Ohren klingt wie aus weiter Ferne und gleichzeitig heftig, ich sehe alles unscharf, wie in einer dicken Flüssigkeit.

Ich lächle alle an, die nah an mir vorbeikommen, doch in Wirklichkeit spüre ich, dass ich sie hasse. Ich hasse sie, ich hasse sie.

Wenn ich doch nur Superkräfte hätte, sage ich zu mir. Aber eines schönen Tages habe ich sie zusammen mit dem Blut verloren. Zu viel elektrisches Blut habe ich verloren. Jetzt könnte ich es gebrauchen.

Der DJ legt wieder harten Techno auf. Und ich gehe zurück auf die Tanzfläche. Eines Tages verkündete meine Mutter, dass jeder ein eigenes Zimmer ganz für sich bekommen würde. Mein Bruder freute sich sehr. Ich weinte, weil ich nicht wollte, aber vor allem deshalb, weil Diego glücklich war. Meine Mutter erklärte mir, wir seien jetzt groß.

Was heißt: Die Ewigkeit war vorbei. Für meine Puppen wurde die Schachtel mit den Kornblumen zu einer Art Sarg. Ich nahm sie zwar noch manchmal heraus, spielte aber nicht mehr mit ihnen, ich beschränkte mich darauf, sie anzuknabbern, langsam ihre Hände und Füße aus Plastik anzunagen.

Jahre später habe ich in dieser Schachtel das erste Stückchen Haschisch versteckt, dann meine Examensarbeit darin vergraben.

Seit ich bei der Polizei arbeite, habe ich immer meine Pistole hineingelegt.

Ich muss unbedingt zur Toilette und stelle mich in die Schlange.

Zwei Stunden nach dem Ende des ersten Tests gab es einen Appell, und sie ließen uns in zwei Reihen antreten. Ohne uns irgendwas weiter zu erklären. Aber ich hoffte, in der Reihe derer zu sein, die nicht zum Polizeidienst taugten.

Ich sehe mich um, doch ich kann ihn nicht entdecken. Und ehrlich gesagt: Nach wer weiß wie langer Zeit habe ich das herrliche Gefühl, dass mich dieser Typ einen Scheiß angeht. Ich weiß, ich werde es bereuen, aber im Moment ist es das, was ich will und was mir ein gutes Gefühl gibt.

Bei der ersten Schießübung fragt mich die Ausbilderin, ob ich nie daran gedacht hätte, Kassiererin im Supermarkt zu werden.

Die Mädchen gehen fast alle zu zweit rein. Sie frischen ihr Make-up auf, kotzen ins Waschbecken und pudern sich die Nase. Die Schlange kommt nur langsam voran, und ich halte es nicht mehr aus.

An meinem ersten Tag beim Überfallkommando machte mir der Einsatzleiter sofort klar, ich sollte ihm im Dienst nicht damit auf die Eier gehen, dass ich alle zwei Stunden pinkeln wollte.

»Stalingrad« hörte ich hin und wieder aus dem Mund meines Großvaters. Es war einer seiner häufigen Flüche.

Man kann kein Stalingrad aus eigenen Kräften bewältigen. Mein Bruder weiß das, er bietet mir noch ein Glas an, will mir helfen, da rauszukommen. Er ist wieder achtzehn, so alt wie damals, als er von zu Hause abgehauen ist. Die Ewigkeit hat also wieder begonnen.

Auch er ist aus Plastik, und ich bin froh darüber, denn so wird er sich nie mehr ändern.

Wie diese Musik, die sich nie ändert. Dinge, die sich ändern, sind dafür gemacht zu enden.

Ich nehme seine Hand und beiße in die Finger, um zu probieren, ob sie nach Plastik schmecken wie die Finger meiner Puppen. Sie schmecken nach Blut, und auf meiner Zunge prickelt es.

Ich bin in dem gelben Neonsäulengang. Ich hasse alle, außer meinem Bruder, der blaue Augen hat und Finger, die nach elektrischem Blut schmecken.

Und der lacht.

Ich meine zu stolpern.

Aber ich falle nicht.

Also lache ich auch, und ich halte die Zunge zwischen den Zähnen fest, damit sie nicht flattert.

Mein Bruder ruft mich, um mich zu wecken. Er streicht mir mit den Fingern über die Wange.

Das hat er nie gemacht, aber jetzt, wo er wieder achtzehn Jahre alt ist, da ist zwischen uns alles anders. Wir sind groß, also können wir alles machen, was wir wollen, und wir können es machen, weil mein Bruder keine schwarzen Augen mehr hat, sondern blaue.

Wie eine Gasflamme.

Ich bin in der Wohnküche von Herrn Fischer. Ich liege auf der Couch, und mein Kopf ist voller Steine, die hin und her rumpeln.

Ich bin im Dunkeln, der Fernseher ist an, eine Nachrichtensendung ohne Ton, und da sitzt einer auf dem Boden, auf dem Teppich.

Er sieht mich an und lächelt. Es ist nicht mein Bruder. Es ist Cocíss.

»Alles in Ordnung, Rosa?«

Ich versuche mich umzudrehen, und die Decke über mir gerät in Bewegung.

»Ein Scheiß ist in Ordnung.«

Er bringt mich ins Bad, stützt mich, bis ich am Waschbecken bin.

Er hält mir auch die Haare nach hinten, als ich kotze.

Ich sage ihm, dass es jetzt besser geht, dass er mich allein lassen kann, und er fragt mich, ob ich einen Kaffee will.

»Wenn du mit dieser bekackten Maschine einen hinkriegst«, antworte ich, bevor ich die Tür schließe.

Er klopft und kommt mit einem dampfenden Becher herein. Die schwarze Brühe hat einen Geschmack zwischen Muckefuck und verbranntem Reifen. Mein Mund muss von Magensäften versengt sein.

Er setzt sich auf den Rand der Badewanne, und ich frage ihn, was passiert ist.

»Was passiert ist? Nichts.«

Wir waren ein bisschen überdreht, das ist alles, sagt er. Er hat mich nach Hause gebracht, denn er kann ja fahren, das muss er betonen. Ich habe ein bisschen auf der Couch geschlafen, und er hat ferngesehen. Er hat über meinen Schlaf gewacht.

Zehn nach fünf. Wenigstens auf meine Uhr kann ich mich verlassen. Auf mich selbst nicht mehr, das ist jetzt klar.

»Und du, hast du dich amüsiert?«

Er zuckt mit den Achseln, hebt dann kurz seinen Hintern an und zieht zwei zusammengerollte Hundert-Euro-Scheine aus der Tasche. Lässt sie mir vor die Füße fallen, auf die weiße Matte.

»Tut mir leid«, sage ich. Was genau, weiß ich nicht, ich habe nur das Gefühl, es sagen zu müssen.

»Ihr müsst mir ja sowieso bald 'ne Menge Geld geben.«

Ich bestätige ihm das mit einem Kopfnicken. Die Wände im Bad bleiben einigermaßen unbeweglich.

»Vierzigtausend. Wenn ich die richtig einsetze, bei den Kontakten, die ich hab, verdopple ich die in einem Monat. Vielleicht weniger. Aber ich will nicht immer am gleichen Ort bleiben. Ich bringe das Geld unter und fertig, und dann warte ich, dass es zu mir zurückfließt, bleibe in Deckung, genau. Und ich mach's allein, ohne irgendwelche Kumpel. Das ist besser, nicht?«

»Was du mit dem Geld machst, interessiert mich nicht. Und ich will es auch nicht wissen, das habe ich dir schon gesagt. Das ist deine Entscheidung.«

»Das ist keine Entscheidung. Ich bin jetzt praktisch auf null, so sieht es aus. Und was soll ich tun? Ich geh wieder rein ins Geschäft, aber nur kurz. Ich mache das nur mit Einsätzen. Ein oder zwei Jahre höchstens, und dann kaufe ich mir vielleicht ein Lokal, eine Diskothek, verstehst du? Ich bau mir was auf, wirklich. Ich komme da raus. Und ich will eine Freundin, *wirklich.*«

»Sehr gut.«

Daraufhin sagt er nichts, und ich schaffe es, auf den körnigen Grund dieser dünnen Kaffeebrühe zu kommen.

»Du hast keinen Mann, stimmt's? Einen richtigen Freund?«

»Was hat das jetzt damit zu tun?«

Aus der Antwort schließt er, dass ich keinen Freund habe, keinen festen, keinen Mann und keine richtige Beziehung. Außerdem ist es die Antwort, die er will.

»Das ist komisch. Wenn ich ein Typ um die Dreißig wäre, dann würd ich *wirklich* bei einer wie dir bleiben.« (Das haben schon welche probiert, weißt du, aber es ist nicht einfach.) »Ich glaube, die Richtige zu finden, eine, die ein bisschen was im Hirn hat, die keinen Scheiß baut, so eine zu finden ist ein Glück, und das hält einen von manchen Fehlern ab, du kommst auf die Reihe, dein Kopf funktioniert anders, oder?«

Ich habe keine Ahnung, wie sein Kopf funktioniert. Manchmal habe ich selbst Mühe zu kapieren, wie meiner funktioniert.

»Ich hab mir gedacht«, fährt er fort, »ich lasse die ganzen falschen Sachen hinter mir, die ich gemacht hab, und mache sie nicht mehr. Aber sieh mal, wenn du keinen Mann hast, dann hast du auch irgendwie manche Probleme nicht, verstehst du, ich meine, Eifersucht und so, und ich glaube, dann kannst du mir auch helfen, aus allem rauszukommen. Dann schaff ich es, vom Schnee und all den Sachen wegzubleiben. Versteh mich nicht falsch, es geht nur darum. Wenn einer allein ist, endet er immer bei den falschen Leuten, mit Sicherheit, glaub mir, das ist garantiert. Dir fehlt irgendwas, aber du weißt es nicht, und du suchst andere Sachen, du willst von keinem abhängig sein, und dann fühlst du dich stark, wie ein Löwe. Aber das stimmt nicht. Innen drin fehlt dir ein Stück, hier, und ohne dieses Stück bist du ganz wirr im Kopf, das will ich sagen.«

Ich möchte ihn daran erinnern, dass wir schon darüber gesprochen haben.

»Mir reicht ein Jahr. Sogar weniger. Ich kriege mich auf die Reihe, das schwöre ich, und ich, ich halte mein Wort, das weißt du. Sein Wort halten und die Familie, das ist sowieso immer das Wichtigste. Und dann wollte ich noch sagen, dass, wenn du nicht gehst, ich meine, verschwindest und wir uns nicht mehr sehen, dass das für mich ist, wie was Gutes vor mir zu haben, was ich machen kann, dass es nicht stimmt, dass ich von Geburt an schlecht bin. Was hat noch mal der Marokkaner gesagt, ich meine dieser …«

»Augustinus. Der *heilige* Augustinus.«

»Ja, Bischof und jetzt auch noch heilig?«

»Das Böse existiert nicht, sagte er.« (Was nicht bedeutet, dass man im Leben nur im Guten schwelgt.)

»Daran will ich mich immer erinnern. Aber bis ich wieder richtig in Ordnung bin, musst du mir das sagen, du hast es mir gelernt, und du musst es mir jedes Mal sagen, wenn ich vielleicht einen Fehler mache, verstehst du?«

Ich verstehe, aber so funktioniert das nicht, und ich schulde ihm nichts.

»Es tut mir leid, aber das ist nicht möglich, und das weißt du. Du wirst dein Geld bekommen, eine neue Identität, und wir verabschieden uns voneinander, zum Besten für uns beide. Das geht nicht anders«, sage ich noch. Ich strecke eine Hand aus und berühre seine Schulter. Er rutscht auf dem Rand des weißen Emails näher. Das habe ich nicht erwartet. Er lässt sich umarmen, aber ohne mich auch nur mit einem Finger zu berühren. Ich spüre, dass es für ihn so etwas wie eine demütigende Kapitulation ist. Ich gebe ihm einen Kuss auf die Stirn, halte ihn fest, und er lässt sich ein bisschen gegen mich sinken.

Er atmet schwer, in die Mitte meiner Brüste, schiebt einen Arm hinter meinen Rücken. Er zuckt ein wenig zusammen, als ich über eine Narbe unter seinem Haar streife.

»Entschuldige.«

»Macht nichts.«

Dann schließt er gleich wieder die Augen, mit einem müden Beben.

Wir bleiben so, ich auf dem geschlossenen Toilettensitz, er auf dem Rand der Wanne. Eine Zeit lang hört man nicht einmal das Ticken einer Uhr, draußen fliegt keine Krähe vorbei, kein Tropfen Wasser fließt durch die Rohre in den Wänden.

Das ist kein Stück der Ewigkeit, denke ich.

Es ist tatsächlich eine kleine Ewigkeit.

Dann sagt er zu mir: »Du bist doch nicht *wirklich* mit dem Marokkaner zusammen gewesen, oder?«

Ich bin wie vor den Kopf geschlagen und begreife nicht sofort.

»Was?«

»Mit dem Augustinus da.«

»Was fällt dir denn ein?«

»Ich meine, dem hast du vielleicht gefallen, aber du bist doch nicht mit einem Marokkaner zusammen gewesen, oder?«

»Was stellst du denn für Fragen?«, sage ich und packe ihn an der Schulter. Er macht sich unwillig los.

»Ist der mit dir zusammen gewesen?«

(Jetzt hör dir den an.) Statt die Geduld zu verlieren, belasse ich es dabei, ihn zu verarschen.

»Das ist doch wohl meine Sache.«

»Ja, aber für mich ist es nicht richtig, dass eine wie du mit einem Marokkaner geht.«

Ich lache ihm ins Gesicht.

»Du hast ja rein gar nichts verstanden.«

»Was verstanden?«, sagt er in seinem rausten Ton, die Stimme wie Schmirgelpapier. »Ich will das wissen. Ihr habt euch vielleicht einen Kuss gegeben, einen Kuss, und das war's. Einen Kuss habt ihr euch gegeben?«

Ich bin wütend, mindestens so wütend wie er, doch ich lache weiter, kann mich nicht bremsen.

»Hör auf zu lachen, ich frage dich das im Ernst, Rosa!«, macht er weiter. »Du musst es mir sagen, ich will nicht, dass eine wie du sich wie eine Hure benimmt, verstehst du?«

Ich lache immer noch, als ich seinen Kopf mit einer Ohrfeige zur Seite schlage. Ich stoße ihn weg, er landet in der Wanne, und ich sage zu ihm, dass es jetzt reicht, dass ich es jetzt wissen will, ich. Wenn überhaupt, dann habe *ich* das Recht, es zu erfahren.

Ich muss urteilen, nicht er. Arschloch. Ich reiße den Duschkopf los, schleudere ihn nach ihm, ohne auch nur darauf zu achten, ob er ihn abkriegt oder ihm ein Loch in den Kopf schlägt.

Ich. Ich.

»Was du? Was willst du wissen? Ich sage dir alles. Alles, was du willst.«

Ich packe ihn am Hemd und beuge mich über ihn. Er scheint nicht überrascht, scheint es sogar geschehen zu lassen.

»Dann sag mir, ob du die beiden Mädchen umgebracht hast. Sag es mir, los, und ich sage dir die ganze Wahrheit über den Marokkaner, wie du ihn nennst. Hast du geschossen? Also los, ja oder nein?«

Ich sehe mir den schwarzen Sprung im Email der Wanne an, den ich verursacht habe. Wir rühren uns nicht. Stille. Doch das ist nicht mehr die Ewigkeit, das weiß ich sehr gut. Irgendetwas geschieht, aber ich weiß nicht, was.

Ich stürze in die Wanne, als hätte ich mich zu weit über einen Abgrund gebeugt.

Ich verliere das Gleichgewicht, mir stockt der Atem, ich knalle mit dem Brustbein auf einen Hundert-Kilo-Block und sehe nichts mehr. Stoff zerreißt mir zwischen den Fingern, ich schlage um mich und beiße, doch schließlich schnappe ich nur noch nach Luft, die Lippen auf eine kalte Fliese gedrückt.

»Wenn ich schieße, denke ich immer, dass meine Zähne im Mund kaputtgehen. Oder manchmal nachts träume ich, dass ich mir selbst die Zunge in Stücke schneide. Wenn ich wach werde, ist das Kissen voller Blut. Also habe ich das hier genommen, sieh mal, so was nehmen Boxer, damit ihnen die Zähne nicht eingeschlagen werden. Ich hab's von einem Kumpel gekriegt, der ein Studio hat. Aber an dem Tag, da hab ich auch Klebeband genommen, hab's auf die Zähne geklebt, weil, so waren sie fest. Als ich mir den Integralhelm aufgesetzt habe, weißt du, da hab ich gemerkt, dass ich mit den geschlossenen Zähnen fast nicht mehr atmen konnte. Ich musste ihn mir im letzten Moment aufsetzen, genau dann, als ich Capuano rauskommen sah. Und ich musste schnell machen. Konnte nicht mal anhalten. Dreißig Sekunden, vierzig, nicht mehr. Das Wichtige war, ihn umzulegen, diesen Kerl, und ich hab ihm die volle Ladung verpasst, der hat sich gedreht, sah aus, als würde er tanzen, wie verrückt, und ich schoss noch mal auf ihn, sonst wär der nicht zu Boden gegangen. Die letzten Schüsse hab ich abgefeuert, da hab ich schon nach vorn gesehen, um mit dem Motorrad nicht ins Schleudern zu kommen. Ich hab einen Wahnsinnskrach gehört, Scheiben, die zu

Bruch gingen, und irgendjemand hat geschrien. Da rannten ein paar Neger zwischen den Autos rum, und einen überfahre ich fast. Die Leute in einem Bus sehen mich durch die Fenster an. Wenn ich noch einen Schuss gehabt hätte, hätte ich auch auf die geschossen, damit sie nicht zusahen. Ist es das, was du wissen wolltest? Das ist alles. Ich habe geschossen. Ich habe auf Capuano geschossen, weil, diese gewisse Person hat mir mitgeteilt, dass es nötig ist, sonst würden die sich verbünden und uns vernichten. Ich habe geschossen, weil es einen Befehl gab, es zu tun. Den ganzen Rest weiß ich nicht, für mich war da nichts, ich hab nur ihn gesehen und die Straße davor. Das Ganze hat eine halbe Minute gedauert, ich hab keine Luft gekriegt und dachte nur, dass ich da wegmusste, dass ich am Ersticken war. Und dass der verdammte Capuano erledigt war. Ist es das, was du wissen wolltest? Bist du jetzt zufrieden?«

Er kommt näher. Ich kann weder Hände noch Füße bewegen. Er hat mich mit irgendetwas, das mir bei der kleinsten Bewegung in die Haut schneidet, an die Toilette gefesselt. Er bindet den Knoten des Handtuchs in meinem Nacken fester zusammen.

»Willst du wissen, ob es mir schlecht ging, als ich es erfahren hab? Ich hab mich drei Tage lang eingeschlossen, hab gesagt, ich wäre weg, hab keinen gesehen, auch meine Leute nicht. Keinen. Alles ausgemacht, hatte nur die Playstation und die Videos von Cocíss, meinem Champion. Das war mein Kampf, ich hatte gewonnen, und alles war gut gegangen. Ich hatte drei Packungen Eis. Für die Zähne tut mir das Kalte gut. Ich habe Eis gegessen, habe gespielt, auf der Couch geschlafen, ohne zu wissen, ob Tag oder Nacht ist. Ich habe das Leben meines Drachen geführt, eingeschlossen. Da war nur er, bei mir. Und dann Cocíss auf dem Bildschirm. Nach drei Tagen habe ich mich draußen sehen lassen, am späten Abend, alle haben über eine verdammt schlimme Sache geredet, von diesen Mädchen, und ich hab nicht mal kapiert, dass sie über den Corso Due Sicilie sprachen. Niemand wusste, dass ich es war, und niemand konnte darauf kommen, habe ich gedacht. Ich habe gemerkt, dass im Block dicke Luft war, dass die Polizei was tun würde, es war klar, dass sie jetzt was machen mussten, und ich bin in den Wohnwagen gegangen. Da, habe ich gedacht, würden sie mich nicht finden. Aber ich weiß auch nicht, vielleicht habe ich nicht richtig aufgepasst.«

Ich sehe ihm in die Augen.

Er wendet sich ab und dreht den Hahn am Waschbecken auf. Hält den Kopf darunter und füllt eine Hand mit Shampoo. Schäumt sich ein, spült aus. Aber er ist noch nicht fertig. Macht es noch einmal. Und noch mal. Ich sehe ihm zu, wie gelähmt. Soll er es noch mal machen, ist mir egal.

Schaum, dann Wasser. Schaum, dann Wasser. Seine Haare werden dunkler. Da hebt er den Kopf und sieht sich im Spiegel an. Er scheint zufrieden.

Er zieht das Tanktop aus, holt tief Luft.

Und er tut, was ich am wenigsten möchte: Dreht sich um und sieht mich an.

Er bleckt die Zähne und setzt sich sorgfältig den Mundschutz ein.

Ich versuche die Knöchel zu bewegen, doch nichts geht. Stöhne ins Handtuch hinein, aber das führt zu nichts, nur dass ich zu ersticken riskiere. Er legt zwei Enthaarungsstreifen aufs Waschbecken. Mir entgeht keine Bewegung, kein Zucken seiner Lippen oder der Augenbrauen. Was zum Teufel hat er vor?

Aus der Plastikseifendose in Form einer Rose holt er den Koks und verteilt ein wenig davon mit dem Finger auf den Streifen. Was zum Teufel hat er vor?

Um die Klebestreifen richtig auf die Zähne zu bekommen, geht er nah an den Spiegel ran.

Er putzt sich das Blut und den Speichel von den Lippen und wendet sich mir zu.

Er kann nicht mehr sprechen, er hat die Zähne zusammengebissen und atmet durch die Nase, bei jedem Atemzug sieht es aus, als zerreiße es ihn (was zum Teufel hat er vor?).

Als er ruckartig eine Schulter bewegt, schließe ich instinktiv sofort die Augen.

Der Spiegel liegt zertrümmert im Waschbecken. Cocíss besieht sich die Knöchel seiner Hand.

Dann wählt er sorgfältig eine Scherbe aus. Nicht zu groß. Ein schiefes, spitzes Dreieck.

Er durchwühlt meinen Kosmetikkoffer, kippt den Inhalt auf den Boden und nimmt Wattepads, um die Scherbe zwischen den Fingern zu halten, ohne sich zu schneiden (was zum Teufel hat er vor?).

Ein Strick wie aus Feuer martert meine Fußknöchel, aber ich schaffe es nicht, sie ruhig zu halten.

Er sieht mich an. Die Zunge im Käfig seiner Zähne verschlossen.

Er kniet sich vor mich hin.

Der Spülkasten der Toilette bebt bei meinen Versuchen, mich zu befreien. Panische Krämpfe. Vergeblich.

Der Kragen des T-Shirts schneidet mir in den Nacken, der Stoff reißt schräg durch.

Er packt mich bei den Haaren und zieht meinen Kopf nach hinten. Ich kämpfe gegen die Toilette und gegen meine gefesselten Knöchel, doch nicht gegen ihn.

Ich sehe nicht, was er tut, plötzlich spüre ich den Stich, direkt unter der rechten Brust.

Ich frage mich nur, wie lange es dauern wird, dann spüre ich, wie er langsam nach unten geht. Zu langsam, ich will nicht leiden. Bitte, bitte. Er soll es zu Ende bringen, wenn er es zu Ende bringen muss.

Stattdessen geht er langsam runter. Ich weiß nicht, wie weit. Langsam. Geht runter und hört dann auf.

Er besieht sich, was er gemacht hat, und fängt dann wieder an, wählt einen bestimmten Punkt aus. So viel verstehe ich. Eine neue Schmerzenslinie reißt mir die Haut auf. Meine Kehle hat sich krampfartig zusammengezogen, als hätte man mir einen Saugnapf auf den Mund gesetzt.

Er betrachtet mich vom Busen bis zum Gürtel, er sieht mich genau an und steht dann auf.

Er zieht seine Haut knapp über der Brustwarze hoch. Schätzt sorgfältig etwas ein. Ich weiß nicht, was.

Meine Zuckungen sind so stark, dass ich alles verschwommen sehe.

Er denkt noch nach, dann fängt er an. Er ritzt sich mit derselben Scherbe eine Linie ein.

Die Muskeln dehnen sich, ein breiter Strom Blut fließt aus dem Schnitt.

Er geht wieder hoch, an den Anfang. Beschreibt so etwas wie einen Halbkreis. Die Hand ist jetzt weniger sicher. Schaum aus Speichel und Blut tritt ihm auf die Lippen. Doch er schließt den Halbkreis.

Dann geht er schräg runter. Halt macht er unter dem Nabel.

Aus dem Kreis tropft violettes Blut.

Aus dem krummen Haken träufelt es langsam.

Ein Pfeil nach oben. Cocíss teilt ihn in der Mitte, mit einem klaren Schnitt, zwischen den Rippen.

Er lässt die Arme hängen, und ich lese meinen Namen, rot und furchtbar auf seiner Haut.

Dann wirft Cocíss die Scherbe auf den Boden.

Als er rausgeht und die Tür schließt, sehe ich mein Bild in den von seinem und meinem Blut beschmierten Scherben. Ich kämpfe, um die Augen offen zu halten, um zu sehen, was er mir angetan hat, spanne die Muskeln an und mache den Rücken krumm. Er hat mich mit Schnitten verunstaltet.

Warum?

Die Flecken sind rot und unregelmäßig, wie ein heftiger Hautausschlag.

Er hat mich mit Schnitten verunstaltet. Mich zerstört, für immer gezeichnet. Wie sich selbst.

Sich mit meinem Namen.

Mich mit einem K.

4

Frau Fischer betritt das Bad um zehn Uhr. Sie schreit nach ihrem Mann und bewegt sich über die Spiegelscherben und die Fliesen, die ich mit Urin überschwemmt habe, rutschend auf mich zu, um mich zu befreien.

Herr Fischer will die Polizei benachrichtigen.

Ich sage immer nur: »Ich bezahle alles, ich mache alles sauber.«

Sie wollen auch einen Arzt rufen, wollen, dass ich mich wasche. Ich bin nicht bei mir, das weiß ich, aber ich denke nur daran, meine Reisetasche zu packen. Und das Geld zu finden.

Cocíss hat es nicht genommen.

Ich lege tausend Euro auf den Tisch und versichere ihnen, dass ich die Wohnung innerhalb einer halben Stunde verlasse.

Aber keine Polizei. Keine Polizei, keine Polizei. Ich bin eine kaputte Schallplatte.

Schließlich fange ich an zu weinen und ziehe Frau Fischer auf meine Seite (nicht ein Hauch von Würde ist mir geblieben, aber das ist jetzt auch schon egal).

Herr Fischer bringt mich sogar ins Bad bei sich zu Hause, damit ich mich einigermaßen zurechtmachen kann. Die größten blauen Flecken habe ich auf Schenkel, Hüfte und Schulter. Im Gesicht nur einen, beim rechten Ohr. Ich decke ihn mit Schminke und einer Haarsträhne ab, doch man sieht ihn, und wie.

Draußen auf dem Friedhof halten sie einen Gottesdienst im Freien ab, die bunten Schirme sehen wie Blumen aus.

Regenrauschen auf den dunklen Dächern, der Himmel ist weiß. Die Alten ziehen durchs Dorf, gestützt auf Wägelchen mit einem Metallkorb für die Einkäufe.

Cocíss hat sich das Auto genommen, als Erstes zeige ich den Diebstahl beim Autoverleih an. Den Wagen werden sie sicher finden; ihn wohl eher nicht.

Eine Stunde lang bleibe ich auf einer steinernen Bank sitzen, vor einer hässlichen Kirche, deren Ziegel schwarz vor Feuchtigkeit sind. Ich sehe Cocíss wieder vor mir, wie er sich meinen Namen ins Fleisch schneidet, und ich schaffe es nicht, mich zu beruhigen.

Zu Fuß setze ich meinen Weg zum Bahnhof fort. Der nächste Zug nach Hamburg geht in anderthalb Stunden. Ich trinke einen Kaffee und kaufe mir ein Ticket.

Ich ziehe mich in ein Telefoncenter zurück, das von einem pakistanischen Paar betrieben wird. Die schallgedämmte Kabine ist mit Werbung für Moghul-Restaurants, Money Transfer, Reinigungsdienste, Begleitservice zugeklebt. Ich rufe meine Eltern an, doch nach der halben Nummer lege ich auf. Ich will nicht, dass sie mich so hören. Mir genügt es zu wissen, dass sie da sind, mein Vater im Kellergeschoss, meine Mutter am Telefon mit einer ihrer Freundinnen, um sich zu trösten.

Ich rufe an, warte, bis ich die Stimme meiner Mutter höre, lege dann auf.

Jetzt regnet es in Strömen. Der Regen zerreißt den dunklen Himmel und treibt die Passanten aus der Fußgängerzone, bis sich alle verkriechen (für wen habe ich mich verdammt noch mal gehalten?).

Ich suche unter meinen Fehlern den perfekten Sündenbock. Es scheinen mir viele Fehler, alle riesig.

Ich warte, bis der Regen aufhört, und überquere den Platz.

Im Zug nach Hamburg geht mir auf, dass ich einen Fehler gemacht habe, der anders als die anderen ist. Als ich aus dem Zug steige, bin ich davon überzeugt, genau durch diesen Fehler Cocíss finden zu können.

Denn ich muss ihn finden.

Ich *will* ihn finden.

Die riesige Bahnhofshalle thront über den Gleisen, und ich hänge erneut am Telefon. Ich verbrauche Telefonkarten wie nichts. Kollege Morano kostet mich Zeit, er möchte, dass ich ihm allzu viele Dinge erkläre. Stattdessen erkläre ich ihm nur, er soll zu meinen Vermietern gehen, sich die Schlüssel zu meiner Mansarde geben lassen und die Anrufe kontrollieren, die von meinem Telefon aus geführt worden sind. Ich will keinen Wind machen, also werde ich das Ganze mit einem Anruf vorher ankündigen.

Ich streife durch die Stockwerke, an den Brüstungen entlang, durch die Gänge: überall Sportschuhe, Pizzastücke, Last-Minute-Angebote. Ich suche irgendwas zu essen, aber nur, um nicht umzukippen. Setze mich an ein rundes Tischchen, mit einem Stück Apfelkuchen, einem Fruchtsaft und einer italienischen Zeitung, die ich sofort wieder zuschlage. Vielleicht sollte ich mir lieber im erstbesten Hotel ein Zimmer nehmen und bis morgen früh schlafen.

Ich setze mich wieder telefonisch mit Morano in Verbindung. Er ist noch nicht in meiner Wohnung. Dann ruft er mich zurück und hat für mich die einzige Nachricht, die mich von dieser bleiernen Schwere, die auf mir lastet, befreien kann.

Die Nachricht von meinem ersten Fehler.

Da ist eine Nummer im Speicher meines Festnetzanschlusses, die ich mit Sicherheit niemals angerufen habe. Eine Nummer mit einer Auslandsvorwahl, auf Anhieb würde ich sagen: Großbritannien. Datum und Uhrzeit passen: Es ist der Abend, an dem ich Cocíss mit nach Hause genommen habe.

Ich habe ihn vierzig Minuten allein gelassen, er hatte kein Handy, und am nächsten Tag wusste er schon, wohin wir aufbrechen mussten. Ich lasse sie mir zweimal sagen, die Nummer.

Ich verabschiede mich von Morano, bevor er mich zum zehnten Mal fragt, was zum Teufel ich treibe.

»Wir sehen uns bald«, sage ich kurz angebunden.

Nach anderthalb Stunden im Internetcafé verlasse ich die Halle und mache eine große Runde um den Bahnhof, weil ich auf der falschen Seite rausgegangen bin, doch schließlich sehe ich sie: Von Weitem lese ich die Buchstaben ZOB auf einem großen Glasschild. Die Busstation. Nach einem Wahnsinnslauf springe ich in letzter Sekunde in den Flughafenbus.

Den Blicken der anderen Fahrgäste entnehme ich, dass ich ziemlich fertig aussehen muss. Ich lasse mich auf den Sitz fallen. Wieder Steine im Kopf. Und kaltes Wasser in den Venen.

Gegen fünf Uhr nachmittags bin ich am Hamburger Flughafen: Zusammengekauert auf zwei kleinen Sitzen, unter meinem Kopf als Kissen meine Reisetasche, hoffe ich, dass die deutschen Kollegen mich in meinem Zustand nicht für eine Pennerin halten.

Der Flug nach Heathrow geht um 20.15. Gate 39, Boarding um 19.35. Ich würde alles dafür geben, in diesen zwei Stunden zu schlafen.

Stattdessen schlage ich meinen Notizblock auf. Im Internet Point habe ich zwei Stunden damit verbracht, Namen von Personen zu übertragen, die ich nicht kenne, Adressen von Orten, von denen ich nicht einmal wusste, dass sie existieren, Telefonnummern und Firmennamen, von denen ich wirklich nicht verstehe, was sie mit einem wie Cocíss zu tun haben.

Ideal für eine wie mich, die sich Filme vorstellt.

Ich weiß jetzt, dass Alderney die kleinste der Kanalinseln ist.

Während ich darauf wartete, dass irgendjemand den Hörer abnahm, stellte ich mir vor, wie das Telefon in einem reizenden Cottage auf einem Hügel am Meer läutete. In Wirklichkeit werde ich nie erfahren, ob das stimmt, denn die Nummer, die Cocíss vor einer Woche gewählt hat, steht nicht im öffentlichen Verzeichnis. Nach fünf- oder sechsmaligem Klingeln ist der Anrufbeantworter angesprungen, und eine Männerstimme hat auf Englisch, Spanisch und Deutsch erklärt, ich könne eine Nachricht hinterlassen oder eine andere Nummer anrufen, die ganz normal im Telefonbuch steht, eingetragen auf den Namen Miguel Angel Ferrera, Bartholomew Square, London; eine Adresse in Shoreditch, nördlich der Themse, nicht weit von der City und von Clerkenwell, dem Little Italy von London, wie ich mich aus den Erzählungen irgendeines Freundes von der Universität zu erinnern meine. Erneute Abwehr durch einen Anrufbeantworter, diesmal mit der Computerstimme eines Standardservices der Telefongesellschaft. Und es gibt eine neue Nummer, die des Mediservice UK Ltd.

Doch bevor ich anrufe, sehe ich mich ein bisschen im Internet um. »Mediservices« existieren wenigstens vier oder fünf mit Sitz in London, doch nur einer davon hängt mit der CWA zusammen, einer Holding mit Sitz auf der Insel Alderney, über die sich praktisch nichts in Erfahrung bringen lässt. Gerade mal eine Straße und eine Hausnummer. Wenn nur eine Person pro Firma, die auf der wie gesagt kleinsten Kanalinsel Alderney ihren Sitz hat, dort wohnen würde, müsste es auf dem Felsen eigentlich ein ziemliches Gedränge geben. Anderer Film: Vielleicht war es kein Cottage, sondern ein Repräsentationsbüro, wo mein erster Anruf das Telefon hat klingeln lassen. Cocíss dagegen muss dort irgendjemanden erreicht haben.

Die Website des Mediservice ist aufwendig, mit Loungemusik im Hintergrund und Benutzerführung in fünf Sprachen. Mir ist nicht klar, ob es sich bei dem Unternehmen um einen großen Mischkonzern handelt, der in verschiedene Zweige aufgeteilt ist, oder ob die Links nur zu Geschäftspartnern führen. Die Blue Daisy zum Beispiel verwaltet ein Dutzend Hostels zwischen Dublin, Galway, Edinburgh, Cardiff und Liverpool. Die Colbig importiert Lebensmittel und typische Produkte aus dem ganzen Mittelmeerraum und hat auch seit Kurzem einen Webshop, der von griechischen Oliven bis zur Falafelmischung alles zu lächerlich niedrigen Versandkosten anbietet. Ein anderer Link hat mich zu den Pizzerien *Mamma Maria* geführt, die im gesamten Vereinigten Königreich verstreut sind, und zu den lächelnden Gesichtern von fünf oder sechs jungen Köchen, die alle Aldo und Mario heißen, doch meiner Meinung nach auch Türken oder Andalusier sein könnten. Sie lächeln ebenso wie das Gesicht des Managers David Stevens, eines Schotten, fünfunddreißig Jahre, zwei Kinder und eine große Leidenschaft für Golf, der über sich selbst spricht und sich selbst zum großen Erfolg seiner Kette sowie zur bevorstehenden Eröffnung zweier Restaurants von *Mamma Maria* in Peking und Shenzhen interviewt.

Was Miguel Angel Ferrera mit all dem zu tun hat, habe ich herausgefunden, als ich zum letzten Link kam, dem der McDougall Catering. Jetzt taucht der Name Coleen McDougall auf wenigstens zehn Seiten wieder und wieder auf. Als »Top woman of the year« ist sie von einer Zeitschrift für Frauen in der Business-Welt bezeichnet worden.

»Aber ich wäre nichts ohne meinen Mann«, lassen sie Coleen McDougall irgendwann gegen Ende des Artikels sagen. Ihr treuer und teurer Miguel Angel, der schon im Alter von fünfzehn Jahren erste Erfahrungen als Schiffskoch auf Yachten sammelte, ist jetzt ihr »total consultant« bei jedweder operativen Entscheidung, vom Personal bis zu den Lieferanten. Es ist wirklich schade, dass es von diesem perfekten Paar kein Foto gibt.

Ich habe beim Londoner Büro des Mediservice angerufen und nach Miguel Angel Ferrera gefragt. Ich habe den Namen der inzwischen eingegangenen Firma meines Vaters benutzt und mich als Mitarbeiterin der Verkaufsabteilung eines italienischen Unternehmens für Milchprodukte ausgegeben.

Eine Angestellte hat mir geantwortet, Mr. Ferrera halte sich zurzeit wegen eines Firmen-Events nicht in London auf und werde in drei Tagen zurück sein. Ich bin hartnäckig geblieben, doch ohne irgendeine begründete Hoffnung, seine Handynummer zu bekommen. Nach dreimaligem Rückruf hat die Angestellte (Pferdeschwanz, weiße Bluse und nervöse Knie, das könnte ich schwören) mir gesagt, ich solle mich an das Clubhouse in einem Ort namens Fyr Glennan wenden, um ihm dort eine Nachricht zu hinterlassen, damit er mich zurückruft, sobald seine Verpflichtungen es erlauben.

Den Flug nach Aberdeen verpasse ich, und vielleicht ist das ein Glück. Ich schließe mich ins x-te Hotelzimmer ein, einsam und anonym wie all die anderen. Ich schlafe nicht viel, doch ich sehe wenigstens wieder passabel aus.

Ich vermeide es, mich vom Hals an abwärts im Spiegel zu betrachten. Auch wenn ich mich verarzte, senke ich kaum den Blick.

Am nächsten Morgen wird die Situation komplizierter. Der Flughafen Aberdeen ist wegen Nebels geschlossen, und ich muss in Edinburgh Station machen. Ich komme am späten Abend an, miete ein Auto und esse irgendwo etwas: eine Art grobe, gewürzte Wurst, aufgedunsen und grau wie der Bauch eines Ertrunkenen. Ich schlafe zwei Stunden auf dem Parkplatz des Flughafens, dann mache ich mich mitten in der Nacht auf den Weg.

Das Meer hat eine leichenblasse Farbe, doch die Wellen sehen aus wie Zuckerkrusten. Ich fahre weiter Richtung Norden, aus meinem Hunger wird langsam Übelkeit. Ich konzentriere mich darauf, links zu fahren, doch jedes Mal, wenn ich schalten will, stoße ich mit dem Ellbogen an die Tür.

Immer weiter nach Norden. Die Meilen sind Kilometer, die sich verlängern, als wären sie elastisch.

Aberdeen ist grau und dampft vor Nebel, wie eine glühende Fläche, die gerade nass geworden ist.

Ich fahre weiter an der Küste entlang, lasse den Hafen und die auf der Reede liegenden Schiffe hinter mir. Auf einer Werft ist eine Gruppe Männer mit der Arbeit an einem großen Schiffsgerippe beschäftigt, sie erinnern mich an Ameisen, die sich an einem Tierskelett zu schaffen machen.

Die A90 verläuft in zwanghafter Eintönigkeit, immer weiter, das Meer schlägt gegen eine lange schräge Barriere aus Beton. Die Scheibenwischer sagen Nein zu mir. Nein, nein. Nicht fahren. Umkehren. Halt an.

Wenn ich nicht so geschafft wäre, wenn ich noch einen klaren Gedanken fassen könnte, vielleicht würde ich dann umkehren.

Aber ich kann nicht. Wenn du erst alles verloren hast, kannst du nicht mehr aufhören zu suchen.

Vor mir steigt die Küste an. Hinter grünen Böschungen tauchen die Dächer von ein paar Häusern auf, Reihen weißer, unregelmäßiger Fassaden, wie verwahrloste Zahnreihen. Durch die Wolken über dem Meer dringt bleiches Licht. Noch weiter, wo der Dunst zerreißt, sehe ich es in der Ferne leuchten, und ich begreife, dass dort Bohrinseln sind.

Auf und ab geht es durch Hügel mit schlammiger Erde, hier und da von schwefelbraunen Sträuchern bewachsen. Nach einer Kurve, die mir in dieser Ödnis vollkommen überflüssig vorkommt, zeigt ein großes grünes Wappen aus Holz, das auf einem kleinen Steinhaufen steht, die Abzweigung nach Fyr Glennan an. Die drei Pfeile darunter sagen: Castle, Cottage, Golf Club.

Das Castle ist eine Ruine mit einer nahezu eingefallenen Einfriedungsmauer. Auf den welligen Grasteppich des Golf Clubs legt sich hin und wieder ein matter Sonnenstrahl, während der dünne Regen den Boden nie zu erreichen scheint. Ein freundlicher Herr in einem blauen Cordanzug macht mich darauf aufmerksam, dass sich der Parkplatz für Nichtmitglieder in der Nähe des Zauns befindet, auf einem schlammigen Gelände, über dem der Gestank aus den Ställen einer großen Reitbahn liegt.

Ich kehre zu Fuß zum Clubhouse zurück, wo ein anderer Typ, jünger, blonder und weniger freundlich, mir mitteilt, dass im Clubhouse ein strenger Dresscode gilt. Was heißt, dass ich mit meinen ausgebleichten Jeans und den Sportschuhen nicht hinein darf. Wirklich schade, dass die nächste Boutique hundert Kilometer von diesem Dreckskaff entfernt ist, sage ich, aber er zuckt nur mit den Schultern. Ich erkläre ihm, dass ich mit Miguel Angel Ferrera von der McDougall Catering sprechen muss, egal wo, und ich kann warten. Und er lässt mich warten. Eine halbe Stunde. Von seinem Büro aus betrachte ich verstohlen die Geländer aus dunklem Holz, die cremefarbenen Vorhänge und einen Kerzenleuchter, der vom Set eines jener Filme zu stammen scheint, in denen der Kerzenleuchter früher oder später herunterfällt. Auf einer grünen Tafel steht eine Liste der Mitglieder und der Corporate Members. Soweit ich es verstehe, sind das Firmen, die den Club durch die Mitgliedschaft einer gewissen Anzahl von Führungskräften sponsern. Neben der Bank of Scotland und der Polizei der Region Grampian Mountains sind es Ölgesellschaften, ein Unternehmen, das Northern Light heißt, und ein paar dieser unvermeidlichen Financial Consultings. Hier würde es meinem Bruder ganz gut gefallen, glaube ich.

Der Typ kommt zurück und sagt mir, dass die Verantwortlichen der McDougall Catering in einer Arbeitssitzung im dafür reservierten Saal des Clubhouse sind, also off-limits für mich. Er überreicht mir die Broschüre mit dem Programm einer Firmenconvention, die bis zum Abend dauert, und sagt mir, ich solle versuchen, mich im Cottage für die Events am Nachmittag anzumelden. Ich bedanke mich, doch dann gehe ich noch einmal zurück.

Ich trete näher und lege ihm den Zeigefinger auf den obersten Knopf des Jacketts.

»Der erste immer, der zweite manchmal …«

Ich knöpfe ihm den untersten Knopf auf, und er versteinert. Mehr wegen der Vertraulichkeit, die ich gewagt habe, als wegen der ihm bevorstehenden Peinlichkeit.

»Aber den dritten nie«, lächle ich ihn an. »Nur Mut. Wir können alle etwas dazulernen.«

Was sie Cottage nennen, ist eine gefällige dreistöckige Sandsteinvilla. Ein ganzer Flügel ist mit rotem Efeu bedeckt, der wie eine Samtstola wirkt, deren Glanz sich im Wechsel von Sonne und Wind verändert.

Jenseits einer großen Ulme mache ich die blitzenden Hauben von Limousinen und Coupés aus, ein Gartenhäuschen und den Pavillon eines Gewächshauses mit weißen Eisenrahmen. In der Rezeption drängen sich die Leute. Über allem hängt ein Schild der McDougall Catering, doch außerdem gibt es noch lebensgroße Pappfiguren, die eine Kollektion für Freizeitmode bewerben. Die Mädchen sind irrsinnig dünn, mit traurigen Maskara- und Wimperntuscheaugen. Wie es aussieht, hat die *top woman* des Jahres beschlossen, in die Bekleidungsindustrie zu gehen. Die Kollektion heißt *Via Roma*, doch in Wirklichkeit geht es um mehr: eine Franchising-Linie für große Modeläden mit *Lunch-Café, Relax-Lounge* und *Beauty-Center*.

Irgendetwas Vertrautes gerät in mein Blickfeld, doch ich bin zu angespannt, um es zu benennen. Ich fühle mich hier nicht wohl, sehe mich um, und irgendjemand grüßt mich, keine Ahnung, warum. Aus dem lässigen Schick würde ich schließen, dass ich unter Modejournalisten, Regisseuren, Kreativen und ein paar jungen ehrgeizigen Couturiers bin. Auch die Gorillas mit ihren Ohrhörern und Sonnenbrillen fehlen nicht.

Ich erkläre, dass ich wegen eines dringenden Problems mit Mr. Ferrera von der McDougall Catering sprechen muss, und man ruft einen schwarz gekleideten jungen Mann mit einem automatischen Lächeln herbei. Ich kann wirklich nicht glauben, dass er Ferrera ist, und tatsächlich stellt er sich als Mike vor, verantwortlich für das Pressebüro. Er begleitet mich in einen feuchten kleinen Salon mit salbeifarbener Tapete und lässt mir lauwarmen Tee bringen.

Die geladenen Gäste schwärmen in den großen Saal. Ein bisschen schaue ich mir die Leute an, ein bisschen lasse ich die Hochglanzseiten eines Modekatalogs schnalzen, der so dick wie ein Telefonbuch ist (da gibt es ein Gesicht, das ich schon mal gesehen habe). *Via Roma* ist der moderne italienische Stil, der sich durchsetzt, heißt der Slogan. Kein Model ist älter als fünfundzwanzig (es ist ein Gesicht ohne Namen). Nach einer halben Stunde kehrt der tüchtige Mike zurück, diesmal in Begleitung einer sehr kleinen Frau mit kupferroter Pagenfrisur, die ein Kostüm in der Farbe Apricot trägt.

Ich merke nicht sofort, dass mir eine »top woman« gegenübersteht. Sie gibt mir nicht die Hand, doch ihr Lächeln ist entschlossen, beinahe überzeugend. Coleen McDougall fragt mich, aus welchem Grund ich so dringend ihren Mann sprechen müsse.

»Ich würde lieber mit ihm persönlich darüber reden«, antworte ich. Und vielleicht zum ersten Mal, seit ich im Dienst bin, zeige ich meinen Ausweis.

Jetzt bin ich von der Polizei, und der Mann mir gegenüber kann das natürlich nicht ignorieren. Miguel Angel Ferrera hatte ich mir jovial, untersetzt und mit Locken vorgestellt. Stattdessen hat er schütteres schwarzes Haar, ohne Gel zurückgekämmt, sein Gesicht ist schwammig, mit einem wachsamen Ausdruck, und ich muss sagen, dass seine Freundlichkeit an Vornehmheit grenzt. Sein behelfsmäßiges Büro hat einen Erker mit Blick aufs Meer. Er entschuldigt sich für die Unordnung und für sein nicht perfektes Italienisch. Er trägt Wildlederschuhe, in denen er lautlos geht, und verschiebt ein Stativ mit einer Tafel voller Notizen, damit durchs Fenster mehr Licht hereinkommt.

Er setzt sich. Die Cordhosen mit den Bundfalten können seine knochigen Knie nicht kaschieren, auch die rosa Kaschmirweste fällt ihm von den Schultern wie von einem Bügel. Nur der Bauch ist rund. Ein Trinkerbauch, würde ich sagen. Methodischer, hartnäckiger Trinker. Flaschen stehen keine herum. Doch über Mappen mit Lederrücken schauen ein paar Plastikbecher hervor.

Vom ersten Eindruck her habe ich ihn auf über fünfzig geschätzt, doch jetzt, wo ich ihn mir besser anschaue, weiß ich nicht, ob er schon so alt ist.

Er sagt, dass er lieber Englisch sprechen möchte. Italienisch hat er früher mal gut gesprochen, als er noch auf Schiffen arbeitete. Jetzt spricht er immer Englisch, und manchmal erinnert er sich nicht einmal mehr an das Spanische. Er ist jetzt Untertan Ihrer Majestät.

Er lacht und fängt an, die auf dem Schreibtisch verteilten Stifte zu ordnen.

»Untertan, gewiss.«

Das Zimmer ist vollgestopft mit Schachteln, Paketen und zusammengerollten Postern. Auf einem Empiresofa liegen ein paar grüne Livreen in Plastikhüllen übereinander. An einem Kleiderständer aus Eiche hängen zwei Taschen mit Golfschlägern.

»Wieso macht eine italienische Polizistin einen so weiten Weg, um sich mit mir zu unterhalten?«

»Wegen eines Jungen namens Daniele Mastronero.«

»Wie, Entschuldigung?«

»Daniele Mastronero.«

Ich betrachte seine Hände. Unbeweglich.

»Ich weiß nicht, wer das ist.«

»Sie haben nie von ihm gehört?«

»Nein. Warum, sollte ich?«

Er verschiebt den Federhalter, dann den Briefbeschwerer.

»Ich bin sicher, dass er vor einigen Tagen versucht hat, Sie zu erreichen.«

»Dutzende von Leuten versuchen mich jeden Tag zu erreichen.«

Er steht auf und geht zum Fenster. Ich folge ihm mit dem Blick, halte dann inne, um zu lesen, was auf der Tafel hinter ihm steht. Schräge Druckbuchstaben, mit blauem Filzstift geschrieben.

Fettucine Italia, pomodoro e basilico lautet die erste Zeile.

»Versuchen Sie sich zu erinnern«, bitte ich ihn.

»Er hat wahrscheinlich mit meinem Sekretär gesprochen. Wer ist er, ein Koch, ein Kellner? Einer auf Arbeitssuche?«

»Beantworten Sie mir eine Frage, Mr. Ferrera. Wie viele Bewerber um eine Arbeit als Kellner rufen die Nummer des Sitzes der WCA auf Alderney an? Obwohl sie nicht einmal im Telefonbuch steht?«

Er dreht sich um und setzt sich wieder hin. *Finnan Habbock* lese ich zwei Zeilen weiter unten (das muss die Tageskarte sein).

»Die WCA? Das ist eine Finanzholding. Um die kümmern sich meine Frau und ihre Teilhaber. Ich bin, wie soll ich sagen, mit der praktischen Ausführung beschäftigt. Aber darf ich erfahren, warum die italienische Polizei diese Person sucht?«

»Weil er in Italien einen Mann und zwei Mädchen getötet hat.«

Er runzelt die Stirn. Leise ruft er Jesus Christus an.

»Und wie?«

»Auf offener Straße. Elf Pistolenschüsse.«

»Und warum?«

»Den Mann, weil er nicht zu seinem Clan gehörte. Die beiden Mädchen, weil sie zufällig dort vorbeigekommen sind.«

»Das ist schrecklich. Wie alt ist dieser Junge?«

»Achtzehn. Gerade geworden.«

Er bemerkt, dass mein Blick von ihm zu der Tafel wandert. Das Tagesmenü sieht Lachs mit Dill und Rettichcreme vor. Und dann *Smoked Turkey*.

»Ich kann nur bei meinen Mitarbeitern nachfragen. Wenn diese Person irgendjemanden kontaktiert hat, der für mich arbeitet, werde ich es Sie so schnell wie möglich wissen lassen.«

»Ich habe Ihnen doch gesagt, er hat die WCA auf Alderney angerufen, nicht *irgendjemanden, der für Sie arbeitet*. Wir wollen uns doch bitte gegenseitig ernst nehmen.«

»Ich habe *voll-kom-men* verstanden. Würden Sie den Namen bitte noch einmal wiederholen?«

Als Dessert *Dundee Cake* und *Scottish Sundea* (was soll *Sundea* sein?).

Ich sehe wieder ihn an (verdammt, aber natürlich ist das möglich).

»Lassen Sie es, Mr. Ferrera.«

(Sicher, sehr ähnlich sehen sie sich nicht.) Cocíss hat uns verarscht. Uns alle, und mich zuallererst.

»Was?«

Sie sind sich nicht ähnlich. Aber ihre Störung, die ist sich schon ähnlich. Dieser Mann schreibt *Habbock* statt *Haddock*. Dieser Mann ist Legastheniker, wie Cocíss. Ich beschließe, ins kalte Wasser zu springen, koste es, was es wolle.

»Sagen Sie mir, wo Ihr Sohn ist, los.«

»Wovon reden Sie?«

»Es ist besser für alle. Vor allem für Sie, glauben Sie mir.«

Eine banale Geschichte, denke ich schließlich. Aus dem Erdgeschoss ist das dumpfe Dröhnen einer unerbittlichen Dancemusic zu hören. Hin und wieder branden Applaus und Gelächter auf.

Er ein junger Schiffskoch, sie nicht einmal volljährig. Er fährt im Mittelmeerraum zur See, sie sollte das Schneiderhandwerk erlernen, wie der Vater. Doch man vertreibt sie aus der Ladenwohnung im Rione Forte Santo, und die Gemeinde weist ihnen eine Sozialunterkunft im Viertel 167 zu. Damit gehören sie noch zu den Glücklicheren, denn andere enden in irgendwelchen Kellerlöchern. Doch ohne den Laden kann Mariella Mastronero nicht Schneiderin werden, denn niemand kommt ins Viertel 167, um sich ein Kleid nach Maß fertigen zu lassen.

Miguel Angel will sie von dort fortbringen, vielleicht auf die Balearen, um dort ein Restaurant zu eröffnen, doch ihrem Vater geht es schlecht, er will weiter seine Arbeit tun, auch gratis, nur um sich wieder einen Kundenkreis aufzubauen. Er ist sich nicht zu schade, auch zu flicken, zu ändern, zu stopfen, doch fast niemand bezahlt ihn. Die Leute haben kein Geld. Nach einem Jahr muss man ihn immer im Auge behalten, weil er fast jeden Tag damit droht, sich umzubringen. Mariella kann ihn nicht allein lassen, der Block ist so weit weg von allem. Nicht mal ein Bus fährt dorthin, es gibt weder Supermarkt noch Apotheke. Miguel Angel Ferrera ist ein halbes Jahr lang auf einem Kreuzfahrtschiff in der Karibik unterwegs, Mariella geht tausendmal die breite Straße hinunter, die ein Stück weit Corso Due Sicilie heißt und sich dann namenlos unter den Pfeilern des Zubringers verliert. Und eines schönen Tages bleibt sie stehen und denkt, sie schafft es nicht mehr. Sie stellt die Einkaufstüten ab, schiebt die Ärmel ihres Pullovers hoch und reißt das Tütchen mit der Spritze auf.

»Vielleicht hat sie schon Heroin genommen, als sie schwanger wurde«, hat Ferrera mir erzählt. »Sie hat es mir eines Abends am Telefon gesagt, und ich habe ihr gleich geantwortet, dass man was machen müsste, aber es war spät, sie war quasi im fünften Monat, es war gefährlich für sie. Wir sind so auseinandergegangen. Doch im Jahr darauf bin ich nach Italien zurückgekehrt und habe sie besucht. Ich hätte sie fast nicht wiedererkannt. Erschreckend sah sie aus, wie ein Schatten, ein Gespenst. Das ist das einzige Mal, dass ich meinen Sohn gesehen habe, er war acht Monate alt. Dann bin ich nach Liverpool übergesiedelt, um dort zu arbeiten, und habe mein erstes Restaurant eröffnet. Ein paar Jahre lang habe ich ihr zu Weihnachten Geld geschickt. Heute weiß ich nicht einmal, ob sie noch lebt.«

»Sie lebt noch. Sie wird in einer sozialtherapeutischen Einrichtung betreut«, habe ich ihn wissen lassen.

»Lieber Gott, das scheint fast ein Wunder«, hat er schließlich mit einem Anflug von Überdruss gesagt.

»Und jetzt sagen Sie mir, wo Ihr Sohn ist, los.«

»Ich weiß es nicht.«

»Sie haben keinen Grund, mich anzulügen, oder?«

»Nein, den habe ich wirklich nicht. Ich weiß es nicht.«

Wir sind vom Telefon unterbrochen worden. Ein paar Mal hat er es klingeln lassen, dann hat er sich gemeldet und zehn Minuten lang über eine Lieferung dieses berühmten *Haddock* diskutiert. Das ist ein Fisch, so ähnlich wie Kabeljau, glaube ich. Er mag *Haddock* falsch schreiben, doch er spricht es richtig aus und zeigt, dass er sich mit diesem Fisch gut auskennt, denn er besteht auf bestimmte Mengen und sagt seinem Gesprächspartner immer wieder, wie groß er sein muss. Er sieht raus aufs Meer und wiederholt geduldig jede seiner Bitten, ohne je in einen anderen Ton zu verfallen. Dann öffnet er die Tür, tritt auf den Gang hinaus und gibt irgendjemandem die Anweisung, ihn in den nächsten zehn Minuten nicht zu stören. Als er zurückkommt, sucht er sich einen Weg zwischen Schachteln, Stuhl und Schreibtisch.

»Ich habe an dem Tag aufgehört, ihm Geld zu schicken, als ich seiner Mutter angeboten habe, ihn hierherkommen zu lassen. Da war Daniele noch klein. Ich habe gedacht, ich ziehe ihn in England auf, weit weg von diesem schrecklichen Ort, um ihm Bildung, eine Arbeit, eine Zukunft zu bieten. Hier bei mir. Aber seine Mutter hat nicht gewollt.«

»Warum wollten Sie nur Daniele herkommen lassen?«

»Um sie hätte ich mich nicht kümmern können, dafür hatte ich noch nicht genug Geld und Zeit. Und ich wusste, dass sie niemals in der Lage gewesen wäre, von sich aus mit den Drogen Schluss zu machen. Sie hätte nur mein Leben zerstört. Nennen Sie mich meinetwegen feige oder gefühllos, wenn Sie wollen. Das ist mir egal.«

»Mir ist es auch egal. Ich glaube nur nicht, dass eine Mutter es akzeptieren kann, sich von ihrem Kind zu trennen.«

»Sie hat sich bestimmt nie von ihm getrennt. Nicht mal, wenn sie zehn Freier in einer Nacht hatte, um das Heroin bezahlen zu können …«, sagt er eiskalt.

Ich stehe ebenfalls auf. Er begreift sofort mein Unbehagen und macht eine Geste, als könnte er die Worte, die noch in der Luft liegen, zurückholen. Dann zieht er einen Golfschläger aus der Tasche und fängt an, ihn von Grasresten zu reinigen.

»Dies nur, um Ihnen zu sagen, dass ich eine richtige Familie haben wollte. Die Rechnungen aus der Vergangenheit, die hätte ich auch bezahlt, sie sollten nur nicht wieder neu aufgemacht werden. Das war die große Gelegenheit für Daniele. Leider war es auch die einzige. Seine Mutter hätte es verstehen müssen, hätte zeigen müssen, dass sie ihren Sohn wirklich liebt. Aber es ist anders gekommen. Und das tut mir leid.«

»Was bedeutet das?«

»Das bedeutet, dass dieser Junge und ich nichts mehr miteinander zu tun haben. Erst recht nicht mehr nach dem, was Sie mir erzählt haben.«

»Weiß Daniele das?«

»Er weiß es. Ich sage es seit einer Woche immer wieder zu ihm, denn seit einer Woche ruft er mich jeden Tag an. Oft auch zweimal.«

Ich unterdrücke ein Nicken, auch wenn ich weiß, dass es stimmt.

»Es ist nicht leicht gewesen, ihm zu sagen, dass ich ihn nicht sehen will, dass ich nicht mein Leben ruinieren würde, um ihm zu helfen, dass er allein zurechtkommen muss. Er hat sich für einen Weg entschieden. Ich komme niemandem mit Moral. Aber man muss seine Rechnungen bezahlen, die kleinen wie die großen.«

»Warum haben Sie nicht die Polizei benachrichtigt?«

»Weil ich nichts mit ihm zu tun haben will, mit all dem Schrecklichen, das er angerichtet hat, und mit dieser furchtbaren Geschichte. In keiner Weise. Für mich existiert Daniele nicht mehr. Wollen Sie die Wahrheit? Für mich ist er tot, oder wenn Ihnen das lieber ist: nie geboren worden.«

»Das Problem ist, dass es Leute gibt, die ihn tot sehen wollen. Schauen Sie, inzwischen handelt es sich um eine Kraftprobe zwischen den beiden Clans, um eine Ohrfeige, die man uns geben will, der Polizei. Ich glaube, dass er an diesem Punkt der Preis für das Ende der Fehde ist. Die haben ihn verurteilt. Er ist ihnen schon zweimal nur um ein Haar entwischt.«

»Ich verstehe, aber das ist kein Problem, das mich betrifft.«

»Es betrifft mich. Ich will nicht, dass sie ihn umbringen. Und ich brauche Ihre Hilfe.«

»Vergessen Sie es.«

»Hören Sie mir zu ...«

»Ich weiß nur, wo er ist. Ich habe ihn nie beschützt. Und jetzt kann ich Ihnen auch nicht helfen, ihn festzunehmen.«

»Lassen Sie mich nur einen Moment mit ihm reden.«

»Ist das Begünstigung? Zeigen Sie mich an, machen Sie nur.«

»Sagen Sie mir nur eine Sache: Denken Sie, dass Daniele Sie noch sucht?«

Miguel Angel Ferrera steckt den Golfschläger zurück an seinen Platz und wischt sich die Hände mit einem Tuch ab.

»Leider glaube ich: ja.«

»Dann verabreden Sie sich mit ihm. Wo Sie wollen, weit weg von hier. Tun Sie so, als würden Sie Ihre Haltung ändern.«

»Nein.«

»Doch. Sagen Sie ihm, dass Sie ihn treffen wollen.«

»Lassen Sie es gut sein. Ich bin Ihnen gegenüber ehrlich gewesen, weil Sie eine Frau sind und ich die Uniform, die Sie tragen, respektiere. Aber ich erinnere Sie daran, dass sie Ihnen in diesem Land keinerlei Verfügungsgewalt über mich gibt.«

»Ich werde an Ihrer Stelle hingehen.«

Ferrera zieht sich die Haut unter dem Kinn lang, und zum ersten Mal blitzt in seiner irgendwie formellen Schwerfälligkeit so etwas wie Überraschung auf.

»Geben Sie mir die Möglichkeit zu verhindern, dass er umgebracht wird.«

»Sie haben sich in den Kopf gesetzt, ihn zu retten?«, fordert er mich heraus.

»Sie sagen, Sie wollen nicht in diese Geschichte hineingezogen werden. Aber Daniele wird Sie weitersuchen, wenn wir die Situation nicht klären.«

»Und Sie können sie klären?«

»Genau.«

»Und wie?«

»Das muss Sie nicht interessieren. Halten Sie sich da raus. Tun Sie nur, worum ich Sie gebeten habe, und ich verspreche Ihnen, dass Daniele Mastronero nicht mehr nach Ihnen suchen wird. Und dass niemand je erfahren wird, dass er Ihr Sohn ist.«

Er sinkt auf seinem Stuhl ein wenig zusammen und stützt das Kinn in die Hand. Er sieht mich beinahe gelangweilt an. Ich habe das Gefühl, er sucht den goldenen Mittelweg zwischen Mitleid und Überdruss.

»Ich weiß nicht, warum, aber ich habe den Eindruck, dass Ihnen viel an diesem Jungen liegt.«

Er sieht mich an, um sicher zu sein, dass ich seine Anspielung verstanden habe, dann durchwühlt er eine Schublade, während er das Kinn noch immer in die andere Hand stützt.

»Ich mache nur meine Arbeit«, sage ich entschlossen und kurz angebunden.

»Sie sehen müde aus«, meint er. Sehr aufmerksam liest er die Schildchen an verschiedenen Schlüsselbunden. Dann greift er zum Telefon und gibt Anweisung, man solle ihm Mike schicken. Er steckt eine Karte in einen Umschlag und erklärt mir, dass dies die Einladung für den Cocktailempfang heute Nachmittag ist.

»Bleiben Sie ruhig ein paar Stunden, wir haben ein kleines Gästehaus, wo Sie sich ausruhen können. Später gibt es für die Presse die Vorpremiere einer Modenschau, vielleicht interessiert Sie das.«

»Ich danke Ihnen, aber ich weiß nicht.«

»Später werde ich keine Zeit mehr für Sie haben, also hören Sie mir jetzt gut zu.«

Er wirft einen Bund mit messinggelben Schlüsseln auf meine Seite des Schreibtischs.

»Der Ort heißt Blackdog, Peripherie von Aberdeen, an der A90, okay? Gleich nach einem Schießplatz der Armee kommt eine Straße, die Richtung Küste geht. Sie führte früher zu einer alten Deponie, heute haben sie alles eingezäunt. Da stehen fünf oder sechs Häuser, sonst nichts. Das sind die Schlüssel für Nr. 21. Da habe ich gewohnt, als ich gerade hier angekommen war. In ein paar Monaten werden alle Häuser abgerissen, weil da eine neue Straße durchgehen soll. Dort werde ich mich mit Daniele verabreden, wenn er mich wieder anruft. Ich sage ihm, dass er sich eine Zeit lang da verstecken kann.«

»Könnte er merken, dass es eine Falle ist?«

»Er wird es nicht merken.«

Er schließt die Augen, als wäre Lächeln gleichbedeutend damit, eine Wunde wieder aufzureißen.

»Er wird sich am Abend melden. Sobald ich das Treffen mit ihm abgemacht habe, schicke ich Mike zu Ihnen, um Sie zu informieren. Von da an ist es Ihre Sache, ich will dann nichts mehr davon wissen.«

»Ich danke Ihnen.«

»Danken Sie mir nicht. Meine Hilfe hat einen Preis.«

»Was wollen Sie als Gegenleistung?«

»Absolutes Stillschweigen.«

»Sie haben mein Wort.«

»Gut, und dass der Herr ihn behüten möge. Wenn er kann«, seufzt er und hebt den Blick, während ich seine kalten Finger drücke.

Als ich im Festsaal ankomme, hat der Cocktailempfang schon eine Weile begonnen. Coleen McDougall hat ihr Kostüm gegen etwas Effektvolleres getauscht, ein pflaumenfarbenes Kleid, das vielleicht ein wenig zu effektvoll für eine Frau mit ihrer Figur ist.

Ich schaue mich um und sehe nur ein paar Miniröcke, die nicht mal wahnsinnig aufregend sind. Sehr viel häufiger sind Nadelstreifen und Krokodillederschuhe bei den Männern. Die Grüppchen lösen sich auf und bilden sich wieder, wie bei einer Quadrille, einem Ritual aus dem achtzehnten Jahrhundert mit einem festen rhythmischen Ablauf.

Ich erkenne David Stevens wieder, der ein Tweed-Jackett trägt (auf dem Foto auf der Website sah er jünger aus). Er geht Arm in Arm mit einer Vierzigjährigen, die mit ihren übertriebenen Extensions und in ihrem New-Romantic-Rock wie ein altmodischer Lampenschirm aussieht.

Ich komme mit einem sympathischen Typ ins Gespräch, kahl, braungebrannt und zapplig, der sich als Aldo vorstellt, Chef der Pizzeria *Mamma Maria* in Oslo. Er erzählt mir, dass ihm Italien fehlt, er ist seit einem Jahr nicht mehr da gewesen. Sein Bruder, der in Bari lebt, hat inzwischen eine Tochter, die er nur über Webcam gesehen hat, immerhin etwas, ja, aber doch nicht das Gleiche wie in Wirklichkeit. Er versteht, dass ich mich wie ein Fisch auf dem Trockenen fühle, und führt mich herum. Mit dem Interesse von jemandem, der die Zeit totschlagen will, höre ich mir an, was er zu erzählen hat. Aber er ist zu selbstgefällig, um das zu bemerken oder sich darüber zu ärgern. Der hagere Alte mit der Krawatte, die ihm bis zum Reißverschluss der Hose hängt, ist Präsident einer Ölgesellschaft, die sechzehn Bohrinseln in der Nordsee besitzt. Der sehr große, sommersprossige Typ ist ein Neuseeländer, der Golfplätze entwirft. Er gehört weltweit zu den Besten, und ein Projekt von ihm kostet nicht weniger als zweihunderttausend Dollar. Ich halte eine Viertelstunde durch, dann mache ich mich freundlich von ihm los. Bei den Fenstern stehen lebensgroße Pappfiguren der Models von *Via Roma*. Siebziger-Jahre-Jacken mit großen Taschen und Ellbogenflicken, gerade geschnittene Hosen mit Fischgrätmuster. Harte Jungs mit extra zerzausten Haaren schauen mich an, als wären sie die Herren der Welt und fänden das Ganze todlangweilig.

Die Models sind wenig mehr als schmollende Mädchen. Sie haben keine Hüften und knochige Knie, doch mir fällt ein, dass ich als Heranwachsende alles getan hätte, um eine von ihnen zu sein. (*Hat man dir je gesagt, dass du Model werden könntest?* Bestimmt nicht, dazu fehlen mir mindestens zehn Zentimeter.)

Wieder dieses Gesicht. Ein Gesicht ohne Namen, doch jetzt plötzlich fällt es mir leicht, mich daran zu erinnern, wer das ist. Aber ja, sie war in dem Katalog, den ich vorhin durchgeblättert habe. Perfektes Oval, schneeweiße Zähne, glänzendes Haar. Es ist diese blöde Blondine (was für eine dumme Kuh!). Es ist die kleine Freundin von D'Intrò (was für ein Zufall). Aber nein, so sehr nun auch wieder nicht, es ist klar, dass so eine als Fotomodell arbeitet. (Ja, trotzdem, wenn man bedenkt: *Was für ein Zufall.*)

Die Lederstiefel mit den Strümpfen, die bis über die Knie gehen, würden bei einer Frau über dreißig und über fünfzig Kilo vulgär aussehen (ich bin in beiden Kategorien an der Grenze), doch sie trägt sie mit der richtigen Dosis Frechheit, das muss ich zugeben.

Um mich von meinem Film abzulenken, kommt Mike mit zwei Gläsern eines fruchtigen Aperitifs. Dieser Typ würde nicht mal aus einem Müllzerkleinerer mit einem zerknitterten Hemd klettern.

»Mr. Ferrera lässt Ihnen mitteilen, dass das Treffen morgen früh stattfindet. Um neun«, murmelt er und lächelt dabei einer Gruppe von Jungs auf der anderen Seite des großen Tischs in der Mitte zu.

Überrascht tupfe ich mir mit einer Serviette den Mund ab und gebe acht, meinen Lippenstift dabei nicht zu verschmieren. Was Mike zwingt, mehr Zeit mit mir zu verbringen, als sein Arbeitsplan eigentlich gestattet.

»Haben Sie mich verstanden?«

»Ich habe sehr gut verstanden.« Ich stehe auf und nehme meine Tasche. Der tüchtige Mike begleitet mich diskret hinter das enorme Azaleenbukett.

Nur dass morgen um neun für meine Pläne zu früh ist.

»Könnte ich mit Mr. Ferrera sprechen?«

»Das ist nicht möglich.«

»Nur ein paar Worte.«

»Entschuldigen Sie mich, aber die Vorpremiere für die Presse fängt gleich an.«

»Eine Minute.«

»Sie zwingen mich, unhöflich zu werden.«

Ich ziehe meine Jacke an, entschuldige mich und gehe hinaus.

Ich habe das Gefühl, auf einem goldenen Spiegel zu gehen.

Ich sehe mein Spiegelbild vor dem orangefarbenen Himmel. Mit dem ins Gesicht gedrückten Hut und dem bis zur Nase gezogenen Schal erkenne ich mich nicht, oder vielleicht möchte ich das lieber so. Die Flut und ein kräftiger Wind haben alle aus der kleinen Bucht vertrieben. Nur ich bin da. Seit einer halben Stunde laufe ich herum, das Handy am Ohr, auf der Suche nach einer Stelle, wo es ein Netz gibt. Und auf der Suche nach Hauptkommissar D'Intrò.

»Da Sie sich herablassen, mich anzurufen, erwarte ich große Neuigkeiten«, meldet er sich direkt.

»Die Neuigkeiten sind sehr schlecht. Unser Mann hat mich verarscht. Er hat keinen guten Tipp, er kann uns nicht dahin bringen, wo wir hinwollten. Er hat alles erfunden.«

Sein einziger Kommentar ist ein Brummen. Und ich gehe nicht in weitere Details.

»Kurz gesagt, er hat mich als Schutz benutzt, um sich in Sicherheit zu bringen, im Ausland. Er hat sich einen guten Plan ausgedacht, aber der ist nicht aufgegangen.«

»Was meinen Sie damit?«

»Ich meine damit, dass er versucht hat, mich loszuwerden, aber dass wir ihn uns morgen schnappen.«

Während ich D'Intrò von Blackdog und neun Uhr morgen früh erzähle, sehe ich mich in der gespiegelten Welt, als würde ich mit dem Kopf nach unten hängen.

Bevor er mir sagt, was er zu sagen hat, räuspert er sich in aller Ruhe.

»Nein, das geht nicht.«

»Was heißt das?«

»Das heißt, dass es nicht möglich ist, innerhalb von zwölf Stunden eine Operation im Ausland zu organisieren.«

»Wir müssen es tun, Dottor D'Intrò.«

»Sie sind nicht in der Position, mir zu sagen, was wir tun müssen.«

»Entweder morgen, oder wir kriegen ihn nicht mehr.«

»Sie haben doch beschlossen, ihm zu vertrauen. Sie wussten sehr gut, dass ich Ihren Arsch nicht mehr schützen würde.«

»Was soll das heißen?«

»Das heißt: Kommen Sie zurück nach Italien und geben Sie es auf.«

»Nach Italien zurückkehren? Aber er hat die beiden Mädchen umgebracht.«

Ich bin mir nicht sicher, aber ich glaube am anderen Ende ein eisiges Lachen zu hören.

»Das weiß ich. Und ich bin froh, dass auch Sie davon überzeugt sind … *jetzt*.«

»Es genügen ein paar Leute.«

»Ein paar Leute? Was Sie alles zu wissen glauben. Außerdem sind meinen Leuten schon andere Aufgaben zugeteilt, es tut mir leid.«

»Es ist eine Null-Risiko-Operation, Dottor D'Intrò.«

»Es gibt keine Null-Risiko-Operationen. Und wenn Sie wirklich über Risiken reden wollen, erinnern Sie sich daran, wie viele Sie auf sich genommen haben.«

»Daran erinnere ich mich sehr gut.«

»Dann kommen Sie nach Italien zurück, sofort.«

»Aber warum?«

»Weil Ihre Lage schon mehr als kritisch ist. Verschlechtern Sie sie nicht noch weiter.«

D'Intrò bricht das Gespräch ab, ohne noch eine einzige Sekunde zu warten. Doch es ist nicht das, was mir das Blut stocken lässt.

(Kommen Sie nach Italien zurück. Sofort.)

Ich weiß nicht, ob das ein Befehl war. Es schien eher ein Rat.

Ich gehe zum Ufer, löse einen Schritt nach dem anderen aus dem Sog des schlammigen Sands. Die Sonne geht langsam unter, und noch der kleinste Sandhügel wirft einen langen spitzen Schatten.

Die Fenster des Fyr Glennan Cottage blitzen im Licht. Ein paar Möwen fliegen vom Dach hoch, kreischend, weil sie Mühe haben, gegen den Wind anzukommen, und der goldene Spiegel zu meinen Füßen scheint rasch zu oxidieren, beginnt zu erzittern, als würde sich weit, sehr weit hinter dem Horizont und den rötlichen Flammen der Bohrinseln ein großes Reich des Eises auflösen.

(Kommen Sie nach Italien zurück. Sofort.)

Ich sehe nur die ersten Rinnsale.

Ich will diesen Ort auf jeden Fall verlassen, bevor es dunkel ist, aber vorher würde ich gern noch zur Toilette gehen. Ich hoffe, dass es ein echter Drang ist, und nicht die Wiederkehr meines Leidens. Zum Glück sind alle drinnen bei der Modenschau, und im Garten des Cottages ist niemand. Ich betrete eine Hütte aus grauem Stein neben dem Pavillon des Gewächshauses.

Die Toilette ist besetzt, hinter der Tür hustet jemand. Ich wasche mir das Gesicht am Waschbecken und warte (es ist wieder die Blasenentzündung, das weiß ich).

Ich höre noch lauteres Husten, dann öffnet sich die Tür (endlich). Die blöde Blondine: Sie ist zusammengekrümmt, hält sich an der Klinke fest und fällt praktisch auf mich drauf. Sie ist barfuß, die Jeans sind aufgeknöpft, und in den Spitzen ihres glatten Haars klebt irgendwas. Als sie sich nach vorn wirft, um sich am Wachbecken festzuhalten, hebt sie ihren Blick zu mir. Ich bin nicht sicher, ob sie mich wiedererkennt, doch sie schaut mich unverwandt an. Vielleicht fragt sie sich, ob sie sich wundern soll oder nicht. Mehr oder weniger wie ich.

»Hilf mir«, sagt sie auf Italienisch. Ihre Lippen zittern.

Ich packe sie unter den Achseln, damit sie sich gegen die Wand lehnt und auf den Beinen halten kann.

»Hilf mir, bitte«, sagt sie noch einmal.

»Was hast du?«

Sie antwortet mir nicht. Ich reiße Papier von der Rolle, säubere ihren Mund und die Haare von dem Brei aus Speichel und gekautem Essen.

»Bring mich bitte weg von hier.«

Das kann ich nicht, was ich ihr aber nicht sage. Sie hustet wieder, richtet ihre Bluse und die Träger des BH.

»Ich will weg, einfach weg.«

Ich versuche sie zu beruhigen, doch sie wiederholt nur, dass sie weg will. Ich überrede sie zu ein paar Schritten an der frischen Luft, denn hier drinnen ist ein grauenhafter Gestank, man erstickt fast. Sie lässt sich barfuß auf den Kies hinausführen, wie ein Roboter. Dann knöpft sie sich die Jeans zu, seufzt und sieht mich genauer an.

»Ich habe dich schon mal gesehen.«

»Stimmt, in der Wohnung von Dottor D'Intrò.«

Sie streicht sich die Haare zurück und mustert mich eingehend.

»Bist du von der Polizei?«

Ich nicke. In den Salons des Cottage brandet Beifall auf, der das unbarmherzige Hämmern der Musik beinahe übertönt.

»Und was machst du hier?«

»Vertraulicher Auftrag.«

Sie denkt einen Moment darüber nach.

»Nein, ich weiß schon. Mein Vater hat dich geschickt, um mich zu überwachen.

»Dein Vater?«

»*Dottor D'Intrò*, wie du ihn nennst.«

»Lass uns von hier wegfahren, lass uns an einen Ort fahren, wo es ein Hotel und einen Flughafen gibt. Ich bin jetzt schon drei Tage unter Schafen und Pferden.«

Wir steigen ins Auto, und der Gestank der Ställe bleibt draußen.

»Ich kann dich höchstens bis nach Aberdeen bringen.«

»Ist mir recht, ist mir alles recht, lass uns nur von hier abhauen.«

Am Eingangstor von Fyr Glennan bewegen sich zwei Taschenlampen. Der vom Wind leer gefegte Himmel ist mondlos.

»Ich heiße übrigens Rosa.«

»Raffaela«, sagt sie, bevor sie das Fenster aufmacht und den beiden Männern, die unsere Abfahrt beobachten, »Arschgesichter« zuschreit. Aber die zucken nicht mal mit der Wimper. Ich sage ihr zum zwanzigsten Mal, sie soll ruhig sein, doch sie regt sich noch mehr auf.

»Drei Tage an diesem beschissenen Ort, und dann schicken sie mich vor der Modenschau nach Hause.«

Sie schlägt ein paar Mal mit der Faust auf das Armaturenbrett, beginnt schließlich zu weinen.

»Ach komm, das ist nicht das Ende der Welt«, versuche ich es, aber sie fängt wieder an. Sie haben sie im letzten Moment ausgeschlossen, ohne einen Grund, diese Dreckskerle. Und das ihr, die auch in den Katalogen war. Heute Abend, wo so viele wichtige Leute da waren, Leute, denen sie hätte auffallen können. Heute Abend hat man sie rausgeworfen.

Ich höre ihr zu, doch gleichzeitig schaue ich in den Rückspiegel und sehe, dass die beiden Männer die Taschenlampen ausmachen und zwischen den geparkten Autos verschwinden. Ich kann es genauso wie die blöde Blondine, die ich nach Aberdeen kutschieren muss, nicht abwarten, von hier wegzukommen.

Als ich an dem Holzwappen mit den drei Pfeilen langsamer fahre, klappt Raffaela mit dem lackierten Nagel des Zeigefingers ihr Handy auf. Sie lehnt den Kopf an die Aufhängung des Sicherheitsgurts und stößt laut die Luft aus, während sie wartet, dass sich jemand meldet.

Ich sehe, wie sich ein langsamer Schatten zwischen den großen Eichen durchschiebt, die wir gerade hinter uns gelassen haben.

Wenn es ein Auto ist, hat es die Scheinwerfer ausgeschaltet. Es verschwindet innerhalb weniger Sekunden aus meinem Gesichtsfeld, hinter einem grasbewachsenen Vorsprung, der an den Bug eines Schiffs erinnert.

Raffaela fängt schon nach den ersten Worten wieder an zu weinen.

»Was ist bloß in die gefahren, Papa? Die haben mich rausgeworfen, weißt du? Wieso nicht? Du musst sofort mit denen sprechen. Sag ihnen, du kriegst sie am Arsch, diese Typen. Zeig ihnen, dass du Eier hast. Was für ein Scheiß, die müssen Angst vor dir haben, sonst behandeln die mich wie eine Null, hast du verstanden? Nein, ich will mich nicht beruhigen, alle waren da heute Abend. Und sie haben mich rausgeworfen. Verflucht noch mal! Was soll ich denn jetzt machen, scheiße?«

Ich würde am liebsten so tun, als wäre ich taub. Ihr hingegen ist es vollkommen egal, dass ich zuhöre. Sie ist außer sich, redet ohne Punkt und Komma, nur von Schluchzern unterbrochen.

Ich sehe nach draußen. Die Nebelschleier auf den kahlen Feldern können nur mit Mühe halten, was vom Licht des Tages bleibt.

In manchen Momenten vermischt sich das Licht der Scheinwerfer mit dem Nebel, in anderen fahren wir durch dichtes Dunkel, das auf der Windschutzscheibe lastet, als wollte es sie eindrücken. Und die ganze Zeit über hält diese Frau ihren Vater am Telefon fest. Sie beleidigt ihn, fleht ihn an, droht ihm.

»Die Karte ist gleich leer, ruf mich zurück, ruf mich zurück, habe ich gesagt. Ruf mich zurück.«

Ich höre alles, denke aber an etwas anderes. Eben hat uns ein Auto überholt. Zwei Personen saßen darin, und ich habe gemerkt, dass sie zu uns rübergesehen, mit ein paar Blicken unser Auto ausgekundschaftet haben. Und jetzt bin ich sicher, dasselbe Auto überholt zu haben, das im Dunkel am Straßenrand stand.

Aus dem lichtlosen Nichts taucht ein Wagen auf. Kleine Scheinwerfer, er ist noch weit weg.

»Wie lange brauchst du denn, um mich zurückzurufen?«, beschwert sich Raffaela. »Ich will wissen, warum die mich so behandelt haben, nach drei Tagen Proben in diesem Drecksnest. Wir nehmen uns einen Rechtsanwalt, und dann kriegst du sie noch am Arsch, okay? Sag denen, dass du ihnen alle Lokale zumachst, dann sehen wir mal. Was heißt das, ich soll mich beruhigen? Die haben mich schlimmer behandelt als eine Putzfrau, als die letzte Nutte, verstehst du? Mich, deine Tochter. Was erlauben die sich?«

Die Scheinwerfer sind näher gekommen, sie sind rechteckig. Es ist das Auto von vorhin, ich irre mich nicht. Irgendjemand verfolgt uns, seit wir Fyr Glennan verlassen haben.

Doch diesmal überholt der Wagen uns nicht. Er bleibt hinter uns, die Lichter in unserem Rückspiegel.

Ich fahre schneller und hoffe, so bald wie möglich die A90 zu erreichen.

Die wenigen Häuser, an denen wir vorbeikommen, sind nur durch die Laterne an der Tür zu erahnen. Sie liegen so gut wie nie an der Straße, nur die gleichförmige Dunkelheit lässt sie näher erscheinen.

Irgendwann überkommt mich die verheerende Gewissheit, dass diese Finsternis und diese Autobahn nie enden werden.

Und inzwischen überholt uns das dunkle Auto ein weiteres Mal. Sie sind immer noch zu zweit, und der auf dem Beifahrersitz dreht sich um, da bin ich mir sicher. Sie haben kein britisches Nummernschild, und das rechte Standlicht ist schwächer.

Raffaela hat aufgehört zu weinen, aber sie will nichts davon wissen, sich zu beruhigen, sagt, sie hat in zehn Tagen drei Kilo für diese Modenschau abgenommen. Hauptkommissar D'Intrò gelingt es jeweils nur für wenige Sekunden, zu Wort zu kommen.

Das Auto hat uns überholt, doch es entfernt sich nicht, verschwindet nicht im Dunkel.

»Wo ich bin? Unterwegs zum Flughafen. Das heißt, ich suche mir ein Zimmer, und morgen nehme ich dann ein Flugzeug und komme zurück, was soll ich noch hier? Mit wem ich zusammen bin? Mit deiner Kollegin, die du auf mich angesetzt hast. Sie bringt mich zurück in die Stadt, morgen früh nehme ich das Flugzeug. Jetzt spiel nicht den Unschuldigen. Was meinst du damit, wer sie ist? Rosa heißt sie. Die war doch sogar schon mal bei uns in der Wohnung. Soll ich sie dir geben?«

Doch wie es scheint, will Hauptkommissar D'Intrò nicht mit mir sprechen. Er hat mir nichts zu sagen. Und ich ihm auch nicht mehr. Sie hingegen hat ihm noch viel zu sagen.

Die Telefonkarte muss aufgeladen werden, die Prepaid-Kreditkarte ist leer, und für morgen muss ein Flug gebucht werden.

Zwanzig nach elf. Zu unserer Linken sieht es aus, als würde der Tag anbrechen, eisig und unnatürlich wie eine Anästhesie. Doch es ist nur ein riesiger Ölterminal. Aber wenigstens ist es ein Zeichen, dass uns das Dunkel ausgespuckt hat. Jetzt gilt es, zum nächsten Hotel zu kommen, ohne die Hauptstraßen zu verlassen.

D'Intròs Tochter zieht sich die Stiefel aus, massiert sich die Füße und schließt die Augen.

»Wie scheißlang brauchen wir denn noch?«

»Wir sind so gut wie da«, sage ich.

Eine große beleuchtete Brücke erinnert an die Golden Gate in San Francisco.

»Was glauben die denn? Dass sie Amerika sind, diese Penner?«

In einem großen Kreisverkehr erkenne ich das dunkle Auto mit dem defekten Scheinwerfer wieder. Es fährt langsamer und hält an der Seite an, ohne zu blinken. Ich folge dem Schild ins Stadtzentrum und überhole es rechts. Ein paar hundert Meter lang beobachte ich es im Rückspiegel. Es bleibt, wo es ist.

»Scheiße, was machst du denn, pass doch auf!«

Ich bremse einen halben Meter hinter einem Lieferwagen. Die dumme Kuh plappert irgendwas, ich denke nur, dass sie uns fahren lassen. Sie sind uns all diese Kilometer gefolgt, und dann lassen sie uns einfach so abhauen?

Sie ist in ihr Zimmer gegangen, ohne auch nur gute Nacht zu sagen. Nicht dass das irgendeine Rolle spielte, verglichen mit dem ganzen Rest. Angesichts der Tatsache, dass ich, als ich Cocíss' Vater gefunden habe, der Tochter D'Intròs begegnet bin. Und dass der Hauptkommissar irgendwelche Leute »am Arsch kriegen« soll. Und irgendwelche Lokale schließen. Immer noch weiß ich mehr Dinge nicht, als ich meine, verstanden zu haben.

Ich bin im sechsten Stock, und aus meinem Hotelzimmer sehe ich die Lichter des Kontrollturms am Flughafen. Der Tag ist noch fern, der Parkplatz liegt verlassen da, die Glasfenster sind dunkel. Ein bisschen Regen spritzt an die Scheibe, und ich kann die letzte Entscheidung nicht verschieben.

Ich habe Ferreras Schlüssel auf den Nachttisch gelegt, neben das Telefon.

Fahre ich morgen nach Blackdog oder nicht? Ist dieses zufällige Zusammentreffen nichts als ein schlechtes Vorzeichen? Ich dort allein, und der Kampfhund wütend. Ich habe nicht einmal eine Pistole. Ich habe nicht die geringste Hoffnung, ihn nach Italien zurückzubringen. Ich habe niemanden auf meiner Seite.

Das Flugzeug nach Italien steht vielleicht schon im Hangar. Der Flug geht am frühen Morgen, und einen Moment lang scheint mir alles einfach. Als ich mir ein Wasser aus der Minibar hole, meine blauen Flecken zähle und die Schmerzen registriere, die mich bei jedem Atemzug quälen.

Ich habe niemanden mehr auf meiner Seite. Weder hier noch in Italien.

Ich gehe ins Bad und erinnere mich daran, mich nicht im Spiegel anzuschauen, um nicht das rote K sehen zu müssen, das mich verunstaltet. Das Zeichen meiner Schuld, das noch blutet.

Ich habe niemanden mehr auf meiner Seite.

Aber Cocíss hat sich meinen Namen in die Haut geritzt.

Um halb sieben stelle ich meine Tasche in den Kofferraum. Die Autos sind triefend nass, der Asphalt schwitzt Feuchtigkeit aus, und die schwarzen Dächer glänzen, doch es sieht so aus, als würde die Sonne doch noch herauskommen. Ich steige ins Auto, ohne Schal oder Hut abzunehmen. Auch wenn der Kaffee furchtbar geschmeckt hat, war es doch gut, zwei Tassen in mich reinzugießen.

Außerhalb der Stadt wird aus dem Nebel so etwas wie pulverisiertes Eis. Wenn es Nacht wäre, würde man besser sehen. Stattdessen verbreitet sich im Dunst ein bleiches Licht und erfasst alles. Es scheint jeden freien Raum einzunehmen, ist leicht, doch erstickend.

Es ist Sonntagmorgen. Um mich herum nur Felder, glaube ich jedenfalls. Zuerst war das Gras dunkel, kurz, jetzt sehe ich nur noch braunes, hohes und trockenes Gestrüpp. Die Straße endet auf einem Platz mit Containern, einer blauen Garage, ein paar Lastwagen mit Anhängern.

Ich beschließe, das Auto zwischen dem Containerturm und der Garage zu parken, versteckt und mit der Motorhaube zur Straße.

Ich muss die schmalen Wege, die von dem Platz abgehen, einen nach dem anderen absuchen. Umgeben bin ich von mindestens zehn Meter hohen Hügeln lockerer Erde, und außer dem Krächzen der Krähen ist nichts zu hören. Ich kann sie nicht sehen, und deshalb stelle ich sie mir wie böse Geister vor, die über einem verwüsteten Schlachtfeld kreisen (aber nein, es ist nur eine Baustelle, es ist Sonntagmorgen, und sie arbeiten heute nicht, das ist alles).

Ich gehe an einer Reihe Häuser vorbei, deren Hausnummern mir unwirklich erscheinen. Nur in einem Garten parkt ein Auto. Ein Stück weiter stehen ein paar weiße, einstöckige

Gebäude mit quadratischen Fenstern. Büros und Lagerräume, würde ich sagen.

Das graue Haus ist das letzte, bevor das Gelände leicht ansteigt. Es steht zwischen dem Weg und einem steil abfallenden Graben mit schwarzem Wasser, aus dem ein feiner Dunst aufsteigt. Auf dem Briefkasten ein verblasster Namenszug und die Nummer 21. Das Haus sieht aus, als wäre es aus Kohlesteinen gebaut, der Garten ist verwahrlost, doch die Rahmen sind erst kürzlich frisch gestrichen worden, die Fensterscheiben sind sauber, die Tür hat einen Knauf ohne eine Spur von Rost.

Ich nehme die Schlüssel (*kommen Sie nach Italien zurück, sofort*).

Ich gehe nach Italien zurück, um mir Tritte in den Hintern abzuholen. Falls ich keine Lust habe, mich gegen D'Intrò zu stellen, herauszufinden, wie es kommt, dass ich bei der Verfolgung der Bestie Cocíss, des grausamsten Capozona im Viertel 167, die Tochter des Hauptkommissars treffe. Ihn zu fragen, ob diese blöde Kuh regelmäßig gebucht wird, weil sonst Vergeltung vonseiten des Vaters droht. Und was Leute wie David Stevens oder die McDougall oder ihr Mann von einem italienischen Polizisten zu befürchten hätten.

Nein.

Ich stecke den Schlüssel ins Schloss und sage mir, dass ich zwei Stunden zur Ausführung meines Plans habe. Dass dieser Ort wirklich ideal für meinen Plan ist. Dass diese blauen Flecken, diese Kratzer im Gesicht, diese Male, die er mir beigebracht hat, dass all das *absolut* ideal für meinen Plan ist. Wenn D'Intrò niemanden aus Italien herschicken will, um Cocíss festzunehmen, werde ich ihn festnehmen lassen, und zwar von der hiesigen Polizei.

Ich kontrolliere, ob mein Handy ein Netz hat, suche schon mal die Notfallnummer 999 heraus. Ich muss alles perfekt timen und meine Rolle gut spielen.

Die abgelaufenen Dielen knarren unter meinen Füßen. Der Eingang ist beinahe vollkommen von Karteikästen aus milchweißem Metall versperrt, die Küche mit Pappkartons vollgestopft. Im Wohnzimmer stapeln sich kreuz und quer mindestens fünfzehn oder zwanzig Jahre alte große Harddisks, Schreibtischlampen und Drucker mit Endlospapier. Auf allem liegt eine Schicht aus schwarzem, körnigem Staub.

Die Wände sind kahl, im oberen Stockwerk tropft ein Wasserhahn. Ich drücke auf einen Lichtschalter, doch es tut sich nichts. Ich beschließe, nicht raufzugehen, noch nicht. Gehe auf die Tür zu, die nach hinten führt. Ein alter Holzofen mit seinem braunen, glänzenden Rohr scheint fast der modernste und am besten erhaltene Gegenstand im Haus zu sein. Auf einer Konsole stehen Teekannen in Reih und Glied, auf einem unscheinbaren Schreibtisch sind Keramikrahmen mit Kohlezeichnungen aufgestellt, Porträts von Mädchen und jungen Frauen in bäuerlicher Tracht mit Strohhüten oder Blumen im Haar.

Da ist ein Knarren. Wie ein gespenstisches Wimmern.

Ich halte inne und schaue meine Füße an. Sie bewegen sich nicht.

Ich bin es nicht gewesen, und doch habe ich es gehört. Vielleicht der Wind, der durch eine Ritze dringt.

Es wiederholt sich nicht, und ich blicke runter auf den Schreibtisch. Da liegen ein paar geschwärzte Pfeifen und ein Topf mit vertrockneter Erika. Ich will gerade die Tür zu einem der Zimmer öffnen, als mir etwas Rotes auffällt: ein lebhaftes Rot, ein Blutrot, das Rot eines Alarmlämpchens. Mitten unter den Mädchenporträts.

Eine rosenförmige Plastikseifendose mit Glitzersteinchen, genau wie meine. Aber das ist doch nicht möglich (es *ist* meine, es ist die Seifendose, die Cocíss sich genommen hat), Cocíss ist schon hier (hat er mich erwartet?). Warum? Ich nehme die Seifendose und will schon nach ihm rufen, da sehe ich, dass etwas darin ist.

Während ich sie öffne, werfe ich einen Blick die Treppe hinauf, in die mit grauem Staub bedeckten Zimmer. Das Weiße darin ist nicht mehr der Koks, den Cocíss auf unserer Reise dort aufbewahrte. Es ist nur ein Stück zusammengefaltetes Papier.

Ich gehe zur Tür, um es im Licht zu lesen. Die Schrift ist krakelig und furchtbar, zweimal ist etwas durchgestrichen. Aber ich kenne sie gut, verdammt.

»GE SOFOT.« O Gott.

Der Wasserhahn oben hört plötzlich auf zu tropfen.

Ich klammere mich an die Türklinke, wie betäubt. Lese noch einmal. »GE SOFOT.« Cocíss hat mir geschrieben.

Jetzt bringt jemand die Stufen zum Knarren, die Schritte sind wie ein Erdrutsch, der an Geschwindigkeit zunimmt.

Das Schloss ist blockiert, ich trete das Glas ein und werfe mich auf den Boden, um nach draußen zu kriechen. Ich rolle über die Stufen, und als ich wieder aufstehe, höre ich raue, kehlige Schreie. Aus den Augenwinkeln sehe ich gerade noch einen Schatten, der hinter dem Lattenzaun auftaucht, dann renne ich in den Nebel hinein, zwischen die Baracken und die schiefen Türme aus Autoreifen.

Mir kommt die Idee, sie zu benutzen, um über den Drahtverhau zu springen, und ich klettere die niedrigste Säule hoch. Ich höre sie kommen, doch in der Zwischenzeit steige ich höher und höher. Das ist eine großartige Idee, sage ich mir, dann greife ich in irgendeinen kaputten Reifen und finde mich mit dem Kopf nach unten wieder, bis zur Taille eingeklemmt, die Beine frei, ohne irgendeinen Halt.

Sie kommen nach wenigen Sekunden. Sie sind dort unten. Sie tappen im Nebel herum und können mich nicht sehen. Noch nicht.

»Wo ist die hin, verdammt?«, sagt einer auf Italienisch.

»Darf man wissen, was für einen Scheiß du gemacht hast? Hat sie dich bemerkt?«

»Ach was, ich war oben.«

»Hat sie dich gesehen?«

»Nein, sie hat mich nicht gesehen, sag ich dir.«

»Und wieso ist sie dann von sich aus abgehauen, diese Schlampe?«

Ich versinke langsam mitten in der Reifensäule. Ich kann mich nicht halten.

»Wo sind die anderen?«

»Die sind runter zum Schießplatz. Aber du pass auf, wenn wegen dieser *Scheißdrecksschlampe*... Konnte der Junge sie denn nicht da unten erledigen?«

»Wer denn, Cocíss?«

»Ja, statt dass wir uns erst jetzt drum kümmern müssen, wo sie schon hier ist. Außerdem ist es gefährlicher.«

»Der? Weißt du, was für ein Gemetzel der da unten angerichtet hat?«

»Weiß ich, weiß ich. Aber wer schützt den denn, Japàn oder er persönlich?«

»Er persönlich.«

»Und warum? Fickt er ihn vielleicht?«

»Hör mir gut zu, sag das nie wieder.«

»Was hab ich denn gesagt? Der Junge hört mich ja nicht. Du hast ihn doch mit den anderen im Geländewagen weggeschickt.«

»Ich wollte ihn heute Morgen wirklich nicht zwischen den Beinen haben. Aber vergiss es, ich rate dir nur, sag nie wieder so was über den Boss.«

»Jetzt hör mir gut zu, lass uns diese Schlampe finden und den Job erledigen, sonst fickt er *uns*. Wo verdammt ist... was für ein *Scheißdrecksnebel*!«

»Und was sind das da? Reifen?«

Inzwischen bin ich auch mit den Beinen drin. Und die beiden stehen direkt unter mir. Reden weiter. Einer ruft mit dem Handy die anderen an und gibt ihnen Anweisung, mit dem Geländewagen den Strand abzufahren. Ich muss irgendetwas tun, weil ich fast keine Luft mehr bekomme.

Ich bewege die Beine. Beim dritten Versuch schwankt die Reifensäule, noch zwei weitere Versuche, und ich spüre, dass ich es schaffen kann, dass eine letzte Anstrengung genügt und alles umfällt. Nur noch ein Versuch, noch einer, und fertig.

Ich überschlage mich, während einer der beiden »Achtung!« schreit.

In den Reifen gefangen, stürze ich auf die beiden und rolle über den Boden. Beim Aufprall quetsche ich mir den Bauch und die Rippengegend, doch die großen Reifen fallen auseinander, und ich schaffe es, herauszuschlüpfen und wieder auf die Beine zu kommen. Beim Runterfallen hat der Reifenturm einen Meter vom Drahtverhau weggerissen, und ich springe hinüber.

Ich laufe, und ich weiß nicht mal, wohin, verschwinde im weißen Nebel und hoffe, dass sie mich aus den Augen verlieren. Mit einem Mal gibt der morastige Boden nach, und ich versinke bis zur Hüfte. Sofort denke ich, ich muss mein Handy retten, und schiebe mich mit erhobenen Armen weiter durch den Schlamm. Der Tümpel ist flach, doch der Schlamm umfängt mich wie ein Polyp. Das Motorgeräusch des Autos hinter mir ähnelt einem Heulen. Ich klammere mich an einen Felsen mit gelbem Moos, ziehe mich aus dem Schlamm hoch und klettere rauf, rolle dann nach unten, mit geschlossenen Augen, die Büsche peitschen mir ins Gesicht. Vor mir taucht zwischen den Sträuchern eine kleine verfallene Hütte auf. Sie steht schief über einem in Stücke gebrochenen Sockel aus Beton. Ich verstecke mich gerade früh genug darin, um ins Handy zu schreien, dass ich in Blackdog bin, am Strand, dass sie mich verfolgen, dass sie mich töten wollen.

Ich lege mich flach auf stinkende Pappe und in die Asche eines Feuerplatzes. Ganz nah höre ich das metallische Dröhnen des Geländewagens, der sich durch die umliegenden Dünen kämpft. Sie sind wenige Meter entfernt, sehr nah. Dann ruft irgendjemand was, und der Wagen entfernt sich.

Hier sitze ich in der Falle. Ich werfe mich auf allen vieren in den Sand und krieche voran, ich weiß nicht, wie lange, während der Wind die Nebelbänke über den glatten, blassen Strand jagt.

Ich hebe den Kopf und sehe zur Linken das Meer. Doch ich sehe auch die Motorhaube des Geländewagens hinter mir aus den Dünen auftauchen. Ich versuche weiterzulaufen, mit meinen gequetschten Rippen, den vor Anstrengung schmerzenden Lungen. Vor mir wird es lichter, und ein dunkler Punkt taucht auf, verdichtet sich zu einem sonderbaren Fahrzeug mit großen Reifen.

Ich bekomme keine Luft mehr, und da ist kein Nebel mehr, um mich zu verstecken. Ich taumle eher, als dass ich laufe, doch ich halte mich auf den Beinen. Ich wende mich dem Meer zu, gehe auf dem festen Sand, und der Wagen vor mir schlägt sofort diese Richtung ein, um meine Schritte zu kreuzen. Mein Verfolger tut das Gleiche.

Es wäre mir lieber, an Erschöpfung zu sterben oder zu ertrinken, doch nicht einmal das wird mir gelingen. Sie werden mich zu fassen bekommen und mich umbringen. Ich schließe die Augen und bleibe stehen.

Als ich die Augen wieder öffne, ist das Fahrzeug mit den großen Reifen so nah, dass ich eine blaue Schrift auf weißem Untergrund lesen kann. »Police«. Die beiden Männer in Uniform springen runter, ohne den Motor auszumachen, und fragen mich, ob alles in Ordnung ist. Ich drehe mich um und sehe den Geländewagen, der langsamer wird und weiterfährt, in die Dünen zurückkehrt.

Ich kann gerade noch »Helfen Sie mir« flüstern, oder irgendwas in der Art, glaube ich.

Dann ist es, als zögen sie dem elektrischen Mädchen den Strom raus. Und ließen es in der dunklen Umarmung eines unerforschlichen Abgrunds versinken, ohne dass es auch nur noch die Zeit hätte, zu weinen oder Angst zu haben.

5

Auch wenn ich Montagnacht in einem Krankenhauszimmer wieder aus dem Dunkel aufgetaucht bin, während vom schwarzen Himmel glänzende Fluten gegen die Scheiben schlugen, hatte ich sofort das Gefühl, dass meine Tage im Abgrund nicht vorbei waren, nur weil ich die Augen wieder geöffnet hatte.

Und auch als am Dienstag Reja und ein anderer Kollege kamen, um für meine Entlassung zu sorgen und mich zurück nach Italien zu bringen, habe ich verstanden, dass ich nicht zurück in meine Wohnung konnte. Dass ich nicht mehr wirklich einen Platz für mich hatte. Dass das Wort Rückkehr für mich keinen Sinn mehr ergab.

Am frühen Dienstagabend gegen sieben hielt Reja vor dem Haus meiner Eltern und erklärte mir, dass ich für den Moment dort in Sicherheit sei. Auch weil ich unter Hausarrest stände und zwei meiner Kollegen den Ort ständig überwachen würden.

»Hausarrest? Und weswegen?«, habe ich gefragt.

»Begünstigung eines Flüchtigen«, hat er mir geantwortet.

»Ich habe verstanden. D'Intrò hat beschlossen, mich fertigzumachen.«

Reja hat mich angesehen, den Arm um die Kopfstütze gelegt.

»Du hast gar nichts verstanden, Kollegin. Er hat beschlossen, dich zu schützen.«

»Endlich haben sie beschlossen, uns zu schützen«, sagte mein Vater, als ich ihm erklärte, dass der rauchende Typ vor dem Gittertor Salvo sei, mein Kollege, und kein Spion des Bankdirektors. »Dann kann ich ja wieder oben schlafen.«

»Nein«, habe ich ihm geantwortet. »Oben schlafe ich ein paar Tage lang.«

Seine Enttäuschung hielt nicht lange an, weil er schnell zu dem Schluss kam, dass ich als seine Tochter und als Polizistin einen zusätzlichen Schutz gegen Rechtsanwälte und Gläubiger darstelle, die auf Baggern anrücken könnten. Er ist zufrieden ins Kellergeschoss zurückgekehrt, zu seinen Geschäftsbüchern, seinen Quittungen und den Hunderten von Zeitungsausschnitten, die er in Fotoalben aufbewahrt, die alle grün sind.

Meine Mutter hat mich umarmt, ohne irgendetwas zu sagen.

Es gibt Abgründe, aus denen man nicht zurückkehrt, auch wenn sie nicht tiefer als einen Meter sind.

Am Donnerstag weckt meine Mutter mich um sieben Uhr mit dem schnurlosen Telefon in der Hand. Es ist ein altes Modell, schwer wie ein Ziegelstein, mit abgebrochener Antenne, nur noch durch Klebeband zusammengehalten.

Das Rauschen ist so stark, dass ich Mühe habe, Rejas Stimme zu erkennen.

»Dottor D'Intrò will mit dir sprechen, persönlich.« Ich lasse es mir dreimal wiederholen, aber nicht nur wegen des Rauschens. »Sie holen dich um halb zehn ab. Sieh zu, dass du fertig bist.«

Fertig.

Ich ziehe mich hinter dem Duschvorhang aus, um dem Anblick meiner Narben im Spiegel auszuweichen. Ich verzichte auf jedes Make-up auf und lasse die Haare von allein trocknen.

Nach dem Frühstück durchwühle ich die Medikamente meines Vaters und werfe eine halbe orangefarbene Pille ein. Hinter dem Rücken meiner Mutter. Wie er es gemacht hat.

Fertig.

Fertig, um zwanzig nach neun, vor dem Gittertor. Vom Kiosk an der Ecke kommt Salvo auf mich zu, gelassenen Schritts, die Zeitung unter dem Arm. Ein sehr weites korallenrotes Polohemd hat er sich, so gut es geht, in die Hose gestopft.

Er grüßt mich, ohne zu lächeln, hält mir gleich die Zeitung hin, schon einmal auseinandergefaltet und schlecht wieder zusammengelegt. Mein erster Gedanke ist, dass es um etwas geht, das mich betrifft. Der Kollege hebt die Augenbrauen, setzt sich seine Sonnenbrille auf und lässt den Blick über den ganzen Häuserblock schweifen.

»Die sind irrsinnig. Allesamt«, murmelt er.

Es war am Mittwochabend ungefähr um zehn. Von einem vorbeifahrenden Motorrad wurde ein schwarzer Müllsack gegen das Tor des Palazzo del Governatore geschleudert, am oberen Ende der Steigung, die man Sesca di Mare nennt, dort, wo auch die Staatsanwaltschaft und die Bezirksleitung der Antimafiabehörde ihre Büros haben. Hier arbeiten die Staatsanwältin Massacesi und Hauptkommissar D'Intrò.

Das Gleiche geschah zwanzig Minuten später auf dem Corso Due Sicilie, genau vor der Hausnummer 182. In Nummer 180 befindet sich das *Happy Fish*, das gerade wieder unter neuer Leitung eröffnet wurde. Dieses Paket jedoch war weiß, verschlossen mit einer Schleife und einem Band mit Kärtchen. Auf dem Kärtchen stand: »Für die Familien Matello und Di Domenico.«

Mehr oder weniger um halb elf wurde Dora Antoniolo, der Schwester von Renzo Antoniolo, die Riccardo Capuano hatte heiraten sollen, in ihrer Wohnung hinten im Hof des Vicolo Squadro ein Blumenstrauß und ein schweres, in dunkelrotes Packpapier eingeschlagenes Paket zugestellt.

Dora Antoniolo bekräftigte mehrmals, den Unbekannten, die ihr das Paket überbrachten, nicht in die Gesichter geschaut oder diese Gesichter vielleicht durch den Schock aus ihrem Gedächtnis gelöscht zu haben.

In dem großen Paket war eine Kühltasche, wie man sie zum

Picknick nimmt. Dora Antoniolo dachte, ein entfernter Verwandter, vielleicht einer von denen, die vor dreißig Jahren nach Amerika ausgewandert waren, habe möglicherweise nichts von dem Unglück, das dem armen Riccardo zugestoßen ist, erfahren und ihnen ein Hochzeitsgeschenk geschickt.

Doch echte Zusteller liefern niemals nach acht Uhr abends aus, und die Kühltasche war zu schwer, um leer zu sein.

In dem Paket, eingewickelt in bluttriefendes Metzgerpapier, war der Kopf von Daniele Mastronero, dem jüngsten und grausamsten Capozona, den das Viertel 167 je hatte.

Hinter den gesprungenen Gläsern seiner Pilotenbrille schienen die Augen vor Schreck noch lebendig, erzählt mir D'Intrò in der Minisuite im obersten Stock eines Hotels im EUR-Viertel, das riesig und diskret ist wie ein alter Transithafen für Spione im Kalten Krieg. Heller Parkettboden, Kochfeld mit elektrischen Platten, Ledercouch, Kokosteppich.

Der Hauptkommissar spricht langsam und schwitzt in seinem langärmligen, zugeknöpften Hemd. In den Tagen des Abgrunds dehnt sich ein weißer, drückender Himmel über der ganzen Stadt aus.

Der Hauptkommissar erzählt mir, dass seine Kollegen den schwarzen Sack schon geöffnet hatten, als er im Präsidium ankam. Dass er auch ins Leichenschauhaus gegangen ist, um sich anzusehen, was er »eine Art Wiederzusammenfügen« mit dem anderen Teil des Körpers, der vor dem Haus Nr. 182 im Corso Due Sicilie gelassen wurde, nennt.

Ich dachte, die Zeitung hätte mit Einzelheiten nicht gegeizt, doch er erzählt mir lang und breit unveröffentlichte und grauenhafte Details. Vorsätzlich und gewissenhaft. Die Leiche wies Abschürfungen an den Hand- und Fußgelenken auf, ausgekugelte Schultern und ausgerissene Oberschenkel. Nach der Untersuchung der Überreste ist man so gut wie sicher, dass er noch nicht tot war, als sich diese Blutergüsse gebildet haben, und dass Cocíss also bei lebendigem Leib gevierteilt worden ist. Sie haben ihn mit den Handgelenken an ein Auto gebunden, mit den Fußgelenken an ein anderes. Höchstwahrscheinlich haben sie Traktoren benutzt. Eine so aufwendige Exekution kann nicht von irgendeinem Statthalter beschlossen worden sein. Sie müssen dem jungen Capozona auch ein paar Sehnen durchgeschnitten haben, vielleicht hatten sie dafür geeignete Sägen (D'Intrò sagt das wirklich so: »geeignete Sägen«), denn manchmal schaffen es nicht mal Explosionsmotoren, sie zu zerreißen. Das war eine exemplarische Bestrafung, ein Befehl von oben, und ich muss das verstehen, denn auch ein Massaker, das düsterer ist als der schwärzeste Abgrund, ist eine Form der Kommunikation. D'Intrò liest von Berufs wegen darin, mit der Geduld eines Bergmanns, der durch die Eingeweide der Erde kriecht.

»Ihnen ist sicher auch klar, dass auch Sie, ebenso wie wir, diese gewisse Sache gesehen haben?«, fragt er schließlich.

»Was?«

Er sieht mich ungeduldig an.

»Ihren Namen, R-O-S-A. Mastronero trug ihn in die Haut eingeschnitten, hier vorne. Selbst so, wie man ihn zugerichtet hat, konnte man es noch gut lesen. Sie wollen mir doch nicht sagen, dass Sie nichts davon wissen.«

»Und Sie wollen mir doch nicht sagen, dass man ihn deshalb umgebracht hat.«

»Nein. Er war schon verurteilt. Aber ich glaube, dass diese Schnitte auch Sie verurteilt haben. Abgesehen von der Tatsache, dass Sie meinten, Mastronero folgen zu müssen, statt zuzulassen, dass er von ganz allein als Fraß von Bestien seinesgleichen endet.«

Ich setze mich, aber nicht aufs Bett. Ich nehme den Schreibtischstuhl und stelle meine Tasche auf den Boden (was habe ich noch zu verlieren, was?).

»Aber da ich zusammen mit Raffaela im Auto war, Dottor D'Intrò, konnten sie mich nicht gleich umbringen. Sie konnten es nicht riskieren, die Tochter des Hauptkommissars zu töten. Es genügte, sie von dem großen Ereignis verjagt zu haben, es genügte, sie in Tränen aufgelöst nach Hause zu schicken, um Ihnen mitzuteilen, dass man ihnen nicht mit Polizistinnen auf den Sack gehen sollte, nie mehr. Ist das die Wahrheit?«

»Die Wahrheit ist, dass Sie keine Dienstanweisungen befolgen. Und Sie befolgen nicht einmal Ratschläge. Die Wahrheit ist, dass die Incantalupo Sie jetzt tot sehen wollen, und das sind Leute, die es sich nicht so schnell anders überlegen, das kann ich Ihnen garantieren.«

»Ich glaube Ihnen, Dottor D'Intrò, ich glaube Ihnen. Und außerdem scheint mir, dass Sie sie wirklich gut kennen. Können Sie die deshalb nicht am Arsch kriegen, wie Ihre Tochter es gern hätte?«

»Lassen Sie meine Tochter in Frieden.«

»In Ordnung. Dann sagen Sie mir … Stehen die Incantalupo hinter respektablen Leuten wie Ferrera, Stevens … der McDougall? Hinter der WCA, den Pizzerias *Mamma Maria* und der Kollektion *Via Roma* … Ist dies das Reich des Eises, wie Sie es nennen?«

»Und? Was glauben Sie entdeckt zu haben, sagen Sie es mir?«

»Nur die Spitze des Eisbergs«, antworte ich.

Er packt mich an den Ellbogen und spricht mit leiser Stimme zu mir, tut so, als würde er lächeln.

»Gut. Dann sagen Sie mir jetzt, was passiert, wenn eines Tages das ganze Eis an den Polen schmilzt.«

»Wollen Sie mir noch eine kleine Lektion erteilen?«

»Nein, ich will nur, dass Sie mir antworten.« Er kommt mit dem Gesicht langsam näher an meines, schaut dabei zum Fenster. »Los.«

»Der Meeresspiegel steigt, das passiert.«

»Genau. Und das bedeutet, dass viele von uns vom Wasser fortgerissen werden und alles verlieren.«

»Sie als Erster.«

»Als Erster oder als Letzter, das scheint mir nicht wichtig. Und es ist nicht an Ihnen zu urteilen.«

»Ich verstehe. Sie tun es nur zum Besten Ihrer Tochter.«

»Sie haben keine Kinder, oder?« Er fragt mich das, als wüsste er die Antwort. Und da er sie weiß, wartet er sie nicht einmal ab.

»Wenn Sie welche hätten, würden Sie verstehen, was es heißt, wenn Sie sehen, wie Ihre fünfzehnjährige Tochter vor dem Spiegel zu einem Skelett wird, jeden Tag mehr, als hätte sie sich selbst in ein Konzentrationslager eingeschlossen.«

Er umfasst meine Ellbogen immer fester.

»Sie würden verstehen, was es heißt, wenn ein Kollege einen mitten in der Nacht mit der Mitteilung anruft, dass sie in einem gewissen Nachtclub eine Delegation von Kolumbianern bei ihren Verhandlungen mit ein paar wichtigen Leuten der Scurante geschnappt haben und dass die, um sich den Abend zu verschönern, auch drei oder vier Mädchen mitgebracht hatten, vollgepumpt mit Koks und Amphetaminen, eins davon nicht mal volljährig, und eins, nun ja, der Kollege redet ein bisschen um den heißen Brei herum, schämt sich fast für mich – aber leider ist es sicher, dass sie es ist.«

Seine Finger tun mir langsam weh.

»Vor zwei Monaten komme ich von einer Dienstreise aus dem Ausland zurück, und Raffaela erzählt mir, sie habe meine Frau mit einem Mann im Bett überrascht. Sie zeigt mir sogar Männerkleidung, die nicht mir gehört, rät mir, das Handy von ›der‹ zu überwachen. Sie sagt, ›die‹ wolle ihr Leben und ihre Karriere ruinieren, sie sei eifersüchtig und wolle, dass sie fett und hässlich wird, damit auch ich sie nicht mehr gern hätte. Die Wahrheit ist, dass meine Frau auf jede nur mögliche Art versucht hat, sie zum Essen zu bewegen, kontrolliert hat, dass sie nicht alles erbricht, und ihr verboten hat, zu einem Casting zu gehen, weil sie sich buchstäblich nicht auf den Beinen halten konnte. Und soll ich Ihnen etwas sagen? Als Raffaela sich an mich geschmiegt und mir gesagt hat, dass ich der Einzige auf der Welt sei, der sie liebt und ihr helfen kann, ich schwöre Ihnen, da war ich versucht, ihren Blödsinn zu glauben. Eine halbe Minute lang, nicht länger. Aber diese halbe Minute sagt alles, verstehen Sie?«

Er entfernt sich mit einem kaum hörbaren Seufzen von mir.

»Ich bin es gewöhnt, selbst zu entscheiden, wie ich einen Menschen schütze, der mir nahesteht. Ich habe versucht, es auch bei Ihnen zu tun, das können Sie mir glauben.«

Ich habe das Gefühl, dass einer wie er kein Verständnis will. Und dass die beste Art, ihn nicht zu beleidigen, darin besteht, ihn weiter nach Erklärungen, nicht nach Rechtfertigungen zu fragen.

»Und das Attentat der falschen Polizisten, war das auch eine Art, mich zu beschützen?«

»Sie hätten Ihnen kein Haar gekrümmt, da können Sie beruhigt sein. Es war Mastronero, den sie wollten.«

»Und unter dem Deckmantel, mir zu helfen, hätten Sie ihn denen ausgeliefert.«

D'Intrò dreht sich ruckartig um.

»Damit sie aufhören zu schießen, Kinder auf der Straße zu ermorden, die Parks mit Leichen zu füllen, weil sie den Stoff mit Waschpulver verschneiden, damit es einen Moment Waffenstillstand in diesem ganzen Elend gibt ... Natürlich liefere ich ihn aus, einen wie den. Hat er Nunzia und Caterina vielleicht nicht umgebracht? Antworten Sie! Er war es doch, oder nicht? Jetzt sind auch Sie davon überzeugt, oder? Und, wo ist das Problem? Wer weint um einen wie den? Sie? Sind Sie wirklich so naiv? Nur weil er Ihnen ein bisschen was vorgespielt hat? Der arme Sohn einer Drogensüchtigen, vaterlos ... weil er Ihnen gesagt hat, dass er sich ändern will, sich vielleicht sogar in Sie verknallt hat? Ja sicher! Weil Sie die Einzige waren, die seinen Arsch retten konnte. Er hat Sie benutzt, verstehen Sie?«

Das weiß ich gut, und ich verstehe es. Cocíss' Plan ist aufgegangen, aber nicht bis zum Schluss, und das ist für mich der Punkt. Mein Plan auch nicht, doch jetzt wollen sie mich umbringen. Und warum? Welche Gefahr stelle ich jetzt für sie dar? Ich habe Erklärungen, einen ganz eigenen Film, doch ich beschließe, dass dieser Mann, der Mythos, der große D'Intrò es nicht wert ist, davon zu erfahren, jedenfalls nicht jetzt. Also beschließe ich zu schweigen und warte, bis der Hauptkommissar seine Fassung wiederfindet, um mir eine weitere Lektion zu erteilen. Darin, wie ich mich fügsam diskreditieren, mir den Prozess machen und mich verurteilen lassen soll, ohne viel Aufsehen allerdings, weil niemand etwas dabei zu gewinnen hat, wenn das alles groß herauskommt. Ich am wenigsten. Das Wichtige ist, dass die Incantalupo die richtigen, beruhigenden Signale erhalten, dass wir sie wissen lassen, ich bin neutralisiert, unter Kontrolle.

»Im Augenblick gibt es sonst nichts zu sagen oder zu verstehen«, lautet seine Schlussfolgerung.

»Sie irren sich. Ich würde gerne wissen, was aus Ihrem Krieg geworden ist, Dottor D'Intrò.«

Er baut sich vor mir auf, neigt sich nach vorn, die Augen vor Indigniertheit geschlossen. Er senkt den Ton seiner Stimme, zischt und brummt.

»Im Krieg gibt es auch Waffenstillstände. Und man verfolgt eine Taktik, sucht sich im richtigen Moment den richtigen Feind. So gewinnt man einen Krieg, vergessen Sie das nicht.«

»Und sagen Sie mir, wer Ihr Vorbild ist? Churchill, Napoleon oder Karl der Große?«

Er schlüpft in seine Jacke, schaltet das Notebook aus und zieht den Stecker aus der Steckdose. Er wickelt ein Begrüßungsschokolädchen aus und lässt das Papier auf dem Schreibtisch liegen.

»Ich wünsche Ihnen viel Glück.«

(Ich weiß, dass Cocíss mich benutzt hat, aber ich weiß auch, dass Cocíss mich zehnmal hätte töten können und dass er mir das Leben gerettet hat. Ich bin mir auch sicher, dass mich zu töten ihm andererseits keinesfalls das Leben gerettet hätte. Quälend ist der Gedanke, ob er mich jemals als Hoffnung gesehen hat. Ob ein Wort mehr oder eins weniger ihn in jener Nacht am Rand des Abgrunds hätte zurückhalten können.

Und ich würde gerne wissen, warum er stattdessen das Schicksal so sehr herausgefordert hat. Warum er mich benutzt hat, um zu einem so kalten Vater zurückzukehren. Und so sehr in die Nähe des Abgrunds der Incantalupo.)

Der Abgrund meines Vaters ist ein Kellergeschoss voller Belege, privater Schriftstücke, Gerichtsbeschlüsse, Lagepläne. Fast jeden Tag leiste ich ihm ein wenig Gesellschaft zwischen den Stapeln von Papier, von denen ich mich immer ferngehalten habe. Wir reden nicht viel, aber wenigstens sind wir zusammen. Als ich ein bisschen Korrespondenz lese, staune ich beinahe über den Berg Arbeit, die dieser jetzt so mitgenommene Mann kurz vor dem Zusammenbruch noch bewältigt hat. Er hatte Großhändlern Bioprodukte zu wettbewerbsfähigen Preisen angeboten, und ich muss sagen, dass sein Projekt noch heute alles andere als schlecht durchdacht scheint.

Ich stoße auf eine Untersuchung, die er vor wenigen Jahren über die von Großhändlern von Fleisch, Obst und Gemüse praktizierten Preise angestellt hat. Als ich unter den verschiedenen Firmenzeichen das der *Dicar* von Renzo Antoniolo & Partner finde, schlägt mir das Herz bis zum Hals. Instinktiv möchte ich meinen Vater etwas fragen, doch ich halte es zurück und warte, bis meine Mutter von ihren Einkäufen wieder da ist. Ich mache ihr einen Tee, und wir setzen uns nach draußen in den winzigen, heruntergekommenen Garten im Schatten der Betonmauer.

Sie erzählt mir, dass mein Vater eines schönen Tages ein Gespräch mit dem Vorstand einer Supermarktkette hatte. Man erklärte ihm, dass seine Angebote interessant seien, man sie aber nicht annehmen könne, um nicht die »konsolidierten« Beziehungen zu anderen Lebensmittelgroßhändlern zu stören. Zu Leuten, die eine gewisse Bedeutung hätten und keine Konkurrenz wollten. Zu Leuten, die ihnen Probleme bereiten könnten. Mein Vater ließ nicht locker, doch es war nichts zu machen. Trotz deren höherer Preise bei niedrigerer Qualität zogen die Supermärkte weiterhin Lieferanten wie die *Dicar* vor. Man schloss keine Verträge mit ihm, und den Banken kam sozusagen die Begeisterung abhanden. Ein Jahr später begann das Konkursverfahren.

Doch der Leiter des Supermarkts in der Nachbarschaft war ein so anständiger Mensch, erinnert sich meine Mutter, dass er sich bereiterklärte, mich als Kassiererin und meinen älteren Bruder, der kurz vor dem Examen stand, in der Verwaltung einzustellen.

Von diesem Punkt an kenne ich die Geschichte gut.

Mein Bruder Diego akzeptierte. Ich dagegen wollte mich, koste es, was es wolle, für Philosophie einschreiben.

Zum ersten Mal schaue ich mir die Male im Spiegel an.

Sie sind furchtbar. Weiße Haut und rissiges dunkles Blut.

Ich weine, sehe sie aber weiter an.

Die Gemeinde hat das Geld zur Verfügung gestellt, um Cocíss zu beerdigen, doch seine Überreste liegen seit acht Tagen im Kühlfach des Leichenschauhauses. Zwei Pfarrer aus Travagliano sind unter Druck gesetzt worden, die Beerdigung nicht abzuhalten, nicht näher definierte Bürgerkomitees haben auf den beiden städtischen Friedhöfen mit Plakaten demonstriert, auf denen »Unsere Toten wollen dich nicht« und »Geh und brate in der Hölle« stand.

Alles in großem Stil organisiert. So gut, dass die Gemeinde und der Präfekt zu dem Schluss kamen, aus Gründen der öffentlichen Ordnung jedwede Entscheidung zu verschieben, bis sich die Situation wieder beruhigt hat.

Ich habe den Ermittlungsbescheid erhalten, die daraus folgende Suspension vom Dienst und die Aufforderung, vor einem Staatsanwalt in Florenz zu erscheinen. Die Darstellungen von Reja, D'Intrò und der Antimafia-Staatsanwaltschaft sind übereinstimmend: Cocíss hatte sich spontan angeboten zu kooperieren und sofort waren strengste Schutzmaßnahmen für ihn ergriffen worde. Die Bedeutsamkeit seiner Hinweise wird durch die Blitzaktion Antigone 2 bezeugt und als Grund für die außerhalb des Üblichen ergriffenen Maßnahmen angeführt. An dem Tag, als er sich als Urheber des Massakers auf dem Corso Due Sicilie herausstellte, hatte ich den Auftrag, ihn Soldaten einer Kaserne in Pisa zu übergeben. Doch aus unerklärlichen Gründen hätte ich mich bei der Überführung eigenmächtig verhalten und dadurch die Flucht Daniele Mastroneros gerade zu dem Zeitpunkt begünstigt, als er vom Informanten zum wegen dreifachen Mordes Gesuchten geworden war.

Die Verteidigungslinie meines Rechtsanwalts besteht darin, meine schwere Fahrlässigkeit einzugestehen, um damit zu verhindern, dass ich wegen fortgesetzter Begünstigung verurteilt würde. Er sagt, dass alle ein Interesse daran hätten, über die Ereignisse nach dem fraglichen Abend einen Nebelschleier zu breiten. Er empfiehlt mir immer wieder, nicht ein noch höheres Risiko einzugehen, nicht einmal entfernt damit zu drohen, die Wahrheit zu erzählen. Das würde nur einen Skandal auslösen, der letztlich nur jenen nützen würde, die die beiden Mädchen gerächt haben, während die Polizei dastände, als hätte sie alles verpfuscht, und das, obwohl sie den Mörder von Nunzia und Caterina schon in den Händen hatte.

Eines Tages rufe ich D'Intrò an. Er scheint nicht gerade erfreut, meine Stimme zu hören. Als Erstes mache ich ihm Komplimente wegen seiner Tochter: In den Zeitungen wird sie als neue Flamme eines bekannten Schlagersängers gehandelt. Man hat sie zusammen bei einer Gala im *Bistrot* in Baia Nerva fotografiert. Die Geschichte macht ihm nicht gerade gute Laune, doch als ich ihm von meiner Idee erzähle, verspricht er, sich darum zu kümmern und zu tun, was er kann.

Die Idee führt mich zurück nach Spaccavento, zwischen die Klauenschläge des Dämons. Ich möchte Padre Jacopo um Entschuldigung bitten und Frate Jacques erneut nach einem Schlüssel fragen.

Und dann sitze ich wieder im Zug, zusammen mit dem Kollegen Salvo, und sehe durchs Fenster, wie der Himmel des Südens vorbeigleitet und von den starren, in der Sonne glühenden Schienen widerscheint.

(An jedem Bahnhof lese ich die Schilder, dann betrachte ich den Sitzplatz neben mir. Cocíss hat mich benutzt, aber niemand ahnt wirklich, wofür. Ich habe noch seine blitzschnellen Fortschritte vor Augen, seine irrsinnige Energie, eine Energie, wie man sie nur in seinem Alter hat. Energie, die er jahrelang darauf verwandt hat, seine Störung zu verbergen. Und ein Boss zu werden. Trotz allem.

Er war nicht »blöd«, er war nicht »verrückt«, und ich erinnere mich daran, dass ich es ihm wenigstens einmal gesagt habe, und ich erinnere mich an den erleichterten Ausdruck in seinem Gesicht, den sein Stolz ihn sogleich wieder zu verbergen zwang.

Er ist nicht der einzige Legastheniker, der viel erreicht hat. Auch das hätte ich ihm erzählen können. Vielleicht hätte es ihm gefallen zu erfahren, dass auch Einstein oder Yeats gegen diese Störung angekämpft haben.

Nein, vielleicht hätte ich irgendeinen berühmten Schauspieler oder einen Feldherrn anführen sollen. Irgendein anderes Alphatier. Einen wie Napoleon. Oder vielleicht einen Staatsmann wie Churchill. Oder Karl den Großen, einen Kaiser. Ja, ich hätte ihm diese historischen Persönlichkeiten aufzählen und sagen sollen, dass sie alle Legastheniker waren und trotzdem vom großen Boss, von Saro Incantalupo, den man nicht zu fassen bekommt, veehrt werden.

Ein unglaubliches Trio, aber – welch ein Zufall! – ein Trio von Legasthenikern.)

Mariella Mastronero sagt, sie hat fünfhundertzweiundneunzig Kinder. Sie hat die letzten drei Jahre eingeschlossen in ihrem Zimmer verbracht und den ganzen Tag an einem riesigen Patchwork aus Flicken und Stoffresten genäht. Ab und zu trennt sie das Ganze auf und näht es nach einer Ordnung, die in auch ihr selbst unzugänglichen Regionen ihres Geistes verborgen ist, wieder zusammen. Auf jeden Fall behauptet sie, das Kleid zu nähen, das alle ihre fünfhundertzweiundneunzig Kinder umhüllen soll.

Mariella Mastronero ist sechs Jahre älter als ich, hat nur noch vier Zähne im Mund, ihre Brüste hängen flach herunter. Sie ist groß, kräftig, und ich könnte nicht sagen, ob sie als Mädchen schön war: Es ist, als hätten das Heroin, die schlechte Ernährung, die Hepatitis und eine Art autistisches Syndrom, in dem sie für große Teile des Tages versinkt, jedes Zeichen der Zeit verfälscht und aus ihrem Gesicht jede logische Spur der Vergangenheit getilgt. Und jede Ähnlichkeit mit ihrem Sohn.

(Auch Miguel Angel Ferrera ähnelt seinem Sohn sehr wenig, habe ich festgestellt. Komisch, im Allgemeinen erwartet man, dass man beim Anblick der Kinder irgendein Merkmal der Eltern wiedererkennt. Den Kindern bleibt die Last der Ähnlichkeit oder die Verurteilung zur Ähnlichkeit.

Stattdessen fordere ich ihn von den Eltern, diesen Beweis. Doch bei Mariella Mastronero ist diese Spur wie unlesbar. Und auch bei Miguel Angel Ferrera. Warum? Was hat dieser Mann aus seinem Gesicht tilgen wollen? In dem Film, den ich mir vorzustellen beginne, hat Miguel Angel Ferrera eine Vergangenheit als Drogenhändler auslöschen wollen. Als Dealer, als Capopiazza, als Capozona, und dann immer weiter nach oben, Stufe um Stufe.)

Im Viertel 167 war Mariella Mastroneros Sohn für alle die »Drogengeburt«. Frucht einer der vielen Fälle, als seine Mutter sich Drogen im Tausch gegen gewisse Dienstleistungen geben ließ, weil das Geld nie reichte. Die Gerüchte im Viertel sind erbarmungslos, wie Flüche wüten sie gegen den, der sich keinen guten Ruf mehr leisten kann.

Oft von der Wahrheit und der Unwahrheit gleich weit entfernt.

Mariella Mastronero hat Daniele schon seit fünf oder sechs Jahren nicht mehr gesehen. Sie hat das Gesicht ihres Sohnes im Fernsehen kein einziges Mal erkannt, und der Psychiater bezweifelt, dass sie wirklich verstehen würde, was ihm passiert ist. Die Pfleger sagen mir, dass man sie unmöglich mit auf eine Reise nehmen kann. Der Leiter der Einrichtung bittet mich, mein Vorhaben fallen zu lassen, sie haben schon zwei schwierige Wochen in der Angst verbracht, dass der Clan sich gar an einem Wrack wie ihr noch rächen könnte (Morde sind eine Form der Kommunikation, wie D'Intrò sagt).

Ich lasse sie in ihrem grell orange gestrichenen Zimmer zurück, wie sie den Faden mit den Zähnen durchbeißt und Flicken wieder zusammennäht wie Stücke eines Puzzles, das früher oder später einen Sinn bekommen könnte. Wer weiß, für wen.

Ich mache mich noch einmal auf die Reise. Kehre mit einem Lieferwagen in den Norden zurück.

(Jeden Tag sehe ich mir jetzt im Spiegel meine Narbe in Form eines K an. Ich reinige sie und versorge sie. *Taffer Buchstabe, das K,* habe ich ihm beigebracht. Ich sehe meine Narbe an und denke an Cocíss' Narben. Jene, die er unter den Haaren versteckte, und die unter den Augen, die er sich nicht entfernen lassen wollte, obwohl er sich die Augenbrauen mit der Pinzette zupfte.

Wertvolle Narben, denke ich. Wie Zeichen der Zugehörigkeit, der Erkenntnis. Jeden Tag komme ich mit meinem Film voran, und ich stelle mir vor, dass er gedacht hat, er müsse früher oder später von einem erkannt werden, der ihn seit Jahren nicht gesehen hat. Vielleicht eben von Miguel Angel Ferrera, seinem geheimen Vater.)

Es tut mir leid, dass Mariella Mastronero jetzt nicht da ist.

Ich parke den Lieferwagen vor dem Gittertor, das die Mönche immer noch das Tor der Toten nennen.

Denselben Lieferwagen einer Firma für Röntgengeräte, mit dem Cocíss' Leiche gestern Nachmittag aus dem Leichenschauhaus der Poliklinik von Forte Santo herausgebracht wurde, sechshundert Kilometer von hier, um, ohne Aufsehen zu erregen, in das Krematorium einer nahen Stadt gefahren zu werden.

Es ist die Zeit der Nacht, wenn die Hügel schon dunkler als der Himmel sind. Ich nehme den versiegelten Metallkoffer aus dem Kofferraum und gehe hinein. Das Tor der Toten quietscht nicht.

Als er mich sieht, stellt Padre Jacopo den Spaten in den Kies und wischt sich die Stirn ab.

»Das müsste reichen, nicht?«, fragt er Joséphine, die auf einem Steinpfeiler sitzt, die langen Beine übereinander geschlagen.

Sie nickt ernst, um den Hals hat sie einen Schal aus violettem Tüll geschlungen. Ihr Lächeln gelingt nicht ganz, doch als ich an ihr vorbeigehe, streichelt sie mir mit ihren kräftigen Fingern zuerst über den Arm, dann über den Rücken. Es geht kein Windhauch, und die Erde zwischen den Steinen ist dunkel.

Padre Jacopo möchte lieber nicht zu tief in die Erde graben. Dem Archiv der Abtei zufolge sind in dieser Ecke des Friedhofs in jüngster Zeit keine Bestattungen vorgenommen worden, doch es ist besser, nichts zu riskieren. Die Mönche wurden nur in ein Leichentuch gehüllt, und nicht immer tut die nackte Erde ihre Arbeit in der gleichen Zeit. Manchmal genügen hundert oder zweihundert Jahre nicht.

Zweihundertdreißig Millionen Jahre.

Eine Woche.

Achtzehn Jahre und ein Monat.

Wie dem auch sei, all das sind winzige Splitter der Ewigkeit.

(Vielleicht haben wir ja alle einen eiskalten und gleichgültigen Vater, der uns für immer zeichnet: Aber dann ist es, als verleugne er seine Ähnlichkeit mit uns. Ein unendlicher und unerforschlicher Abgrund. Oder vielleicht auch nicht.

Ich bin mir einer Sache inzwischen sicher. In diesem Abgrund haben Cocíss' tote Augen das Gesicht eines erbarmungslosen Vaters gesehen. Des geheimen Vaters, der ihm befohlen hatte, Riccardo Capuano zu töten, damit sich zwei rivalisierende Clans nicht verbündeten. Des geheimen Vaters, der ihn opferte, als die Taktik gebot, dass die Scurante nicht mehr die richtigen Feinde seien.

Ja. Das Gesicht des Mannes ohne Gesicht, das Gesicht von Saro Incantalupo.)

Ich stelle die Urne ab, dann füllen wir das Loch mit Erde. Das tun Joséphine und ich. Mit den Händen. Padre Jacopo stützt sich auf den Spaten und macht ein Kreuzzeichen.

Durch den Bogengang schreitet eine Reihe weißer Gespenster. Die vereinzelten Lichter werden immer unschärfer, der Morgen graut, die Weinreben auf dem Hügel tauchen wie eine geordnete Schar aus dem Dunkel auf.

Ich beobachte, wie das letzte der weißen Gespenster die Tore der Kirche weit aufmacht.

Vielleicht sieht es uns auch an, bevor es zwischen den Mauern aus kaltem Stein verschwindet.

Auf den Knien, die Hände schmutzig von der Erde, umarme ich Joséphine und fühle, wie auch sie mich fest drückt.

(Ich weine nicht. Nicht eine Träne, und nie mehr.

Ich werde die beißenden Tränen der Rache nicht weinen. Ich habe kein Recht darauf zu grollen, und ich muss mich nicht schuldig fühlen.

Und außerdem gibt es in meinem Inneren nichts mehr, das sich auflösen müsste. Und außerdem könnte sich aus meinen Augen, mit den Tränen, auch das Gesicht von Saro Incantalupo lösen.

Also weine ich nicht.

Ich werde warten.)

Ich halte Joséphine fest, aber nicht die Stille. Die Stille endet.

Eine leise Stimme ist zu hören. Es ist der erste Gottesdienst des Morgens.

Der gregorianische Gesang kommt wie aus weiter Ferne.

Ich werde warten.

Ich werde warten, bis sich der Schmerz in Mut verwandelt.

Dank

Mein Dank gilt Barbara, Simona, Luigi, Luciano und Rosario für das, was sie mir gesagt haben.

Und Paola Tavella, Maurizio Esposito und Giuseppe Ferraro für das, was sie geschrieben haben.